BLT
Mit der Welt
auf Buchfühlung

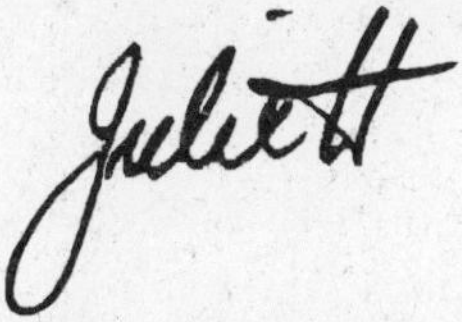

Julie Harris, geboren 1957, lebt in Queensland, Australien. Sie war als Theaterautorin und -regisseurin tätig, bevor sie sich ganz der Schriftstellerei zuwandte.
Mit *Der lange Winter am Ende der Welt*, 1998 bei BLT erschienen, gelang Julie Harris der internationale Durchbruch. In ihrem neuen Roman erzählt sie die Geschichte von Billy Shaw, dem Sohn von John Robert Shaw aus *Der lange Winter am Ende der Welt*, weiter und verknüpft dabei Liebes- und Zeitgeschichte mit der Suche der Menschen nach der eigenen Identität und der Geschichte eines Volkes mit magischen Fähigkeiten.

Julie Harris

Eisgeflüster

Aus dem Englischen von
Isabell Lorenz

BLT

B L T

Band 92 096

1. Auflage: März 2002

BLT ist ein Imprint der Verlagsgruppe Lübbe

Deutsche Erstveröffentlichung
Originaltitel: *Shadows from the Ice*

Dieses Buch wurde vermittelt durch die Literarische Agentur
Thomas Schlück GmbH, 30827 Garbsen
Einbandgestaltung: Gisela Kullowatz
Titelfoto: GettyOne Stone
Autorenfoto: Jason Thompson
Satz: hanseatenSatz-bremen, Bremen
Druck und Verarbeitung: Elsnerdruck, Berlin
Printed in Germany
ISBN 3-404-92096-1

Sie finden uns im Internet unter
http://www.luebbe.de

Der Preis dieses Bandes versteht sich einschließlich
der gesetzlichen Mehrwertsteuer.

Dieser Roman ist dem Andenken von
Tobias Thomas Bessant gewidmet.
Gewidmet ist er ebenfalls Terry Egan, dem tatsächlichen T. J.

ERSTES KAPITEL

Selbst zu üblicheren Besuchszeiten war ich nicht gerade für meine überschwängliche Gastfreundschaft berühmt, aber wer um alles in der Welt mochte mich derart früh am Morgen besuchen? Als ich die Tür öffnete, erkannte ich den Mann, der da vor mir stand, im ersten Augenblick nicht, wenn er mich auch an jemanden erinnerte. Doch da tat mein armes altes Herz einen Hüpfer. »Bist du es, Billy?«

»Ma'am.«

»Was um alles in der Welt …? Also lass mich dich erst einmal anschauen.«

Johns Sohn breitete die Arme aus und drehte sich auf der Veranda langsam um sich selbst, sodass ich ihn mir in aller Ruhe ansehen konnte. Diese Uniform tragen zu dürfen hatte ihn alle erdenklichen Anstrengungen gekostet, und so blitzten seine Augen jetzt voller Stolz. Und dieses Lächeln. Genau wie das von seinem Daddy.

»Gütiger Himmel. Wo bleiben denn nur meine Manieren? Komm herein, Billy.« Ich trat beiseite und ließ ihn herein. »Kaffee? Tee?«, fragte ich, vor allem, weil mir sonst nichts einfallen wollte. Vor Schreck, nehme ich an.

»Kaffee, bitte, Ma'am«, antwortete er, als ich ihn in die Küche führte. Ich ließ ihn auf dem Stuhl Platz nehmen, auf dem sein Vater immer am liebsten saß, wenn er mich besucht hatte, aber das war jetzt schon sehr lange her. Tatsächlich kam es mir wie eine Ewigkeit vor. Anfangs hatte ich jeden Tag an John Robert gedacht und mir in meiner Fantasie Situationen ausgemalt,

die sich hätten zutragen können, doch je mehr Zeit verging – erst Tage, dann Wochen, dann Monate und schließlich Jahre –, desto seltener stellten sich solche Gedanken ein. Doch als ich jetzt seinen Sohn sah, fiel mir alles wieder ein. Tränen brannten mir in den Augen, Tränen, die ich Billy nicht sehen lassen wollte. »Pilot bei der Luftwaffe?«, fragte ich.

»Ja, Ma'am.«

»Dein Vater würde platzen vor Stolz, wenn er dich jetzt sehen könnte. Was für Maschinen fliegst du denn?«

»Alle, in die man mich reinsetzt, Ma'am. Hubschrauber, jedenfalls im Moment.«

»Nenn mich nicht Ma'am, Billy. Da komme ich mir so alt vor. Ich mag ja vielleicht schon alt aussehen, aber ich fühle mich nicht so, also nenn mich bitte Betty Sue.« Wie dein Vater das getan hat, dachte ich. Aber Billy nannte mich nicht bei meinem Vornamen, stattdessen lächelte er. Das machte es nur schlimmer. Ach, dieses Lächeln. Ich kochte Kaffee und fragte mich, weshalb er mich wohl so früh am Morgen besuchte. Billy kam immer nur dann, wenn es auch einen guten Grund dafür gab.

Ich hatte ihn jetzt schon wer weiß wie viele Jahre nicht mehr gesehen, und anfangs kannte ich ihn fast nur aus den Erzählungen seines Vaters. Wir begegneten uns zum ersten Mal an dem Tag, an dem er zu mir kam und mir erzählte, dass sein Daddy gestorben sei. Damals waren wir einander völlig fremd. Das sind wir jetzt nicht mehr. »Ich habe lange nichts mehr von dir gehört«, sagte ich.

»Ich bin gerade aus Deutschland zurückgekommen, Betty Sue. Deshalb haben Sie so lange nichts von mir gehört.«

Auch in Deutschland, dachte ich, gibt es Briefpapier und Umschläge und Briefmarken. Er hatte versprochen zu schreiben, hatte es aber nie getan. Auch in dem Punkt war er genau wie sein Vater. Verdammte Männer, andauernd brechen sie Herzen und Versprechen.

»Bald schicken sie mich wieder weg.«

Schnell sah ich auf. Ich musste ihn gar nicht erst fragen. Vietnam, dachte ich. Die US-ARMY schickt ihn nach Vietnam. Er wird Hubschrauber fliegen, und man wird auf ihn schießen.

»Ich bin gekommen, um mich von meiner Familie zu verabschieden. Sie gehören auch zur Familie, Betty Sue.«

»Das ist schön, dass du das so siehst.« Was ich wirklich fühlte, habe ich noch nie sagen können. Gott weiß, was mein Gesicht ihm verriet. Mein Herz jedenfalls schrie ihm zu, er möge sich nicht wegschicken lassen.

»Für mich hat sich viel verändert. So viel. Das mag sich jetzt komisch anhören, aber bis ich mit der Schule anfing, wusste ich nicht einmal, dass es so etwas wie Deutschland überhaupt gibt. Bis ich die Insel verließ, wusste ich fast gar nichts. Manchmal ärgere ich mich über mich selbst, dass ich meinem Vater nie zugehört habe, wenn er versuchte, uns von der Welt zu erzählen, aus der er kam ...« Er schwieg einen Augenblick. »Ich nehme an, wir alle haben irgendetwas zu bereuen.«

Er schaute auf seine Hände, betrachtete eindringlich seine Fingernägel. Mir fiel auf, dass auch seine Hände wie die seines Vaters waren. Wie auch der nachdenkliche Glanz in seinen Augen. Er schaute auf, als habe er in dem Augenblick meine Gedanken lesen können, und mein Herz setzte den Bruchteil einer Sekunde lang aus. Ich hätte in dem Moment auf die Bibel schwören mögen, dass nicht Billy Ignash Shaw mich da anschaute, sondern John Robert höchst persönlich. »Was ich vor allem bereue, ist die Tatsache, dass ich mir nicht die Zeit genommen habe, meinen Vater kennen zu lernen. Erzählen Sie mir etwas über ihn, Betty Sue?«

So viel hatte sich für diesen Mischlingsjungen verändert. Sein Daddy war ein Weißer, der im Jahr 1926 vom Himmel auf eine kleine Aleuteninsel gefallen war. Sein Sohn – das Licht seines

Lebens –, dieser gut aussehende junge Mann, der halb Aleute, halb Weißer war, hatte davon nie etwas wissen wollen. Doch dann war der Krieg gekommen, und das Leben, wie die Aleuten es gekannt hatten, war für immer zerstört worden. Billy hatte nicht zugehört, wenn sein Vater Geschichten über die andere, fremde Welt erzählt hatte, die gar nicht so weit weg war, oder vielleicht hatte er zugehört und war sich dessen nur nicht bewusst. Und jetzt saß er mir hier gegenüber, ein Pilot der US-ARMY, der nun in die Welt gehören wollte, aus der sein Vater einmal gekommen war.

»Viel kann ich dir nicht über deinen Daddy erzählen.«

»Sie haben ihn geliebt, nicht?«

»Wir sind Freunde gewesen.«

»Nein, Sie haben ihn geliebt. Das weiß ich.«

»Ja, auf meine Art, und er mich auf seine Art, nehme ich an. Aber das war damals nicht so wie heute, Billy. Damals, 1943, konnten wir nicht mehr sein. Nur Freunde. Das wussten wir beide.«

»Es war mehr als das. Als er im Sterben lag, hat er zu mir gesagt: ›Geh Betty Sue besuchen. Sag ihr, ich bedanke mich für alles. Sie weiß schon, was ich meine.‹ Er hat auch noch gesagt, er hat etwas bei Ihnen gelassen. Etwas, das ich eines Tages vielleicht gern sehen würde. Er hat gesagt, es könnte hilfreich sein, wenn ich je das Bedürfnis hätte zu erfahren, wer mein Vater wirklich war. Wissen Sie, was er damit gemeint hat?«

»Ich hole es dir.«

Ich kam mit einem Päckchen zurück, das in rissige Seehundhaut gewickelt und mit einer Schnur zugebunden war. Ich hatte gehofft, der Tag, an dem ich es übergeben müsste, würde nie kommen, aber ich konnte niemanden anlügen, schon gar nicht Billy. Schon gar nicht jetzt, da er etwas über seinen Vater erfahren wollte. Ich legte das Päckchen auf den Tisch, und er schaute hoch zu mir. »Jetzt fällt es mir wieder ein. Als die Armee damals die Insel evakuierte, war das das Einzige, was mein Vater mitnahm.«

»Es war alles, was er besaß, Billy. Als er damals ins Krankenhaus kam, war er in heller Aufregung. Niemand wusste so recht, was man mit ihm anfangen sollte. Er kam uns fast wie ein Wilder vor. Aus irgendeinem Grund schien ich es ihm angetan zu haben. Er vertraute mir, und es dauerte nicht lange, da waren wir dann Freunde. Bald wurde mir klar, dass er alles andere als ein Wilder war. Er war sanft und freundlich und nur deshalb so aufgeregt, weil das Militär seine Familie weggebracht hatte und er nicht wusste, wo du warst. O ja, er war wirklich in heller Aufregung. Damals herrschte überall ziemliches Chaos, Billy. Dein Daddy brauchte eine ganze Weile, ehe er herausfand, auf welche Insel ihr alle gebracht worden seid. Mach nur ja nicht deinen Vater verantwortlich für Dinge, an denen er nichts ändern konnte. Das werde ich nicht dulden.«

Billy schwieg eine ganze Weile. »An die Evakuierung kann ich mich noch erinnern. Und daran, wie ich auf dem Schiff war. An die hundert Soldaten trieben uns auf Lastwagen und brachten uns in ein Reservat, setzten uns da einfach ab und erwarteten, dass wir uns schon zurechtfinden würden. Wir mussten mit leeren Händen ganz von vorn anfangen. Sie haben uns gar nicht wie Menschen behandelt. Wir waren nicht weiß, also zählten wir nicht. Wissen Sie auch, dass meine Mutter fast ein Jahr lang jeden Tag weinte, bis mein Vater uns endlich fand? Ich habe ihn dafür gehasst, dass er uns im Stich gelassen hat. Ich habe ihn aus fünfzig verfluchten Gründen gehasst, aber er empfand nicht ein einziges Mal so etwas wie Hass für mich.«

»Ich bin sicher, dass dein Vater gar nicht in der Lage war, jemanden zu hassen, Billy.«

»Das weiß ich heute auch, aber damals habe ich ihn einfach für einen Schwächling gehalten.«

»Das war er nie. Nur etwas ganz Besonderes.«

Einen Moment lang herrschte ein nachdenkliches Schweigen zwischen uns.

»Als dein Vater mir das gab, sagte er, er würde es nicht mehr brauchen. Ich hatte vor, irgendwann einmal ein Buch daraus zu machen, aber du sollst es ruhig haben, Billy. Daraus wirst du mehr über deinen Vater erfahren, als ich dir je erzählen kann. Wie gesagt, wir sind nur Freunde gewesen.«

Billy wickelte das Päckchen aus, nippte an seinem Kaffee und begann, das unleserliche Gekritzel des Bordbuches eines Piloten zu durchblättern, das beinahe schon auseinander fiel, vergilbtes, wasserfleckiges Schreibpapier. Er nahm ein kleines, ebenfalls wasserfleckiges Tagebuch auf und blätterte vorsichtig darin. Langsam, beinahe flüsternd las er vor:

›Ich bin verwundet, aber nicht erschlagen.

Ich werde hier liegen und ruhen, bis ich erneut den Kampf kann wagen.‹

»Deine Tante Meg hat ihm das hineingeschrieben.«

»Wie ist sie denn so? Das Einzige, was ich von ihr weiß, ist, dass sie Kinderlähmung bekam, als sie noch jung war.«

Billy ließ mich die Seiten des Tagebuchs bis ans Ende aufblättern, wo eine Fotografie eingeklebt war. Sie war eingerissen, beschädigt, verblichen, aber zu erkennen waren immer noch zwei Frauen, die eine jung und im Rollstuhl, die andere alt und beschützend hinter ihrer Tochter stehend. »Das da hinter deiner Tante ist deine Großmutter. Jetzt lebt sie natürlich nicht mehr. Ist ungefähr zu der Zeit gestorben, als deine Schwester auf die Welt kam. Sie hieß auch Lily. Lily Margaret. Wie gesagt, Billy, ich kann dir nicht gerade viel erzählen, außer dass dein Vater dich geliebt hat und dass er dich nach dem Mann benannt hat, den er wie einen Helden verehrte.«

»Billy Taylor. Hat ihm das Fliegen beigebracht.«

»Das weißt du also?«

»Na ja, ein bisschen weiß ich schon.«

»Und vielleicht ist ein bisschen auch genug. Alles Wichtige hat er ja aufgeschrieben. Wie zum Beispiel das, was an dem Tag passierte, an dem du zur Welt kamst. Er hat dich so geliebt.«

»Und ich habe das nicht wissen wollen.« Wieder diese verblüffenden Augen, die mir bis auf den Grund der Seele drangen. Auch John Robert hat mich manchmal so angesehen. Immer wieder musste ich mir ins Gedächtnis rufen, dass dieser Mann hier nicht John Robert war.

»Das hat er gewusst, Billy. Und er hat es dir nie übel genommen. Auf seine ganz spezielle Art und Weise hat er sich wahrscheinlich gedacht, du würdest eines Tages kommen und mehr erfahren wollen. In seinem Tagebuch erzählt er davon, wie er schon als kleiner Junge unbedingt fliegen wollte. Er erzählt von seinen Träumen. Seinen Wünschen. Von seinem Freund, der in seinen Armen starb. Und davon, wie sie zusammen geflogen sind. Bobby war ein Draufgänger, immer abenteuerlustig in dieser wilden Zeit in der Provinz. Sie hatten sich vorgenommen, einen Rundflug durch die ganzen USA zu machen, Rekorde aufzustellen. Dann kam Bobby bei einem Flugzeugabsturz um, und dein Vater hat sich allein darangemacht, diesen Traum zu verwirklichen. Aber auch er ist abgestürzt, ganz in der Nähe von deiner Insel, und deine Leute haben ihm das Leben gerettet. Er musste noch einmal ganz von vorn anfangen, dieser sonnengebräunte junge Mann aus Florida, der die Kälte verabscheute.« Ich lachte still in mich hinein und wünschte, ich könnte mich an Johns Lebensphilosophie erinnern, doch sie war inzwischen verblasst, steckte irgendwo in den Tiefen meines Gedächtnisses. »Er hatte sich nie träumen lassen, dass ihm so etwas je zustoßen würde. Diese siebzehn Jahre müssen die längsten seines Lebens gewesen sein.«

»Lebt meine Tante Meg noch?«

»Wie soll ich dir das sagen, Billy? Sie ...«

»Will nichts mit mir zu tun haben, weil ich ein Mischling bin?

An so etwas bin ich inzwischen gewöhnt, Betty Sue. Ich habe gelernt, wie man mit Hass umgeht.«

Ich gab ihm Meg Meschers letzte mir bekannte Adresse. Ihr Bruder, der plötzlich vor ihrer Tür stand, nachdem er siebzehn Jahre lang ›tot‹ gewesen war, war ihr peinlich. Sie hatte sich für ihn geschämt. So viel wusste ich immerhin, weil ich bei ihrem ersten Treffen nach seiner Rückkehr dabei gewesen war. Kein Wunder, dass er angesichts dieses Wiedersehens nervös gewesen war. Ich hätte seinem Instinkt vertrauen sollen, aber schließlich erwies es sich doch als das Beste. John bekam ein wenig Geld, und damit ging er zurück zu seiner Familie in den Norden und konnte den Leuten seiner neuen Wahlheimat das Leben ein wenig erleichtern. Er fand einen Pilot, kaufte ein Flugzeug und eine Postlinie, ganz so wie in der alten Zeit, und er schickte seinen Sohn auf die beste Schule, die er sich leisten konnte. Aber würde Meg den Mischlingsjungen, den Sohn ihres Bruders kennen lernen wollen, auch wenn er jetzt Pilot in der US-ARMY war? Wahrscheinlich nicht, so wie ich Meg kannte. Schön, sie war ein Baptisten-Mädchen, das einen jüdischen Anwalt geheiratet hatte, aber im Grunde ihres Herzens war sie ein reichlich bigotter Mensch. Ich hatte sie nie gemocht. Nicht ein bisschen. Ein paar Jahre lang schickten wir uns zu Weihnachten gegenseitig Karten, und einmal sandte Meg mir eine Fotografie, aber weiter gedieh unsere Bekanntschaft nicht.

»Er kam aus Abbeville, South Carolina.«

»Ja.«

»Dahin ist er zurückgegangen.«

»Da gehörte er nicht hin. Er gehörte zu seiner Familie. Zu dir, zu Kioki, Lily und Asul ... tut mir Leid, den Namen kriege ich nie richtig raus.«

»Asuluk. Mein Großvater.«

»Ja. Genau. Dein Vater folgte stets der Stimme seines Herzens,

Billy. Der berühmte gesunde Menschenverstand ist manchmal nicht so richtig zum Zug gekommen.«

Da zeigte sich wieder dieses John-Robert-Lächeln, und ich musste wegschauen und heftig schlucken, da mir das Herz bis zum Hals schlug. »Ich werde heiraten, wenn meine Dienstzeit beendet ist. Werden Sie zu der Feier kommen? Die Trauung findet in Kalifornien statt. Los Angeles. Ich schreibe Ihnen die Einzelheiten, wenn Sie möchten.«

»Ich würde sehr gern kommen. In Kalifornien bin ich noch nie gewesen.«

»Danke für den Kaffee und dafür«, sagte er, als er die alten Aufzeichnungen seines Vaters wieder einwickelte. »Das Postflugzeug geht bald. Ich muss los.« Er stand auf, küsste mich auf die Wange und hielt mich einen Moment lang fest.

»Wirst du mir aus Vietnam schreiben, Billy?«

»Auf jeden Fall.« Er küsste mich noch einmal auf die Wange und versprach zu schreiben, genau wie sein Daddy es versprochen hatte, und nach einer weiteren langen, engen Umarmung war er verschwunden, die Straße hinunter. Und genau wie sein Daddy schaute er sich nicht mehr um. Ich wünschte, er hätte sich umgeschaut, dann hätte er mich winken gesehen.

Ich wusste, ich würde ihn nie mehr wiedersehen. Traurigkeit überwältigte mich, und einen Augenblick lang dachte ich, ich müsste weinen. Aber wozu sollte ich weinen? Tränen würden nichts ändern.

Ich schloss die Tür und setzte mich in die Sofaecke und starrte die Fotografie auf dem Kaminsims an: John Robert Shaw und Bobby Sullivan. Meg hatte das alte Negativ gefunden und einen Abzug machen lassen. Ich nahm das Bild herunter. Zwei junge, gut aussehende Flugpioniere, voller Ehrgeiz und wilder Träume, deren Leben gerade erst begann.

Jetzt waren sie beide tot.

Was wäre gewesen, wenn ich in jenem Sommer des Jahres

1943 gesagt hätte: ›Bitte, John, geh nicht auf die Insel zurück. Bleib bei mir. Bitte bleib bei mir?‹ Wenn ich ihm damals gesagt hätte, wie sehr ich ihn liebte, hätte das dann möglicherweise genügt, ihn zu bewegen, bei mir zu bleiben? Und wenn er bei mir geblieben wäre und mich genauso sehr geliebt hätte wie ich ihn, wäre er möglicherweise heute noch am Leben ... Ich hätte alles für ihn getan. Absolut alles.

Das Nächste, woran ich mich erinnere, war, dass ich weinte. Ich weinte um John, ich weinte um Billy. Doch am meisten weinte ich um mich selbst. Ich hätte nicht so egoistisch sein dürfen. Ich hätte Billy diese alte Fotografie geben sollen. Aber wenn ich das getan hätte, wäre ich in einer noch größeren Leere zurückgeblieben als der, in der ich ohnehin schon lebte, also wischte ich etwas Staub von dem Glas und stellte das Bild wieder an seinen Platz zurück.

Ich machte mich für die Arbeit fertig. Und das ist meine Arbeit: Ich bin Krankenschwester im Anchorage Hospital, und das werde ich auch bleiben.

Zweites Kapitel

Die Schwimmer setzten auf, und jemand – Billy sah nicht, wer es war – machte das Flugzeug am Landesteg fest. Billy schwang sich den Seesack über die Schulter und ging ins Dorf hinunter. Ein Blick genügte, und schon war ihm vollkommen klar, weshalb er diesem gottverlassenen Ort den Rücken gekehrt hatte: Der Geruch von verfaulendem Fleisch und Abfall verursachte ihm sofort Übelkeit. Für ihn gab es nur noch das Leben des weißen Mannes, auch wenn er erst nach Hause kommen musste, um sich dessen bewusst zu werden.

Die Schule war noch nicht aus, und ein paar junge Gesichter schauten zu den kleinen, schmuddeligen Fenstern der länglichen Wellblechbaracke heraus. Kinder, die überlegten, wer dieser Fremde sein mochte. Kinder hatten ein kurzes Gedächtnis, wie er sehr wohl wusste.

Sein Onkel Sindbad war in einer Sitzung des Ältestenrates. Als Billy an dem Gebäude vorbeiging, ließen sich die erhobenen Stimmen kaum überhören. Es hatte nie richtig funktioniert – diese Idee, verschiedene Gruppen von Aleuten und Inuit zusammenzustecken und von ihnen zu verlangen, ihr Leben zu meistern. So zu tun, als habe sich nichts verändert, obwohl sich in Wirklichkeit alles verändert hatte. Wenn man uns die Würde und die Selbstständigkeit nimmt, dann haben *wir, das Volk,* gar nichts mehr. Sogar unseren Glauben haben wir verloren.

Billy war kaum fünf Minuten hier und wünschte sich schon, er wäre überhaupt nicht zurückgekommen.

Sein Onkel hatte geweint, als sich Billy vor einigen Jahren entschlossen hatte, für immer fortzugehen. Zwar hatte sein Vater ihn aufs College geschickt, aber man hatte erwartet, dass er vom College aus nach Hause zurückkehren würde. Zurückkehren und dann bleiben würde. Doch er hatte zu schnell zu viel gelernt, und die Entscheidung, von der Insel fortzugehen, hatte er nicht bereut. Genau wie sein Vater hatte Billy den Himmel lange genug betrachtet, um zu wissen, dass dort oben der Platz war, an dem er wirklich sein wollte. Und inzwischen hatte er einen ordentlichen, sicheren Posten bei der Armee, verfügte über etwas Geld und hatte außerdem eine reiche Freundin, die ihn unbedingt heiraten wollte, und bald würde er seinem Land wieder auf die einzige Weise dienen können, die er kannte. In den Krieg zu ziehen machte ihm keine Angst – es war eine willkommene Fluchtmöglichkeit. Da drüben in Vietnam würde er nicht die Zeit haben, an sein ›Zuhause‹ zu denken, immer vorausgesetzt, er wusste überhaupt, was und wo das war.

Im Grunde seines Herzens spürte er, dass er Abschied nehmen musste. Abschied von seiner Schwester, die jetzt an der Schule unterrichtete beziehungsweise der staatlich ernannten Lehrerin assistierte. Lily bewahrte die Traditionen, wenn auch nur in den Köpfen der Kinder. Die Vergangenheit war ihr wichtiger als die Gegenwart. Sie würde niemals fortgehen von diesem Ort, aus diesem Leben. Es war das einzige Leben, das sie kannte, und schlimmer noch, das einzige Leben, das sie kennen wollte. In ihren Adern floss mehr aleutisches als amerikanisches Blut. Inzwischen hatte sie selbst drei Kinder, oder waren es vier? Vielleicht hatte sie noch niemand über diese Dinge aufgeklärt. Und doch würde es schön sein, sie wiederzusehen. Und dann war da noch der einäugige Onkel, mit dem er sich auseinander setzen musste. Diesmal würde er vielleicht nicht weinen. Inzwischen hätte er das Unausweichliche vielleicht akzeptiert. Billy hatte nicht vor, einer von den Ältesten zu werden. Das würde er seinem Schwager Eennali überlassen, vorausgesetzt, der Alkohol hatte ihn inzwischen nicht allzu sehr in seinen Fängen.

Billy ging zu Eennalis Haus. Aufgrund des sommerlichen Tauwetters waren die Bretter, die zum Haus führten, tief in den Schlamm eingesunken. Es war niemand zu Hause. Sie mussten wohl alle bei der Versammlung sein. Billy setzte seinen Seesack auf der Veranda mitten zwischen leeren Whiskeyflaschen ab und ging wieder zurück zum Versammlungsgebäude.

Sindbad war mitten in seinem Singsang, als Billy die Tür öffnete. Nahezu alle Erwachsenen des Dorfes waren dort, und alle drehten sich um und starrten denjenigen an, der da mit der Mütze in der Hand auf der Türschwelle stand. Billys Onkel, der inzwischen so aussah, als sei er mindestens dreißig Zentimeter kleiner als früher, zog die Nase hoch, grunzte, spuckte aus und machte weiter. Zum ersten Mal in seinem Leben kam sich Billy wie ein Außenseiter vor.

»Steh da nicht einfach so herum!«, fuhr ihn der alte Mann auf Aleutisch an. »Du lässt ja die ganze Wärme raus!«

Billy trat ein und schloss die Tür. Mit einem Seufzer der Erleichterung setzte er sich zu seinen versammelten Leuten und fiel in den Singsang mit ein, als sei er nie fort gewesen.

Doch er war fort gewesen, und er hatte weit mehr über die Lebensweise der Weißen gelernt, als die ihrer Heimat beraubten Aleuten je wissen wollten oder müssten. Aber schließlich war er ja auch ein halber Weißer.

Indem Billy Ignash Shaw versuchte, den ihm angestammten Platz im Leben zu finden, war er genau wie sein Vater.

Während er bei dem Singsang mitmachte und Erinnerungen an das alte Leben allmählich wieder in sein Gedächtnis sickerten, sah er Ki. Ki war nur eine Abkürzung, denn ihr Name war zu lang, als dass man ihn ständig hätte aussprechen mögen. Sie saß ganz für sich am anderen Ende des Raumes. Seit vielen Jahren waren sie jetzt schon Freunde. Und Billy hatte auch nie gewollt, dass mehr aus dieser Freundschaft wurde. Ihr Haar war lang und zu dicken Zöpfen geflochten. Ihr Gesicht war ständig gerötet. In ihren Augen strahlte immer ein Lächeln. Sie musste jetzt fünfundzwanzig sein. Vermutlich verheiratet. Wenigstens hoffte er das. Er erwiderte ihr Lächeln. Mehr brauchte Ki nicht als Aufforderung.

»Deutschland«, wiederholte Sindbad, als alle gegangen waren und nur noch er und sein geliebter Neffe sich in dem Raum befanden.

»Ja, genau. Ich bin in Deutschland gewesen.«

Es änderte sich nie etwas. Sindbad nahm sich Zeit, darüber nachzudenken. »Deutschland. Hiitlar.«

»Das ist schon lange her, Onkel«, sagte Billy auf Aleutisch. »Dieser Krieg ist vorbei.«

Der alte Mann sprach sehr wohl gut genug Englisch, um sich zu unterhalten, wollte das aber meistens nicht. Wie alt mochte er wohl inzwischen sein? Siebzig? Achtzig? Wie auch immer, er sah aus wie hundert. Hundert Jahre Erfahrung und Lebensweisheit, und da saß er nun, schüttelte den Kopf und sagte Billy, das, was er vorhabe, sei *wieder einmal* falsch. Doch alles, was Billy je vorhatte, war falsch, weil es keine Bedeutung für die alte Lebensweise hatte.

»Du änderst dich nie, und weil du dich nicht änderst, wird auch sonst alles beim Alten bleiben.«

Sindbads Körper mochte gealtert sein, doch sein Gehör war immer noch hundertprozentig in Ordnung, und der Geist in seinem Körper immer noch genauso jung und schroff wie eh und je. »Bleib hier. Wir brauchen dich. Kein Deutschland, kein Vii-at-num.«

»Es heißt Vietnam. Vii-et-nam.«

»Nein! Hierher gehörst du!« Der alte Mann schlug Billy seine Hand aufs Knie, wie schon hunderte Male zuvor.

»Nein. Ich kann nicht bleiben. Das hier ist nicht mehr mein Zuhause. Da ist jetzt eine Frau, die zu mir gehört. Ich will eine Familie. Ich bin gekommen, um mich zu verabschieden.« Mit diesen Worten stand Billy auf.

»Nie sagst du Hallo zu uns. Immer nur Auf Wiedersehen.« Der alte Mann starrte auf die Luftwaffenabzeichen oberhalb der Jackentasche, auf das WO4, die Dienstgradstreifen. Dann glitt der Blick hoch zum Gesicht des jungen Mannes. Was mochte er da sehen? Würde Billy das je erfahren? Billy nahm Sindbads Hand, drückte sie flüchtig und ging so schnell wie möglich aus dem leeren Versammlungsgebäude hinaus.

Die Sommerkälte draußen traf ihn wie ein Schlag ins Gesicht. Früher einmal war er daran gewöhnt gewesen. Früher einmal. Vor einem ganzen Leben. Er schaute sich um. Der Gestank des Abfalls kam ihm bereits wieder vertraut vor. Von Eennali war immer noch weit und breit nichts zu sehen. Vielleicht war er mit ein paar Jungs zum Fischen hinausgefahren? Billy sah auf die Uhr. Die Schule würde jetzt jeden Moment aus sein. Er glaubte, das Wiedersehen mit seiner Schwester würde nicht so traumatisch sein wie der Versuch, mit dem alten Mann zu reden, also machte sich Billy auf den Weg zur Schule. Je weiter er ging, umso leiser wurde der wehklagende Singsang des alten Mannes.

Sein altes Herz war wieder einmal gebrochen, doch das war nicht Billys Problem. Jedenfalls versuchte er sich das einzureden.

Er fing an, die sieben Stufen zur Schulhütte hinaufzusteigen, und als er auf der dritten Stufe war, ging die Tür auf und ein Schwall kreischender Kinder strömte heraus. Er hörte seine Schwester auf Aleutisch rufen: »Nicht rennen!« Doch da hätte sie genauso gut versuchen können, die Sonne davon abzuhalten, aufzugehen. Billy wartete, bis sich die Kinder zerstreut hatten, ehe er hineinging.

»He, Lily.«

Lily, die gerade dabei war, die Tafel abzuwischen, drehte sich um. Schwanger war sie nicht, soweit er sehen konnte. Ein Kind, das noch zu klein zum Laufen war, hatte sie in einer Tragetasche auf dem Rücken. Billy konnte nicht sagen, ob es ein Junge oder ein Mädchen war. Für ihn sahen sie alle gleich aus.

Lily wirkte alt und verbraucht. Viel zu sehr, viel zu früh. Es gab kein Lächeln, keine Umarmung. Mit einem Ausdruck, den er nicht deuten konnte, schaute sie ihren Bruder an. Freute sie sich, ihn wiederzusehen, und verbarg sie es nur wie üblich, oder war es ihr egal, dass er gekommen war? Hoffte er, dass sie sich aufgrund seiner Abwesenheit geändert hatte? Als sie sich wieder umdrehte, um die Tafel weiter abzuwischen, entschied Billy, Letzteres müsse der Fall sein.

»Und, wie geht es dir so?«, fragte er schließlich, hauptsächlich um das Schweigen zu durchbrechen.

»Gut«, antwortete sie auf Aleutisch.

»Sprich Englisch, Lily.«

»Nein. Weshalb sollte ich? Wieso bist du hier? Wieso bist du zurückgekommen?«

»Sie schicken mich ins Ausland«, sagte er auf Englisch. »Ich gehe nach Vietnam.«

»Vietnam.« Wieder schwieg sie, als ob sie sich an etwas erinnerte. »Großvater hat uns gesagt, dass das passieren würde. Du würdest uns im Stich lassen, wenn wir dich am dringendsten brauchten.«

Herrje, dachte Billy. Der alte Medizinmann schlägt wieder zu. Für ihren Großvater Asuluk hatte es nie irgendwelche Geheimnisse gegeben. Er hatte nicht nur das zweite Gesicht, sondern auch das dritte, vierte und fünfte, vermutlich noch mehr, und wenn seine Schwester etwas von dem Alten geerbt hatte, dann war es das Wissen, dass Dinge geschehen würden, lange bevor sie wirklich eintrafen. Er war jetzt schon sehr, sehr lange tot, aber für Lily war es immer so, als sei er erst gestern gestorben.

»Ich lasse niemanden im Stich, und das weißt du sehr gut.«

Darauf erwiderte sie nichts. Für sie war er gar nicht mehr da.

»Wie viele Kinder hast du jetzt?«, fragte er auf Englisch, als er das Gesicht des Babys berührte, von dem er immer noch nicht wusste, ob es ein Junge oder ein Mädchen war.

Auf Aleutisch antwortete sie: »Wieso fragst du? Was kümmert dich das? Du gehörst nicht mehr zu uns. Du hast deine Entscheidung getroffen. Du hast allem hier den Rücken gekehrt und bist fortgegangen. Wieso bist du überhaupt gekommen? Glaubst du, das bedeutet mir was?«

»Wo ist Eennali? Ich muss ihn sprechen.«

Was auch immer an Kraft in ihr war und sie aufrecht gehalten hatte, schien zu schwinden. Das Stück Kreide in ihrer Hand zerbrach, und die Stücke fielen auf den Holzboden. Ihr Gesicht verzerrte sich. Tränen stiegen ihr in die Augen, sammelten sich dort und rannen herunter. Schnell drehte sie sich um.

»Lily?«

»Eennali. Mein Mann. Er lebt nicht mehr«, erwiderte sie. »Eennali, mein Mann, dein Freund. Er ist tot, und du bist schuld. Du hast ihn umgebracht! Geh weg! Geh doch einfach weg!«

Ausgestoßen, verbannt saß Billy drei Stunden lang auf der Veranda in der Sommerkälte. Er war zurückgekommen, um sich von Menschen zu verabschieden, die ihm einmal, so dachte er, viel bedeutet hatten: Lily, Eennali und Sindbad. Sindbad war stark gealtert, seine Schwester sprach nicht mit ihm, und Eennali war tot. Keiner wollte ihm erzählen, was mit dem Mann geschehen war, der ein ganzes Leben lang sein Freund gewesen war. Sie waren zusammen aufgewachsen, sie hatten zusammen jagen gelernt. Sie hatten viel zu früh zusammen Erwachsensein gespielt, und auch wenn sie für ihren kindlichen Übermut hart bestraft worden waren, hatten sie doch immer wieder überlebt, um dann ihre Taten zu bereuen. Jetzt war Eennali tot, und Billy hatte es nicht gewusst. Niemand hatte es für nötig gehalten, es ihm zu erzählen. Es war, als hätte ihre enge Vertrautheit nie existiert. Wut stieg in ihm auf und nahm in seinem Innern den Platz ein, der für Betrug und Verrat reserviert war.

Zehn Jahre lang war er fort gewesen. Es hätten genauso gut hundert Jahre sein können. Als Billy so dasaß und sich fragte, wie und weshalb sein Freund aus Kindertagen umgekommen war, wünschte er sich, wenigstens einen kurzen Moment lang und zum ersten Mal in seinem Leben, sein Vater wäre noch am Leben. Nur ein winziger Teil von ihm existierte noch, und der lag da, auf dem modrigen Holzboden, neben seinem Oberschenkel. Ein paar Blätter Papier und ein kleines Büchlein, eingewickelt in alte, rissige Seehundhaut. Auch in guten Augenblicken hatten sie einander nie viel zu sagen gehabt, und für die Gleichgültigkeit zwischen ihnen war Billy größtenteils selbst verantwortlich. Das wusste er auch und gestand es sich stillschweigend ein. Er hatte ihn nie näher kennen lernen wollen, diesen seltsamen, nutzlosen Weißen mit nur einem Arm und nur einem guten Bein. Den Mann, den sie auf dem Eis gefunden hatten. Den Weißen, der jahrelang hatte sterben wollen. Den lästigen Mitbewohner im Dorf, auf den sie immer warten mussten. Den, der Frauenarbeit verrichtete. Den, der keinen männlichen Stolz zu haben schien. In jungen Jahren hatte Billy viel gekämpft – gekämpft für das Recht, nicht als der Sohn des Nutzlosen bekannt zu sein.

Und doch hatte Betty Sue gesagt, dass er unheimlich stolz

wäre, wenn er ihn jetzt sehen könnte – hatte ihm gesagt, wie stolz er immer auf ihn gewesen sei. Ich habe ihm nie eine Chance gegeben, dachte Billy. Tränen stiegen ihm in die Augen, doch ob es Tränen für seinen Vater, Eennali oder für ihn selbst waren, wusste er nicht. Vielleicht ja auch Tränen um all die Dinge, die schief gegangen waren. Ganz bestimmt hatte er sich doch in den zehn Jahren nicht so sehr verändert? Er stand auf, bevor ihm die Tränen übers Gesicht liefen, und hämmerte wieder an die Tür, in der Hoffnung, Lily habe ihre Meinung geändert und ließe ihn jetzt herein. Sie muss die Kinder angewiesen haben, nicht auf das Klopfen zu reagieren. Er konnte sie drinnen schreien hören.

»Komm schon, Lily! Es ist kalt hier draußen! Verdammt noch mal, lass mich rein!«

Nichts.

Billy hob den Seesack und das in Seehundhaut eingewickelte Päckchen seines Vaters hoch, dann gab er der Tür seiner Schwester zum Abschied einen Fußtritt und ging durch den Schneematsch zum Haus seines Onkels. Sonst hätte er nirgendwohin gehen können.

Sein ungeduldiges Klopfen wurde erhört. In der Tür stand eine Frau, die er nie zuvor gesehen hatte, und sah ihn fragend an, ohne ein Wort zu sagen. Sie war relativ jung, jedenfalls hatte sie noch all ihre Zähne, und sie musterte ihn von oben bis unten, als sei er ein aufdringlicher Staubsaugervertreter. In diesem Moment freute sich Billy wieder, dass er fortgegangen war. Er konnte sich nicht vorstellen, eine dieser Frauen heiraten zu müssen. Jetzt nicht mehr. Nie mehr. Sofort dachte er an Trish. Trish mit den langen Beinen, dem vollkommenen Körper und den himmelblauen Augen.

»Kann ich reinkommen?«, fragte er auf Aleutisch. »Meine Schwester will nicht mit mir sprechen.«

Die Tür wurde ihm vor der Nase zugeknallt.

»Scheiße.«

Und was nun? Erst in dreizehn Stunden würde das Wasserflugzeug zurückkommen.

»Ignash.«

Er drehte sich um, die Stimme war ihm bekannt vorgekommen. Es war Ki, dick eingepackt zum Schutz vor der Sommerkälte. Ihr Lächeln war die einzige Quelle von Wärme auf der ganzen Insel. Mit einem Zeichen gab sie ihm zu verstehen, er solle ihr folgen. Er zögerte nicht.

Kis Haus aus Holz und Wellblech war winzig und hatte nur ein Zimmer. Von dem Moment an, als er hereinkam und sich die Tür schloss, wusste er, dass sie hier ganz allein lebte.

Er fragte sie, wieso.

Das Einzige, was sie darauf erwiderte, war, dass einfach nicht mehr genügend Männer da seien. Als ihre Blicke sich trafen, schaute er schnell weg. Wie hatte sie nur all die Zeit allein überleben können? Ohne Ehemann, ohne Sohn? Wartete sie denn immer noch auf ein Wunder? Das Wunder, dass er zurückkommen und sie heiraten würde?

Er setzte sich und seufzte. Was er sah, als er sich umschaute, deprimierte ihn. War es denn ein Wunder, dass er sich auf und davon gemacht hatte, solange er noch die Gelegenheit dazu hatte? Seine Leute lebten in Armut, einfach weil sie es nicht anders kannten.

Ki bewirtete ihn, so fiel ihm auf, mit Lebensmittelvorräten, die für sie allein wahrscheinlich für eine ganze Woche gereicht hätten. Sie selbst nahm nur wenig von dem getrockneten Lachs und eine Hand voll Beeren, die die Kinder der Insel höchstwahrscheinlich immer noch sammeln gehen mussten. Das war einmal eine seiner Aufgaben gewesen, als er zum Jagen und Fischen noch zu jung gewesen war. Beeren sammeln. Ein Spiel hatten sie damals daraus gemacht. Ki immer zwei Schritte hinter ihm ...

»Nimm dir noch etwas.«

»Nein, nein. Ich werde dir nicht all deine Vorräte wegessen, Ki. Du hast das nötiger als ich.«

Wieder schob sie ihm den Teller hin. »Iss.«

Billy aß noch eine Kleinigkeit – nur um der jungen Frau eine Freude zu machen, die ihr ganzes Leben gehofft hatte, dass er sie heiraten würde. Wenn der Krieg nicht gekommen wäre, wenn sie nicht evakuiert worden wären, wenn er nicht entdeckt hätte, dass es noch mehr – noch Besseres – im Leben gab, vielleicht hätte er Ki dann geheiratet. Und vielleicht hätte er inzwischen auch einen ganzen Trupp Kinder. Aber so ist es nicht gekommen.

Jetzt hier bei ihr zu sein war wirklich schön. Wenigstens hier hatte er das Gefühl, willkommen zu sein.

Nachdem sie gegessen hatten, setzte sie sich in eine Ecke und nahm ihre Näharbeit zur Hand. Elektrisches Licht hatte sie nicht – das hatte niemand hier. Ein paar Kerzen brannten. Billy fragte sich, ob Kerzen immer noch rationiert waren wie die Lebensmittel. Wahrscheinlich. Benutzte Streichhölzer lagen ordentlich aufgereiht auf dem Fensterbrett. Billy wusste nicht, was sie später damit machen wollte. Was hier abgesehen von einer anständigen medizinischen Versorgung und einem genossenschaftlichen Austausch mit den Leuten auf den anderen Inseln am dringendsten gebraucht wurde, waren Generatoren zur Stromerzeugung. Richtige Heizungen im Winter. Aber dafür fehlte das Geld – weit mehr Geld, als er je in der Welt dort draußen verdienen konnte. Für diese Leute, seine Leute, waren fünf Dollar ein Vermögen.

Schuldgefühle kamen in ihm hoch. Vielleicht hatte er deswegen nie zurückkommen wollen.

»Gehst du wieder fort?«, fragte Ki auf Aleutisch.

»Ich muss.«

»Es ist nicht dasselbe ohne dich.«

»Ich weiß. Aber das ist nun einmal die Entscheidung, die ich getroffen habe, Ki. Verstehst du das?«

»Ja. Ich verstehe, dass man Entscheidungen treffen muss.«

»Du solltest verheiratet sein. Du solltest inzwischen einen ganzen Stall voll Kinder haben.«

»Das ist die Entscheidung, die ich getroffen habe.«

»Du hast auf mich gewartet, nicht?«

Sie nickte.

»Das habe ich dir vor langer Zeit schon gesagt. Es wird nie so werden, wie du es dir vorstellst.«

»Immer habe ich nur auf dich gewartet.«

»Das hättest du nicht tun sollen.«

»Ja, ich weiß. Mein Herz wird niemals einen anderen anschauen. Immer nur dich.«

»Du warst freundlich zu mir, als es sonst keiner war, und dafür danke ich dir. Ich danke dir dafür, dass du meine Freundin bist, aber du solltest an deine Zukunft denken.«

»Immer habe ich nur auf dich gewartet. Du bist meine Zukunft.«

»Du hörst seine Worte immer noch, oder?«

Ki lächelte. Was für ein vergeudetes Leben, wenn man es hoffend auf etwas verbrachte, das nie eintreten würde. Als Asuluk starb, hatte er zu ihr gesagt: *Du wirst einen Sohn mit Ignash haben. Und er wird uns aus unserer Dunkelheit herausführen.*

Sie hatte Billy von dem Gespräch erzählt, hauptsächlich weil sie nicht gewusst hatte, ob der Sohn sie führen sollte oder Billy, doch der hatte das Ganze mit einem Achselzucken abgetan – Asuluk war vor seinem Tod nicht mehr ganz richtig im Kopf.

Was von der Kerze noch übrig war, verlosch flackernd. Ki gähnte, stand auf und schlug die Decke von ihrem sehr schmalen Feldbett zurück.

Wieder lächelte sie Billy an.

Dort lagen sie dann zusammen und starrten an die Decke aus Wellblech. Nach einem langen Schweigen fragte er flüsternd:

»Was ist mit Eennali geschehen?«

Mit leiser, ernster Stimme fing Ki an zu erzählen, von einer Ausfahrt zum Fischen, bei der etwas schief ging, aber es ging nur durch den Whiskey des weißen Mannes schief. Eennali hatte heftig angefangen zu trinken, kurz nachdem Billy die Insel verlassen hatte, um nach etwas zu suchen, von dem niemand wusste, was das sein sollte. Eennalis Kummer und Einsamkeit waren so groß, dass er ertrank. Sein Leichnam wurde nie gefunden. Es war ein langsamer Tod, der vor ungefähr acht Sommern begonnen hatte.

»Wir alle haben gehofft, du würdest uns führen.«

»Ich hatte nie vor, einer der Ältesten zu sein, und das weißt du auch.«

Ki drehte sich auf die Seite und musterte Billy in dem Dämmerlicht. Doch Billy wusste, was sie sagen wollte, und schüttelte den Kopf. »Nein. Ich kann nicht bleiben. Ich gehöre nicht mehr hierher.« Billy hatte schon genug für das Dorf getan. Ein wenig Erziehung des weißen Mannes – womit sein Dad schon auf Kulowyl begonnen hatte; dann eine richtige Schule auf dem Festland; dann College, und bald schon hatte Billy die Regierung davon überzeugen können, feste Häuser zu bauen und für die Dauer des Sommers richtige Lehrer herzuschicken. Doch zu viel von der Lebensweise des weißen Mannes war zu schnell in das alte Leben eingedrungen. Die Lebensweise des weißen Mannes, das Geld des weißen Mannes, auch die Krankheiten des weißen Mannes. Billy war fortgegangen, solange er noch die Gelegenheit dazu gehabt hatte, sonst hätte er vielleicht dasselbe Schicksal wie Eennali erlitten. Vielleicht hatte er das kommen sehen und Reißaus genommen.

»Jetzt ziehst du in den Krieg.«

»Das ist jetzt eben mein Leben.«

»Hierher gehörst du.« Billy wusste, dass sie damit nicht die Insel meinte, sondern ihr Bett. »Hierher, zu mir.« Er erkannte den Blick in ihren Augen. Er kannte diese Sehnsucht. Er wusste, was für ein Gefühl es war, immer etwas zu wollen, von dem man wusste, das man es nicht haben konnte. Er stellte sich ihr Leben vor, immer allein, immer wartend. Jahre des Wartens, auf einen Augenblick wie diesen, eine Nacht wie diese. Er streckte die Hand aus und berührte ihr Gesicht. Sie war nicht sonderlich hübsch, und das würde sie auch nie werden, aber sie hatte ein gutmütiges, mitfühlendes Herz. Einen Moment lang war ihm, als erfülle er einen lang gehegten Wunsch, und Billy sagte sich, dass er das Richtige tat, als er sie herunterzog.

In jener Nacht schlief Billy wohlig warm und erwachte lange vor Morgengrauen, und er wusste, dass es kein Traum gewesen war. Kis Atem auf seiner nackten Haut fühlte sich heiß an. Er lag da und war froh über das, was passiert war, doch tief in seinem Innern wusste er, dass er nie wieder so leben könnte. Ki hatte Tränen in den Augen, als sie zuschaute, wie er sich anzog, doch weinen wollte sie auf keinen Fall. Sollte sie sich ruhig an die Hoffnung klammern. Manchmal war die Hoffnung das Einzige, was die Leute hatten. Sie würde nicht wissen, dass dies sein letzter Besuch auf der Insel war. Billy hörte das Postflugzeug, lange bevor es zu sehen war. Es war niemand da, der ihm Auf Wiedersehen sagte, außer Ki. Er wusste, dass sie später weinen würde, wenn sie allein war.

Das werde ich nie wiedersehen, dachte er, und in seinem Herzen fühlte er mehr Traurigkeit als Erleichterung, als der Motor angeworfen wurde und das kleine Flugzeug rumpelte und ratterte. Als die Schwimmer von der unruhigen Wasseroberfläche abhoben, schwand gleichzeitig jede Spur von Zugehörigkeit, von Zuneigung. Er hätte nie zurückkommen dürfen. Zurückzugehen ist immer ein Fehler. Billy schaute aus dem kleinen Fenster der Cessna, als die Maschine einen Kurvenflug über dem Inselreservat einleitete. Der einzige Mensch, den er dort unten auf dem Landesteg erkennen konnte, war Ki. Er drehte sich zu dem Piloten um und sagte: »Bringen Sie mich hier raus, Kumpel. Ich muss in einen anderen Krieg ziehen.«

Drittes Kapitel

Ich wusste, er würde kommen. Ich hatte es geträumt, genau wie meine Mutter von der Ankunft meines Vaters geträumt hatte, lange bevor ich auf die Welt kam. Ich hörte das Flugzeug über mir – genau wie meine Mutter vor so vielen Jahren –, und alle Kinder gingen zum Fenster und schauten hinaus. Doch anders als heute gab es für die Kinder damals keine Fenster. Und auch keine Schulen. Bis mein Vater kam. Er brachte uns eine neue Welt, auch wenn er das gar nicht beabsichtigt hatte.

Es machte den Kindern Spaß, hinauszulaufen und zu schauen, was das Postflugzeug diesmal herangeschafft hatte, oder zu gucken, was die Männer nach Hause gebracht hatten. Doch die Zeiten haben sich geändert, und mittlerweile ist auch für uns so vieles anders geworden. Unser Leben war ganz einfach damals. Wir hatten Regeln und Gesetze, und wir waren zufrieden mit dem, was wir hatten, mit dem, was das Land und die See uns zu bieten hatten. Das ist heute nicht mehr so, wenn auch die Kinder noch zu jung sind, um derartige Wahrheiten zu begreifen. Ich lasse ihnen ihre Ideale, denn im Lauf der Zeit wird die Welt ohnehin nach und nach ihre Träume zerstören. Sie müssen die Vergangenheit kennen, bevor sie mit mutigem Herzen in die Zukunft schreiten können, und genau das ist es, was ich tue. Ich lehre sie die Vergangenheit. Unsere Vergangenheit.

Ich wollte den Kindern nicht erlauben, das Schulhaus zu verlassen. Nicht an diesem Tag. Gesichter mit eisigen Mienen dreh-

ten sich zu mir um, doch das machte nichts. Ich bin die Lehrerin, und sie müssen mir jederzeit gehorchen. Es war mir unmöglich hinauszugehen und das Flugzeug willkommen zu heißen, als es die Post und Lebensmittelvorräte und, wie ich wusste, meinen einzigen Bruder brachte.

Ich wollte ihn einfach nicht wiedersehen.

Er war ein Verräter. Er hatte uns im Stich gelassen, als wir ihn am dringendsten brauchten. Ignash war zu lange fort gewesen, und ich konnte einfach nicht begreifen, weshalb er gegangen war. Hatten wir ihn denn nicht angefleht, uns nicht im Stich zu lassen? Er hatte so viel für uns getan. So viel, auch wenn er das bestritt. Wenn er jetzt von der Insel fortging, würde uns das nur Kummer und Leid bringen – das war mir völlig klar –, und gelitten hatten wir wirklich schon genug.

Ich bin jünger als mein einziger Bruder Ignash. Immer war er da, um mich zu beschützen und auf mich aufzupassen. Wie oft hat er mich auf dem Rücken getragen, als ich noch zu klein war, um mit den anderen Schritt zu halten. Er sagte immer, ich sei noch zu jung gewesen, um mich an so etwas zu erinnern, aber das stimmt nicht. Ich erinnere mich sehr wohl. Vielleicht erinnere ich mich zu sehr.

Ich erinnere mich noch sehr gut an Kulowyl und daran, wie meine Freunde und ich an schönen Sommertagen dort herumliefen. Unseren Spaziergang begannen wir bei den Felsen, wo mein Großvater täglich seine Netze auswarf, und wir gingen dann weiter und immer weiter, unterhielten uns und lachten und spielten, bis wir zum Strand auf der Sommerseite gelangten, und dann kamen unsere Väter und Onkel und Vettern immer in ihren Kajaks nach Hause. Wir Kinder warteten auf sie, um in Empfang zu nehmen, was auch immer sie gefangen hatten, und dann gab es ein Rennen zurück zum Dorf, wo unsere Mütter und Tanten und älteren Schwestern schon nach uns Ausschau hielten. Das war uns damals wichtig: Der Fang und das

Feiern hinterher, wenn mein Großvater uns seine Geschichten aus den alten Zeiten erzählte. Es waren Geschichten, die wiederum sein Großvater ihm erzählt hatte, Geschichten, die fortleben mussten, damit die Wahrheit nicht aus unseren Herzen schwand. Immer wieder erzählte er diese Geschichten, und wir hingen an seinen Lippen. Er wollte nicht, dass wir die Vergangenheit vergaßen. Und genau das habe ich auch meinem Großvater versprochen. Ich würde nicht vergessen. Ich würde nie vergessen, und ich würde auch den Kindern nie erlauben zu vergessen. In seinen sterbenden Augen war zu lesen, dass er mir glaubte. Er drehte sich zu meinem Bruder um, und obwohl er im Sterben lag, wusste mein Großvater Asuluk, dass mein Bruder vergessen würde.

Er wäre überglücklich, vergessen zu können, was er war, um der Mann zu werden, der er nie hat sein sollen. Mein Großvater wusste, dass es mit den Geschichten vorbei sein würde, wenn er nicht mehr hier lebte. Das hat mich sehr traurig gemacht, aber die Trauer, die mein Großvater empfand, als sein letzter Atemzug kam, muss unvorstellbar groß gewesen sein.

Vielleicht ist das der Grund, weshalb ich meinen Bruder nicht wiedersehen will.

Er hat seinen Großvater angelogen, als dieser im Sterben lag.

Aber ich habe begonnen, von unserer Kindheit zu erzählen. Ja, das ist die Zeit, an die ich mich gut erinnere. Wie ich noch klein war und mit meinen Freundinnen spielte. Wie wir unsere Taschen leerten und Beeren und Muscheln und kleine Steinchen hervorzogen; alles, was wir gesammelt hatten. Viel zu schnell schwand diese glückliche Zeit aus unserem Leben, und jetzt bringen unsere Töchter und Nichten ihre Schätze zu uns, und der Kreis des Lebens geht weiter und immer weiter. Traurigkeit erfüllt mich, weil diese Zeit nie mehr zurückkommen wird. Die Kinder heute spielen nicht mehr so wie wir früher. Heute gibt es Radios, und die älteren Kinder versammeln sich um das Radio-

gerät, um Stimmen von Leuten zu lauschen, die sie nicht sehen können. Ich habe von Kästen geträumt, die die Aufmerksamkeit der Leute gefangen nehmen. Kästen, die Bilder abspielen und Geräusche machen, als ob man das Leben eines anderen betrachtet und dabei das eigene Leben vergisst, und nicht nur das eigene Leben, sondern gleichzeitig alles, was für einen gesunden Verstand und ein mutiges Herz von Bedeutung ist. Was mich am traurigsten macht, ist das Wissen, dass die Zeiten allmählich zu Ende gehen, in denen man sich noch um andere gekümmert hat. Das wir, das Volk, zählt nicht mehr, jetzt heißt es nur noch ich, ich und nochmals ich. Das bricht mir das Herz, denn so sollte es nicht sein.

Ich weiß, ich höre mich an wie eine alte Frau. Aber ich fürchte um unsere Zukunft.

Ich bin froh, dass mein Großvater tot ist, denn ein solches Leben zu führen wäre eine Qual für ihn gewesen. Wie hätte er sich gefühlt, wenn die Kinder sich nicht ihm zu Füßen hätten setzen wollen, um die Geschichten aus den alten Zeiten anzuhören, sondern sich lieber um das Transistorradio versammelt hätten, um einer Musik zu lauschen, die man Rock 'n' Roll nennt? Wo ist der Geist in diesen Dingen?

Mein Großvater wusste, dass mein Bruder uns verlassen würde, und er bemühte sich, seine Beweggründe zu verstehen. Ich habe mich nie darum bemüht. Damals wie heute hat meine Wut mich davon abgehalten.

Vielleicht verstehe ich das, was im Kopf meines Bruders vor sich geht, deshalb nicht, weil ich eine Frau bin. Wir hatten keinen Vater, wie andere Kinder ihn hatten, einen Vater, der auf die Jagd und zum Fischen ging und ein richtiger Mann war. Unser Vater war anders. Heute verstehe ich vieles, was ich damals nicht begriffen habe. Viele Jahre lang war mein Großvater für mich der Vater. Es heißt, dass ich ohne meinen Vater Floreeda John heute nicht am Leben wäre. Wieder und wieder erzählt mein Onkel, auch heute noch, die Geschichte von der Nacht, in der ich auf die Welt kam, aber soll ich das glauben? Ich weiß, dass in Geschichten sehr oft einiges hineinrutscht, was nicht der Wahrheit entspricht.

Es heißt, dass ich weit vor der Zeit und in der Dunkelheit des Winters von der Schwester meiner Mutter auf die Welt geholt wurde, der Tante, die mich dann auch großzog. Die Frau, die mir das Leben schenkte, hieß Tooksooks. Sie hatte schwere Blutungen und starb, und obwohl mein Vater das nicht verhindern konnte, wollte er ihnen doch nicht erlauben, mich – das winzige Neugeborene – zu meiner toten Mutter zu legen. NEIN!, schrie er wie ein Wilder. Er verfluchte alle, die an der Tradition festhalten wollten, die nicht seine war. Er war davon überzeugt, dass ich, da ich nun schon in seinen Armen lag und schrie, die Chance bekommen müsste zu leben. Er sprach von seinem Gott, einem Gott, den wir damals nicht verstanden. Er erlaubte es den Frauen nicht, mich sterben zu lassen. Also lebte ich. Meine andere Mutter, Kioki, die die Mutter meines Bruders Ignash war, kümmerte sich um mich, als sei ich aus ihrem Leib gekommen. Sie tat es, weil sie meinen Vater und ihre Schwester so sehr liebte. Mein Großvater billigte meinen merkwürdigen Namen, als mein Vater das Bild einer Blume – einer Lilie – für ihn zeichnete, damit er sah, was mit dem Namen Lily gemeint war.

Es heißt, ich »komme nach« der weißen Mutter meines Vaters, und es ist auch ihr Name, den ich trage. Sie ist tot, so viel weiß ich, und von ihrem Mann, meinem anderen Großvater, dem anderen weißen Mann, weiß ich nichts. Mein Vater konnte mir nichts über ihn erzählen, denn er war noch ein kleiner Junge, als sein Vater zum Großen Geist gegangen war.

Lange Zeit glaubte ich, der Vater meines Vaters sei in einem Sturm umgekommen, denn als ich noch klein war, sind es immer die Stürme gewesen, die die Frauen auf unserer Insel zu Witwen gemacht hatten.

Jetzt sind es die Krankheiten des weißen Mannes und das Gift des weißen Mannes, der Whiskey, der aus den Frauen Witwen macht.

Und ich bin eine von diesen Witwen.

Eennali habe ich mein ganzes Leben schon gekannt. Wo auch immer mein Bruder war, da war auch Eennali. Wir haben gespielt, wir haben gerauft, wir haben gelacht. Dann wurde ich eine Frau, und so viel ist geschehen in der Zeit zwischen Kindheit und Erwachsenenalter ... Abgesehen von meinem Bruder war Eennali mein bester Freund. Viele Männer wollten mich zur Frau, aber ehe ich einen von ihnen genommen hätte, wäre ich lieber mit meiner Erinnerung an Eennalis lächelndes Gesicht verheiratet gewesen. Ich habe Angst, dass auch er, wenn ich einen anderen liebe, sterben wird und ich dann allein zurückbleibe ...

Es gab zwei junge Männer, die mein Großvater auserwählt hatte, um uns in das neue Leben zu führen. Meinen Bruder Ignash und meine einzige Liebe Eennali.

Mache ich meinen toten Vater dafür verantwortlich, den Kopf meines Bruders mit merkwürdigen Geschichten von fernen Orten gefüllt zu haben? Mache ich meinen Vater dafür verantwortlich, nicht als Aleute geboren zu sein? Diese Fragen stelle ich mir viel zu oft, und nie finde ich Antworten darauf.

In den Augen meines Bruders lag immer ein gehetzter Blick. Er war weder ein Aleute noch ein Weißer. Doch die weißen Soldaten, die gekommen waren, um uns fortzubringen, nannten ihn »Rothaut«. Sie haben ihm nicht tief genug in die Augen geschaut, um den weißen Mann darin zu erkennen. Ignash hatte eine schnellere Auffassungsgabe als die anderen, und in einem Punkt war er meinem Großvater ein wenig ähnlich, denn die Leute hörten auf ihn, und nicht nur sie, sondern etwas später auch die amerikanischen Missionare, die uns eine neue Lebensweise und eine neue Religion lehren wollten.

Mein Vater schickte ihn auf die Schule der Weißen. Aufs College. Als er wieder nach Hause kam, konnte Ignash in der Sprache des weißen Mannes alles viel besser erklären, als Eennali oder ich uns das je getraut hätten. Ich glaube, es war das Blut des weißen Mannes, das seine Sinne schwächte und ihn von Dingen träumen ließ, an die kein zufriedener Mensch je denken würde.

Man könnte es Scham nennen. Mein Bruder schämte sich dafür, Aleute zu sein, auch wenn er das heftig bestreiten würde. Ich kenne meinen Bruder, und ich weiß, dass er etwas wollte, was er für besser hielt. Er wollte mehr. Die alte Lebensweise war bald begraben in seinem Herzen, er wollte sie nicht wieder hervorholen, und er hielt mich für starrsinnig, weil ich das Alte erhalten wollte. In jenen Tagen, bevor er uns verließ, haben wir viel miteinander gestritten.

Nie zuvor hatten wir uns heftiger gestritten. An jenem Tag – die Wut hatte mich zu ihm geführt – fand ich ihn an dem Platz, an dem unser Vater neben unserer Mutter begraben liegt. Er erklärte, ich sei starrsinnig und dumm, und er sagte, dass die alte Lebensweise für uns nicht mehr funktionieren würde und dass wir uns, wenn wir leben, richtig leben wollten, in die »neue« Welt begeben müssten. Es sei offensichtlich, dass wir das nicht wollten, also werde er uns verlassen. Er werde allein gehen und nie mehr zurückkommen.

An jenem Tag habe ich in meiner Wut viel gesagt, aber ich bereue nichts davon. Ich schlug meinen Bruder, als er sagte, er sei ein Weißer. Ich wusste nur allzu genau, wie »gut« diese Weißen waren. Ich sagte, er würde einer von »denen« werden, und wenn das passierte, würde ich nie wieder mit ihm sprechen wollen. Er werde dann nicht mehr mein Bruder sein.

Er fragte mich, woher ich denn wüsste, wie die Weißen seien. Woher ich denn etwas anderes kennen sollte als das, was aus Träumen oder dem Aberglauben oder den alten Überzeugun-

gen stammte, die alle nicht wahr seien? Seine Worte trieben mir die Tränen in die Augen. Bei uns war es immer so gewesen, dass wir erst glaubten und dann sahen. Aber mein Bruder muss ein Weißer sein, weil er immer zuerst sah und dann erst glaubte. Und die alten Überlieferungen, die Dinge des Glaubens und des Geistes können nicht bewiesen werden, weil sie unsichtbar sind.

Ich weinte. An jenem Tag weinte ich heftiger als beim Tod meines Vaters oder beim Tod meines Großvaters. Was aus ihnen geworden ist, das wusste ich. Aber was aus meinem Bruder, meinem einzigen Bruder, werden würde, wenn er uns verließ, das wusste ich nicht. Ich hatte nur die Gewissheit, dass es weder uns noch ihm etwas Gutes bringen würde. Ich flehte ihn an, nicht zu diesem Weißen zu werden, der er zu sein glaubte, und da fragte er wieder, was ich denn schon von den Weißen wüsste.

Viele Jahre lang habe ich versucht zu vergessen, was mit mir passierte, als die Soldaten auf unsere Insel kamen. Die weißen Männer, Soldaten, waren so merkwürdig gekleidet. Mein Vater konnte sich mit ihnen verständlich machen, doch es war schon so lange her, dass er das Gesicht eines Menschen seiner Rasse gesehen hatte, dass ihm die Verständigung nicht so leicht fiel, wie er gehofft hatte. Wir alle erwarteten an jenem Tag von meinem Vater, dass er uns führen und uns helfen würde. Die Fremden erklärten uns, wir müssten unser Zuhause verlassen. Wir müssten alles zurücklassen, was wir je gekannt hatten. Unsere Bräuche, unsere Lebensweise, unsere Erinnerungen, die Begräbnisstätte unserer Vorfahren, unsere Fisch- und Jagdgründe. All das mussten wir zurücklassen, weil das Gebilde, das sie Regierung nannten, es so angeordnet hatte. Wir könnten nicht bleiben. Wir würden durch die Hand des Feindes sterben. So wie wir es sahen, waren diese Weißen, die sich Amerikaner nannten, unser Feind. Ich mochte sie nicht. Ihre Haut sah genauso aus wie die Haut meines Vaters, aber in ihrem Herzen waren sie meinem

Vater gar nicht ähnlich. Mein Vater war ein sehr sanfter Mann. Er war freundlich, und sein größtes Vergnügen war es zu lachen. Aber diese Weißen waren nicht so wie er. Für sie waren wir gar keine richtigen Menschen. Wir waren Gegenstände, die weggeschafft werden mussten. In ihren Augen waren wir nichts wert. Sie konnten nicht wissen, dass mein Vater den meisten unserer Kindern ihre Sprache beigebracht hatte, und obwohl wir nicht so sprachen wie sie, verstanden wir das meiste von dem, was sie sagten.

Der Sergeant hieß Branson. Weder seinen Namen noch sein Gesicht werde ich je vergessen. Beides wird in mir sein bis zu dem Tag, an dem ich sterbe. Ein Kind war ich damals nicht mehr, aber ich war auch noch keine Frau. Er wollte meinen Namen wissen. Ich schaute ihm nicht in die Augen, als ich antwortete, dass ich Lily hieße. Er sagte, ich sei hübsch. Sehr hübsch, weil ich nicht so aussähe wie die anderen Hässlichen im Dorf. Mein Vater hatte mir schon öfter gesagt, dass ich hübsch sei, aber was hässlich bedeutete, wusste ich nicht. Dieser Branson sagte, er wolle ein bisschen Spaß haben. Aber was er dann mit mir machte, war alles andere als spaßig. Es machte mir Angst. Ich schrie und rief nach Eennali. Als er mich hörte und sah, was der weiße Mann da gerade mit mir tat, kam es zu einem Kampf, wie wir noch nie zuvor einen gesehen hatten.

Fast hätten die Soldaten Eennali umgebracht, obwohl er nur versuchte, mich, die Frau, die er liebte, vor etwas zu beschützen, das ich nicht wollte. Obwohl mein Vater, der freundliche weiße Mann, begriff, was da geschehen war, und ich dachte, auch er würde den weißen Mann töten wollen, versuchte er es nicht. Der Schaden in meinem Herzen und in meinem Verstand war angerichtet. Wenn diese Männer aus der Welt meines Vaters kamen, dann wollte ich diese Welt nicht kennen lernen.

Lange Zeit konnte ich niemandem ins Gesicht sehen. Ich

hüllte mich in Schweigen. Nicht einmal meinem Großvater gelang es, mir ein Lächeln abzuringen. Mein armer Vater, der jetzt schon so lange bei uns lebte und uns immer wieder Geschichten vom Leben in dieser anderen Welt erzählt hatte, war tief beschämt. Es schien, als habe er uns nichts als Lügen erzählt. Und dann kam das Schiff, und wir mussten fort. Sie brachten uns an einen Ort namens Anchorage. Die weißen Männer führten meinen Vater fort von uns, und wir sahen ihn lange Zeit nicht wieder.

Ich dachte, er sei tot. Ich glaubte, seine eigenen Leute hätten ihn getötet, denn oft meinte ich nachts, wenn ich wach lag und meine Mutter den Namen meines Vaters rief, die Stimme meines Vaters zu hören, der sagte, dass er zurückkommen werde und dass wir stark sein müssten. Ich war etwas verwirrt, denn manchmal vernehme ich auch die Stimmen unserer Vorfahren. Sie sind alle tot. Auch mein Großvater besaß diese Fähigkeit und deshalb hat er mich dazu auserwählt, für unser Volk das zu werden, was man Medizinfrau nennen würde …

Das und noch mehr erzählte ich meinem Bruder, als wir zu zweit dasaßen, doch er erklärte, dass nichts und niemand ihn dazu bringen könne, seine Meinung zu ändern. Er habe seinen Entschluss gefasst, und er werde gehen. Damals war er schon Pilot, genau wie unser Vater. Er wolle geradewegs in den Himmel fliegen, in Maschinen, die man Hueys nannte, und in anderen, größeren Flugzeugen, größer noch als die, die uns vom Festland die Post und die Lebensmittelvorräte bringen. Schließlich könne er schon fliegen, weil unser Vater und der Postflieger Tom es ihm beigebracht hätten. Er meinte, jetzt nach dem Besuch des College werde es einfach sein. Er werde in die Armee eintreten, und er werde etwas aus seinem Leben machen. Mein Bruder stand auf und ging fort. Er hörte nicht, dass ich ihn anflehte zu bleiben. Und wenn er es hörte, kümmerte er sich einfach nicht um das, was ich sagte.

Da verschloss sich meine Wut tief in mir. Es war, als hätte ich jetzt niemanden mehr.

Ich würde nicht sagen, dass mein Bruder ein freundlicher Mensch war. Er war nicht wie unser Vater, der das Töten verabscheute und der keine lauten, ärgerlichen Stimmen mochte. Mein Vater liebte die Ruhe und den Frieden und die Fröhlichkeit, wenn ich mich auch nicht erinnern kann, in seinen Augen je den Glanz der Fröhlichkeit gesehen zu haben. Ich weiß nicht, wieso mein Vater das Fliegen so liebte. Einmal bin ich mit dem Postboten und mit meinem Bruder nach Juneau geflogen. In der Luft zu sein hat mir Angst gemacht. Ich spüre gern den Boden unter meinen Füßen. Im Gegensatz zu meinem Bruder und meinem Vater bin ich nicht mit Flügeln auf die Welt gekommen. Und Juneau hat mir auch nicht gefallen. Die Häuser waren schön, besser als die Häuser hier, aber die Leute sind ihren Geschäften nachgegangen, als ob nichts anderes für sie von Bedeutung wäre. Sie waren nicht gerade freundlich. Ich beschloss, dass ich meine Insel niemals verlassen würde. Meine Insel ist mein Zuhause. Hier leben meine Kinder, und ich lebe jetzt nur noch für meine Kinder ...

Mein Bruder war wie alle Männer. Er tat, was er tun musste, und stellte nichts infrage. Gefühle ließ er den Wahrheiten des Verstandes nicht in die Quere kommen.

Unsere Mädchen und Frauen waren für meinen Bruder völlig uninteressant. Keine erregte seine Aufmerksamkeit, und nicht eine zauberte ein Lächeln auf seine Lippen. Außer Ki. Arme Ki. Das Einzige, woran er unentwegt dachte, war sein Plan: Wie komme ich von hier fort? Ich gehöre nicht hierher. Ihn das sagen zu hören bereitete mir großen Kummer, denn ich wusste, dass er sehr wohl hierher gehörte. Sein Herz mit all den Sehnsüchten gaukelte seinem Verstand Lügen vor. Aber was weiß denn schon ich? Eine Frau hat ja keine Ahnung.

Viele Jahre lang war Ignash fort. Er schrieb mir, und Tom

brachte die Briefe. Er nannte sich jetzt nicht mehr Ignash. Von dem Augenblick an, als er die Insel verließ und aufs College ging, sagte er, sein Name sei Billy, und mit Billy signierte er auch seine Briefe. Es war, als schrieben sich zwei Fremde, so vieles hatte sich verändert.

Anfangs öffnete ich die Briefe und las sie Eennali Wort für Wort laut vor, doch ich mochte nicht glauben, dass das Leben, das Billy, mein Bruder, jetzt führte, ein Leben war, das ihn glücklich machte. Er schrieb uns von der Kaserne, wo er seine Grundausbildung erhielt, von den Schulen, und davon, dass er immer Klassenbester war, in jeder Klasse. Aber wenn er uns von all den neuen Menschen schrieb, mit denen er Freundschaft geschlossen hatte, wussten Eennali und ich, dass er log. Er schrieb uns davon, wie sein OF (wir entschieden, dieser OF-Mann müsse wohl der Älteste sein) einmal gesagt hatte, er könne alles fliegen, was Flügel habe, und dazu noch ein paar Sachen ganz ohne Flügel. Sein OF würde ihn gern als Offizier sehen.

Als ich das las, fiel mir wieder ein, dass ein Lieutenant Eennali eine Pistole an den Kopf gehalten hatte, als er versuchte, den Sergeant zu erwürgen, der mich vergewaltigt hatte, und dieser Lieutenant hat zu meinem Vater gesagt: »Halten Sie den Jungen zurück, oder ich erschieße ihn …«

Mein Bruder, die Rothaut, würde also Offizier werden und etliche andere herumkommandieren. Das würde ihm gefallen. Anderen zu sagen, was sie zu tun haben. In der Hinsicht ist er genau wie unser Großvater, denn unser Großvater war viele Jahre lang der Anführer unseres Dorfes. Doch mein Bruder besaß nicht das Mitleid und das Einfühlungsvermögen, das unser Großvater allen Menschen und allen Dingen entgegenbrachte. Mein Bruder wird immer selbstsüchtig bleiben – etwas, was mein Großvater nie gewesen ist.

Es heißt, es sei mein Großvater gewesen, der beschloss, dass der verwundete weiße Mann, mein Vater, bei uns bleiben solle.

Er und mein Vater wurden Freunde. Sie brachten sich gegenseitig viel über die Lebensweise des jeweils anderen bei, und sie lachten zusammen, und manchmal weinten sie auch zusammen.

Meinen Bruder habe ich nie weinen sehen. Er scheint, das weder zu können noch zu wollen.

Er hat das, was mein Vater als »bösen Zug tief in seinem Innern« bezeichnet hätte. Mein Vater sagte immer, er habe das von seiner Tante Meg. Deshalb habe ich auch nie etwas über meine Tante Meg wissen wollen.

Als Ignash an jenem Tag mit dem Flugzeug nach Hause kam, wollte er mit mir reden. Das habe ich in seinen Augen gesehen. Aber ich konnte nicht mit ihm reden, denn als ich ihn ansah, fühlte ich den Schmerz meines toten Mannes. Wenn Ignash uns nicht verlassen hätte, dann hätte mein Mann nie zum Gift des weißen Mannes gegriffen, um seinen Schmerz und seine Einsamkeit zu betäuben. Als Ignash fortging, wuchs eine Leere in meinem Mann, die weder ich noch unsere Kinder füllen konnten. Ich glaube, das ist der Grund, weshalb ich damals nicht mit meinem Bruder reden wollte.

Ich hatte schon genug gelitten.

Es war nicht gelogen, als ich erklärte, er habe seinen Freund, meinen Mann, getötet – und als mein Mann starb, da bin ich auch gestorben.

Ich weiß nicht, wo er in jener Nacht geschlafen hat, aber ich glaube, er war bei Ki. Sie kam zu mir und bat mich um Lebensmittel, und an der Art, wie sie mich ansah, wurde mir klar, was zwischen ihnen passiert war. Ich habe nichts gesagt. Ich werde abwarten und sehen, ob meine Vermutungen sich bewahrheiten.

An jenem Morgen ging Ignash in aller Frühe fort, und ich schaute zu, wie das Flugzeug vom Wasser abhob. Ich wusste, ich würde ihn nie mehr wiedersehen. Er ist für mich gestorben.

Mein Bruder ist tot. Ich verstehe gar nicht, weshalb Sie hergekommen sind und mich über ihn ausfragen. Was geht uns eine Tapferkeitsmedaille an?

Viertes Kapitel

»Ich geh schon dran!« Zum Schrecken ihres Vaters kam Rachel Meschers im Nachthemd die Treppe heruntergehüpft und nahm sich des unablässig klingelnden Telefons an. »Städtische Leichenhalle. Ist wer abgekratzt, wir takeln auf.«

Am anderen Ende herrschte tiefes Schweigen. Dann: »Kann ich bitte Margaret Meschers sprechen?«

»Mum! Da ist irgend so ein Typ für dich! Hört sich ... scharf an.«

Meg kam im Rollstuhl herangefahren und nahm den Hörer. »Du bist nicht mehr 15, Rachel, du bist 23. Benimm dich auch endlich so.«

Rachel lief wieder nach oben, und einen Augenblick später war, sehr laut, Elvis Presley zu hören. *Stuck on You.*

»Margaret Meschers am Apparat.«

»Mein Name ist Billy Shaw. Ich glaube, Sie sind meine Tante.«

Meg schloss die Augen. Einen kurzen Moment lang weigerte sich ihr Herz zu schlagen, und ihr Kopf schrie Worte heraus, die aus ihrem Mund nicht kommen wollten: *Gott im Himmel! Wieso tust du mir das an?* Jahrelang hatte sie wider alle Vernunft gehofft, dass dieser Tag nie kommen werde. John hatte ihr von seinen Kindern erzählt: seinen beiden Mischlingskindern. Damals hatte sie in aller Deutlichkeit erklärt, davon nichts wissen zu wollen, und diesen einmal gefassten Entschluss hatte sie im Lauf der Zeit nicht geändert. Weshalb konnte sie von dieser elenden Vergangenheit nicht einfach verschont werden?

»Woher haben Sie meine Telefonnummer?«

»Von einer gemeinsamen Bekannten, Ma'am. Sie sind doch John Robert Shaws Schwester?«

»Ob ich das bin? Ich war es.«

»Dann sind Sie tatsächlich meine Tante. Könnten wir eventuell ...«

Meg knallte den Hörer auf die Gabel. Von oben drang immer noch Elvis in voller Lautstärke zu ihr. »Rachel! Rachel, stell diese schreckliche Musik leise! Dieser Rock-'n'-Roll-Mist zerfrisst dir das Gehirn!«

Daraufhin erschallte Elvis noch lauter, wenn das überhaupt möglich war.

Billy legte den Hörer auf. Er überlegte, ob er noch einmal anrufen sollte, wusste aber, dass das zu nichts führen würde. Betty Sue hatte Recht gehabt. Aber er musste einfach einige Wahrheiten über sich herausfinden. Er ging zurück in das Lokal, doch inzwischen saß jemand in seiner Nische, und er setzte sich an einen anderen Platz. Längst hätte er wieder in Kalifornien sein müssen, aber in diesem Lokal gab es den besten Heidelbeerkuchen, den er je gegessen hatte.

»Auf Urlaub, Sarge?«, fragte die Kellnerin, als sie ihm ein weiteres Kuchenstück hinstellte.

»Ja, Ma'am. Stimmt genau.« Und ich bin kein Sergeant. Ich bin Stabsfeldwebel. Solltest mal deine Augen überprüfen lassen.

»Was für einen Akzent sprechen Sie?«, wollte sie wissen. »Ich habe gedacht, ich würde alle kennen.«

»Aleutisch, Ma'am.«

»Aleutisch? Was ist das denn?«

»Ich komme aus dem Norden. Alaska, die Ecke so.«

»Ach ja? Sie sehen gar nicht aus wie ein Eskimo.« Damit war sie wieder verschwunden. Die meisten Leute verhielten sich so. Daran war er schon gewöhnt.

Billy hatte sich Notizen gemacht – Notizen, die er tatsächlich lesen konnte. In dem typisch unleserlichen Gekritzel, das man nur entziffern konnte, wenn man daran gewöhnt war, hatte sein Vater geschrieben:

Bobby, Friedhof Atlanta.

Bess Muller ... hat sich kein bisschen verändert.

Aber den Namen der Straße neben dem Eintrag *Bess* konnte er beim besten Willen nicht entziffern. Außerdem hatte er keine Ahnung, wer Bess Muller war. Höchstwahrscheinlich würde er das herausfinden, wenn er in den Aufzeichnungen weiterlas, aber er war zu ungeduldig, um das Durcheinander zu entwirren, das sein alter Herr da zu Papier gebracht hatte. Diese Bess muss wichtig gewesen sein, wenn sein Vater ihren Namen erwähnte.

Bobby und Bess. Von Bobby hatte er flüchtig gehört; sein Vater hatte manchmal von ihm erzählt, und manchmal hatte Billy ihm tatsächlich zugehört. Aber diese Frau hatte sein Vater nie erwähnt, jedenfalls nicht, soweit er sich erinnern konnte. Bess? Er überlegte, ob sie wohl noch am Leben war.

Billys Flug nach Columbia ging erst in vier Stunden, und um die Zeit bis zum Abflug totzuschlagen, trank er noch einen Kaffee, aß den Kuchen auf und nahm dann ein Taxi zum Zentralfriedhof. Das Grab zu finden würde vermutlich ohnehin drei Stunden dauern. Aber er hatte ja nichts Besseres zu tun.

Der Freund seines Vaters war 1924 gestorben – vor 43 Jahren. Fast eine Stunde ging Billy auf dem Friedhof herum, bevor er das Grab fand: *Robert Fletcher Sullivan.* Die Goldfarbe der Inschrift war zerkratzt, Rowdys hatten versucht, den Grabstein umzuwerfen. Der schwarze Marmor hatte die Farbe verblichenen Graus, und überall wucherte Unkraut. Auf dem Grab lagen noch die Reste einer zerbrochenen Vase, in der früher einmal Blumen gesteckt hatten. Niemand schien sich mehr um das Grab zu kümmern. Als Billy sich umdrehte und weggehen wollte, fiel sein Blick auf den Grabstein daneben.

Bess Muller. 1904 – 1960

So viel zu Bess Muller. Er schaute auf die Uhr. Er durfte sein Flugzeug nicht verpassen.

Vom Flughafen aus nahm er ein Taxi und fuhr zu der Adresse, die Betty Sue ihm gegeben hatte. Er schaute noch einmal auf seinen Notizzettel, um sich zu vergewissern, dass es auch die richtige Adresse war. Ja, es stimmte. Die weißen Säulen wirkten imponierend. Hier muss ein Anwalt wohnen, dachte Billy. Er stieg aus dem Taxi, bezahlte den Fahrer und ging die Einfahrt zum Haus hoch. Als niemand auf sein Klopfen reagierte, ging er zur Rückseite des Hauses und durch das Gartentor auf das Grundstück. Neben dem Swimmingpool lag ein rothaariges Mädchen ausgestreckt auf einem riesigen Badetuch. Sie lag auf dem Bauch und sonnte sich. »Entschuldigen Sie, Miss?«

Rachel hob den Kopf. Als Erstes sah sie die Uniform, und auch was sie dann sah, gefiel ihr. Auf eine ungewöhnliche Weise war dieser Mann ein scharfer Typ. Sie setzte sich auf, und in vorgetäuschter Schamhaftigkeit knotete sie sich das Bikini-Oberteil zu. »Ja?«, fragte sie. »Was kann ich für Sie tun?«

»Wohnt hier Margaret Meschers?«

»Wer sind Sie denn überhaupt?«

»Billy Shaw.«

Im ersten Moment sagte ihr der Name nichts, doch dann fiel ihr ein, dass Shaw der Mädchenname ihrer Mutter war. Vielleicht war er eine Art Verwandter. »Mum ist nicht zu Hause. Sie hat den Vorsitz in irgendeiner Versammlung, die wollen die Regierung davon abbringen, eine Schule in irgend so einem rückständigen Nest zu schließen.«

»Wann ist sie denn wieder zurück?«

»Keine Ahnung. Heute, morgen, überhaupt nicht mehr ... Das weiß ich genauso wenig wie Sie. Ich heiße Rachel. Ich bin die Tochter. Die einzige.« Sie richtete sich noch weiter auf und streckte die Hand aus.

»Dann bist du meine Cousine«, sagte Billy. »Deine Mutter hat heute Vormittag, als ich anrief, einfach den Hörer aufgelegt, und ich möchte gern wissen, wieso.«

»Das darfst du nicht persönlich nehmen. Das macht sie bei ziemlich vielen Leuten. Einmal sogar beim Gouverneur.«

»Aha, verstehe.«

»Nein, das verstehst du nicht. Du willst einfach nur höflich sein und tust nur so.« Rachel sprang auf und schnappte sich die Sonnenschutzcreme. »Du bist Soldat?«, fragte sie, reichte ihm die Creme und drehte ihm den Rücken zu.

Billy setzte seinen Seesack ab und cremte ihr gehorsam den Rücken ein. »Luftwaffe.«

»Pilot, ja?«

»Mhm.«

»Und was fliegst du?«

»Jede Maschine, in die man mich reinsetzt. Und was machst du?«

»Nichts. Treibt mein gutes Muttchen zum Wahnsinn. Ich habe kein Ziel im Leben. Eine wahre Schande für den guten Namen der Familie. Wie spät ist es?«

Billy verteilte den Rest der Creme auf dem Rücken mit den Sommersprossen und sagte ihr dann die Uhrzeit.

»In ein paar Stunden kommt Dad nach Hause. Der ist schwer in Ordnung. Den wirst du mögen. Jeder mag ihn.«

»Ist er Anwalt?«

»Wie hast du das erraten?«, gab sie mit einem Lächeln auf

den Lippen zurück und nahm ihm die Cremetube wieder aus der Hand. »Früher hat er unterrichtet. Aber mit der Juristerei verdient man besser. Komm doch herein. Ich hole dir ein Bier.«

Billy dachte, sie würde sich womöglich umziehen, aber nein. Er folgte ihr in die Küche – einen weitläufigen Raum mit makellos sauberen weißen Regalen an den Wänden, und auf schwarz-weißen Fliesen stand der größte, modernste Kühlschrank, den er je gesehen hatte. Er rechnete schon damit, jeden Moment eine schwarze Köchin zu sehen, doch außer ihnen beiden war niemand im Haus. Rachel öffnete den Kühlschrank und holte zwei Flaschen Bier heraus, dann bat sie ihn, an dem riesigen Tisch Platz zu nehmen, während sie sich auf die Ecke des Tisches setzte und lässig ihr Bein mit den Sommersprossen schwingen ließ. Der gepunktete Bikini ließ der Fantasie nicht allzu viel Raum, und zwischen ihre Brüste schmiegte sich ein goldenes Kruzifix. Er nahm einen Schluck Bier und überlegte, worüber er um Himmels willen mit diesem Mädchen reden sollte. Er fragte sich, wie ihr jüdischer Vater es wohl fand, dass seine Tochter ein Kruzifix trug.

Rachel streckte die Hand aus und berührte die Uniform. »Was bedeutet das denn hier?«

»Stabsfeldwebel.«

»Mum hat mir nie was davon erzählt, dass ich einen Cousin habe, der Pilot ist, aber ich nehme an, es wimmelt nur so von Shaws.«

»Mein Vater war auch Pilot. In den Zwanzigern.«

»Mein Onkel. Ja, ich weiß.« Rachel nippte an ihrem Bier und sah auf einmal sehr nachdenklich aus. Jedenfalls kam es ihm so vor. Ganz sicher war er aber nicht. Plötzlich stellte sie das Bier weg und lief in einen Raum, der von dem großen Flur abging. Nur Sekunden später kam sie mit einer Fotografie in der Hand zurück. »Ist das dein Dad?«, fragte sie und reichte ihm das gerahmte Foto.

Billy sah das Bild zweier junger Männer, die genau wie die Flugpioniere in den frühen zwanziger Jahren gekleidet waren – Lederjacken, Mützen, Stiefel. Sie lehnten an dem Rumpf eines alten Doppeldeckers – es sah aus wie eine de Havilland, aber Billy war sich nicht sicher, denn er konnte von der Maschine nicht genug sehen. Seinen Vater erkannte er sofort, obwohl er ihn nie so attraktiv, so sonnengebräunt und mit derart kurzem Haar beziehungeweise ohne Vollbart – und vor allem mit beiden Armen gesehen hatte. So sah er also aus, als er in der »anderen Welt« gelebt hatte. Und der andere auf dem Foto musste Bobby sein. »Ja, das ist mein Vater. Ohne jeden Zweifel.«

»Du siehst gar nicht aus wie ein Eskimo.«

»Das kommt daher, dass ich kein Eskimo bin.«

»Du siehst auch nicht wie eine Rothaut aus.«

»Und du siehst gar nicht jüdisch aus.«

»Das kommt daher, dass ich auch keine Jüdin bin. Ich bin gar nichts. Ich glaube nicht an Gott.«

»Na ja, jedem das Seine, nehme ich an.«

»Ja von wegen, hier bestimmt nicht.«

Darauf antwortete Billy nicht. Ganz offensichtlich war seine Cousine Anfang zwanzig, aber von der geistigen Entwicklung her schien sie gerade erst auf fünfzehn zuzugehen. Wenn er sie mit seiner Schwester verglich, hatte Lily schon mehr von einer reifen jungen Frau gehabt, als sie acht war. Das macht das vollkommen andere Leben, dachte er. Vielleicht hatte Rachel durchaus Verstand, aber der lag unter einem Berg von Müll begraben, und ihn zu suchen war ihr anscheinend noch nicht in den Sinn gekommen. Ihn zu suchen. Und ihn dann zu benutzen.

»Wo bist du abgestiegen hier in der Stadt?«

»Noch nirgends.«

»Ich würde ja sagen, du kannst hier bei uns bleiben, aber Mum ist, na ja ... Sie ist ganz schön komisch. Sie hat einen

Komplex, der so riesig ist wie der Mount Everest. Sie mag keine Leute, die nicht weiß sind. Wusstest du das?«

Billy antwortete nicht. Er trank sein Bier aus. Es hätte nicht viel gefehlt und er wäre wieder gegangen, wäre zurück nach Kalifornien geflogen und hätte Trish überrascht. Wenigstens wusste er, dass er dort willkommen war.

»Ich sag dir was. Wie wäre es mit einer kleinen Spazierfahrt? Bis nach Abbeville und zurück schaffen wir es noch vor Sonnenuntergang. Willst du mal Abbeville sehen? Es ist sowieso höchste Zeit, dass ich Großmama besuche.«

Ohne auf Antwort zu warten, war Rachel die Treppe hoch verschwunden. Billy sah auf das Foto, und je länger er es betrachtete, desto überzeugter war er, dass es eigentlich ihm gehören sollte. Es sollte jemandem gehören, der es zu schätzen wusste. Schließlich war sein alter Herr Pilot gewesen, und das Foto war der Beweis dafür, und Billy war auch Pilot ... Er schob das Foto in seinen Seesack und horchte, ob Rachel zurückkam. Sollte sie nach dem Foto fragen, würde er behaupten, er habe es zurückgestellt. Er würde nicht sagen, wohin. Aber als Rachel endlich wiederkam, hatte sie das Foto vergessen. Sie trug jetzt ein Kleid, das kaum mehr verbarg als der Bikini zuvor, denn Billy konnte mühelos hindurchsehen, und darunter trug sie nichts.

»Fertig?«, fragte sie. Billy lächelte, warf seine leere Flasche in den Abfalleimer, und mit dem Seesack über der Schulter folgte er ihr nach draußen.

Ein paar Minuten später saß er auf dem Beifahrersitz in Rachels Thunderbird. Ein Geburtstagsgeschenk von ihrem Vater. Sie mochte das Auto nur deshalb, weil ihre Mutter es nicht leiden konnte, wenn sie damit herumfuhr. Und das Kruzifix, so erfuhr er, war das einzige alte Erbstück in der Familie, das früher einmal ihrer Großmama gehört habe. Er solle also lieber nicht denken, dass sie religiös sei, nur weil sie es trage.

Verwöhnte reiche Göre, war das Einzige, was er dachte. Sie stellte ihm Fragen nach seinem Leben im Norden. Wie es so sei. Wie seine Schwester sei. Wem sie ähnlich sähe. Im ersten Moment fragte sich Billy, ob Rachel wohl vorhabe, sie dort oben zu besuchen, aber dann ebbten die Fragen ab, und sie sprach nur noch über sich, ohne das Billy ihr allzu aufmerksam zuhörte.

Abbeville. Über diesen Ort hatte er etwas in der Schule auf der Insel gelernt. Die alte Stadt hatte irgendeine Bedeutung im Zusammenhang mit dem Bürgerkrieg, aber das war alles, was er noch wusste. Rachel fuhr an einer Reihe von Neubauten in einem der Vororte der Stadt vorbei und deutete vage in die Gegend, während der Thunderbird seinem Namen gerecht wurde und an den Häusern vorbeidonnerte. »Auf dem Stück Land hat früher dein Daddy gewohnt«, sagte sie plötzlich. Billy hatte kaum Zeit gehabt, den Blick auf die Stelle zu konzentrieren, da war das Land, auf dem sein Vater als Kind einmal gewohnt hatte, schon längst wieder verschwunden.

Auf einem Schild stand Long-Cane-Friedhof. Billy konnte es eben noch lesen, bevor der Thunderbird die Aufschrift mit einer Staubwolke verdunkelte. Rachel fuhr so, wie sie lebte – aggressiv, schnell und voller Todessehnsucht. Noch jemand, der mit der Illusion lebte, *mir wird schon nichts passieren.* Billy behielt seine Gedanken für sich. Seine Cousine stieg aus dem Thunderbird, knallte die Tür zu und machte sich auf den Weg. Billy folgte ihr.

John Elias Shaw
1885 – 1909

Und daneben:

Dies scheint das Einzige zu sein, was dieses Mädchen ernst nimmt, dachte er. Tote Verwandte. Rachel zupfte etwas Unkraut aus, trat zurück und kreuzte die Arme. »Sie mag ja gestorben sein, bevor ich auf die Welt kam, aber ich kenne sie. Sie ist immer bei mir. Spricht mit mir. Weißt du, was ich meine?«

Billy überlegte, ob sie wohl irgendwelche Medikamente nahm, dass sie Stimmen hörte, doch dann wurde ihm klar, dass Rachel ihn an seine Schwester erinnerte, zwei Cousinen, die trotz aller Unterschiede etwas gemeinsam hatten. Und zwar mehr, als er ursprünglich gedacht hatte. Vielleicht sollten sie sich mal zusammensetzen und Erfahrungen austauschen.

»Du und ich, wir wären jetzt nicht hier, wenn es diese beiden nicht gegeben hätte. Die haben irre Sachen erlebt, weißt du? Ich wünschte, ich könnte schreiben.« Sie redete immer weiter und plapperte leise über das Leben ihrer Großeltern, und es stimmte schon, hätten sie nicht gelebt, würde es ihn jetzt nicht geben, und doch bedeutete ihm ihr Leben nichts. Gar nichts. Für Billy waren es Grabsteine von Fremden, mehr nicht. Auch zum Grab seines Vaters ging er nur äußerst selten. Bei seinem letzten Besuch am Grab des Vaters war ihm seine Schwester hinterhergelaufen und hatte ihn fast zur Verzweiflung getrieben mit ihrem Genörgel, denn sie hatte ihn unbedingt überreden wollen, auf der Insel zu bleiben.

Er betrachtete seine Cousine. Tränen glitzerten in ihren Augen. In Augenblicken wie diesen fühlte er sich eher als Aleute denn als Weißer, wenn das überhaupt möglich war. Sie weinte um eine Frau, der sie nie begegnet war, die sie aber zu kennen glaubte. Genau wie Lily, wenn es um ihren Großvater ging. Lily besaß eine Fotografie von der Frau, deren Namen sie trug und mit der sie oft sprach. Diese tote Frau war so ziemlich der einzige weiße Mensch, mit dem seine Schwester überhaupt sprechen wollte.

»*Sie* hätte mich bestimmt geliebt«, flüsterte Rachel. »*Sie* hätte mich geliebt, das weiß ich ganz genau.« Während die Worte halb flüsternd, halb schluchzend kamen, befingerte sie das Kruzifix.

Billy fragte sich, in was er hier hineingeraten war. »Was willst du damit sagen, Rachel?«

»*Sie* hätte mich bestimmt geliebt.«

»Willst du sagen, deine Mutter liebt dich nicht?«

»Meine Mutter hasst mich. Alle hassen mich.«

Sie biss sich in die Hand, um die Tränen zurückzuhalten. Billy sah, dass schon Blut kam. Und dann entdeckte er die Narben auf ihren Handgelenken. Sie hatte versucht, sich umzubringen. Was war sie? Schizophren? Psychisch krank?

»Du hast dich verletzt.«

»Und was kümmert dich das? Was kümmert das überhaupt jemanden?«

Er berührte ihre Hand, zog sie sacht von ihrem Mund weg und holte ein Taschentuch heraus. »Ganz bestimmt liebt dich deine Mutter. Ganz bestimmt tut sie das, da bin ich mir sicher. Du bist ein nettes Mädchen, wie könnte jemand dich nicht lieben?«

Er nahm ihr Gesicht, drehte es zu sich, und ihre Augen schauten ihn voller Hoffnung an. Dann sagte Rachel etwas höchst Merkwürdiges. »Als ich klein war, habe ich einmal ein Zehn-Cent-Stück in meinem Strumpf gefunden. Das war Zauberei, weißt du. Es war mein Glücksbringer. Und dann, weißt du, verschwand es einfach ein paar Tage später. In dem einen Moment war es noch da und im nächsten schon wieder weg. Und du, Billy Shaw, wirst du genau wie mein Glücksbringer sein?«

In ihren Augen lag jetzt mehr als Hoffnung. Hätte er seinem

Instinkt gefolgt, wäre er davongelaufen, denn er wusste, was jetzt passieren würde. In seiner alten Welt wäre es egal gewesen – solche Sachen passierten dort eben. Mädchen wurden bereitwillig herumgereicht wie Belohnungen. Aber das hier war nicht seine alte Welt, hier musste man die Konsequenzen tragen für das, was man tat.

»Findest du, dass ich hübsch bin?«

»Natürlich finde ich das.«

»Findest du, dass ich ... nett bin?«, fragte sie. »Ich zeige dir, wie nett, wenn du willst. Ich zeige es dir, und dann können wir ... ja, hier ist es ganz in Ordnung. Hier wird es gehen. Hier sieht uns keiner, und wenn doch, was kümmert uns das, stimmt's?«

»Rachel. Rachel, ich glaube kaum, dass das eine gute Idee ist. Du bist meine Cousine.«

»Na und?«

»Du kennst mich doch kaum.«

Aber das war ihr egal. Sie warf ihm die Arme um den Hals und drängte sich an ihn, ganz dicht. Die Traurigkeit war nur Vorwand gewesen. Das war ihre Art zu bekommen, was sie wollte, wenn sie es wollte. Sie stellte sich auf die Zehenspitzen und küsste ihn auf den Mund, leidenschaftlich und hart. Er erwiderte den Kuss nicht, zuerst jedenfalls nicht. Das Kleid rutschte ihr von der Schulter, dann öffnete sie den Reißverschluss seiner Hose und zog sein Hemd heraus. Sie kniete sich hin, brachte den Mund an die richtige Stelle und ...

Billy schloss die Augen.

So etwas tat Trish nie.

Ganz viele Sachen tat Trish nie.

Sein Atem kam jetzt heftiger. Wenn sie so weitermachte, würde er explodieren. Er griff nach ihr und bekam eine Hand voll langen, flammend roten Haars zu fassen, und da hörte sie auf. Diese Art von Zärtlichkeit war jetzt ohnehin nicht mehr nötig. Sein ganzer Körper stand unter Strom, schon von dem

Moment an, als er sie das erste Mal gesehen hatten. Auf ihren Lippen lag jetzt ein Lächeln. Ein Lächeln, mit dem sie zu verstehen gab, dass sie glaubte, gewonnen zu haben. Dieses Lächeln zeigte der Welt, welche Macht sie hatte.

Billy hob sie hoch und erwiderte endlich den Kuss. Dann schaltete sich sein Verstand ein, er ließ sie los und trat zurück. Das konnte er unmöglich tun. Was war mit Trish? »Komm schon, Billy Shaw. Was ist denn los mit dir?«

»Rachel, ich weiß nicht ...«

»Du bist doch ein Mann, oder?«, fragte sie. »Oder machen es Eskimos nur mit Jungs?«

Fünftes Kapitel

Aus der Telefonzelle vom lärmenden Flughafen aus rief er an. »Kannst du mich abholen, Schatz?«

»Du bist wieder da!« Trish klang ganz aufgeregt. »In einer halben Stunde bin ich bei dir.«

Mit dem Seesack über der Schulter trat Billy in die kalifornische Sonne hinaus. Er setzte sich auf eine Bank vor dem Ankunftsgebäude und wartete auf seine Verlobte, die ihn abholen wollte. Sie würde mindestens eine Stunde brauchen, um jetzt zur Hauptverkehrszeit durch die Stadt zu kommen; er hatte aber keine Lust, in das Flughafengebäude zurückzugehen, um einen Kaffee zu trinken. Irgendwie hatte er zu überhaupt nichts Lust, das war den ganzen Tag schon so gewesen.

Schlechtes Gewissen, dachte er. Das war das schlechte Gewissen. Aber er würde Trish in dem Glauben lassen, es sei der Abschiedsschmerz. Er nahm die Fotografie aus dem Seesack. Wärest du jetzt auch noch stolz auf mich, fragte er in Gedanken, als er auf das Gesicht starrte, das ihn direkt anlächelte. Du warst vollkommen, stimmt's? Immer gut und edel.

Leute gingen vorbei. Die meisten mühten sich mit schwerem Gepäck ab. Kinder weinten vor Müdigkeit. Auch er war müde. Eine Frau, ganz allein mit drei Kindern, die hinter ihr hertrotteten, verlor eine Tasche, ohne es zu merken. Billy war bereits aufgesprungen. »Ma'am?«

Mit einem Lächeln bedankte sie sich bei ihm und trieb die Kinder zusammen, und dann schnappte ihr jemand das Taxi vor der Nase weg. Also hielt Billy das nächste für sie an. Wieder bedankte sie sich bei ihm und nannte ihn irrtümlich Sergeant, und eines der Kinder winkte ihm zu, als das Taxi anfuhr.

Damit hatte er seine gute Tat für heute getan, nahm er an. Er würde wer weiß was tun, um nicht mehr an das Gesicht seiner Cousine denken zu müssen.

Er war nicht mehr nach Columbia zum Haus der Meschers zurückgekehrt. Seine Tante hatte er nicht kennen gelernt. Das wäre unter den Umständen auch nicht sonderlich klug gewesen.

Er griff nach seinen Zigaretten, steckte sich eine an und nahm einen tiefen Zug. Das Rauchen hatte er sich im College angewöhnt. In der Kaserne bei der Grundausbildung hatte er mit dem Trinken angefangen. Dachte er, er könne von allem fortlaufen? Zigaretten, Alkohol, Mädchen am Wochenende – so schlecht war das schließlich nicht. Die Mädchen flogen alle auf Uniformen. So hatte er auch Trish kennen gelernt. Tanzveranstaltung im Kasino der Sergeants. Vom anderen Ende des Raumes her hatte er ihr Gelächter gehört, und der Rest war Geschichte. Ihr Vater war Alan Goldberg und drehte Filme in Hollywood – sie wohnten in einem Villenviertel, in dem die Häuser mindestens eine Million Dollar kosteten und in dem private Wachleute die Touristen fern hielten. Sie wollte Schauspielerin werden, aber davon wollte ihr Vater nichts hören. Allen seinen Freunden im Filmgeschäft erzählte er, dass es nie so weit kommen würde und dass auch sie lieber darauf achten sollten, dass es nicht so weit kam. Diese Verschwörung hatte Trish tief in ihrem Herzen schwer getroffen, und deshalb mochte Billy Mr. Goldberg nicht allzu sehr. Sie waren sich nur zweimal begegnet und hatten einander praktisch nicht beachtet, nur aus Höflichkeit miteinander gesprochen. Kathryn, die Mutter, war ein wenig fahrig und nervös. Sie erinnerte Billy an einen Sperling. Sie konnte nicht still sitzen und plapperte ununterbrochen. Ständig machte sie sich Sorgen um Farben und neue Möbel und darum, wer zum Essen kommen würde, was sie den Leuten anbieten sollte, wo sie sich hinsetzen sollten. Von einer Dame wie ihr, die immer nur das Beste gewöhnt war, konnte er sich ganz entschieden nicht vorstellen, dass sie in einer winzigen, in den Erdboden gegrabenen Hütte hockte und den ganzen Tag Leder kaute.

Diese Frau brauchte die Insel einfach nur zu sehen – vielleicht auch nur zu riechen –, und schon würde sie sterben wollen. Als sie einmal zusammen beim Abendessen saßen, fragte sie ihn, woher er denn komme, da er »irgendwie asiatisch« aussehe. Trish gab ihm mit Zeichen zu verstehen: Sag es ihr nicht, das darfst du ihr nicht sagen; also antwortete er, dass er aus dem Norden komme, und wechselte dann schnell das Thema, sehr zu Trishs Erleichterung.

Trish war anders als alle Menschen, die er je kennen gelernt hatte. Er verliebte sich in ihr Lachen, später bekam er aber dieses Lachen nicht mehr sehr oft zu hören. Das lag wohl, so dachte er, daran, dass sie sich so selten treffen konnten, und bald würden sie sich über eine sehr lange Zeit überhaupt nicht mehr sehen. Sie hatte zu ihm nach Deutschland kommen wollen, aber das war nicht möglich gewesen. Jetzt wollte sie die Heirat, bevor er nach Vietnam ging. Er mochte Trish, vermutlich liebte er sie sogar, aber er war einfach noch nicht bereit dazu, eine Ehe einzugehen. Noch nicht. Immer wieder hatte er sich gefragt, ob er je bereit dazu sein würde. Aber sie zu sehen war immer schön. Sie langweilten sich noch nicht miteinander. Aber in letzter Zeit redete sie nur noch davon, ein schönes Haus und ein paar Babys haben zu wollen. Billy kribbelte es dann immer wie verrückt in den Füßen.

Als er auf der Bank saß und wartete, überlegte Billy, ob es wirklich richtig war, als unverheirateter Mann nach Vietnam zu gehen. Trish hatte gewartet, bis seine Dienstzeit in Deutschland vorbei war. Sie war geduldiger als er, wenn es ums Warten ging, dabei müsste Geduld eigentlich ihm im Blut liegen. Er würde mit jemandem darüber reden müssen, aber mit wem? Zwei seiner Kumpels von der Armee – Mitch Lonnigan und Steve Monroe – würden auch nach Vietnam gehen, aber wenn er mit denen redete, hatte er immer das Gefühl, er würde versuchen, Wasser in einen Eimer mit Löchern zu gießen. Was auch immer an Bedeutung mitschwang, strömte heraus, ehe es sich festsetzen konnte. Der Einzige, mit dem er je hatte reden können – egal über welches Thema –, wäre in dieser Sache keine große Hilfe gewesen. Was wusste sein einäugiger Onkel schon von der wirklichen Welt? Die Gelegenheit zum Reden hatte Billy gehabt, aber nicht die richtigen Worte gefunden. Und so redete er sich ein, es sei nicht der richtige Ort, nicht der richtige Gesprächspartner und nicht die richtige Zeit gewesen, um übers Heiraten zu sprechen.

Erst als er der alten Lebensweise den Rücken gekehrt hatte, vermisste er sie. Doch die Rückkehr in die alte Heimat hatte ihm endgültig gezeigt, dass er nicht mehr dorthin gehörte. Jetzt, da er an die Wärme gewöhnt war, verabscheute er die Kälte. Er verabscheute die unendliche Trostlosigkeit der Gegend und, schlimmer noch, die Sinnlosigkeit der mühseligen Plackerei, wenn man versuchte, Nahrung zu finden, damit die Familie im nächsten Winter nicht verhungerte. Und zur Familie gehörten alle im Dorf. Das vermisste er wahrscheinlich am meisten – die Menschen. Ihre Liebe und die Geborgenheit, die man bei ihnen fand.

Diese Liebe und Geborgenheit fand man anderswo nicht so leicht, egal wie sehr man sich bemühte.

Hier kümmerten sich alle nur um sich selbst.

Ein Stadtstreicher kam vorbei und fing an, die Mülltonne zu durchwühlen. Er war Sammler, nicht Jäger. In der Wildnis würde er nicht überleben, dachte Billy. Zu Hause würde man ihn, vorausgesetzt er half überall ein wenig aus, mit durchfüttern. Zu Hause würde er nicht anderer Leute Abfall essen müssen.

Wieder musste er sich ins Gedächtnis rufen, dass er jetzt nicht mehr zu Hause war.

Er beobachtete die nicht abreißen wollende Prozession vorbeiziehender Menschen. Menschen, die nicht wussten, und denen es auch ganz egal war, dass seine alte Welt immer noch fortdauerte. Wenn man sie in den Norden verfrachtete, würde allein schon der erste Eindruck von dem rauen Leben dort sie umbringen.

So lange war es jetzt schon her, er wusste gar nicht mehr genau, wie lange, dass er ein Heranwachsender mit mehr Selbstbewusstsein als gesundem Menschenverstand gewesen war. Billy konnte seinen Namen schreiben und bis einhundert zählen, aber das war es dann auch schon. Vor fünfundzwanzig Jahren hätte er die Erziehung des weißen Mannes nicht gebraucht. Vor fünfundzwanzig Jahren hatte er gar nicht gewusst, dass diese andere Welt überhaupt existierte. Und als er es aus den Geschichten seines Vaters erfuhr, war es ihm egal gewesen. Die Welt des weißen Mannes würde ihn nie beeinflussen, dafür würde er schon sorgen. Aber damals war er noch ein Kind.

Was man sich als Kind so alles vornimmt ...

Das Leben entwickelt sich nie so, wie man es erwartet. Das war einer der Sätze seines Vaters, den er immer noch ganz deutlich hörte. Einmal standen sie am Felsrand nebeneinander, starrten hinaus zu den Eisschollen in der Ferne, und dann hoben sie beide, wie im Gleichklang, den Kopf zum Himmel, über die aufgehende Sonne hinaus. Der Vater legte dem Jungen den Arm um die Schultern und fügte flüsternd hinzu: *Wenn einer das weiß, dann ich.* Billy wusste, dass sein Vater das Fliegen vermisste. Damals verstand er das nicht. Die reine Liebe zum Fliegen. Es war wie eine Sucht.

Billy war immer noch ein guter Fischer. Er benutzte Köder, die er selbst gemacht hatte. Es war, als wüsste er, wie Fische denken, das sagte jedenfalls Monroe immer. Kajakfahren war ein Kinderspiel für ihn. Er war inzwischen ein exzellenter Schütze, und mit jeder beliebigen Art von Schusswaffe konnte Billy einer Heuschrecke auf hundert Metern ein Auge ausschießen. Keiner seiner Kumpel wusste, wie geschickt er mit Pfeil und Bogen oder dem Speer umgehen konnte. Oder mit dem Messer. In Rekordzeit konnte er jedes beliebige Tier töten, ausnehmen und enthäuten. Beim Überlebenstraining war er immer gern gesehen. Er fand Nahrung, wo die anderen nicht einmal suchten. Mit Wasser war es genauso. Und er konnte viel über das Wetter sagen, einfach indem er die Natur beobachtete. Wenn alles ganz still war, verhieß das entweder einen Orkan oder ein Erdbeben – beides durchaus übliche Erscheinungen auf Kulowyl, dort oben auf den Aleuteninseln.

Durchaus üblich auch hier, wie es schien.

Er schaute auf die Uhr. Jeden Moment würde Trish in dem roten Porsche ihrer Mutter angefahren kommen. Sie würde ihn zu sich nach Hause nach Beverly Hills mitnehmen, und er würde eine Woche am Pool vertrödeln. Sie würde sich erkundigen, wie es oben im Norden – Norden war das Äußerste, was sie sagte, Alaska wollte ihr nicht über die Lippen kommen – gelaufen sei, aber wenn er es ihr erzählte, würde sie gar nicht zuhören. Sie würde auf die Gelegenheit warten, ihm all die Dinge zu berichten, die sich in ihrem Leben inzwischen zugetragen hatten. Als wäre ihr Leben das Wichtigere. Er ließ es geschehen, schließlich kam es selten genug vor, dass er in der kalifornischen Sonne saß und dachte, dass er es nicht nötig habe, sich daran zu erinnern, wie es früher einmal gewesen war.

Denn jetzt hatte er es geschafft. Er würde nach Vietnam gehen, seine Dienstzeit dort hinter sich bringen, wie er das in

Deutschland gemacht hatte, nach Hause kommen, aus der Armee austreten und Berufspilot werden.

Das »Was-wäre-wenn« setzte sich in seinem Kopf viel leichter fest als die Wirklichkeit.

Vielleicht würde er die Woche des Nichtstuns am Pool nutzen, um die Aufzeichnungen seines Vaters zu lesen, falls er die Geduld hatte, das Gekritzel zu entziffern.

Intensiv schaute er einer jungen Frau nach, die gerade vorbeiging und sich mit einer schweren Reisetasche abmühte. Sofort sprang er auf und trug ihr die Tasche zum Taxistand. Und genau in dem Moment kam Trish im Porsche ihrer Mutter angefahren und drückte kräftig auf die Hupe.

Aber das machte nichts. Männer warfen immer mal wieder ein Auge auf Trish und das Auto, und die Damen wiederum warfen ganz gern ein Auge auf ihn. Am Ende glich sich das alles wieder aus. Sie waren ein schönes Paar, jedenfalls sagten das die Leute. Und Schönheit war wichtig in dieser Welt. Es war vermutlich das Einzige, was man brauchte, um durchzukommen. Auch Geld war natürlich eine Hilfe, und davon hatte Trish jede Menge. Sie brauchte sich nur etwas zu wünschen, und schon bekam sie es.

Billy hob seinen Seesack auf den Rücksitz und setzte sich ins Auto. Sie blieb lange genug in der Halteverbotszone stehen, um einen langen Kuss zu bekommen, einen Kuss, der mehr versprach, und das ganz bald, und dann fuhren sie los, gerade rechtzeitig, bevor der mit Stift und Papier bewaffnete Verkehrspolizist bei ihnen war.

»Wie ist es gelaufen im Norden?«, erkundigte sie sich.

»Prima«, war alles, was er darauf antwortete. »Es ist prima gelaufen.«

»Hast du deinen Freund gesehen? Wie heißt er doch gleich ... Nalli?«

Billys Mund wurde ganz trocken, als er erwiderte: »Ja, hab

ich. Eennali geht's gut. Allen geht's gut. Meine Schwester ist glücklich und zufrieden. Mein Onkel ist etwas altersschwach, aber sonst unheimlich gut drauf ...« Die Stimme versagte ihm.

Trish, die an der roten Ampel stehen geblieben war, schaute Billy an. Sie wusste, dass er log. Am Ende würde er ihr schon alles erzählen, auch das wusste sie. Er hatte noch nie ein Geheimnis für sich bewahren können.

»Und was ist bei dir so los?«, fragte er.

»Daddy ist in Paris, er sieht sich mögliche Originalschauplätze für seinen nächsten Film an«, antwortete sie. »Mom ist mit ihm gefahren. Gestern sind sie abgereist. Wir haben das Haus ganz für uns.« Die Ampel wurde grün, und Billy bekam fast ein Schleudertrauma, so heftig wurde er beim Anfahren in den Sitz gedrückt. »Die ganze letzte Nacht habe ich telepathische Botschafen ausgesandt – Billy, komm nach Hause, Billy, komm nach Hause. Und hier bist du nun. Du hast mich gehört. Du hast mich tatsächlich *gehört*.«

Billy lachte und starrte zum Fenster hinaus, als Trish auf die Autobahn fuhr. »Und was ist mit dem blöden Hund?«

»Fifi musste zu Hause bleiben. Tut mir Leid.«

Fifi. Vor fünfundzwanzig Jahren hätte er den schnappenden, knurrenden, beißenden kleinen Köter aufgegessen und dann aus seiner Haut ein Paar Strümpfe gemacht. Vielleicht war das der Grund dafür, dass Fifi jedes Mal an seinem Bein knabberte, wenn er die Gelegenheit dazu hatte. Auch Fifi wusste, was er damals mit einem Hund gemacht hätte.

Betty Sue hatte es fast geschafft, das genähte Bein eines Holzfällers zu verbinden, als der Anruf kam. »Betty Sue? Ein Ferngespräch. Komm schnell.«

Die andere Schwester legte den Verband zu Ende an. Betty Sue wusch sich die Hände und ging hinaus, um das Gespräch am Schreibtisch in der Notaufnahme anzunehmen. »Hallo?«

»Betty Sue?«

Zunächst erkannte sie die Männerstimme nicht.

»Gordon Meschers am Apparat. Ich rufe aus Columbia an.«

Betty Sue seufzte. Meg, die Gordon wieder einmal dazu gebracht hatte, die Schmutzarbeit zu erledigen. Sie hatte schon geahnt, dass dieser Anruf kommen würde, vor allem wenn sich Billy *gegen* ihren ausdrücklichen Rat doch entschlossen hatte, mit den Meschers Kontakt aufzunehmen. »Wie geht es Ihnen, Gordon?«

»Ich weiß nicht genau, wie ich das sagen soll, aber haben Sie jemandem mit Namen Billy Shaw unsere Telefonnummer gegeben?«

»Wieso?«

»Ja oder nein?«

»Sagen Sie mir erst wieso, Gordon.«

»Also es ist so: Wir können Rachel nicht finden.«

Einen Moment lang herrschte Schweigen. Betty Sue begriff nicht. »Und weshalb rufen Sie mich da an? Wie alt ist sie denn inzwischen?«

»Mit ihrem Alter hat das nichts zu tun. Das Problem ist, dass sie krank ist, Betty Sue. Wirklich sehr krank. Wenn sie ihre Medikamente nicht nimmt, kann alles Mögliche passieren.«

»Und was hat das mit mir zu tun? Ich verstehe das immer noch nicht.«

»Meg sagt, sie hat einen Anruf von einem Billy Shaw bekommen, der behauptet hat, er sei ihr Neffe. Ich nehme an, das ist John Roberts Sohn von da oben bei Ihnen aus dem Norden. Wir glauben, Sie sind die Einzige, die uns hier jetzt helfen kann. Haben Sie ihn gesehen?«

»Ja, das habe ich. Er hat mich nach seiner Familie gefragt. Und ich habe ihm Ihre Nummer gegeben. Er hat also angerufen, ja? Wie hat Meg reagiert?«

»Sie hat einfach den Hörer aufgelegt. In letzter Zeit ging es ihr nicht so besonders. Sie hat zu viel gearbeitet, Sie kennen sie ja.«

»So, tue ich das?«, fragte Betty Sue, die darauf eingestellt war, John Robert und seinen Sohn zu verteidigen. Es waren beides prachtvolle Männer, also was zum Teufel wollte Gordon da andeuten? Rachel war vermutlich weggelaufen, um von ihrer blöden Mutter wegzukommen. Das war doch nahe liegend. Wieso wollten sie Billy dafür verantwortlich machen, wenn er nichts weiter getan hatte als anzurufen? Wenn jemand bei mir einfach den Hörer aufgelegt hätte, dachte sie, wäre ich nicht besonders versessen darauf, zu Besuch zu kommen und mir auch noch die Tür vor meinem Mischlingsgesicht zuknallen zu lassen.

»Haben Sie ihm auch unsere Adresse gegeben?«

»Gut möglich, das weiß ich nicht mehr so genau.«

»Da ist diese Sache mit, wie soll ich das sagen, diese Sache mit der Fotografie von John Robert und seinem Freund. Das alte Foto. Es ist nicht mehr da. Wir glauben, dass er hier war, dass Rachel ihm das Foto gegeben hat und dass sie irgendwohin gefahren sind. Sie ist jetzt schon einen ganzen Tag lang weg. Ich habe die Polizei eingeschaltet, die suchen jetzt nach ihrem Wagen, aber bisher ohne Erfolg.«

»Ich bin sicher, Rachel geht es gut, Gordon. Sie wird nach Hause kommen, wenn sie bereit dazu ist.«

»Sie hat weder irgendetwas an Kleidung noch Make-up mitgenommen. Ich habe kein gutes Gefühl bei der Sache, Betty Sue. Wenn Sie von Billy Shaw hören, würden Sie mich dann bitte gleich anrufen?«

Gorden gab ihr alle Telefonnummern, unter denen er zu erreichen war, aber Betty Sue machte sich nicht die Mühe, die Nummern zu notieren, obwohl sie ihm versprach, auf jeden Fall anzurufen.

»Tut mir Leid, dass ich Sie damit belästige, Betty Sue.«

»Sie belästigen mich nicht, Gordon. Sie melden sich bei mir, wenn Rachel wieder auftaucht, ja?«

»Ja, das mache ich. Ganz bestimmt.«

Er legte auf. Betty Sue wusste, dass sie nicht wieder von ihm hören würde. Der Anruf hatte ihr jetzt den Tag verdorben. Was hatten sie unterstellen wollen? Dass Billy mit Rachel Meschers auf und davon gegangen war?

Billy war ein guter Junge. Er hatte hart gearbeitet, wirklich hart, um das zu erreichen, was er bis jetzt erreicht hatte. Er war jetzt Stabsfeldwebel in der Armee, und für einen Mischling war das nicht gerade einfach gewesen. Was mochten die Meschers sich nur dabei gedacht haben?

Gordon legte den Hörer auf und nickte. Meg fing schon wieder an zu weinen. »Irgendetwas Furchtbares ist passiert. Ich weiß das. Ich spüre das.«

»Du darfst so etwas einfach nicht denken, Meg.«

»Ich kann aber nicht anders!«

»Vielleicht haben die Nachbarn etwas gesehen.«

»Nein. Die habe ich schon gefragt. Das kannst du dir doch wohl denken.«

»Deshalb musst du ja nicht gleich so schnippisch sein«, sagte Gordon.

»So ist's recht. Schmoll du nur. Nimm es nur ruhig persönlich.« Meg, die jetzt wütend, enttäuscht und zu Tode geängstigt war, drehte den Rollstuhl herum.

»Vielleicht ist sie ja nur ein bisschen mit dem Auto unterwegs gewesen. Hat sich verfahren, wie beim letzten Mal. Sie ruft sicher bald an. Ganz bestimmt sogar.«

Er bemühte sich, überzeugend zu klingen, wie er es vor Gericht hielt, wenn er wusste, dass der Angeklagte, den er verteidigte, schuldig war. Die Geschworenen mochten ihm ja vielleicht glauben, seine Frau tat es nicht.

»Ja, natürlich. Mit dem Auto unterwegs. Mit dem Auto, das *du* ihr geschenkt hast. Ich habe dir doch gesagt, dass ich nicht will, dass sie Auto fährt. Aber du hörst ja nie auf mich!«

Und damit lenkte sie den Rollstuhl nach draußen, um sich zu beruhigen, wie Gordon hoffte. Aber er glaubte nicht wirklich daran.

Es gab keinerlei Hinweise. Nur das Badetuch, das immer noch auf dem Rasen beim Swimmingpool lag, eine Tube Sonnencreme auf dem Küchentisch und oben Rachels Bikini, einfach auf den Teppich geworfen. Meg konnte nicht sagen, welches Kleid sie trug – Rachel hatte zu viele Kleider, und die meisten davon trug sie nicht öfter als ein Mal. Aber ihre Zahnbürste war immer noch im Zahnputzbecher in ihrem Badezimmer, und ihr Schallplattenspieler war nicht ausgeschaltet, das war allerdings nicht ungewöhnlich, sie ließ ihn manchmal angeschaltet, auch wenn sie gar nicht da war, nur um ihre Mutter zu ärgern.

Die Polizei hatte Gordon schon angerufen, doch die konnten nichts anderes tun als noch anderthalb Tage warten. Der Polizeichef hatte ihm einen persönlichen Gefallen getan und eine Fahndung nach dem Thunderbird eingeleitet. Jeder Bezirkspolizist in South Carolina hielt Ausschau nach dem Wagen. Vielleicht hätten sie auch North Carolina informieren sollen. Und Virginia. Das letzte Mal, als sie von zu Hause weggelaufen war, wurde sie auf dem Marinestützpunkt in Norfolk aufgegriffen, wo sie barfuß, nur halb bekleidet und Gespräche mit ihrer toten Großmama führend herumirrte. Niemand konnte sich erklären, wie sie auf das Gelände gelangt war, und Rachel selbst konnte sich an nichts erinnern. Sie hatten sie für vierzehn Tage in eine Spezialklinik einweisen lassen, wo sofort der Teufel los war, weil sie einen schwarzen Hausmeister beschuldigte, sie im Treppenhaus vergewaltigt zu haben. Die Anklage wurde aus Mangel an Beweisen fallen gelassen, und entgegenkommenderweise vertuschten die Zeitungen das Ganze, aber Gordon wusste nicht, wie lange die Presse derartige Dinge noch totschweigen würde. Inzwischen war eine ganz neue Generation von Journalisten nachgewachsen. Journalisten, die rechtschaffene Bürger der Gemeinde gern zur Zielscheibe der Kritik machten, und wenn sie diesen Leuten beruflich nichts anhaben konnten, machten sie den wunden Punkt in deren Privatleben ausfindig.

Sollte sie nach weiteren dreißig Stunden immer noch nicht wieder zu Hause sein, würde man sie offiziell als vermisst betrachten.

Wieder einmal.

Er fand Meg im Garten hinter dem Haus, sie hielt das Badetuch an sich gepresst und weinte. Er brauchte gar nichts zu sagen. Er wusste, wie sie sich fühlte. Schuldig. Schuldig, weil sie an dem Tag zu einer Versammlung der Schulbehörde nach Greenville gefahren war. Sie machte sich Vorwürfe, weil sie zu Hause hätte bleiben müssen. Sie hätte Rachel nicht allein lassen dürfen. Gordon wusste, dass ihr Verstand bald einen Weg finden würde, ihm die ganze Schuld zuzuschieben, also kniete er sich erst einmal neben ihren Rollstuhl, nahm ihre Hand und sagte: »Wir finden sie, Liebling. Da bin ich mir ganz sicher.«

Gerade in dem Augenblick, als Gordon Megs Wange küsste, die von Tränen ganz salzig war, klingelte das Telefon. Er sprang auf und schoss blitzschnell ins Haus. Aber am Apparat war nicht Larry, der ihnen mitteilen wollte, dass man sie gefunden hatte. Es war das Büro. Genauer gesagt, die Assistentin seiner Sekretärin, die ihn fragen wollte, ob er zu seinem Termin um vier Uhr dreißig ins Büro kommen werde. Sie habe ihn den ganzen Tag noch nicht zu Gesicht bekommen, ob vielleicht etwas nicht in Ordnung sei?

Vorsichtig erklärte er: »Tut mir Leid, Karen. Diese Woche

komme ich nicht mehr rein, Schatz. Rachel ist wieder einmal verschwunden. Ich muss beim Telefon bleiben. Das verstehst du doch?«

Ob Karen es nun verstand oder nicht, war ihm egal. Darum machte er sich im Moment nun wirklich keine Sorgen. Tatsächlich sorgte er sich weit mehr um seine Frau als um seine Tochter. Bei all dem Ärger, den sie ihnen machte, schien Rachel doch einen Schutzengel zu haben, der sie immer wieder vor ernsthafteren Schwierigkeiten bewahrte.

Für Meg galt das nicht. Er liebte seine Frau, er hatte sie von dem Augenblick an geliebt, als er sie das erste Mal sah, wie sie über die Bücher gebeugt im Jahr 1929 in Sonny Milligans Büro saß. An jenem Junitag war er zu seiner ersten Flugstunde hergekommen, endlich hatte er den Mut aufgebracht, das in Angriff zu nehmen, wovon er schon immer geträumt hatte: fliegen. Und da saß sie nun. Arbeitete über den Büchern und versuchte, aus ihnen schlau zu werden. Er räusperte sich und sagte: »Entschuldigen Sie. Ich möchte gern fliegen lernen.«

Sie schaute auf, lächelte gezwungen und deutete auf einen Stuhl, auf den er sich setzen und auf Sonny warten könne. Dann waren sie ins Gespräch gekommen. Damals arbeitete er noch als Lehrer. Offensichtlich hatte ihrem Bruder, der über Alaska abgestürzt war und seitdem vermisst wurde, früher einmal der Betrieb gehört, und sie hatte ihn während seiner Abwesenheit übernehmen müssen. Aber schließlich gab sie Sonny Milligans Drängen nach und verkaufte ihm die Firma, als ihr klar wurde, dass sie ihren Bruder wohl nie mehr wiedersehen würde. Sonny behielt sie im Geschäft, damit sie sich um die Bücher kümmern konnte – es fehlte ihm wohl der Sinn fürs Geschäftliche. Gordon mochte Meg, und sie mochte ihn. Nur einmal fragte er sie, weshalb sie im Rollstuhl sitze, und sie antwortete ihm, es sei Kinderlähmung. Die Krankheit hatte ihre Träume vom College zunichte gemacht. Anwältin hatte sie ursprünglich werden wollen, wenn auch ihre ganze Liebe dem Ballett galt.

Gordon, der zwei linke Füße hatte, wenn es ums Tanzen ging, machte ihr trotzdem den Hof. Seine Eltern waren nicht so recht glücklich darüber, dass sie keine Jüdin war, doch derartige Grenzen kannte ihre Liebe nicht. Einmal waren sie ein wenig zu weit gegangen, und so heirateten sie, bevor die Schwangerschaft allzu weit fortgeschritten war, und schließlich zogen sie nach Columbia, um dem Geschwätz ein Ende zu machen. Drei Kinder und eine Hypothek später hatten sie ihren Traum verwirklicht.

Meg hatte das Sagen im Haus, jedenfalls glaubte sie das. Gordon hatte einfach gern seine Ruhe. Er hatte das Motorrad seines Schwagers geerbt und hielt es gut in Schuss. Damals war das Motorrad seine einzige Möglichkeit, ab und zu rauszukommen. Zum Fliegen kam er kaum noch, das Leben hatte ihn fest im Griff.

Eines Tages, im Sommer des Jahres 1943, stand plötzlich dieser Fremde vor ihrer Tür. Damals sagte Meg, das sei früher einmal ihr Bruder gewesen. Als Gordon daraufhin bemerkte, es müsse ja wohl immer noch ihr Bruder sein, schüttelte sie den Kopf, und in jener Nacht weinte sie sich in den Schlaf. Siebzehn Jahre lang war er vermisst gewesen. Vor langer Zeit schon hatte Meg die Hoffnung aufgegeben, ihren Bruder je wiederzusehen, und so hatte sie ihn innerlich begraben. Gordon wusste, dass sie ihren Bruder liebte, so sehr Meg überhaupt jemanden lieben konnte. Doch von dem Moment an, als sie sich zum ersten Mal nach all der Zeit wieder gegenüberstanden, stritten sie nur. Typisch Bruder und Schwester. Es muss an der Kinderlähmung liegen, hatte John zu Gordon gesagt. Die Krankheit hatte all ihre Träume und all ihre Wünsche zunichte gemacht und sie zum Krüppel werden lassen, physisch und emotional. Sie wirkte wütender als je zuvor. Wie kommen Sie damit zurecht, hatte

John gefragt. Gordon wusste noch, dass er die Schultern gezuckt und geseufzt und schließlich gesagt hatte: »Ich liebe sie, John. Es ist nicht einfach, aber ich liebe sie.«

Ihr Bruder war schon ein merkwürdiger Mann, aber trotzdem mochte Gordon ihn. Er war offen und ehrlich. Er war sehr schwer verwundet worden, als seine Maschine da oben im Eis zerschellte, sein Kurzzeitgedächtnis hatte sehr nachgelassen. Aber er wusste noch, wie man ein Flugzeug bediente. Er blieb nur kurz, sagte, er sehne sich danach, zu seiner Familie zurückzukehren.

Er erzählte von seinen Kindern, aber Meg wollte von dem Leben, das er während seines »Todes« geführt hatte, nichts wissen. Es passte nicht in ihre ordentliche, kleine Schubladenvorstellung davon, wie das richtige, das zivilisierte Leben sein sollte. Die Jungen mochten ihn. Steve und Josh redeten noch wochenlang von ihrem Eskimo-Onkel. Zweimal schrieb er ihnen, als er wieder in Alaska war, und dann hörten sie nichts mehr von ihm.

Ein paar Jahre später rief Betty Sue Llewellyn, die Krankenschwester, die mit John von Alaska heruntergekommen war, aus Anchorage an, um ihnen mitzuteilen, dass John gestorben sei.

Was Meg betraf, so war das Ganze damit endlich vorbei. Er würde nie wieder aus heiterem Himmel bei ihnen erscheinen. Wieder erscheinen, um sie in Verlegenheit zu bringen, um sie an Dinge zu erinnern, die sie sich allzu lange zu vergessen bemüht hatte.

Und jetzt dieser Anruf von einem Mann, der behauptete, Johns Sohn zu sein.

Jemand war bei Rachel hier im Haus gewesen, das wusste Gordon ganz sicher. Er hatte das Bikini-Oberteil seiner Tochter vom Boden aufgehoben und die süßliche Kokosnuss-Sonnencreme an der Schnalle auf dem Rücken gerochen. Jemand war hier gewesen. Jemand hatte ihr den Rücken mit der Sonnencreme eingerieben.

Gordon war keineswegs naiv. Seine Tochter mochte geistig nicht so ganz auf der Höhe sein, aber den Körper einer Frau hatte sie trotzdem. Es musste ja nicht unbedingt der Mann gewesen sein, der angerufen hatte. Johns Sohn war unter Umständen ganz unschuldig an den Dingen, mit denen sich Gordon das Hirn zermarterte. Es hätte irgendein Herumtreiber sein können, der von der Straße aus einfach das Grundstück betreten hatte. Der Himmel allein wusste, wie freundlich Rachel zu allen möglichen Leuten war.

Zu allen, nur nicht zu Frauen. Sie hatte keine Freundinnen. Nicht eine einzige.

Gordon rieb sich die Stirn. Der Kopf wollte ihm schier zerspringen. Er würde seine wöchentliche Sitzung mit Karen vermissen, und er sehnte sich danach, ihren warmen, schmiegsamen Körper unter sich zu spüren. Genau in diesem Augenblick brauchte er das ganz dringend.

Meg ließ ihn nicht in ihre Nähe, und das ging schon seit Jahren so, doch er verstand, weshalb. Wenigstens gab er vor, es zu verstehen. Irgend so eine Frauengeschichte. Wechseljahre. Karen war achtundzwanzig. Karen liebte ihn, und allein schon in ihrer Nähe zu sein führte dazu, dass er sich wieder jung fühlte. Doch Karen klammerte sich an die Annahme, er werde seine Frau verlassen und sie eines Tages heiraten. Das Mädchen, dessen Nachfolgerin Karen war, hatte das auch einmal gedacht. Ein paarmal im Jahr beziehungsweise immer dann, wenn sie anfing, ihn wegen der Scheidung zu bedrängen, hatte er ihr Gehalt erhöht.

Was konnte er sonst schon tun?

Meg wusste, dass er so etwas wie eine Affäre hatte – sie war schließlich nicht naiv. Sie wusste es und tat so, als würde sie nichts sehen. Sie verstand viel besser als er, was er brauchte, und solange er sie nicht behelligte, solange er die Rechnungen bezahlte, rechtzeitig zum Abendessen nach Hause kam und keinen Ärger machte, war es ihr im Grunde egal, was er tat.

Er überlegte, ob es möglicherweise vernünftig wäre, Rachel diesmal endgültig wegzuschicken, sie für unbestimmte Zeit einweisen zu lassen, wenn sie wieder auftauchte. Vielleicht wäre es für alle Beteiligten das Beste. Darüber hatten sie schon einmal geredet. Meg gab immerhin so weit nach, dass Rachel wenigstens für vierzehn Tage in »diese Klinik« geschickt werden konnte. Sie wollte einfach nicht einsehen, dass ihre Tochter psychisch gestört war, und gebärdete sich wie wild, als seinerzeit die Anklage wegen Vergewaltigung fallen gelassen wurde.

Aber was Meg nicht wusste, war, dass Rachel sowohl bei ihren beiden Brüdern als auch einmal sogar bei ihrem Vater einen Annäherungsversuch gemacht hatte. So etwas würde Rachel doch nie tun. Rachel war ein *anständiges* Mädchen. Sie musste einfach ein anständiges Mädchen sein. Sie musste es ganz einfach sein, schon ihrer Mutter zuliebe. Was Meg alles über ihre Tochter nicht wissen wollte, würde die Hälfte aller Regale in der öffentlichen Leihbücherei füllen.

Meg wollte die Jungen mit dieser Sache nicht behelligen.

Sie waren jetzt erwachsene Männer. Beide verheiratet, beide längst aus dem Haus. Beide hatten jetzt ihr eigenes Leben, ihre eigene Familie. Und überhaupt, was könnten sie denn schon tun, außer vielleicht ihre Mutter überzeugen oder wenigstens den Versuch machen, sie zu überzeugen, dass Rachel jetzt die Art Hilfe brauchte, die sie zu Hause nicht erhalten konnte. Gordon würde Steven und Joshua am Abend trotzdem anrufen, wenn er ganz sicher sein konnte, dass Meg schlief. Er würde es ihnen erzählen, und vielleicht würden sie ja nach Hause kommen. Vielleicht waren sie aber auch zu beschäftigt, um extra von Washington beziehungsweise von New York herzufahren. Gordon dachte nicht mehr weiter daran und machte sich eine Tasse Tee, das hielt er für sicherer, als jetzt Whiskey zu trinken. Er brachte auch seiner Frau eine Tasse. Keiner von ihnen sagte etwas. In tiefem, nachdenklichem Schweigen saßen sie ungefähr eine Stunde lang da, bis das Telefon klingelte.

Wieder war Gordon blitzschnell am Apparat.

»Larry?«

Der Polizeichef antwortete: »Wir haben das Auto gefunden, Gordon.«

»Nur das Auto?«

»Nur das Auto.«

»Wo?«

»Am Flughafen von Richmond. Im Bereich für Langzeitparker. Tut mir Leid, aber für uns sieht es so aus, als ob sie irgendwann gestern weggeflogen ist. Wie viel Geld hatte sie denn eigentlich bei sich, weißt du das?«

»Ich habe keine Ahnung.«

»So wie ich die jungen Leute kenne, meldet sie sich bestimmt bald per Telefon und wird Geld verlangen.«

»Ich hoffe, du hast Recht.«

»Gordon? Mit wem sprichst du?«

Er drehte sich um. Meg stand in der Tür, auf eigenen Füßen und ganz zittrig, und während sie kraftlos hereingestolpert kam, klammerte sie sich an den Möbeln fest. Sie sollte eigentlich nicht gehen. Was zum Teufel war ihr nur wieder in den Sinn gekommen?

»Halt mich auf dem Laufenden, Larry.« Er legte den Hörer auf und ging auf seine Frau zu. »Sie haben den Thunderbird am Flughafen von Richmond gefunden. Sie glauben, sie ist irgendwohin geflogen. Larry ist sich sicher, dass sie anrufen wird, wenn ihr das Geld ausgeht.«

»So etwas würde sie nie tun. Sie hat Angst vorm Fliegen. Außerdem hat sie gar keine Kleider mitgenommen ... nein. Nein! Larry ist einfach nur untätig. Er sucht sich den bequemsten

Weg, wie er das immer getan hat. Irgendetwas ist Rachel zugestoßen, das weiß ich. Das weiß ich einfach.«

»Sie wird wieder nach Hause kommen, Meg. Das verspreche ich dir. Sie wird wieder nach Hause kommen.«

Er versuchte, sie in den Arm zu nehmen, sie zu trösten, sie zu stützen, aber sie wies jeden Versuch seinerseits, zärtlich zu sein, zurück. Sie mochte es nicht, wenn man sie anfasste. Sie verabscheute es, angefasst zu werden. Vor langer Zeit hatte er es aufgegeben, diese Zurückweisung persönlich zu nehmen. Das war die einzige Möglichkeit, damit fertig zu werden.

Gordon machte einen Schritt zurück und sah zu, wie seine Frau die Treppe hinaufging, ohne Hilfe, langsam, unter großen Schmerzen.

Eine entsetzliche Hoffnung erwachte in ihm.

Er hoffte, nur einen kurzen Augenblick lang, dass er Rachel nie wiedersehen würde. Doch dann wurde ihm das Ausmaß seines ungeheuren Egoismus bewusst.

Zu hoffen, dass seine schwierige Tochter einfach sterben werde, war nun wirklich kein Ausweg.

Still bat er um Vergebung für diesen Gedanken.

Vielleicht wäre ihm vergeben worden, wenn er wirklich ehrlich gewesen wäre.

Sechstes Kapitel

Billy starrte zur Decke hoch. Das Haar von Trish kitzelte ihn an der Nase, und so veränderte er leicht die Lage des Kopfes, doch die Bewegung weckte sie auf. Sie kuschelte sich noch näher an ihn. Es war verdammt heiß, und die Hitze, die ihr Körper verströmte, trug auch nicht gerade dazu bei, die Außentemperatur zu senken.

»Liebst du mich?«, wollte sie wissen.

Er starrte weiter zur Decke und wünschte sich, die Bilder vor seinem geistigen Auge würden verschwinden. Hatte sie gerade etwas gesagt?

»Wie bitte?«

Sie hob sich ein wenig hoch. »Liebst du mich?«

»Das weißt du doch.«

»Du sagst es aber nie.«

»Aber natürlich habe ich es dir gesagt, Schatz. Wo ich herkomme, nimmt man das ganz selbstverständlich an. Wir haben in unserer Sprache auch kein Wort dafür, weil wir es einfach leben.«

»Das nützt mir aber nichts. Ich muss es eben hören.«

Seine einzige Antwort darauf war ein Seufzer. So machte er das immer. Sie drehte sich weg und setzte sich ganz auf, griff nach ihren Zigaretten und legte sich wieder hin.

»Was ist denn los? Was hast du für ein Problem?«

»Du bist das Problem«, erwiderte sie und versuchte, den Rauch in Form eines Ringes auszupusten. »Du bist irgendwie anders. So still. Irgendetwas verschweigst du mir.«

Es war mehr als nur ein schlichtes »irgendetwas«, das er ihr verschwieg. Sie kannte ungefähr ein Prozent eines unendlichen, umfassenden Ganzen, und dabei wollte er es auch belassen. Manchmal war Trish der einzige Bezug zur Wirklichkeit, der ihm noch geblieben war. Billy stützte sich auf einen Ellenbogen, und mit dem linken Zeigefinger zog er einen Strich von ihrem Schamhaar bis hinauf zu ihrer Kehle. So hatte er einen Seehund ausgenommen. So hatte er zweitausend Seehunde ausgenommen. Um zu überleben. Damit seine Leute zu essen hatten. Er konnte sich noch genau an das Gefühl freudiger Erregung erinnern, als er zum ersten Mal auf der Jagd getötet hatte. Weil es bedeutete, dass man ihn endlich anerkannte. Dass er endlich ein richtiger Mann war. Dass seine Geduld sich ausgezahlt hatte. Dass er in der Lage war, einen wertvollen Beitrag zu leisten, etwas Richtiges zu tun. Der Stolz in den Augen seiner Mutter hatte sein Herz so sehr anschwellen lassen, dass er schon gedacht hatte, es würde platzen. Wieder hatte er etwas zuwege gebracht, was sein Vater nicht tun konnte. Ein zwölfjähriger Junge, der besser als sein eigener Vater war.

»Billy, du bist gar nicht bei mir. Du hörst mir überhaupt nicht zu. Du bist gar nicht anwesend. Du lebst diesen Moment nicht mit mir.«

Er schaute hoch zu ihr. Wovon redete sie überhaupt? Natürlich war er hier bei ihr, wo denn sonst? »Was ist passiert, als du fort warst?«, fragte sie.

»Das habe ich dir doch schon gesagt, nichts Wichtiges.«

»Also wo warst du dann gerade?«

»Tut mir Leid. Ich habe nachgedacht.«

»Worüber?«

Wieso wollten Frauen immer wissen, woran ein Mann gerade dachte? Als wäre es das Ende der Welt, wenn sie es nicht wüssten. Heute wurde er einfach nicht schlau aus ihr. Sie benahm sich so seltsam. Sie ahnte doch nicht etwas, oder? Ganz bestimmt konnte sie doch nichts von dieser Cousine wissen. Wie sollte sie es denn ahnen? Nein, das war undenkbar.

»Ich will dich nicht wieder verlassen«, sagte er leise. »Das ist alles. Es wird schwer sein, dich so lange nicht mehr sehen zu können. Im Moment kommt es mir wie eine Ewigkeit vor, und dabei bin ich noch nicht einmal fort.«

Sie drückte die Zigarette aus, legte sich wieder neben ihn und drehte sich zu ihm um. »Dann geh doch einfach nicht. Geh weg von der Armee. Reich deinen Abschied ein.«

»Das ist nicht so einfach. Ich habe mich verpflichtet, drei Jahre muss ich noch bleiben, das weißt du doch.«

»Heirate mich, Billy. Wir können sofort heiraten. Wir können heute Nacht noch nach Las Vegas fahren. Wenn wir morgen als frisch Vermählte zurückkommen, muss Daddy dich einfach akzeptieren. Er hat dann keine Wahl mehr.«

»So geht das nicht, und das weißt du auch. Übrigens könnte ich dir das nicht antun. Ich weiß doch, wie wichtig dir eine richtige Hochzeitsfeier ist. Mit Kirche und Schleier und zum Altar schreiten und mit allem Drum und Dran.«

»Du willst dich doch wieder nur rausreden.«

Er widersprach ihr nicht. Er dachte an seine Zeit hier, und ihr fiel nichts anderes ein, als ihn zu drängen, nach Las Vegas zu fahren. »Es ist nicht der richtige Zeitpunkt. Jetzt noch nicht.«

»Und wenn es der richtige Zeitpunkt ist, wirst du dann deine Familie einladen?«

Allein der Gedanke daran löste beinahe einen Erstickungsanfall aus. »Das würde ich dir nicht antun.«

»Aber es ist auch deine Hochzeit.«

Er stellte sich seinen Onkel vor – den hoch betagten, vergreisten Aleuten –, wie er in seinem feierlichen Federschmuck und mit seiner Kopfbedeckung aus Holz am internationalen Flughafen von Los Angeles aus einer Maschine stieg. Höchstwahrscheinlich würde er einen neuen Modetrend auslösen. Statt den Jungvermählten mit Champagner zuzuprosten, würde er einen Blechbecher mit frischem, warmen Seehundblut verlangen. Nein, wenn Billy heiratete, dann nur in aller Stille. Er würde seine Kumpels vom Luftwaffenstützpunkt einladen, und er würde Betty Sue bitten zu kommen, aber das wäre dann schon alles. Hätte er seine Tante gestern kennen gelernt, hätte er sie vielleicht auch gebeten, zur Hochzeit zu kommen, aber Rachel hatte erzählt, sie säße im Rollstuhl, und das würde sie höchstwahrscheinlich als Ausrede benutzen.

Und Rachel selbst konnte er todsicher nicht einladen.

Die Wahrheit war, dass er im Grunde niemanden hatte. Von ihrer Seite dagegen würden an die zweihundert Leute kommen. Die einzige Tochter reicher Eltern, und dann die ganzen Leute aus Hollywood. Sie hatte ihm schon erzählt, was für eine Art Kleid sie tragen würde. Ihre Mutter hatte schon die Blumen ausgesucht, die sollten extra aus Hawaii herangeschafft werden. Die Hochzeitsreise würde dann nach Hawaii gehen – sie würden ein paar Tage im Feriendomizil ihrer Eltern verbringen, eine halbe Stunde Autofahrt von Kahului entfernt. Viele Reiche investierten jetzt im großen Stil in Häuser und Grundstücke auf Hawaii.

»Du willst eine prächtige Hochzeitsfeier, Trish. Und die wirst du bekommen. Wir müssen nur noch ein bisschen Geduld haben, das ist alles.« Er stand auf. Er musste jetzt einfach ein wenig herumgehen. Etwas tun. Schwimmen gehen. Irgendetwas, ganz egal was.

»Billy?«

Den Tonfall kannte er. Er sah sie an, während er sich die Hosen anzog.

»Es muss in Las Vegas passieren, und das ziemlich schnell.«

Er wartete auf das Unvermeidliche.

»Ich kriege ein Kind«, sagte sie.

Einen Augenblick lang schwieg er. Er war nicht schockiert, er war nicht überrascht. Wenn hier eine Frau schwanger wurde, hieß das, es musste in aller Eile geheiratet werden. Zu Hause war es nicht so wichtig, wer der Vater war, solange die beiden Eltern nur nicht allzu eng miteinander verwandt waren. Ein Mann konnte so viele Frauen haben, wie er wollte, solange er sie nur ernähren konnte – so war das eben. Wenn dein bester Freund dir einen großen Gefallen getan hat, dann hast du ihm für ein paar Nächte deine beste Frau überlassen. Das hieß nicht, dass du sie deshalb weniger liebtest, sondern es zeigte deinem Freund, dass du ihm auch von dem Besten geben wolltest, das du hattest. Dass du alles mit ihm teilen wolltest. Aber auf diese Weise zu teilen war hier nicht richtig. Und wenn Trish auch nur ahnen würde, was er mit Rachel angestellt hatte, würde sie sich das sehr zu Herzen nehmen. Sie würde sagen, er habe sie nie richtig geliebt. Das hatte Monroe ihm erzählt. Hatte ihm gesagt, es sei nicht gut, mehr als zwei Mädchen gleichzeitig zu haben. Wenn das aufflog, würden die einen umbringen. Oder schlimmer noch. Und das hatte Monroe so gesagt, als wäre es ihm schon passiert.

Und jetzt erwartete Trish also ein Kind. Ihr Vater konnte sich so schon nicht mit dem Gedanken anfreunden, dass sie jemanden heiraten wollte, den er nicht schon seit langem kannte. Jemanden, der außerdem nicht unbedingt wohlhabend war. Jemanden, der nicht so recht mit der Sprache rausrücken wollte, woher er komme, und auf entsprechende Fragen immer nur ausweichend antwortete: »Von irgendwo da oben aus dem Norden, Sir.«

Was sind Sie? In Gedanken konnte Billy ihn schon hören. *Sie glauben, ich erlaube irgend so einem Mischlingseskimo, mein kleines Mädchen zu heiraten? Machen Sie ja, dass Sie von hier wegkommen, Sie Scheiß-Eskimo ...*

»Wann?«, wollte er nur wissen.

»Der Arzt sagt, etwa um den fünfzehnten Februar herum beziehungsweise eine Woche früher oder später.«

»Februar. Das ist im Winter.« Babys, die im Winter auf die Welt kamen, hatten kaum eine Überlebenschance. Seine Schwester war in der Zeit der Dunkelheit, in der Kälte auf die Welt gekommen. Er hatte gedacht, sie würde sterben. Das war alles, was er noch wusste, außer dass Tooksooks gestorben war. Tooksooks, die zweite Frau seines Vaters. Kioki, seine eigene Mutter, hatte das Mädchen großgezogen. Zuerst hatte sie das nicht gewollt, aber es war ihr nichts anderes übrig geblieben. Tooksooks war ihre Schwester gewesen. Nein, es war nicht gut, wenn Babys im Winter auf die Welt kamen. Winter war die richtige Zeit, die Babys zu machen, damit sie im Sommer geboren wurden. Dann war ihre Chance zu überleben größer.

Dann fiel Billy wieder ein, wo er sich befand. Kalifornien. Hier unten kannten sie den Winter nicht, und in dieser Welt überlebten Babys auf jeden Fall.

»Februar. Da werde ich nicht hier sein.«

Es war nicht gut, fort zu sein, wenn das eigene Kind geboren wurde. Nicht, dass einem gestattet wurde, zuzuschauen oder zu helfen oder sonst etwas. Aber es gab natürlich eine Riesenparty. Eine Feier. Seine Leute ergriffen jede nur mögliche Gelegenheit zu feiern. Jede Ausrede, ein Zusammensein zu organisieren, war gut genug. Hatte Betty Sue nicht etwas darüber erzählt, sein Vater habe notiert, wie er sich gefühlt habe, als Billy auf die Welt kam? Wie stolz er gewesen sei? Vielleicht sollte er die Aufzeichnungen doch zur Hand nehmen. Sie lesen. Es war unter Umständen die einzige Möglichkeit zu erfahren, wie es sein würde, wenn die Zeit kam.

»Es macht dir nichts aus? Du bist nicht wütend?«

»Nein. Weshalb sollte ich wütend sein?«

»Ich habe ja nur gedacht, du könntest womöglich annehmen,

dass ich das mit dem Kind absichtlich gemacht habe, um dich in die Falle zu locken.«

»Nein. Du liebst mich, und ich liebe dich. Solche Sachen passieren nun mal. Ich gehe ein bisschen raus. Ich muss eben mal allein sein.«

»Billy?«

Noch einmal drehte er sich zu ihr um.

»Ich liebe dich.«

»Ja, ich weiß«, sagte er lächelnd und zog sich das Hemd an.

Trish seufzte vor Erleichterung. Sie hatte keine Ahnung gehabt, wie er die Neuigkeit aufnehmen würde. Aber immerhin war er nicht so wie Tony. Die Bekanntschaft von Tony hatte sie vor sechs Jahren gemacht, und es war ihr nie gelungen, ihn ganz zu ergründen. Sie hatte nie hinter die charmante Fassade blicken können. Aber er hatte sie recht erfolgreich für seine Zwecke eingesetzt, bis sie dann schwanger wurde. Zu der Zeit fiel er dann bei den Probeaufnahmen durch, die ihr Vater auf ihren Wunsch hin für ihn in die Wege geleitet hatte. Ihr Vater sagte damals, er habe nicht einen Funken Talent. Schön, er sah gut aus, und wo er auch hinging, drehten sich die Leute nach ihm um, aber die Kamera, Schätzchen ..., so hatte er damals gesagt. Die Kamera mag ihn nicht. Er kommt nicht gut rüber. Tu mir das nie wieder an. Du kannst heiraten, wen du willst, achte bloß darauf, dass es nur ja kein Schauspieler ist, ja?

Sie hatte Tony heiraten wollen, weil sie ein so schönes Paar abgaben. Das war der Grund. Aber er hatte nicht bekommen, was er sich erhofft hatte, und so verkaufte er sein Auto und gab ihr die Hälfte von dem Geld und sagte, sie solle es sich wegmachen lassen.

Sie hatte es sich wegmachen lassen. Sie durfte ihre Eltern nicht in Verlegenheit bringen und dieses Kind behalten.

Er ging nach New York zurück und fand Arbeit bei einer Theatertruppe, mit der er den Sommer über durchs Land zog und die Kulissen und Prospekte für die Aufführungen malte. Trish ging aufs College zurück, machte ihr Examen und hätte danach gern unterrichtet, konnte aber nirgendwo eine Anstellung finden. Gerade rechtzeitig begegnete sie Billy Shaw. Es war Liebe auf den ersten Blick. Die ganz große Liebe diesmal. Kaum hatte er ihre Hand berührt und sie zum Tanzen aufgefordert, da hatte sie schon das Gefühl, als würde sie ihn ewig kennen. Er war die verwandte Seele, nach der sie sich ihr ganzes Leben lang schon gesehnt hatte. Sie versuchte, vorsichtig zu sein, aber alle Vorsicht nützte nichts. Es schien, als sollte dieses Baby unbedingt geboren werden, obwohl sie die neue empfängnisverhütende Pille eingenommen hatte.

Wenigstens hatte er nicht gesagt: Das Kind ist nicht von mir. Es kann nicht von mir sein. Er hatte überhaupt nur sehr wenig gesagt. Sie hatte keine Ahnung, ob er sich freute oder nicht. Aber sie wusste, dass das Kind ihn nicht davon abhalten würde, nach Vietnam zu gehen, nichts konnte ihn davon abhalten. Sie würde nicht die Hochzeit haben, die sie sich erträumt hatte, seit sie sechs Jahre alt war, aber das machte nichts.

Sie hatte ja ihn, und bald würde sie ihr Baby haben.

Mehr hatte sie ohnehin nicht vom Leben erwartet.

Es ging auf fünf Uhr zu. Sie seufzte, stand auf und zog sich den Morgenrock über. Als sie zur Dusche ging, um sich frisch zu machen, sah sie etwas auf dem Teppich liegen. Sie hob es auf. Es musste Billy aus der Tasche gefallen sein.

Es war ein goldenes Kruzifix an einer dünnen Kette.

Merkwürdig, dachte sie. Sie legte es auf ihre Kommode und nahm sich vor, ihn danach zu fragen. Er musste es irgendwo gefunden haben. Andauernd hob er Dinge vom Boden auf. Vielleicht hatte er es im Flughafen gefunden. Er hatte einmal erzählt, dass es eine Angewohnheit war, die er schon immer gehabt hatte. Dinge zu sammeln, die er fand. Und wie seine Mutter auf der Insel immer seine Taschen geleert hatte. Sie hatte schönen Schmuck aus den Sachen gemacht, die er gefunden hatte. Muscheln. Knochen, Steine, lauter solche Sachen.

Sie hatte ihm den Spitznamen Laubenvogel gegeben und fand es schwierig, sich vorzustellen – und erst recht schwierig zu glauben –, dass Billy früher einmal in einem Reservat gelebt hatte, auf einer Insel mitten im eisigen Nirgendwo. Nicht dass sie viel darüber hätte erfahren mögen. Es ging über ihren Horizont, sich vorzustellen, dass er dort oben lebte und diese Eskimo-Sachen machte.

Trish hob den Seesack hoch und trug ihn hinunter in die Waschküche. Sie mochte diese neue automatische Waschmaschine. Es war so einfach heutzutage. Es machte ihr nichts aus, ein paar Tage Hausfrau zu spielen. Sie schickte die Haushälterin Annie fort. Sie brauchte sie nicht. Annie zwinkerte ihr zu, sie ahnte sicher, weshalb sie nicht gebraucht wurde. Die Maschine hatte Trish bisher erst ein Mal benutzt. Sie öffnete den grünen, mit einem Reißverschluss zugemachten Seesack. Irgendetwas darin gab ein dumpfes Geräusch von sich. Sie zog Billys Kleidung hervor. Unterwäsche. Warf alles in die Maschine, egal ob Bunt- oder Weißwäsche. Ganz unten im Seesack lag etwas Schweres. Fühlte sich wie Leder an. Zugeschnürt. Sie zog es heraus. »Was um Himmels willen ist das?«, fragte sie laut. Irgendeine Art rissiges Leder, es stank fürchterlich. Und es war fest zugeschnürt. Sie legte es weg, auf den Tisch. Noch etwas, nach dem sie ihn fragten musste. Kleingeld ganz unten im Seesack. Er hatte sich nie angewöhnen können, sein Kleingeld in die Tasche zu stecken. Muss wohl denken, es sei nichts wert. Auch Papiere fanden sich da. Ein zerknittertes Flugticket der United Air nach Atlanta. Atlanta? Was wollte er denn in Atlanta? Noch ein Ticket, und zwar nach Columbia. Columbia. War das nicht in South Carolina? Irgendwo im Süden jedenfalls. Sie schaute in den Seesack. Da lag noch ein Foto in einem Silberrahmen, mit der Bildseite nach unten. Sie nahm es heraus und schaute es sich an.

Zwei Männer neben einem alten Flugzeug. Auch das Foto war schon richtig alt.

Intensiv starrte sie auf eines der Gesichter, die sie anlächelten, und ein Schauer lief ihr den Rücken hinunter. Irgendetwas an dem Gesicht kam ihr bekannt vor. Hatte sie den Mann irgendwann schon einmal gesehen? Oder hatte sie nur jemanden gesehen, der ihm ähnlich sah?

Sie drehte das Foto um. Auf der Rückseite stand mit Bleistift geschrieben: John Robert und Bobby, März 1922.

Von der Küche her hörte sie Fifi bellen und wusste, dass Billy von seinem Spaziergang zurückgekommen war. Heute war er nicht weit gegangen – wahrscheinlich nur einmal durch den Garten.

Sie ging in die Küche. Er nahm sich gerade ein Glas Wasser aus dem Wasserhahn. Armer Billy, er musste immer so viel Wasser trinken, um die Hitze zu verkraften, aber er würde sich sicher bald daran gewöhnen. Sie hatte keine Ahnung, wie er in dem tropischen Klima da drüben in Vietnam überleben wollte.

»Wer ist das?«, fragte sie.

Er drehte sich um. Sie hob die Fotografie hoch. »Der Mann da links ist mein Vater.«

»Wieso hast du mir nie etwas über ihn erzählt?«

»Ich weiß nicht viel über ihn, deswegen.«

»Du siehst ihm ein bisschen ähnlich.«

»Findest du?«

»Ja, ein bisschen.«

Noch einmal füllte er sein Glas, als Trish sagte: »Auf dem Teppich in meinem Zimmer habe ich ein Kruzifix gefunden.«

»Ach«, erwiderte er. »Das.«

»Hast du das irgendwo gefunden?«

»Nein. Meine Cousine hat es mir geschenkt. Sie hat gesagt, sie würde es nicht mehr brauchen. Es hat einmal meiner Großmutter gehört. Ein Erbstück. Ich habe ihr gesagt, dass ich heiraten werde, und da hat sie gesagt, ich solle es behalten, für meine Tochter. Falls ich je eine habe. Ist das ein Problem für dich?«

»Nein, natürlich nicht. Ich lege es zu meinem Schmuck, du verlierst es sonst nur.«

»Okay.«

In der Waschmaschine klapperte und rumpelte es, und Trish kreischte. Billy ging hinüber, hielt die Maschine an und verteilte die Ladung gleichmäßig. Dann stellte er die Maschine wieder an. Er sah die Sachen seines Vaters auf dem Tisch. Sie hatte nicht darin herumgeschnüffelt. Es war alles noch fest zugebunden.

»Was ist das für ein übel riechendes Ding?«, erkundigte sich Trish von der Tür her.

»Es hat meinem Vater gehört. Eine Freundin von ihm, die in Anchorage wohnt, hat es mir gegeben.«

»Es stinkt.«

»Das ist Seehundhaut. Aus dem Material habe ich früher einmal Kleidung getragen.«

»Ach herrje, du machst wohl Witze!«

»Nein.« Billy küsste sie auf die Stirn und nahm das Päckchen mit nach draußen. Er setzte sich auf einen der Gartenstühle, und Trish sah zu, wie er das Päckchen aufschnürte. Dann fing er an, einzelne lose Papiere durchzusehen. Sie überließ ihn sich selbst, während sie nachschauen ging, was noch im Kühlschrank war, und dann nahm sie Steaks aus dem Gefrierschrank. Sie war keine sonderlich gute Köchin, aber das schien ihm nichts auszumachen. Er aß auf, was immer sie ihm vorsetzte, ob es nun gut war oder nicht. Normalerweise war es nicht gut. Er beschwerte sich im Übrigen auch nie über etwas. Er war nicht so wählerisch wie ihr Vater. Was immer ihre Mutter auch machte, es war nie gut genug für ihn. Aber seit einiger Zeit weinte Mom nicht mehr. Sie ging stattdessen einkaufen. So hatte sie zum Beispiel einmal in einer Kunstgalerie einen Stuhl gekauft – einen Stuhl für zweitausend Dollar, einen Stuhl, auf dem niemand sitzen konnte. Dad sagte nicht viel dazu. Solange sie sein Geld ausgeben konnte, war sie glücklich und zufrieden. Er selbst telefonierte fast ununterbrochen. Filmbusiness. Wenn er sich nicht bald eine ruhigere Lebensweise zulegte, so sein Arzt, würde er in nicht allzu ferner Zukunft an einem Herzanfall sterben.

Dad war viel zu dickköpfig, um jetzt schon zu sterben. Er hatte einmal gesagt, er würde erst sterben, wenn die Zeit reif dafür wäre, und die Zeit sei frühestens dann reif, wenn er einen Oscar hätte ... Jede Woche gab er eine große Party. Viele junge Schauspielerinnen hingen dann andächtig an seinen Lippen, während Mom alle Hände voll damit zu tun hatte, alles zu organisieren.

So war das Leben immer schon gewesen. Trish kannte gar nichts anderes.

Um sieben Uhr briet sie die Steaks und machte einen kleinen Salat dazu. Billy aß fast nie Salat oder Gemüse, alles, was grün war, ließ er liegen. Er sagte immer, das Grünzeug würde seine Verdauung durcheinander bringen. Und Fleisch aß er immer fast roh.

Sie trug die Teller nach draußen zum Gartentisch, wo Billy immer noch las. Er schien gute Augen zu haben, wenn er in dem Dämmerlicht noch lesen konnte. Trish machte Licht, und sofort kamen die Insekten.

»Ist es interessant?«, fragte sie, während er aß und gleichzeitig weiterlas.

»Mhm.«

»Erzähl mir was darüber.«

»Du kannst es selbst lesen, wenn du magst.« Er wusste genau, sie würde das schmutzige Papier nicht anrühren – sie könnte sich ja irgendeine Krankheit davon holen.

»Nein. Schon gut.« Nach einer Weile versuchte sie es erneut: »Worum geht es denn?«

»Um das Leben meines Vaters.«

Mehr erzählte er ihr nicht. Er legte die Papiere beiseite und aß, als hätte er seit einer ganzen Woche schon nichts mehr zu essen bekommen.

Rachel war jetzt offiziell als vermisst gemeldet. Gordon hatte zwei Tage von der Arbeit freigenommen, aber länger konnte er nicht zu Hause bleiben, da er sich um zwei wichtige Fälle kümmern musste. Die Jungen waren benachrichtigt worden, doch wie Meg vermutet hatte, konnten weder Steve noch Joshua gleich nach Hause kommen. Zu viele Fahrpläne mussten erst studiert, zu viele Termine neu gemacht werden. Meg würde eine weitere Woche warten müssen, bevor sie sie zu Gesicht bekam. Und das hieß, dass sie allein zu Hause war, allein mit ihren Gedanken. Jedes Mal wenn das Telefon klingelte, machte ihr Herz einen Hüpfer, aber es war nie der Anruf, mit dem sie ständig rechnete: *Meg? Wir haben Ihre Tochter gefunden. Es tut mir sehr Leid, aber ...* Es war nie diese Art Anruf. Immer nur jemand, der in den Zeitungen darüber gelesen oder die Nachrichten gehört hatte und nun anrief, um zu fragen, ob Rachel immer noch vermisst sei und ob es etwas gab, dass man für Meg tun konnte. Sie alle sagten, dafür seien Freunde ja schließlich da. Aber wenn es richtige Freunde gewesen wären, hätten sie nicht einfach nur angerufen. Sie wären sofort zu ihr nach Hause gekommen. Aber es war niemand gekommen. Nicht eine Menschenseele.

Am Donnerstag, kurz nachdem sich Meg gezwungen hatte, ein Sandwich zu essen, klingelte es an der Tür. Sie öffnete selbst. Für Nora gab es in letzter Zeit nur wenig zu tun, also hatte sie sie früher nach Hause geschickt.

Draußen stand Larry mit dem Hut in der Hand. »Gordon ist

nicht hier«, sagte Meg, als sie die Tür weiter öffnete und mit dem Rollstuhl zurücksetzte, um Larry ins Haus zu lassen.

»Ich weiß, Meg.«

Meg traten die Tränen in die Augen. Allein schon durch seine Anwesenheit bewahrheiteten sich beinahe ihre schlimmsten Befürchtungen. Er trat ins Haus und folgte Meg ins Wohnzimmer. Sie fragte ihn, ob sie ihm etwas anbieten könne, er lehnte ab. »Wir haben einen Anruf von Gaye Clark im Postamt von Abbeville bekommen. Sie hat erzählt, dass sie vergangenen Montag im Café ein Mädchen gesehen hat, das Rachel gewesen sein könnte, so etwa gegen drei Uhr, als sie ein Paket dort ablieferte.«

»Ja, und?«

»Das Mädchen hatte einen Stabsfeldwebel von der Armee bei sich. Gaye sagte, sie sahen aus wie ›äußerst enge Freunde‹. Kennt Rachel irgendwelche Soldaten?«

»Nein.«

»Ein Taxifahrer scheint sich daran zu erinnern, am Montag kurz nach der Mittagszeit jemanden zu dieser Adresse hier gefahren zu haben. Einen Soldaten. Eine brauchbare Beschreibung hat er uns nicht gerade gegeben, außer dass der Mann leicht asiatisch aussah. Etwa gegen zwei Uhr hat Bruce Millet, der in der Nähe der Autobahn wohnt, Rachels Auto vorbeirasen sehen. Er hat auch einen Mann auf dem Beifahrersitz gesehen. In Armeeuniform.«

»Sie kommen extra her, um mir das zu erzählen?«

»Ich muss wissen, ob sie telefonisch mit irgendwelchen jungen Männern Verabredungen getroffen hat.«

»Nein.«

»Wissen Sie das ganz genau?«

»Natürlich weiß ich das genau! Ich werde doch wohl noch meine eigene Tochter kennen!« Dann schwieg Meg eine Weile. »Das kann nur er sein«, sagte sie schließlich leise.

»Was haben Sie da gesagt?«

»Der Sohn meines Bruders.«

»Ihres Bruders, der über Alaska abgestürzt ist und dann vermisst war?«

»Ja. Dieser Mann – offenbar mein Neffe – hat ganz früh am Montagmorgen angerufen. Ich wollte nicht mit ihm sprechen.«

»Und wieso nicht?«

»Er ist ein Mischling, Larry. Ein Mischling! Menschen wie ihn wollte ich nicht hier haben. Nicht in Rachels Nähe. Sie wissen doch, wie sie ist.«

Wie Rachel war, wusste Larry ganz genau, aber dies war, soweit er sich erinnern konnte, das erste Mal, dass Meg dem Eingeständnis, dass irgendetwas mit ihrer Tochter nicht stimmte, derart nahe gekommen war. »Können Sie mir einen Namen nennen, Meg? Ein Name würde mir sehr weiterhelfen.«

»Billy«, antwortete sie. »Billy Shaw.«

»Und er ist also eine Rothaut? Eskimo? Ja?«

»Woher soll ich denn das wissen? Glauben Sie etwa, dass mich das interessiert? Ich habe einfach den Hörer aufgelegt. Ich wollte ihn nicht hier haben.«

»Gut, gut, beruhigen Sie sich bitte. Ich werde das überprüfen.« Larry stand auf. »Das hätten Sie mir alles wirklich schon früher erzählen können.«

»Sie haben ja nicht danach gefragt!« Meg beruhigte sich nur mühsam. Sie könnte Gordon umbringen, dass er vergessen hatte, Larry das zu sagen. Sie hatte ihm von dem Telefonat erzählt. Wieso hatte er Larry davon nichts gesagt? »Sie werden mir Bescheid sagen, Larry. Sie müssen mir einfach Bescheid sagen.«

»Sie wissen, dass ich das tun werde, Meg. Passen Sie gut auf sich auf.«

Larry stieg ins Auto und fuhr zum Büro zurück. Er würde Paul anrufen, einen alten Kumpel aus dem Krieg, und der war

Major in ... zum Teufel auch, wo war der denn noch mal stationiert? Es würde wohl nicht allzu schwer sein, ihn ausfindig zu machen.

Also was soll ich Ihnen über Billy erzählen? Wir sind im selben Bus angekommen – Rekruten, noch ganz grüne Jungs, die keine Ahnung hatten, was während der nächsten sechs Wochen so alles auf sie zukommen würde. Herrje, wenn wir das alles gewusst hätten, wären wir in den Bus gar nicht erst eingestiegen. Ich jedenfalls nicht. Na ja, vielleicht doch. Ich weiß nicht.

Tja, also, Steven L. Monroe, das bin ich, von einer Farm in Oklahoma, die meiner Familie gehört. Billy Shaw kam von irgendwo da oben in Alaska. Er konnte sich einfach nicht an die Hitze gewöhnen. Hat ihn beinahe umgebracht, und dabei war es noch nicht einmal Sommer. Noch bevor wir endlich mit der Grundausbildung fertig waren, beschlossen wir, dass wir Piloten werden wollten – bei den Luftlandetruppen. Billy hatte es von Anfang an schon im Blut. Sein Vater ist Flugpionier gewesen. An meinem Blut hat es nicht gelegen – ich wollte einfach nur weg von der Farm. Und weiter weg konnte ich ja wohl kaum kommen, als wenn ich Pilot bei der Luftwaffe würde. Billy hatte von Anfang an gute Chancen, es zu schaffen, über den Rang des Feldwebels hinaus, bessere Chancen jedenfalls als irgend so ein Neger, vor allem damals. John F. Kennedy war Präsident und leitete gerade einige Änderungen ein. Gleiche Rechte für alle, bessere Bezahlung, den Unterprivilegierten zu helfen und all so'n Zeug. Ich war politisch nicht so interessiert. Für kurze Zeit wurden wir nach Deutschland verfrachtet, und als wir in die USA zurückkamen, gingen Gerüchte um, dass man Leute nach Vietnam schicken wollte, um den Süd-Vietnamesen zu helfen, ihren Krieg zu führen. Wo immer Vietnam auch liegen mochte. Ich musste erst auf dem Atlas nachsehen.

Für Billy war es schwieriger als für alle anderen, ich meine, wegen seiner Herkunft und so, schwerer hatte es vielleicht nur noch ein Rekrut, der heilige Eide schwor, er sei kein Cherokee-Indianer, geglaubt hat ihm aber nie jemand. Er hat es auch nicht geschafft. Hat die meiste Zeit über irgendwelche Disziplinarstrafen gekriegt, Latrinen reinigen mit der Zahnbürste. Es gab da ein paar Leute, die partout nicht wollten, dass Mischlinge Offiziere wurden, aber keiner von denen konnte bestreiten, dass dieser Junge aus Alaska fliegen konnte. Mann, den hätte man auf einen Besen mit Flügeln setzen können, und der wäre irgendwie in die Luft gekommen. Und wäre auch noch oben geblieben.

Die ganze Zeit über lagen wir auf derselben Stube, und manchmal haben wir uns auch die Frauen geteilt, aber das schreiben Sie besser nicht in Ihrer Geschichte. Im Grunde haben manche von den Geschichten, die ich mir angehört habe, kurz den Wunsch in mir geweckt, mich nach Alaska versetzen zu lassen. Aber nein, da oben ist es einfach zu kalt. Eigentlich wollte ich nicht weiter nördlich als bis nach South Dakota kommen: Aber bei meinem Glück würde ich sowieso nach Alaska versetzt werden.

So viele Gemeinsamkeiten haben wir im Grunde nicht gehabt, aber wenn ich eine Liste machen sollte mit meinen Freunden, mit Männern, von denen ich mit Sicherheit wüsste, ich könnte mich im Notfall auf sie verlassen, sie wären da für mich, wenn es drauf ankäme, dann würde ich Shaw ganz oben auf diese Liste setzen. Was soll ich sonst noch von ihm erzählen? Er war mein Kumpel. Ich habe ihn sehr gemocht.

Na ja, da gab es irgend so ein Problem, kurz bevor wir nach Vietnam geschickt wurden. Aber es hatte nicht viel zu bedeuten.

Eines Nachmittags kam ein Major zum Hangar mit der Huey und fragte nach Shaw. »Welchen Shaw meinen Sie, Sir?«, fragte ich. Und damit wollte ich gar nicht mal besonders clever *wirken. Wir hatten damals bei uns, soviel ich weiß, fünf Leute mit Namen Shaw. »Billy«, sagte er darauf. »Billy Shaw aus Alaska.«*

»Auf Urlaub, Sir. Will sich von seinen Leuten verabschieden.«

»Aha. Haben Sie inzwischen was von ihm gehört?«

»Kaum, Sir.«

»Er geht nach Vietnam, stimmt's?«

»Ich auch, Sir.«

»Und weshalb sind Sie dann nicht auf Urlaub bei Ihrer Familie?«

»Das wollte ich einfach nicht.«

»Aha. Wann reisen Sie ab?«

»In sechs Tagen, Sir.«

»Wenn Sie ihn sehen oder was von ihm hören, geben Sie mir sofort Bescheid.«

»Darf ich fragen, worum es geht, Major?«

»Nein, das dürfen Sie nicht. Weitermachen!«

Ich schaute dem Major hinterher, als er wegging. Aber dann fiel dem Major noch etwas ein, und er drehte sich noch einmal um. »Hat er eine feste Freundin?«

»Ja, Sir. Sie wohnt in Beverly Hills.«

»Wissen Sie den Namen, Monroe?«

»Patricia Goldberg.«

»Weitermachen!«

Ich habe nicht weiter darüber nachgedacht. Den Rest der Geschichte kennen Sie ja, also muss ich Ihnen auch weiter nichts erzählen. Aber eines will ich noch sagen, wenn einer diese Tapferkeitsmedaille verdient hat, dann Billy.

Siebtes Kapitel

Bist du sicher, dass du nicht mitkommen willst?«, fragte Trish, als sie in den Porsche ihrer Mutter einstieg. Sie war auf dem Weg zum Einkaufen, wollte sich ein Kleid für die Hochzeit besorgen, und es würde nicht das Kleid sein, von dem sie geträumt hatte, seit sie ein kleines Mädchen war. Später würden sie nach Las Vegas fahren. Wenn ihre Eltern zurückkamen, wären sie schon verheiratet. Zum fünften Mal schüttelte Billy den Kopf und winkte ihr zum Abschied zu. Er musste jetzt unbedingt eine Weile allein sein.

Je mehr er über seinen Vater las, desto mehr wollte er zusätzlich erfahren, aber er würde nie mehr erfahren als das, was bereits aufgezeichnet worden war, und das genügte ihm bei weitem nicht. Er wollte unbedingt wissen, worüber sein Vater nachgedacht, wirklich nachgedacht hatte. Er schien ein recht stiller Mensch gewesen zu sein. Mit einem zu sanften Gemüt, um in der Wildnis zu überleben, aber überlebt hatte er schließlich doch. Allerdings hatte er sein altes Zuhause vermisst. Da waren Hunderte von losen Papierfetzen mit Gedanken und Erinnerungen an sein Zuhause. Das alles sagte Billy nichts. Es war viel die Rede von Abbeville, von seiner Kindheit. Von seinem ersten Flug – noch dazu in einem uralten Doppeldecker. Zehn Stunden in einer Tiger Moth – näher war Billy einem Flug im Doppeldecker bisher nicht gekommen. Für die Gelegenheit, eine Curtiss Jenny zu fliegen, würde Billy bereitwillig seinen rechten Arm hergeben, aber von diesen Maschinen gab es heutzutage nicht mehr viele, und dem Starrflügler zog er jederzeit eine Huey vor. Die Herausforderung war einfach größer.

Die nachgerüstete Jenny, die sein Vater flog, als er abstürzte, war einige Winter nach dem Absturz tief ins Eis eingebettet. Er und Eennali haben – wie die meisten Kinder des Dorfes – auf dem Flugzeug gespielt, jedenfalls während der Sommermonate. Gott allein wusste, was sein Vater an dem Tag gedacht haben mochte, als der alte Vogel endgültig in den bodenlosen Wassern des aleutischen Grabens versunken war.

Billy konnte es sich einfach nicht vorstellen, wie es sein mochte, an einem Ort festzusitzen, den er verabscheute, und das in dem Wissen, dass es keinen Weg fort von dort gab. In dem Wissen, dass es nur zwei Möglichkeiten gab: sich damit abzufinden und es zu akzeptieren oder zu sterben.

Nach dem, was er bereits gelesen hatte, war ihm klar, dass sein Vater es im Grunde nie richtig akzeptiert hatte, sich sein Körper jedoch geweigert hatte zu sterben.

Eine frühe Kindheitserinnerung hatte bei Billy die Erkenntnis ausgelöst, immer schon gewusst zu haben, dass sein Vater anders war, und doch hatte er ihm das immer vorgeworfen. Er konnte sich nicht mehr genau erinnern, mit einer Art mechanischem Ding gespielt zu haben, das sein Vater für ihn gebastelt hatte, aber hier konnte er es nachlesen, auf diesen losen kleinen Zetteln. Wie er sich als Kind stundenlang damit hatte beschäftigen können. Alles, woran Billy sich aus der frühen Kindheit erinnern konnte, war die Tatsache, dass er gehofft hatte, sein Vater möge sterben. Er hätte lieber überhaupt keinen Vater gehabt als einen, der kein ganzer Mann war, der nicht kämpfen konnte oder, schlimmer noch, nicht kämpfen *wollte* und der nicht in der Lage war zu jagen. Das Einzige, was er zuwege brachte, war, Frauenarbeit zu verrichten und den Kindern Dinge beizubringen, die sie sowieso nie brauchten, das hatten sie jedenfalls damals alle gedacht.

Billy legte die Seite mit der Schrift nach unten zurück. Sein Vater hatte über die Geburt seines Sohnes geschrieben. Und darüber, dass er anfangs gar nicht gewusst hatte, dass er Vater würde. Dass er nicht gewusst hatte, was es hieß, Vater zu sein, aber dass er annahm, er werde es im Lauf der Zeit schon lernen.

Gerade hatte Billy gelesen, dass sein Vater gehofft hatte, sein Sohn würde sich nicht für ihn schämen. John Robert wusste, dass er nirgendwo hingehörte. Würde der Junge ihm das vorwerfen? Würde er es je erfahren?

Selbst wenn sein Vater noch lebte, wüsste Billy nicht, was er darauf sagen sollte. Auf beiden Seiten war immer zu viel geschwiegen worden. Der Stolz war ihnen beiden immer in die Quere gekommen.

Aus all dem erfuhr er im Grunde nichts. Er verschwendete nur seine Zeit. Was konnten einem überhaupt die Erinnerungen eines anderen nützen? Unterschiedliche Leute hatten auch immer unterschiedliche Sichtweisen. Billy hatte nicht lange gebraucht, bis er sich der Welt des weißen Mannes angepasst hatte. Im Grunde zog er die Welt der Weißen der alten Welt vor. Hier ging es nicht ums Überleben. Hier ging es ums Leben. Das war ein enormer Unterschied. Er war jetzt Hubschrauberpilot, verteidigte sein neues Land und dafür wurde er bezahlt.

Wenn er seinen Einsatz hinter sich hatte, würde er den Dienst quittieren und Berufspilot werden. Andere Möglichkeiten hatte er nicht. Er würde früher Vater werden, als er es erwartet hatte.

Trish hatte bereits geübt, was sie ihren Eltern erzählen wollte, wenn sie aus Paris zurückkamen. Sie hatte sich nach allen Seiten abgesichert. Billy meinte, es sei an der Zeit, dass sie sich nach einem eigenen Haus umsahen oder vielleicht nach einer Wohnung. Sie sagte, das sei nicht nötig. Sie würde zu Hause wohnen bleiben, bis er aus Vietnam zurückkäme. Doch kurz bevor sie zum Einkaufen fuhr, sagte sie noch, dass ihr Vater in

Erwägung ziehe, sich sein eigenes Privatflugzeug anzuschaffen. Wäre es nicht nett, so fragte sie, wenn du das fliegen könntest? Darauf hatte er nichts erwidert, sondern ihr einfach nur hinterhergeschaut, als sie wegfuhr.

Wenigstens *sie* war glücklich und zufrieden.

Es klingelte. Über die Gegensprechanlage meldete sich jemand namens Perkins. Billy öffnete das Tor und erwartete den Wagen an der kreisförmigen Auffahrt. Der Pudel war ihm auf den Fersen, halb folgte er ihm, halb versteckte er sich, und ausnahmsweise einmal knurrte und jaulte er nicht ihn, sondern den fremden Eindringling an. Am Steuer des Wagens saß ein Polizist aus dem Bezirk Los Angeles, während ein älterer Mann, höchstwahrscheinlich ein Kriminalbeamter, aus dem Wagen ausstieg. »Billy Shaw?«

»Mhm.«

»Larry Perkins. Haben Sie etwas dagegen, wenn ich kurz hereinkomme? Ich habe da ein paar Fragen.«

Billy zuckte mit den Schultern. »Natürlich nicht. Was ist mit Ihrem Fahrer?«

»Der kann da ruhig sitzen bleiben. Sie wohnen hier, ja?«, fragte Perkins, während er den Blick über die Villa schweifen ließ.

»Nein. Meine Freundin wohnt hier.«

»Eine gewisse Patricia Goldberg. Ihr Vater ist im Filmgeschäft, stimmt's?«

»Ja, stimmt. Kommen Sie herein. Trish wird jeden Augenblick zurückkommen.«

»Ich bin nicht gekommen, um mit Patricia zu reden. Ich bin Ihretwegen hier.«

Wieder zuckte er mit den Schultern, und Larrys erster Eindruck war ein Gefühl von Unschlüssigkeit. Nach dreißig Jahren im Polizeidienst hatte er ein Gespür dafür entwickelt, Schuld zu riechen. Und doch hatte er für diese kleine Plauderei einen weiten Weg zurückgelegt – er musste einfach sichergehen. Er konnte sich jetzt nicht umdrehen und einfach hinausgehen, weil ihm Megs Gesicht vor seinem inneren Auge erschien. Seit fast zwanzig Jahren kannte er sie jetzt schon und hatte sie nie weinen sehen. Er rief sich wieder ins Gedächtnis zurück, dass es hier um Rachel ging.

Larry wurde in die Küche geführt und dann durch die Hintertür hinaus zu einem überdachten Bereich bei einem riesigen Swimmingpool. Billy räumte ein paar Sachen weg, damit der ältere Mann bequem sitzen konnte.

»Würden Sie mir erzählen, wo Sie in der vergangenen Woche waren?«

»Ich war oben im Norden, um mich von meiner Familie zu verabschieden.«

»Wieso das?«

»Ich gehe nach Vietnam, Sir.«

»Für wie lange?«

Wieder zuckte er mit den Schultern. »Ich wünschte, ich könnte Ihnen das genau sagen. Mit Sicherheit weiß ich nur von einem Einsatz. Ich bin Hubschrauberpilot.«

»Aha. Und wo genau ›oben im Norden‹ lebt Ihre Familie, wenn ich fragen darf?«

»Auf einer kleinen Insel an der Beringstraße. Wir wurden vertrieben, als die Aleuteninseln während des Zweiten Weltkriegs evakuiert wurden. Meine Leute sind Aleuten. Keine Indianer, keine Eskimos.«

»Sie sind also aus Alaska.«

»Ja.« Hatte Billy das nicht gerade gesagt? Kannte sich dieser Mann denn kein bisschen in Geografie aus?

»Und Ihr Vater, ein gewisser John Robert Shaw, war US-Amerikaner aus den Südstaaten, ja?«

»Ja. Worum geht es denn überhaupt?«

»Sie haben eine Tante mit Namen Margaret Meschers?«

»Offenbar. Ich habe sie aber nie gesehen.«

»Haben Sie je einen aus der Familie gesehen?«

»Meine Cousine Rachel. Ist was nicht in Ordnung?«

»Erzählen Sie mir, wie Sie Ihre Cousine Rachel kennen gelernt haben.«

»Das ist eine lange Geschichte.«

»Ich habe viel Zeit.«

»Was sagten Sie, woher Sie kommen?«

»Ich habe noch gar nicht gesagt, woher ich komme. Aber ich bin aus Columbia, South Carolina.«

»Ist mit Rachel irgendetwas passiert?«

»Nanu, wie kommen Sie denn auf so etwas?«

»Weshalb sind Sie denn sonst hier und stellen mir Fragen über sie?«

»Ich habe Ihnen keine Fragen über Rachel gestellt. Ich habe Sie nur gefragt, wen aus der Familie Sie kennen gelernt haben, das ist alles.«

Einen Moment lang schwiegen beide. »Hören Sie, ich bin nach Alaska gefahren, um mich von meiner Familie zu verabschieden, nur für den Fall, dass ich meine Leute nicht wiedersehe, und um ganz ehrlich zu sein, ich will sie auch gar nicht wiedersehen. Ich habe jetzt ein neues Leben. So weit zu kommen ist gar nicht so einfach gewesen.«

»Wie schon gesagt, Junge, ich habe wirklich viel Zeit im Moment.«

»Um es kurz zu machen, ich bin als Aleute aufgewachsen. Mein Vater war US-Amerikaner, das stimmt zwar, aber lange Zeit habe ich mich dafür geschämt, dass weißes Blut in mir fließt, weil es mich anders gemacht hat. Aber dann mussten wir in der Welt der Weißen leben, und nach einer Weile hat es mir wirklich gut gefallen. Es hat alles Geld verschlungen, was er hatte, aber mein Vater hat mich aufs College geschickt. Ich wollte jemand anders sein, mehr als nur ein Fischer oder ein Jäger, der jetzt von Almosen abhängig ist, während das Einzige, wovon wir vor dem Krieg abhingen, das Meer war. Aber Sie haben sicher keine Ahnung, was es heißt, seinen Stolz zu verlieren. Seine Identität. Sein Zuhause. Seinen Lebensstil.«

Mit keinem Wort ließ Larry durchblicken, was er dachte, und sein Gesichtsausdruck verriet noch weniger.

»Ich bin fortgegangen, solange ich noch die Gelegenheit dazu hatte, und ich bin in die Armee eingetreten. Fliegen konnte ich ja schon. Ich schätze, das habe ich von meinem Vater geerbt, wenn sich so etwas überhaupt vererben lässt. Meine Schwester Lily ist überzeugt, dass ich so etwas wie ein Verräter bin, weil ich die Insel verlassen habe. Sie hat sich geweigert, mit mir zu reden. Ursprünglich hatte ich vor, ein paar Tage zu bleiben, aber ich bin gleich am nächsten Tag wieder zurückgeflogen. Das da habe ich von einer Freundin meines Vaters in Anchorage, einer Weißen, bekommen.« Billy deutete auf die über das ganze Tischchen verstreuten Aufzeichnungen seines Vaters und auf den Umschlag aus Seehundhaut. »Diese Frau kannte meinen Vater und auch meine ›andere‹ Familie. Sie hat mir die Telefonnummer und die Adresse meiner Tante in Columbia gegeben, also bin ich hingefahren. Zuerst habe ich angerufen, aber sie hat einfach den Hörer aufgelegt. Sie wollte nichts von mir wissen. Aber ich habe gedacht, wenn sie mich erst einmal in Uniform sieht, wenn sie mir in die Augen schaut, ändert sie womöglich ihre Meinung und erklärt sich doch bereit, mich zu empfangen. Aber als ich dann dort ankam, war sie gar nicht zu Hause.«

»Wie sind Sie dort hingekommen?«

»Ich habe ein Taxi genommen.«

»Wann genau ist das gewesen?«

»Am Montag. So gegen dreizehn Uhr, nehme ich an. Es hat niemand aufgemacht, als ich an der Tür klingelte, also bin ich hinten herum. Meine Cousine Rachel sonnte sich am Swimmingpool. Sie war nett zu mir. Gab mir das Gefühl, willkommen zu sein, sagte aber gleich, dass es nicht unbedingt klug wäre, wenn ich länger bliebe als nötig. Sie erzählte mir, wie ihre Mutter so sei. Sagte, sie sei ein bigotter Mensch, auch wenn sie nicht genau dieses Wort benutzte. Aber schlimmer als so manch andere Leute, mit denen ich das Glück hatte, Bekanntschaft zu schließen, kann sie auch nicht sein. Jedenfalls haben wir ein Bier getrunken, wir haben uns unterhalten, und sie hat mir eine Fotografie von meinem Vater gezeigt. Ich habe sie hier, wenn Sie sie sehen wollen.«

»Ja, gern.«

Billy nahm das in Silber gerahmte Foto heraus und reichte es herüber. Der Mann schien Ähnlichkeiten zwischen Vater und Sohn festzustellen. »Und was dann?«, fragte Larry, als er das Foto zurückgab.

»Dann haben wir uns zu einer Spazierfahrt mit ihrem Thunderbird auf den Weg gemacht. Das war Rachels Idee. Wir sind nach Abbeville gefahren, von wo mein Vater stammt, wo er geboren ist. Zum Friedhof hinaus. Sie hat mir gezeigt, wo unsere Großeltern begraben liegen. Dann sind wir in die Stadt gefahren und in eines dieser Cafés gegangen – ganz in der Nähe von dem großen Platz –, und wir hatten ein Eiskrem-Soda. Danach sind wir wieder losgefahren. Sie hat mir auch das Flugfeld gezeigt, wo mein Vater fliegen gelernt hat, und das Stück Land, wo er früher einmal gewohnt hat. Aber sie wollte nicht, dass ich mit nach Columbia zurückfuhr. Sie hat gesagt, sie würde mich gern zum Flugplatz nach Richmond fahren, aber sie hätte nicht viel Geld, also sind wir tanken gefahren, und ich habe bezahlt, und dann habe ich ihr noch einhundert Dollar gegeben.«

»Weshalb haben Sie das gemacht?«

»Sie wollte Geld.«

»Wofür?«

»Das weiß ich nicht. Ich habe sie nicht gefragt. Schauen Sie, wo ich herkomme, gehört das, was mir gehört, gleichzeitig auch allen anderen. Das ist ein Brauch, den man nicht so leicht ablegt. Aber ich nehme an, das verstehen Sie nicht. So bin ich nun mal aufgewachsen. Alles, was wir haben, teilen wir miteinander.«

»Um wie viel Uhr sind Sie beim Flughafen angekommen?«

Billy überlegte einen Moment. »Es war schon dunkel. Ich habe eine Stunde gewartet und bekam dann einen Platz in der Maschine um zweiundzwanzig Uhr nach Los Angeles.«

»Was hatte sie an, als Sie sie das letzte Mal sahen, Mr. Shaw?«

»Ein Kleid. Weiß mit blauen Blumen, glaube ich.«

»Sie beobachten genau.«

»Das liegt mir im Blut. Aber das werden Sie wohl auch nicht verstehen.«

»Schuhe?«

»Wie bitte?«

»Hat Rachel Schuhe getragen?«

»Nein, keine Schuhe.«

»Hatte sie eine Handtasche bei sich?«

»Nicht dass ich wüsste. Wollen Sie mir jetzt endlich erzählen, was überhaupt los ist?«

»Seit Montagabend wird Rachel vermisst. Wir haben ihren Thunderbird im Bereich für Langzeitparker am Flughafen von Richmond gefunden. Seitdem hat sie niemand mehr gesehen. Offenbar sind Sie der Letzte, der sie gesehen hat. Lebend.«

Larry hatte sich entschlossen, dieses kleine Wörtchen noch hinzuzufügen und die Reaktion zu beobachten, doch es gab keine. Vielleicht war das, was der Stabsfeldwebel erzählt hatte, ja tatsächlich die reine Wahrheit – er wollte seine Tante besuchen, hat seine Cousine angetroffen, ist mit ihr spazieren gefahren, hat ein Soda getrunken – und das war dann auch schon alles.

Vielleicht. Zum ersten Mal in seinem Leben war sich Larry nicht sicher.

»Sie sprudelte nicht gerade über vor Glück und Zufriedenheit, aber ich glaube kaum, dass sie irgendwelche Dummheiten gemacht hat.«

»Wie was, zum Beispiel?«

»Sich umzubringen. Ich sehe es Ihren Augen an – Sie glauben, dass sie tot ist und dass ich etwas damit zu tun habe.«

»Im Moment führe ich lediglich Ermittlungen durch. Ist da noch etwas, was Sie mir sagen könnten?«

»Nein. Sie hat mir nicht gesagt, wo sie hin wollte. Ich habe wirklich gedacht, sie würde nach Hause fahren. Sie hat mir erzählt, dass es eine beruhigende Wirkung auf sie hat, wenn sie mit dem Auto unterwegs ist.« Billy lachte in sich hinein. »Sie hat mir erzählt, sie sei frei wie ein Vogel, und da habe ich gelacht. Sie hat keine Ahnung, was frei sein wie ein Vogel bedeutet.«

Da sprach der Eskimo aus ihm, jedenfalls dachte das Larry, sagte es aber nicht.

»Es ging ihr gut, als ich sie das letzte Mal sah. Ich bin aus dem Auto ausgestiegen und habe mich umgedreht, um ihr noch einmal zuzuwinken, aber da war sie schon davongerast. Das war das letzte Mal, dass ich sie gesehen habe. Sie sucht nach Liebe, Mr. Perkins. Aber immer am falschen Ort.«

»Was halten Sie von ihr als Mensch?«

»Sie ist einsam. Ein bisschen verrückt.«

»Verrückt?«

»Launisch. Den einen Moment lacht sie noch, den nächsten Moment weint sie schon. Um die Wahrheit zu sagen, ich habe sie für ein wenig gestört gehalten.«

»Sie hat also nicht gesagt, wo sie hin wollte?«

»Überallhin, bloß nicht nach Hause, nehme ich an. Sie ist davon überzeugt, dass ihre Mutter sie hasst. Sie gefangen hält. Wenn Sie die Wahrheit hören wollen. Also ich glaube, Rachel braucht irgendwie Hilfe. Sie kennen sie ja, nicht wahr, also nehme ich an, Sie sehen das genauso.«

»Danke, dass Sie mir Ihre Zeit geopfert haben. Ich finde schon allein hinaus.«

Billy sah dem Wagen nach, wie er die kreisförmige Auffahrt hinunterfuhr und dann in den Hügeln verschwand.

Er nahm sich eine Cola aus dem Kühlschrank und überlegte, ob er eventuell seine Tante anrufen sollte. Vielleicht würde sie diesmal nicht den Hörer auflegen. Trish hatte seine Taschen ausgeleert, und er sah die kleine Ansammlung von Gegenständen durch, die auf der Bank in der Waschküche lagen. Flugtickets, Bustahrscheine. Quittungen vom Abendessen. Schließlich fand er den Zettel, den Betty Sue ihm gegeben hatte, und schaute eine Weile darauf, bis ein Lächeln über sein Gesicht glitt.

Endlich ging Meg ans Telefon. »Margaret Meschers am Apparat.«

Doch am anderen Ende der Leitung blieb es still.

»Hallo? Wer ist denn da?«

Immer noch nichts.

»Ist jemand dran? Ich kann Sie atmen hören! Rachel? Rachel, bist du das?«

Jetzt wieder nur Stille am anderen Ende, und wer immer dran war, legte auf. Meg knallte den Hörer zurück auf die Gabel, und sofort klingelte das Telefon wieder. Diesmal war jemand am Apparat. Es war ein Ferngespräch, und einen Augenblick lang hoffte sie, es könne Josh sein, oder aber Steven, aber der Anruf kam aus Los Angeles. Larry.

Tränen traten Meg in die Augen, während sie zuhörte. Das konnte einfach nicht stimmen. Dieser Mischling war schuld. Sie konnte es nicht beweisen, und das konnte Larry auch nicht, aber Larry gab viel zu früh auf. Er entschied sich immer für den bequemsten Weg, und in dem Augenblick beschloss Meg, dass er bei der nächsten Wahl ihre Stimme ganz sicher nicht bekommen würde. »Ich will seine Adresse, Larry.«

»Meg, vertrauen Sie mir doch.«

»Ihnen vertrauen? Vertrauen sollte keine einseitige Sache sein, Larry. Wo ist er?«

»Er ist ein anständiger junger Mann, Meg. Da hinzufahren ist ein großer Fehler.«

»Ich bin es schließlich, die diesen Fehler macht, hören Sie? Ich mache diesen Fehler! Helfen Sie mir, Larry. Sagen Sie mir jetzt sofort, was ich wissen will, oder ich schwöre Ihnen, bei den nächsten Wahlen ...«

Sie packte gerade, als Gordon nach Hause kam. Es war kein angenehmes Gespräch mit Larry gewesen, der ihn bei der Arbeit angerufen hatte und in eine wichtige Konferenz hineingeplatzt war. Laut Larry war der Junge unschuldig. Meg davon zu überzeugen sei allerdings vollkommen unmöglich. Ob er so nett sein würde, so schnell wie möglich nach Hause zu fahren ...

»Meg, sei doch vernünftig. Larry weiß schon, was er tut.«

»Und ich bin lange genug Mutter, um zu wissen, dass dieser Mischling meiner Tochter etwas angetan hat! Ich weiß es, Gordon, ich weiß es einfach.«

»Ich lasse dich nicht gehen, Meg.«

Meg schob sich an ihm vorbei und öffnete eine Schublade.

»Ich habe Nein gesagt! Das ist schon viel zu weit gegangen! Hörst du mich?«

»Geh mir aus dem Weg, Gordon.«

Seit einunddreißig Jahren lebte er mit dieser Frau. Einer Frau, die er zu kennen geglaubt hatte, bis jetzt. Dieser Moment, in dem sie sich anstarrten, in dem sich außer blankem Hass nichts in ihren Augen spiegelte, schien unendlich lang zu dauern. In Wirklichkeit hielt er nur den Bruchteil einer Sekunde lang an. Gordon trat ihr aus dem Weg. Meg warf ihre Unterwäsche in den Koffer.

»Was erwartest du denn eigentlich, sag mir das mal. Was wird deiner Meinung nach passieren?«

»Wenn ich ihm in die Augen schaue, werde ich es wissen. Und wenn ich es weiß, werde ich ...«

»Was wirst du dann? Schlafen? Essen? Weiterleben?«

»Ja!«

»Damit beweist du doch nichts. Hörst du mich? Rein gar nichts.«

Wieder schoss ihm blanker Hass wie aus einer Waffe entgegen. Er traf Gordon schmerzhafter als ein Schlag in die Magengrube. Er setzte sich auf das riesige Bett und legte den Arm um den Bettpfosten aus Rosenholz. »Wieso kannst du nicht einfach abwarten, Liebling? Entweder kommt Rachel wieder nach Hause zu uns oder nicht. Deine Wahnvorstellungen steigern sich ja langsam zur Besessenheit. Ich weiß, dass sie nicht tot ist.«

»Du weißt ... was weißt du denn schon, Gordon? Los, sag mir, was du zu wissen glaubst!«

»Ich ... weiß es eben. Ich lasse dich nicht allein nach Kalifornien fahren.«

»Dann komm doch einfach mit.«

»Das kann ich nicht. Du weißt, dass ich das nicht kann.«

»Nur dieses eine Mal, Gordon. Ein einziges Mal in deinem Leben sei ein Mann. Sei da für mich. Glaub an mich.«

»Ich bin immer für dich da gewesen, Meg. Du hast nur nicht gesehen, dass ich immer hier war und gewartet habe. Du willst gehen? Na schön. Aber denke nur nicht, dass ich noch hier sein werde, wenn du zurückkommst.«

Darauf erwiderte Meg nichts. Die furchtlose, starke Meg packte weiter ihren Koffer. Sie ließ ihn zuschnappen, und arg humpelnd schaffte sie es irgendwie, ihn allein, ohne Hilfe, zur Treppe zu tragen.

Gordon blieb sitzen, wo er saß, umklammerte den Bettpfosten aus Rosenholz und wusste, dass er zum ersten Mal im Leben die Wahrheit gesagt hatte. Aber sie hatte ihn nur angesehen, als habe er nichts als eine leere Drohung von sich gegeben. Und als er sie davonhumpeln sah, wusste er, dass sie damit Recht hatte.

Sie war jetzt unten. Sie telefonierte, ließ sich ein Taxi kommen. Ihren Rollstuhl wollte sie nicht mitnehmen. Wie wollte sie denn in Kalifornien nur mit ihrem Stock zurechtkommen? Wieso um Himmels willen hatte ihr Larry überhaupt diese Adresse in Beverly Hills gegeben? Hatte er ihr womöglich erzählt, dass Johns Junge in ein paar Tagen nach Vietnam geschickt werden würde?

Gordon war innerlich wie betäubt, als er aufstand und nach unten ging. Sie war schon bei der Vordertür. Saß da und starrte ins Leere, ihr Koffer stand neben ihrem verkrüppelten Fuß. Sie sah alt aus. Müde. Nur Entschlossenheit und äußerste Dickköpfigkeit ließen ihr wütendes Herz weiterschlagen.

»Fang lieber an zu packen, wenn du mitkommen willst«, war alles, was sie sagte.

»Meg ...«

»Ich werde es tun, Gordon. Ich muss einfach.«

»Lass mich dich wenigstens zum Flughafen fahren.«

»Ich komme schon zurecht.«

»Nur ein toter Märtyrer ist ein guter Märtyrer, Meg.«

»Ich werde herausfinden, was mit meiner Tochter geschehen ist.«

»Sie ist auch meine Tochter.«

Das darauf folgende Schweigen wurde nur durch den in gewissen Abständen auf der Hauptstraße in der Ferne vorbeiströmenden Verkehr unterbrochen.

Er wollte Meg sagen, dass sie töricht war. Dickköpfig, voller Vorurteile, engstirnig, und dass ihre Einstellung zu absolut nichts Gutem führen würde. Aber er schwieg viel zu lange, die

Worte wollten sich nicht einstellen. Als das Taxi kam, fragte er: »Hast du auch genug Geld? Ein ordentliches Hotel?«

»Ich rufe im Büro an. Ich bin sicher, *Karen* wird es dir schon ausrichten.«

Einen flüchtigen Blick später und ohne dass sie sich verabschiedet hatten, hob der Taxifahrer den Koffer in den Kofferraum und half Meg in den Wagen. Sie ließ zu, dass der Mann ihr half. Normalerweise erlaubte sie niemandem, ihr zu helfen. Wenigstens niemandem, den sie kannte. Das Taxi fuhr davon, und Meg schaute sich nicht mehr um.

ACHTES KAPITEL

Meg hasste das Fliegen. Der Grund dafür waren vielleicht die abgestandenen, übel riechenden Erinnerungen, die in den Tiefen ihres Unterbewusstseins lauerten. Erinnerungen an ihren Bruder. Den Bruder, den sie einmal zu kennen geglaubt hatte. Zu lieben geglaubt hatte. Aber in all ihrem Denken war Meg viel zu tüchtig und geschäftsmäßig, als dass sie sich mit dem romantischen, gefühlsduseligen Kram lange aufgehalten hätte, ob es jetzt die Liebe zu einem Ehemann oder zu einem Bruder war. Wenn es so etwas wie die Liebe einer Frau zu einem Mann überhaupt gab. Liebe einer Frau zu einem Kind, ja. Aber nicht zu einem Mann. Nicht, wenn man ehrlich war.

Der ältere Mann neben ihr versuchte tapfer, mit ihr ins Gespräch zu kommen – vielleicht dachte er ja, dass ihre Stöcke schon Gemeinsamkeit genug seien. Da irrte er sich allerdings. Meg hatte nicht die Absicht, mit irgendeiner Menschenseele in Kontakt zu treten. Ihre eigene Seele vielleicht ausgenommen. Ihre Gespräche waren stille Unterredungen, durchsetzt mit Angst. Oder war es Wut? Wut darüber, dass ihre einzige Tochter ... merkwürdig war? Das Gegenteil der Mutter? So sollte es einfach nicht sein. Töchter hatten ihren Müttern ähnlich zu sein, in ihren Wünschen, in ihren Bedürfnissen – einfach in allem. Von dem Augenblick an, als sie zur Welt gekommen war, hatte Rachel ihre Mutter nicht gemocht, aber geliebt vielleicht? Wer außer Rachel konnte das schon wissen? Natürlich liebte Meg ihre Tochter. Schließlich hatte sie ja nicht freiwillig und voller Hoffnung ihren Körper durch die Hölle und zurück gejagt, in dem allerletzten Versuch, endlich eine Tochter zu bekommen. Bestimmt hatte sie das nicht einfach nur aus Spaß gemacht.

Aber wann würde eine Tochter sich über diese Dinge klar werden? Wenn sie selbst Mutter wird? Würde sie dann die Mühen, die Selbstdisziplin, ja, im Grunde die Opfer zu schätzen wissen, die das Elternsein mit sich brachten?

Meg liebte ihre Söhne, ja, soweit es sich mit den guten Sitten vereinbaren ließ. Im Lauf der Zeit, als sie zu gesunden, gesetzestreuen, höflichen, intelligenten und erfolgreichen Anwälten herangewachsen waren, war sie stolz auf sie. Stolz auf das, was sie, ganz allein, aus ihnen gemacht hatte.

Aber Rachel? Mein Gott, dachte sie. Rachel. Das furchtlose Kind hatte nie Angst vor dem Wort NEIN und all seinen Konsequenzen. Als Kleinkind legte sie die Hand auf eine heiße Herdplatte, wieder und wieder, wenn die Mutter Nein gesagt hatte. Und nie lernte sie etwas dazu. Immer lief sie zu Gordon. Gordon, der nie zu Hause war, Gordon, der erst recht nicht gewillt war, eines der Kinder zu bestrafen. Gordon würde es mit einem Kuss schon wieder gutmachen. Mutters Küsse schafften das nie.

Mutters Küsse versagten immer.

Mutters Küsse waren keine richtigen Küsse. *Nicht so wie Daddys Küsse ...*

Eine Vierjährige, die ihre Mutter wie Luft behandelte, die ihre Mutter schnitt und dann davontappste, während die Frau, die sie auf die Welt gebracht hatte, von der rasierklingenscharfen Gegenwart des Kindes blutete.

Das Flugzeug sackte in ein Luftloch und stürzte, so schien es jedenfalls, in Bruchteilen von Sekunden in Bodennähe. Meg hielt den Atem an, bevor der Schrei kam, und die Knöchel auf den Händen, mit denen sie die Armlehnen umklammerte, waren schneeweiß. Doch die jungen Frauen, die mit Saft herumgingen, taten so, als passiere so etwas ständig. Sie waren daran gewöhnt. *Nur ein Fallstrom, weiter nichts,* hörte sie in ihrem Kopf eine Stimme. Es klang wie die Stimme ihres Bruders. Ihr Bruder John, er war gestorben am ... Meg wollte daran nicht erinnert werden. Und doch war die Stimme, die da in ihrem Kopf widerhallte, entgegen aller Logik und allem gesunden Menschenverstand beinahe tröstlich. Denn wenn irgendjemand den Grund dafür kannte, dass das Flugzeug plötzlich an Höhe verlor, dann ja wohl er.

Sein ganzes Leben hatte er in der Luft verbracht. Glücklich und zufrieden. Sogar wenn er auf dem Erdboden war, dachte er daran, in der Luft zu sein. Weshalb das so war, wusste Meg nicht. Und sie hatte sich auch nie die Mühe gemacht, danach zu fragen. Nicht, dass er in der Lage gewesen wäre, in Worte zu fassen, was ihn dazu trieb, achtzig Prozent seiner Zeit in den Sitz eines alten Doppeldeckers geklemmt zu verbringen und die Maschine auf achthundert Fuß zu fliegen – oder was auch immer das für eine Höhe war, auf der er sie flog. Sie wusste das nicht, und es war ihr auch egal.

Normalerweise wäre sie überhaupt nicht geflogen. Aber es war die einzige Möglichkeit, innerhalb relativ kurzer Zeit ans andere Ende des Landes zu kommen, denn was sie jetzt zu tun hatte, durfte nicht länger als unbedingt notwendig aufgeschoben werden. Hätte sie einen Greyhound-Bus genommen, wäre sie nicht mehr in der Lage gewesen, sich bei der Ankunft in Los Angeles auf eigenen Beinen vorwärtszubewegen.

Also nahm sie allen Mut zusammen, kaufte sich ein Flugticket, nur Hinflug natürlich, denn es durfte nur Hinflug sein, und jetzt saß sie im Flugzeug, umgeben – wie ihr auffiel – von Leuten, die daran gewöhnt waren zu fliegen. Sie schien die Einzige an Bord zu sein, die entsetzliche Angst vor dem schrecklichen Tod hatte, den ein Flugzeugabsturz seiner unfreiwilligen menschlichen Fracht immer bereitete. Bobby war auf diese furchtbare Art gestorben. Bobby, ihre erste und höchstwahrscheinlich auch ihre einzige Liebe ... Ein Blick aus seinen dunklen Augen, und ihr Herz drehte Pirouetten, und oft absolvierte es gleichzeitig noch Sprünge. Es war das Einzige am Fliegen, wofür Meg je dankbar gewesen war. Sie hatte Bobby Sullivan kennen gelernt, weil er auch Flieger war. Und niemand, nicht eine Menschenseele, hatte seitdem ihr Sein auf die Weise berührt, wie es Bobby getan hatte. Sie war dreizehn, als sie ihn kennen gelernt hatte, und zweiundzwanzig, als er starb. Ein Teil von ihr – bis jetzt hatte sie noch nicht herausgefunden, welcher – war mit ihm gestorben. Gott der Herr hatte ihn Meg nur einige wenige Jahre geliehen. Und natürlich war sie, weil sie John Roberts kleine Schwester war, dann auch Bobbys kleine Schwester geworden. Er hatte ihr immer beim Tanzen zugeschaut und ihr gesagt, dass sie eines Tages ein großer Star sein würde. Oft hatte er sie um ein Autogramm gebeten, damit er etwas zu verkaufen hätte, wenn sie erst einmal berühmt geworden sei. Zu dem Zeitpunkt hatte sie geglaubt, er würde wirklich meinen, was er sagte. Damals war das ihr Traum gewesen. Sie würde eine weltberühmte Ballerina werden.

Zwei Wochen vor ihrer ersten Hauptrolle in *Schwanensee* im Opernhaus von Abbeville war die Polio, Kinderlähmung, bei ihr ausgebrochen. Und das Talent, über das sie von jeher verfügte – die Anmut einer Tänzerin –, wurde ihr ohne Begründung und ohne Entschuldigung entrissen. Seit dieser Zeit war sie nur noch die arme, verkrüppelte Meg Shaw. Das vaterlose, rothaarige Mädchen, das alle Welt bemitleidete. Und sie verabscheute das Mitleid, wenn sie es aus den Augen der Menschen herausblitzen sah, der Menschen, die es hätten besser wissen müssen. Lange Zeit hatte sie nur sterben wollen. Doch dann, als sie begriff, dass das nicht geschehen würde, trat die Wut an die Stelle der Todessehnsucht.

Von da an hatte die Wut ihr Leben umnebelt, doch das war ihr nicht bewusst.

Eine junge Frau bot ihr etwas zu trinken an, sie hatte die Wahl zwischen Kaffee oder Saft. Schnell schüttelte Meg den Kopf, lehnte beides ab, denn sie wusste, sie würde es nicht lange bei sich behalten können, dann wandte sie ihre Aufmerksamkeit dem Fenster zu und wünschte gleich, sie hätte es nicht getan.

Woher hatte John Robert um Himmels willen seine Liebe zum Fliegen? Er war mit dem Virus infiziert worden, als die Kunst des Fliegens noch in den Kinderschuhen steckte – nein, in den Windeln –, und damals war er erst neun Jahre alt. Es war das Jahr 1911. Billy Taylor hieß der Mann, der ihm den Job angeboten hatte, er könne seine »Flotte« reinigen. Was Meg von dieser Flotte noch genau vor sich sah, war ein Doppeldecker, der aussah, als würde er in seine Einzelteile zerfallen, wenn ein starker Wind ihn auf die Seite legte. Aber John Robert verliebte sich in die Maschine. Seine Vorstellungskraft besorgte den Rest.

Kein Wunder, dass sich Mutter ständig Sorgen um John Robs Gesundheit machte, wenn sie ihn nicht im Auge hatte.

Wie konnten zwei Geschwister so wenige Gemeinsamkeiten haben?

Den größten Teil ihrer Kindheit verbrachte sie damit, dass sie sich fragte, wann und ob überhaupt ihr großer Bruder wieder zur Tür hereinkommen würde. Sie war damals sehr einsam. Fast so einsam wie jetzt. Ihre Mutter Lily sprach freiwillig kaum je ein Wort mit irgendeiner Menschenseele, und als Meg älter wurde, wusste sie, oder glaubte wenigstens zu wissen, weshalb das so war: Ihre Mutter verbrachte fast ihr ganzes Leben in der Hoffnung auf etwas, das nie eintreten würde. Die Rückkehr ihres Ehemanns.

Sprechen wollte sie jedoch nie über ihn. Meg war elf Jahre alt, als sie sich endlich ein Herz fasste und ihre Mutter nach ihrem

Vater fragte, aber die Frage trieb der Mutter nur die Tränen in die Augen, und wieder saß sie daraufhin im Dunkeln und weinte nur. Also fragte Meg ihren Bruder, aber der wollte auch nichts sagen. Mit ihrem Gequengel, dass er es ihr doch sagen solle, trieb sie ihn fast in den Wahnsinn, einmal versuchte sie sogar die chinesische Brandfolter an seinem Arm, aber erst als er sie weinen sah, erzählte er ihr alles. Der Wunsch, es zu erfahren, war unermesslich groß. Meg weinte sonst nie. Also setzte sich John, der inzwischen fünfzehn war und damals schon allein fliegen konnte, mit ihr eines Abends nach dem Essen auf die Veranda, und mit sanfter ruhiger Stimme erzählte er ihr alles, was er wusste. Als sie ihn fragte, woher er das alles wisse, erklärte er, Mutter habe es ihm erzählt und ihm das Versprechen abgenommen, sie nie wieder danach zu fragen. Daraufhin fühlte sich Meg natürlich ungeliebt, beiseite geschoben und im Stich gelassen, weil ihre Mutter ihr nie die Wahrheit anvertraut hatte. Jahrelang behandelten die anderen Mädchen in der Schule sie wie eine Ausgestoßene, weil sie keinen Daddy hatte und nicht einmal wusste, weshalb.

Sie konnte ihrem Vater, den sie nicht gekannt hatte, nie verzeihen, dass er auf diese Art gestorben war. Gestorben, während er zwei kleine Jungen aus einem angestiegenen Fluss in Alabama rettete. Er hatte die Kinder irgendeines Fremden gerettet – oder wenigstens eines der Kinder –, aber seine eigenen im Stich gelassen. Sie vaterlos und verarmt zurückgelassen, in einer Zeit, als vaterlos und verarmt zu sein (»weißes Pack«) schlimmer war, als mit einem Schwarzen zu reden. Und auch das hatte er immer wieder getan. Hatte sich mit denen in der Mühle angefreundet. Ihr Vater, so schien es, war jedermanns Freund gewesen. Dieser Mann hatte ein großes Herz und, so kam es Meg jedenfalls vor, nicht genug Verstand dazu. Sie bezweifelte, dass sie ihren Vater gemocht hätte, und doch heiratete sie einen Mann, der ihm offenbar von seinem ganzen Wesen her sehr ähnlich war. Jedenfalls hatte Mutter das an ihrem Hochzeitstag zu ihr gesagt. Zuerst mochte Meg das gar nicht glauben. Wie sollte so etwas möglich sein, wenn ihr Vater doch nichts weiter als ein Fremder war, der zu den Erinnerungen eines anderen Menschen gehörte? Doch die Zeit verging, und Gordons Schwächen wurden bald offensichtlich. Er hatte tatsächlich geweint, als Steven auf die Welt kam. Geweint, so sagte er, weil die Ärzte gedacht hatten, Meg würde die Geburt nicht überleben, doch er hatte zu seinem Gott gebetet, und sein Gott hatte sie beide verschont. Was im Grunde Blödsinn war. Meg hatte eine Aufgabe zu erfüllen gehabt, und die hatte sie erledigt, so wie sie alles erledigte.

Im Prinzip war die Rolle der Ehefrau und Mutter für sie nur eine weitere Aufgabe, die es zu erledigen galt. Es war das, was Frauen nun einmal taten, manchmal aus freien Stücken, manchmal, weil es Schicksal war. Die Jungen erzog sie immer mit strenger Hand, aber wenn sie einen Zeitpunkt hätte benennen sollen, an dem ihr das Leben wirklich sinnvoll erschien, dann war es der Augenblick, in dem ihre Tochter zur Welt kam. Nach dreieinhalb Tagen Wehen, Wehen von einer Art, deren Ungeheuerlichkeit kein Mann je verstehen würde, diese Wörter zu hören. *Es ist ein Mädchen! Ein bildschönes, rothaariges Mädchen! Du meine Güte, so rotes Haar habe ich noch nie gesehen!* Meg wusste noch, dass sie geweint hatte, trotz der Schmerzen, trotz der überwältigenden Erleichterung, dass sie jetzt aufhören konnte, aufhören, die Erde zu bevölkern, als sei es eine Art von Gott gegebene oder von den Menschen auferlegte Pflicht. Und Gordon, was soll man dazu schon sagen? Er weinte *schon wieder,* als er durch die Glasscheibe der Babystation im Krankenhaus starrte, Tränen standen ihm in den Augen, ihm zu Füßen zwei kleine Jungen, beide außer Rand und Band, weil Mom im Krankenhaus war und sie tun und lassen konnten, was sie wollten und wann sie wollten. Mit Dad umzugehen war ein Klacks. Er ließ sie alles tun, was sie wollten, solange sie nur glücklich waren. Ja, er hat geweint. Wenigstens haben ihr die Schwestern das erzählt. Sie sagten, es sei das Rührendste, was sie in ihrem ganzen Leben je gesehen hätten: einen erwachsenen Mann, der beim Anblick seiner neugeborenen kleinen Tochter weinte ... Vielleicht war er genauso erleichtert wie Meg, als es endlich vorbei war. Immerhin mussten sie »es« ja jetzt nicht mehr tun, oder?

Einen Tag später wurde ihr das Baby gebracht, damit es sich an sie gewöhnte. Normalerweise hätte man die Kleine früher gebracht, aber Meg hatte achtundzwanzig Stunden lang geschlafen. Meg starrte dieses kleine Mädchen an, das endlich in die Welt hinausgestoßen worden war, und konnte es immer noch kaum glauben: Es ist ein Mädchen! Bis sie sich umschaute, sich überzeugte, dass die Luft rein war, und das Baby auswickelte, bis es nackt war. Sie musste sich einfach mit eigenen Augen überzeugen. Sie musste es sehen, bevor sie es glauben konnte.

Das vollkommenste kleine Wesen, das Meg je gesehen hatte, starrte hoch zu ihr, die Andeutung eines Stirnrunzelns lag auf dem engelhaften Gesicht der Kleinen. Von dem Moment an war die Liebe zu ihrer Tochter grenzenlos. Gordons Mutter hieß Rachel, sie war vor drei Monaten erst gestorben, und Meg hatte keine Einwände gegen den hebräischen Namen. Gordon war ein Einzelkind, und eine Enkelin brauchte Mrs. Meschers so dringend wie ein Fisch den Ozean, hatte jedenfalls Mr. Meschers (senior) oft gesagt. So viel zumindest konnten sie also dazu beitragen, das Andenken an diese Frau am Leben zu erhalten. Das Einzige, worum sie sich stritten, war die Schreibweise, aber als Meg die Formulare ausfüllen musste, schrieb sie den Namen so, wie sie es wollte. Rachel Meschers war ein guter, angemessener Name und würde der Kleinen gute Dienste leisten, bis sie den Namen ihres Ehemannes annahm. Rachel schien zu allem zu passen, und keine entsetzlichen Koseformen konnten die Würde des Kindes zunichte machen.

Aber jetzt kam Meg ein merkwürdiger Gedanke. Wäre Rachel anders geworden, hätte die Kleine sie so geliebt, wie sie ihr Kind liebte, wenn sie sie Andrea oder Jennifer oder Marilyn genannt hätte? Ist es das, was ich falsch gemacht habe? Habe ich ihr den falschen Namen gegeben?

Gott allein wusste, dass alle Mütter aus ihrem Bekanntenkreis, die eine Rachel zur Welt gebracht hatten, Probleme genug hatten.

Vielleicht lag es an dem Namen?

Nein, das war Unsinn. Das war unlogisch. Meg fragte sich oft, was sie wohl falsch gemacht haben mochte. Sie behandelte ihre Tochter nicht anders als ihre Söhne – und ihre Söhne waren zu anständigen jungen Männern herangewachsen, also wo hatte sie versagt?

Vierundzwanzig Jahre Hoffnung, ein Kind würde seine Mutter lieben und respektieren, und das war nun daraus geworden.

Meg wusste, dass Rachel tot war, genauso wie sie einen ganzen Tag, bevor John Robs Anruf aus Atlanta kam, gewusst hatte, dass Bobby Sullivan tot war. Ihre Mutter hatte den Anruf entgegengenommen und kaum ein Wort gesprochen. Sie legte den Hörer auf, und dabei zitterten ihre Hände. *Mutter? Was ist los? Mutter! Mutter ...*

Das hatte sich nun vor so langer Zeit zugetragen, doch dieselbe Leere, die Meg damals in sich gespürt hatte, wollte sich jetzt aus demselben Grund wieder nicht füllen lassen. Dieser tiefe Abgrund eines Nichts, der von einem nicht greifbaren dumpfen Schmerz widerhallte; die Gewissheit, dass der Tod zu jemandem gekommen war, war seit sieben Uhr früh vor vier Tagen nicht mehr von ihr gewichen.

Gordon war wie üblich spät nach Hause gekommen, und das

übliche Parfüm, nur ein Hauch von Parfüm, wehte von seinem Jackett her, als er es ordentlich in den Schrank hängte. Meg lag schon im Bett und tat, als würde sie ein Buch lesen, während ihre Augen in Wirklichkeit schon fünfzig Mal über denselben Absatz gehuscht waren, ohne dass ihr Gehirn die Worte aufgenommen hätte. Es war halb elf. Er hatte schon »im Büro« gegessen. Er duschte, höchstwahrscheinlich, um den Geruch des Parfüms loszuwerden und auch den Zigarettenrauch. Er rauchte immer noch, log ihr aber vor, dass er damit aufgehört hätte. Er putzte sich die Zähne, betätigte die Toilettenspülung und kam in dem Schlafanzug zu Bett, den Rachel ihm vor einem Jahr zu Weihnachten geschenkt hatte. Es war einer von diesen verrückten neuen Schlafanzügen mit wütenden Donald-Duck-Gesichtern, die auf den Stoff gedruckt waren. Zehn Dollar hatte sie dafür ausgegeben. Einen Dollar für Megs Geschenk, ein Päckchen mit weißen Taschentüchern. Aber das spielte keine Rolle, jedenfalls nicht im Augenblick.

»Rachel ist noch nicht zu Hause«, war alles, was Meg sagen konnte.

Er fand allerlei Erklärungen für ihre Abwesenheit und sagte ihr, sie solle sich schlafen legen, und bevor sie sich versah, würden sie Rachel nach Hause kommen hören. Es wäre ja nicht das erste Mal, dass sie um drei Uhr früh vom Aufheulen des Thunderbird geweckt würden, der zum Einparken auf die Auffahrt fuhr.

»Gordon, da stimmt etwas nicht. Ich spüre das.«

Es war wie eine Offenbarung, die da von Meg kam, da sie ja sonst nie etwas fühlte – und wenn, dann behielt sie es für sich. Vielleicht war Gefühl ein Zeichen von Schwäche? Ihr Vater hatte »gefühlt«, ihr Bruder hatte »gefühlt«, und auch ihr Mann »fühlte« immer. Sie waren schwach, alle wie sie da waren. Ein anderes Wort fand sie dafür nicht. Es ergab keinen Sinn, entsprach aber dennoch der Wahrheit. Jede einzelne Faser ihres

Körpers schmerzte von der Erkenntnis, dass ihrer einzigen Tochter etwas Schreckliches zugestoßen war.

Gordon hatte kein Wort gesagt, und bald begriff sie, weshalb, denn auf dem Kissen neben sich hörte sie sein leises Schnarchen. Sie wandte sich wieder ihrem Buch zu, verstand endlich diesen einen Absatz, doch der wollte nicht zu dem passen, was in den Absätzen davor gestanden hatte. Ihr wurde bewusst, dass sie zwei Seiten überschlagen hatte. Sie legte das Buch weg und starrte die ganze Nacht lang auf die Schatten an der Wand. Fast betete sie darum, das Aufheulen des Thunderbird zu hören, wenn er auf der Auffahrt hielt, doch sie wusste, dass sie dieses Geräusch nie wieder hören würde. Und sie wusste auch, wieso. In Gedanken ging sie noch einmal zurück zu dem Telefongespräch vom Vormittag. Der Anruf kam von Billy Shaw. Seine Stimme klang durchaus amerikanisch, es schwang jedoch kein Akzent mit, den sie erkannte. Es war kein New Yorker Akzent, ganz gewiss auch kein kalifornischer, und erst recht klang sein Akzent nicht kanadisch. Allein die Erwähnung des Namens war schon genug. Was er sonst noch zu sagen hatte, wollte sie gar nicht hören. Sie hatte einfach den Hörer aufgelegt.

In dem Augenblick, in dem John Robert, der Fremde, der einmal ihr Bruder gewesen war, ihr erzählte, dass er von zwei verschiedenen Frauen zwei Kinder hatte, hatte sich Meg innerlich völlig verschlossen. Sie hatte davon nichts wissen wollen. Mischlingsehen waren im Grunde doch immer zum Scheitern verurteilt; nicht dass diese Wilden aus dem Norden es überhaupt Ehe genannt hätten. Manches von dem, was er über das Leben dort erzählte, schockierten sie so, dass sie darauf nichts zu sagen wusste. Zwei Mischlinge hatte er in die Welt gesetzt, und um Himmels willen, er war auch noch *stolz* darauf? Wie konnte das nur angehen?

Gordon hatte natürlich Verständnis für alles. Im Grunde seines Herzens war Gordon ein Dummkopf. Viel nachgiebiger, als es gut für ihn war. Ein Mann durfte einfach nicht so weichherzig und so dumm sein. Sie hatte versucht, es ihm klar zu machen. Was für eine Zukunft würden denn diese Mischlinge haben? Sie waren nicht weiß, sie waren auch nicht – was auch immer für eine Farbe Aleuten haben mochten, diese Farbe hatten sie eben auch nicht. Wo würden sie denn ihren Platz im Leben finden, wenn sie weder das eine noch das andere waren?

Und Gordon hatte darauf erwidert, dass so etwas eigentlich keine Bedeutung haben dürfe. Sind wir denn nicht alle Brüder im Geiste? Kommen wir denn nicht alle ursprünglich von demselben Ort?

Gegen Gordons Idealismus kam sie einfach nicht an. Er war in diesen Dingen sehr festgelegt. Er war sich sicher, dass es einen Gott gab. Diesen Gott und seinen Abraham ... Die Einzigen, gegen die er eine Abneigung hatte, waren die Deutschen, und dazu hatte er ja wohl auch Grund genug, nahm sie an. Aber wenn es darum ging, alle gleich zu behandeln – meine Güte, er nahm sogar manchmal Schwarze in Schutz –, konnte Meg ihn einfach nicht verstehen, denn sie wusste nun einmal, dass nicht alle Leute gleich waren und deshalb auch nicht alle gleich behandelt werden sollten. In der Praxis sah das dann so aus, dass sie Schwarze einfach nicht bei sich in der Nähe wohnen haben wollte. Das führte schließlich nur zu einer Wertminderung der Immobilien, und sie hatten einfach zu hart und zu lange gearbeitet, um das zu erreichen, was sie erreicht hatten. Und wenn Gordon nur ehrlich wäre, dann würde er zugeben, dass auch er diese Leute nicht bei sich in der Nähe wohnen haben wollte. Wie hätte er reagiert, wenn John Rob beschlossen hätte, seine gesamte Familie von Alaska nach South Carolina zu holen? Wie hätte er dann nur reagiert, mit Leuten nebenan, die Wale aßen und Blut tranken?

Wie hätten sie nur je wieder mit erhobenem Kopf durch die

Gegend gehen können, wenn es so weit gekommen wäre? Sie war sehr erleichtert gewesen, als John Robert wieder zurückging, und es war ihr auch egal gewesen, wie viel sie das gekostet hatte. Hätte sie eine Million Dollar gehabt, hätte sie die liebend gern hergegeben. Sie hätte Gott weiß was getan, nur um die Vergangenheit loszuwerden und nie wieder auftauchen zu lassen. Wirklich Gott weiß was.

Doch jetzt musste sie den Dingen ins Auge sehen, weil sie keine andere Wahl hatte. Jetzt würde sie mit ihrer größten Angst konfrontiert werden und würde ihr Auge in Auge gegenüberstehen. Der Sohn ihres einzigen Bruders hatte dem Einzigen, was ihrer Existenz einen Sinn gab, irgendetwas Entsetzliches angetan, und in dem Moment, in dem sie ihm in die Augen schaute, würde sie es endlich definitiv wissen, oder?

Und sie würde tun, was sie tun musste, um alles wieder in Ordnung zu bringen.

Gordon bewahrte seine alte 38er Smith & Wesson in dem Schrank in der Garage auf, zusammen mit der Munition. Es war die Waffe seines Vaters, bis dieser einen Schlaganfall hatte und seine Mutter ihn bat, den Revolver an sich zu nehmen, weil sie befürchtete, Mr. Meschers könnte sich jetzt, da er nicht mehr ganz gesund war, etwas antun. Gordon verabscheute Waffen, und Meg hatte vorgeschlagen, dass der Revolver am besten dort aufbewahrt würde. Dort draußen in der Garage.

Er würde nie danach suchen. Er würde nie erfahren, was sie vorhatte.

Sie bezweifelte, dass es ihn überhaupt interessierte. Ihr gemeinsames Leben war zur Gewohnheit geworden. Allerdings fragte sie sich, als sie im Flugzeug saß und den Flug in die Hölle durchlitt, ob er wohl kommen würde, wenn man sie verhaftete.

Würde er sich schuldig fühlen?

Würden die Jungs dann kommen?

Würde es Rachel wieder zu ihr zurückbringen?

Die Antworten auf diese drei Fragen waren natürlich Nein, aber sie wusste, wer sie vor drei Stunden angerufen hatte. Tief in ihrem Innern wusste sie, wessen belustigtes Atmen sie am anderen Ende der Leitung gehört hatte.

Es war Billy Shaw, John Roberts Sohn, gewesen, der sie da ausgelacht hatte, weil er wusste, dass auch sie jetzt Bescheid wusste, und weil er außerdem wusste, dass sie keinerlei Beweise gegen ihn in der Hand hatte.

Aber sie brauchte keine Beweise.

Meg hatte es nie nötig, jemandem etwas zu beweisen.

Sie würde an diese Tür in Beverly Hills klopfen, und sie würde nach Billy Shaw fragen, und wenn er dann an die Tür kam, würde sie ihm in die Augen schauen, sein Lächeln sehen, und dann würde sie den Revolver aus der Tasche ziehen und ihn erschießen. Sie würde den ganzen Revolver in ihn abfeuern. Dann würde sie weggehen, so gut es eben möglich war, und was immer auch danach geschah – nun ja, danach war einfach nichts mehr von Bedeutung.

Ihre Tochter war tot. Das war alles, was sie wusste, und alles, was sie von diesem Moment an überhaupt noch wissen würde.

Neuntes Kapitel

Einen Tag nach ihrer Ankunft in Seattle ging ihr das Geld aus. Rachel Meschers saß auf einer Parkbank und dachte so angestrengt nach, wie sie eben konnte. Das erste Mal seit sehr langer Zeit, so lang sie überhaupt zurückdenken konnte, fühlte sich ihr Kopf ganz klar an. Er war nicht umnebelt. Es war angenehm, wieder klare Empfindungen zu haben, auch wenn sie in Sekundenbruchteilen zwischen tiefster Zufriedenheit und finsterster Hölle schwankte. Die Farben hier oben waren ganz anders als zu Hause. Und genauso war es mit den Leuten. Nicht allzu viele Leute schauten sie merkwürdig an, während sie so dasaß und ihre nackten Füße faul in der Luft baumeln ließ. Hätte sie das in Columbia gemacht, dann hätte sofort jemand ihre Mutter angerufen. Was war sie doch allen Leuten für eine Last – allen außer, und das wusste sie jetzt, ihrem Cousin Billy.

Billy war so nett zu ihr gewesen wie ein großer Bruder, obwohl er gar nicht wie Josh oder Steve war, nicht ein bisschen. Er war genauso wie der große Bruder von jemand anderem. Wenn sie von Josh oder Steve Geld bekommen hätte, dann hätte sie es zurückzahlen müssen, und es wären tausend Fragen gestellt worden. Billy hatte nicht gefragt – er hatte ihr das Geld gegeben und gesagt: »Ich hoffe, du findest, was du suchst.« Er war großzügig. Behielt nur gerade so viel, wie er brauchte, um nach Kalifornien zu kommen. Sie bat ihn, mitkommen zu dürfen, aber er hatte Nein gesagt. Schließlich müsse er ja nach Vietnam. Er würde gar nicht dort sein. Außerdem habe er ja ein Mädchen, das er heiraten wolle ... Er versprach, keiner Menschenseele zu sagen, dass sie nie mehr nach Hause wollte. Aber er sagte ihr, sie müsse unbedingt ihre Eltern anrufen und Bescheid geben, dass alles mit ihr in Ordnung sei. Tja, versucht hatte sie es immerhin. Sie hatte ihr letztes Kleingeld dafür ausgegeben, aber in dem Augenblick, als sie die Stimme ihrer Mutter hörte, bekam sie kein Wort heraus. Mom klang ärgerlich. Aber das war nichts Neues. Sie war immer ärgerlich. Wenigstens hatte sie versucht anzurufen, und das war immerhin besser, als es überhaupt nicht zu versuchen. Wie Billy schließlich gesagt hatte, sie war über einundzwanzig, sie schuldete niemandem etwas. Und das stimmte auch. Es war jetzt an der Zeit, dass ihr Leben begann. Sie hatte schon genug Zeit verschwendet.

Und so bekam sie für das Geld, das Billy ihr gegeben hatte (gegeben – nicht geliehen), ein Flugticket hierher. Und es hatte ganz schön lange gedauert, bis sie endlich hier war. Aber die Leute hatten nichts dagegen, wenn man auf Flughäfen schlief. Sie hatte sich außerdem ein zweites Kleid gekauft, dazu Unterwäsche, ein Paar Sandalen, die nicht passten, eine kleine Reisetasche, um alles zu verstauen, und dann noch eine Haarbürste und eine Zahnbürste. Jetzt war das ganze Geld weg. Sie hatte auch eigenes Geld – ungefähr fünfzehnhundert Dollar – auf ihrem Bankkonto zu Hause in Columbia, aber so weit hier oben im Norden hatte sie keine Filiale ihrer Bank gesehen. Sie hätte ihrer Mutter sagen können: Ich brauche mein Scheckheft; aber wie sie ihre Mutter kannte, hätte die sich geweigert. Hätte ihr nur befohlen, nach Hause zu kommen. Und sie hatte sich schon wütend angehört, als sie noch gar nicht wusste, wer da am Telefon war. Eine Weile jedenfalls hatte sie es nicht gewusst. Bis sie dann sagte: *Rachel? Bist du das?*

Als sie das hörte, hatte sie sofort den Hörer aufgelegt. Das musste sie einfach. Vielleicht war es ganz gut, dass ihre Mutter dachte, sie sei tot. Sollte die alte Hexe ruhig noch eine Weile schmoren. Das geschah ihr ganz recht. Aber was würde ihr Dad denken? Würde er sich Sorgen machen? Wahrscheinlich ja, aber sie durfte nicht das Risiko eingehen, ein R-Gespräch zu führen, nicht einmal, wenn sie ihn im Büro anrief. Er würde es nicht geheim halten. Er konnte nie etwas geheim halten. Er würde nur sagen: Komm nach Hause, deine Mom macht sich Sorgen; doch das konnte sie einfach nicht. Auf gar keinen Fall. Sie wusste, dass sie zuerst etwas Wichtiges erledigen musste.

Vielleicht hatte sie sich aufgrund dessen, was Billy gesagt hatte, so plötzlich dazu entschlossen. Nachdem er gesagt hatte, wie sehr es ihr da oben gefallen würde. Dass man sie da oben lieben würde. Dass die Leute sie nicht für seltsam halten würden. Sie habe eine Cousine, Lily. Und Billy hatte gesagt, sie seien sich ähnlich. So weit sie zurückdenken konnte, schon zu der Zeit, als sie ihrem Onkel John begegnet war, hatte sie sich gewünscht und danach gesehnt, das Eis zu sehen und Eskimo zu werden. Das hatte sie lange Zeit sein wollen, wenn sie groß war: Eskimo. So wie er davon erzählte, hatte es geklungen wie etwas ganz Besonderes. Dieses Vorhaben, das ihr so plötzlich durch den Kopf geschossen war, muss seinen Ursprung etwa in der Zeit gehabt haben, als sie fünf Jahre alt war.

Aber ... ich habe noch einen ganz schön weiten Weg vor mir. Das hier ist Seattle. Was fange ich jetzt bloß an? Wie komme ich an Geld? Ein Stückchen weiter die Straße runter gab es ein Drive-in-Restaurant. *Jim's.* Sie war hingegangen, obwohl sie ohne Auto da war (und sie vermisste ihr Auto so sehr), denn dort konnte man sich setzen und etwas essen. Außerdem waren da viele junge Leute. Aus der Jukebox plärrten die Beatles. Sie bestellte sich ein Hotdog und ein Soda, aber dann fiel ihr ein, dass sie gar kein Geld mehr hatte. Also drehte sie sich um und ging wieder hinaus, sah den Park und setzte sich hin, um die Füße auszuruhen und vor allem um zu versuchen, irgendwelche Pläne zu fassen, hauptsächlich darüber, was sie als Nächstes tun sollte.

Sie konnte ja wieder zu *Jim's* zurückgehen, wo die Kellnerinnen auf Rollschuhen zu den Autos hinausfuhren. Auf Rollschuhen war Rachel immer gern gelaufen. Im Fenster hatte sie das Schild gesehen: *Mitarbeiterin gesucht, Bewerbung hier.* Sie könnte lügen. Könnte erzählen, dass sie Waise sei. Den Mädchennamen ihrer Mutter angeben – das würde sie bestimmt auf die Palme bringen. Nicht dass ihre Mutter das je erfahren würde. Klasse, dachte sie. Das werde ich machen. Ich werde zuckersüß sein, und ich werde ganz viel lächeln. Werde richtig lieb sein. Dann kriege ich den Job, finde irgendeine billige Bleibe, sodass ich viel Geld sparen und dann weiterfahren kann.

Rachel warf sich die kleine Reisetasche über die Schulter und ging zu *Jim's* zurück. Der Laden stand da wie eine Art Insel, Wagen fuhren hinein, Wagen kamen heraus. Laute Musik war zu hören. Jan and Dean diesmal oder vielleicht auch die Beach Boys, die konnte sie nie auseinander halten. Als sie auf den Eingang zuging, sah sie eine junge Frau, die so angezogen war, dass sie wie ein knalliger Lutscher aussah. Auf Rollschuhen lief sie zu einem Thunderbird, der dieselbe Farbe wie Rachels Auto hatte. Die junge Frau hielt das Tablett in die Höhe und verschüttete keinen einzigen Tropfen, als sie schwungvoll zum Stehen kam, und dann reckte sie ihren Hintern in die Luft (der Thunderbird war voller Jungs). Das Tablett wurde hineingereicht, und schon rollte sie wieder davon. Das kann ich auch, dachte Rachel. Im Vorübergehen warf die Kellnerin Rachel einen Blick zu.

»Entschuldigen Sie?«

»Ja?« Die junge Frau drehte sich um und bremste ab.

»Ist der Job schon vergeben?«

Die andere musterte sie von oben bis unten. »Wie alt bist du?«

»Siebzehn«, log Rachel. Es stimmte schon, sie wirkte viel jünger, als sie wirklich war. »Ich brauche unbedingt einen Job.«

»Kannst du auf Rollschuhen laufen?«

»Ja.«

»Dann musst du mit Jim reden. Komm rein. Ich zeig dir, wo er ist.«

Schnell ging Rachel über den heißen Asphalt. Sie betraten das Gebäude durch eine Tür, an der ein Schild hing, auf dem »Kein Zutritt« stand, und dann ging es einen dunklen Korridor entlang. Die junge Frau klopfte laut an eine Tür und nickte ihr zu, bevor sie den Korridor hinunterrollte und hinter einer Pendeltür verschwand.

»Was?«, schrie jemand aus dem Zimmer.

»Ich komme wegen des Jobs«, sagte Rachel zu der geschlossenen Tür.

Als die Tür aufging, sah sie einen kleinen, dicken Mann mittleren Alters mit Hornbrille. Er sah nicht von seinem Schreibtisch auf, als er fragte: »Wie heißen Sie?«

»Rachel Meschers.« Mist, dachte sie sofort. Ich hatte mich doch Shaw nennen wollen. Zu spät.

»Kommen Sie aus dem Süden?«, fragte er, als er seinen Kugelschreiber weglegte und seufzte.

»Ja, Sir, ganz recht.«

»Sind Sie von zu Hause weggelaufen?«

»Ich bin Waise. Ich weiß nicht, wo ich hin soll, und ich habe keinen Job. Ich bin sehr fleißig, und ich bin richtig gut auf Rollschuhen. Ich bin eine Bereicherung für Ihr Geschäft, Sir.« Das hatte sie gesagt, weil sie ihren Vater über Mädchen hatte reden hören, die bei ihm im Büro nach Arbeit fragten. Und die sollten immer beweisen, dass sie für die Firma von Vorteil wären ... Begeisterungsfähigkeit, sagte er immer. Begeisterungsfähigkeit sei der Schlüssel. Begeisterungsfähigkeit sei manchmal wichtiger als viel Grips ... Wie sie das diesem dicken kleinen Mann anders sagen sollte, wollte ihr nicht einfallen. Wenn das sein Laden war, dieses *Jim's*, dann war er auch nicht anders als ihr Dad. Kaum anders jedenfalls. »Ich werde für Ihr Geschäft eine Bereicherung sein, Sir.«

Ich wette, das wirst du, sagten seine Augen, als er sie von oben bis unten musterte. Er bat sie, sich umzudrehen, was sie auch tat. »Haben Sie genug Geld, um die Uniform zu bezahlen?«

»Nein, Sir.«

Er hustete. Er rauchte zu viel. Vielleicht hustete er immer, wenn er eine Entscheidung traf. Dad rieb häufig sein Kinn. Einen Augenblick lang war sie erfüllt von der Furcht, er könne Nein sagen, ohne einen richtigen Grund dafür zu haben. Tränen traten Rachel in die Augen. »Bitte geben Sie mir eine Chance, Mister. Sie werden es nicht bereuen.«

»Ich werde das ganz sicher nicht bereuen. Aber Sie vielleicht. Sie wollen Arbeit, also werden Sie Arbeit bekommen. Tja, also schön dann. Suchen Sie Sally. Sagen Sie ihr, sie soll Ihnen was zu essen geben und eine Uniform für Sie raussuchen. Das geht dann aber von Ihrem Lohn ab, klar? In einer Stunde fangen Sie an.« Fast schlug er ihr die Tür vor der Nase zu, bevor er noch fragte: »Gibt's noch was?«

»Ich glaube nicht, Sir.«

»Dann stehen Sie nicht untätig hier rum. Bewegen Sie Ihren Hintern.«

Die Tür ging zu. Und Rachel stand da auf dem dunklen Flur, allein. Sie war den Flur schon halb hinuntergegangen, in die Richtung, in die auch die andere verschwunden war, als die Pendeltür aufschwang und »die andere« vorbeischoss, ein Tablett wieder hoch nach oben gereckt. Wieder bremste sie. »Hast du den Job?«

»Ja. Wo ist Sally?«

»In der Küche. Da lang.«

Rachel ging in die Küche. Die war riesig. Die Leute hier schwirrten herum wie Bienen in einem Frühlingsgarten. Ständig riefen sie sich etwas zu. Eine alte Dame, die früher einmal rothaarig gewesen sein musste, genau wie Rachel, schlug heftig den Telefonhörer auf die Gabel. Sie drehte sich um und schaute sich den Neuankömmling an.

»Bist du die Neue?«

»Ja, Ma'am.«

»Komm mit. Jetzt gleich. Na los, ich habe nicht den ganzen Tag Zeit.«

Rachel folgte ihr in einen Lagerraum. Die Tür schlug hinter ihnen zu, und ein schwaches Licht ging flackernd an. Die Frau sagte kein Wort, als sie einen großen Pappkarton durchwühlte und eine Uniform herausnahm, dann holte sie aus einem anderen Karton Rollschuhe mit angearbeiteten weißen Stiefelchen. Das musste sie schon recht oft gemacht haben – nach nur einem kurzen Blick fand sie auf Anhieb genau die richtige Größe. »Zieh dich um und komm dann zu mir. Ich zeige dir, was du zu tun hast.«

»Ja, Ma'am.«

»Heute Abend kommst du zu mir nach Hause. Morgen finden wir dann schon was für dich.«

»Danke, Ma'am.«

»Bedank dich bloß nicht zu früh. Bevor die Woche noch ganz rum ist, wirst du mich hassen. Bist du wirklich Waise?«

»Ja, Ma'am. Ich brauche eine Chance.«

»Da irrst du dich gewaltig, wenn du glaubst, die kriegst du hier. Wir werden dich ordentlich mit Arbeit eindecken, und die Bezahlung ist lausig.«

»Wenigstens habe ich Arbeit.«

Einen Augenblick lang musterte die Frau Rachel aufmerksam in dem schwachen Licht. »Ich habe um elf Uhr Schluss. Du kommst dann mit mir nach Hause.«

»Ja, Ma'am.«

Sie ging hinaus und überließ Rachel sich selbst. Der Kopf schwirrte ihr, während sie mit der Uniform in der Hand dastand. Die Uniform bestand aus einem rosa und weiß gestreiften Rock – so ziemlich der kürzeste Rock, den sie in ihrem ganzen Leben je gesehen hatte –, kurzen, gerüschten Höschen, einem weißem T-Shirt mit dem Aufdruck *Jim's* auf dem Rücken sowie einer rosa und weiß gestreiften Kappe mit dem aufgestickten Schriftzug *Jim's.*

Einen kurzen Augenblick lang fragte Rachel sich, weshalb sie überhaupt beschlossen hatte, das alles hier zu machen. Aber sie hatte keine andere Wahl. Jetzt nicht mehr. Kein Geld, neue Stadt, keine Bleibe. Wenn sie das hier durchzog, würde ihre Mutter auf sie stolz sein müssen, ganz sicher. Sie würde jetzt für ihren Lebensunterhalt arbeiten. Ihr eigenes Geld verdienen. Selbstständig sein. In ein paar Wochen könnte sie eventuell noch einmal zu Hause anrufen und diesmal auch mit ihrer Mutter reden. Eventuell. Doch während sie sich anzog, lief das Gespräch bereits in ihrer Fantasie ab. Es war nicht einmal ein richtiges Gespräch. Zu hören war nur Mom, die sie anschrie, sie solle nach Hause zurückkommen, sie sei krank, was habe sie sich nur dabei gedacht?

Da beschloss Rachel zu beweisen, dass sie nicht krank war. Es ging ihr gut. Sie war ein wenig verwirrt, aber sonst ging es ihr alles in allem gut. Und was das Arbeiten für Geld anging, tja, hatte ihr Dad nicht immer gesagt ... Im Moment konnte sich Rachel nicht erinnern, was ihr Dad immer gesagt hatte. Aber das war jetzt auch egal. Sie hatte einen Job. Zum ersten Mal in ihrem Leben würde sie etwas tun, was wirklich der Mühe wert war.

Die Fluggesellschaft hielt einen speziellen Service für Meg bereit, weil sie alt und behindert war. Das bedeutete, dass sie als

Erste einsteigen und auch als Erste wieder aussteigen durfte. Alle anderen mussten warten. Und der Flughafen stellte ihr einen Rollstuhl zur Verfügung sowie jemanden, der sie damit herumfuhr. Es handelte sich allerdings um einen recht schwatzhaften jungen Mann: typisch mittlerer Westen. Keine Ahnung, was sich gehörte. Es hätte aber auch schlimmer kommen können. Es hätte ein Schwarzer sein können. Nachdem sie sein ununterbrochenes Geschwätz eine halbe Stunde lang ertragen hatte, beschloss Meg, sich jetzt selbst durch die Gegend zu schieben. Sie entließ ihn mit fünf Dollar, und er gebärdete sich, als sei es das erste Trinkgeld, das er je erhalten hatte.

Meg wollte nichts weiter, als so schnell es eben ging nach Los Angeles kommen, und wenn möglich ohne diese ganzen lästigen Zwischenaufenthalte. Kaum war das Flugzeug gestartet, landete es auch schon wieder. Für sie war das alles unnötige Zeitverschwendung. Schon jetzt war sie müde, sehr, sehr müde. So müde war sie in ihrem ganzen Leben noch nicht gewesen, und der Kaffee, den sie getrunken hatte, abscheulicher Kaffee, hatte auch nicht geholfen. Nur ihre Entschlossenheit trieb sie weiter vorwärts. Immer weiter voran. Vielleicht würde sie ja bald schlafen können, schließlich gab es ja nach Oklahoma City nur noch einen weiteren Aufenthalt. Sie würde am frühen Morgen in Los Angeles eintreffen, sie würde sich ein anständiges Hotel mit Zimmerservice suchen, und es spielte auch keine Rolle, wie teuer es war. Sie hatte ja ihr Scheckheft bei sich und würde im Übrigen ja nicht sehr lange bleiben.

Meg hatte keine Ahnung, dass sie halb wahnsinnig war, und unglücklicherweise war niemand furchtlos genug, ihr die Wahrheit zu sagen. Ihre Mutter hatte dies als Einzige je geschafft. *Meg,* hatte sie dann immer leise gesagt. *Meg, du benimmst dich ganz und gar unvernünftig. Ich glaube, du tust gerade etwas sehr Dummes.* Gott allein wusste, dass sie gerade im Moment ihre Mutter besonders schmerzlich vermisste. Erst jetzt stellte sich *allmählich* ein gewisses Verständnis dafür ein, wie ihre Mutter sich gefühlt haben musste, als Vater nicht mehr nach Hause gekommen war. Und dann war John fortgegangen, auf der Suche nach Gott weiß was, und Mutter starb elend, ohne je zu erfahren, was aus ihrem Sohn geworden war. Aber tief im Innern schien sie zu wissen, dass John nicht gestorben war. Dass er noch lebte, irgendwo. Irgendwo. Dessen war sie sicher. Immer wieder sagte sie, sie wüsste es, wenn es anders wäre. Das Wort »tot« ließ sie nie über ihre Lippen, aus Furcht, es könne wahr werden, wenn sie nur das Wort aussprach.

Bis jetzt hatte Meg diese Hoffnungslosigkeit nicht verstanden. Vielleicht hatte sie immer geglaubt, so etwas würde ihr nie passieren – jemanden so sehr zu lieben und denjenigen dann von einem Moment auf den anderen zu verlieren ... Das Gefühl schierer Hilflosigkeit nagte an ihrem Körper, ein wild entschlossener alter Hund, der kaum noch Zähne hatte und einen riesigen Knochen fest zwischen seinen alten, zittrigen Pfoten hielt. Und der trotzdem kaute und immer weiter und weiter kaute ...

Ein Kind starrte sie an. Starrte einfach nur. Rachel hatte das auch gemacht, als sie noch ein Baby war. Mit der Andeutung eines Stirnrunzelns hatte sie die Leute angefasst, als stelle ihr kleines, noch unfertiges Gehirn schon Fragen – wer um Himmels willen bist du? Schnell schaute Meg fort. Sie lächelte das Kind nicht an, wozu auch? Es war das Kind einer anderen, und es würde vermutlich heranwachsen und seinen Eltern auch Kummer bereiten.

Kummer war nicht das richtige Wort. Meg glaubte nicht, dass es ein Wort für dieses Gefühl gab.

Die Wut hatte etwas nachgelassen. Vielleicht kam das von dem Unterwegssein. Nicht dass Gordon womöglich noch Recht hatte. Vielleicht kam Rachel tatsächlich nach Hause. Aber immer wieder passierte jungen Frauen etwas. Etwas

Schreckliches, Unaussprechliches. Und doch wich die absolute Gewissheit eingetretenen Unheils, die sie anfangs noch empfunden hatte, mit jedem Augenblick mehr und mehr, sodass nur Gott allein wusste, was sie zu diesem Neffen sagen würde, wenn sie ihm ins Gesicht sah.

Vielleicht kam das alles durch diesen Telefonanruf. Das Ferngespräch, bei dem sich dann niemand gemeldet hatte. Larry hatte gesagt, der junge Mann schien ganz in Ordnung gewesen zu sein. Sie hatte ihm nicht geglaubt – aber was, wenn Larry die Wahrheit gesagt hatte? Weshalb, ach weshalb nur hatte sie sich nicht an die Telefongesellschaft gewandt und versucht, herauszufinden, woher der Anruf gekommen war? War sie denn nicht immer diejenige, die alles logisch durchdachte? Aber es war Gordon gewesen, der den Vorschlag gemacht hatte, und natürlich hatte sie ihm da entgegengeschleudert: *Nein! Ich brauche keine Beweise! Ich weiß es!* Sie fragte sich, ob es wohl schon zu spät war, den Anruf zurückverfolgen zu lassen. Würde die Telefongesellschaft das noch machen? Konnte man jeden Anruf zurückverfolgen? Sie kannte sich mit all diesen neuen technischen Möglichkeiten nicht mehr aus. Neue Moden und neue Technologien berührten sie einfach nicht mehr. Ich werde alt, dachte sie. Ich werde alt. Das war ihr vorher nie in den Sinn gekommen, obwohl sie es jeden Tag im Spiegel sah, doch bis zu diesem Augenblick war es nie wirklich *offensichtlich* geworden. Vor zehn Jahren hatte sie die Hälfte auf dem Weg zur Hundert erreicht. Damals konnte sie das Wort »fünfzig« einfach nicht aussprechen. Und was hatte Gordon getan, um das zu feiern? Er hatte für sie eine Überraschungsparty gegeben.

Es war der schlimmste Abend ihres Lebens, aber sie trug das Ganze wie eine richtige Dame. Armer Gordon. Er konnte einfach nichts richtig machen. Später versicherte er ihr, er habe nicht gewusst, dass er ihr damit keinen Gefallen tat, es werde nicht wieder vorkommen.

Von da an kamen und gingen ihre Geburtstage unbemerkt, und sie wusste nicht, was sie mehr kränkte. Zu viel Aufmerksamkeit oder überhaupt keine.

Über die Lautsprecher kam die Botschaft, dass aufgrund des Wetters der Flug nach Los Angeles zwei Stunden Verspätung haben werde. Damit gestand die Fluggesellschaft ein, dass sie nicht wussten, wann sie starten würden. Normalerweise hätte Meg trotz allem Ärger gemacht. Sie hätte jemanden – ganz gleich ob unschuldig oder nicht – für die verursachten Unannehmlichkeiten teuer bezahlen lassen. Doch heute Abend saß sie auf dem Flughafen von Oklahoma und versuchte zu überlegen, ob sie die geladene 38er, die in ihrer Handtasche lag, benutzen sollte oder nicht.

Noch zwei Stunden. Vielleicht noch mehr. Und dabei saß sie schon anderthalb Stunden hier. Möglicherweise ein Tornado, hatten sie gesagt. Sie lachte still in sich hinein und dachte an John Robert. Ihm war das Wetter immer egal gewesen. Schließlich musste die Post befördert werden, nicht? Mach dir keine Sorgen um mich, Mom, hatte er oft gesagt und dann seine Mutter zum Abschied geküsst. Fliegen ist längst nicht so gefährlich wie die Straße überqueren. Zu seiner Schwester sagte er kaum je etwas, außer dass er ihr vielleicht einmal zublinzelte, wenn er mit seiner Reisetasche aus Leder über der Schulter zur Tür hinausging und sich mit energischen Schritten zum Flugfeld begab. Doch nein, jetzt konnte sie einfach nicht an John denken. Sie hatte sich in ihre Erinnerungen hineinfallen lassen. Dabei hatte sie sich mit der Gegegenwart auseinander zu setzen.

Sein Sohn war zu Besuch gekommen, und jetzt war ihre Tochter verschwunden. Was würde jede normale Mutter in dieser Situation wohl denken?

Es gab zwei Möglichkeiten für sie. Sie konnte mit ihrem Rollstuhl zum Schalter der United Air fahren und erklären, dass sie das Geld für ihr Ticket zurückhaben und einfach nach

Hause nach Columbia fahren wollte. Oder sie konnte noch einen Kaffee trinken, während sie wartete, und gegen alle Vernunft hoffen, dass dieser Kaffee ihr etwas von der großen Müdigkeit nehmen würde, die ihr in den Knochen steckte.

Sie entschied sich für den Kaffee. Das war immer noch besser, als sich Gordons Gesicht vorzustellen und seine unausgesprochenen Worte zu hören. Ich habe es dir ja gleich gesagt. Siehst du, ich hatte Recht. Stimmt's nicht, Meg? Niemals würde er auch nur ein Wort sagen, wenn es um ihren Stolz ging, aber bei Gott, sie wusste trotzdem immer genau, was er dachte. Sie konnte es nicht leiden, wenn er Recht hatte. Sie fand nicht die richtigen Worte, um die tief sitzende Kränkung zu beschreiben, die sie empfand, wenn sich herausstellte, dass sie Unrecht hatte.

Aber in dieser Sache habe ich ganz bestimmt nicht Unrecht, dachte sie wieder.

Ich habe nicht Unrecht. Ich werde meinem Neffen in die Augen schauen, und dann werde ich es wissen.

Zehntes Kapitel

Das Gefühl bevorstehenden Unheils war nur einige wenige Male über ihn hereingebrochen, doch er erkannte das Gefühl als das, was es war: eine Warnung. Er war noch sehr viel jünger gewesen, als sich dieses Gefühl zum ersten Mal bemerkbar gemacht hatte. Eennali und er hatten versucht, trotz des Wetters auf dem Eis jagen zu gehen, sie hatten einige Freunde bei sich, und sie hatten niemandem etwas von ihrem Vorhaben erzählt. Damals hatte er dieses Gefühl nicht weiter beachtet – er war jung gewesen und hatte geglaubt, alles zu wissen –, und der Ausflug hätte beinahe mit einer Katastrophe geendet. Das letzte Mal, dass dieses Gefühl ihn beschlichen hatte, war auf seinem ersten Alleinflug gewesen, doch als er vor dem Abflug den Starrflügler überprüft hatte, war mit der Maschine alles in Ordnung gewesen, also bestand nicht wirklich Grund zur Besorgnis. Dennoch war das Gefühl, das er verspürte, unmissverständlich, also schnallte er einfach die Gurte etwas enger, verließ sich auf seine Eingebung und beschloss, auf dem Grasstreifen zu landen, bevor er per Funk durchgab, dass er Probleme mit dem Motor hatte. Die Flugleitung gab sofort grünes Licht und wies ihn an, unverzüglich zu landen. Das Bugrad brach beim Aufprall ab, und der Propeller bohrte sich tief in den Boden, wobei er einen neuen fünfzig Meter langen Graben aufriss.

Eine Minute später ging Monroe auf Landebahn drei herunter – eine perfekte Dreipunktlandung. Er lachte. Monroe lachte ständig. »Wie hast du das wissen können?«, erkundigte er sich später, als sie zurücktraten, um die Mechaniker den Schaden begutachten zu lassen.

»Einfach nur so ein Gefühl«, hatte Billy darauf geantwortet, denn er wollte nicht erzählen, dass er seinen Vater, seinen toten Vater, bei sich im Cockpit gespürt hatte, der ihn führte, der ihn gewarnt hatte. Der ihn sozusagen am Leben erhalten hatte.

Tja, und eben dieses Gefühl bevorstehenden Unheils spürte er auch jetzt, während er in der Hochzeitskapelle in Las Vegas saß. Sie mussten warten, bis sie an die Reihe kamen, bevor sie ihre Abenteuerreise in die große unbekannte Welt ehelichen Glücks antreten konnten. Vier Paare waren noch vor ihnen abzufertigen. Die Frau, die ihnen das Geld abgenommen hatte, würde eine der Trauzeugen sein, und niemand musterte den Bauch von Trish, um nach Anzeichen einer Schwangerschaft zu suchen, denn höchstwahrscheinlich verheirateten sie hier zweihundert Leute am Tag. Dem Ganzen fehlte jeglicher Zauber, und Billy spürte, dass hier alles ganz anders lief, als es hätte laufen sollen. Aber sie hatten keine Wahl, keine andere Möglichkeit. Bald würde man ihn nach Vietnam schicken, und nur Gott allein wusste, wann er wieder zurückkommen würde und ob überhaupt.

»Ist irgendetwas nicht in Ordnung, Schatz?«, fragte Trish und drückte seine Hand, weil er so sehr mit den Füßen zappelte.

»Bist du sicher, dass du das hier auch wirklich willst?«, fragte er.

»Du machst doch jetzt keinen Rückzieher, oder?«

Er drehte sich wieder zu ihr um, und als er ihre wunderschönen Augen sah, sagte er: »Nein. Natürlich mache ich jetzt keinen Rückzieher.«

Ein junges Paar, frisch vermählt, ging händchenhaltend an ihnen vorbei. Das Mädchen sah keinen Tag älter als siebzehn aus, und noch dazu hatte es den Anschein, als sei die Kleine mindestens im zehnten Monat schwanger. Trish drückte seine Hand noch fester, und Billy erwiderte den Druck.

So sollte es einfach nicht sein, dachte er. Auf keinen Fall sollte es so sein. Sie hat sich eine schöne Hochzeit gewünscht. Eine Hochzeit ganz in Weiß mit einem Vater, der sie zum Altar führt, und viel Gerede über den Gott der anderen, nur nicht über den von Billy. Das machte auch nichts, er hatte ohnehin keinen Gott, an den er glauben konnte. Und dann hätte ihr Vater eine riesige Party gegeben. Ein richtiges Fest wäre das gewesen und ganz bestimmt nicht so etwas wie das hier: *Ziehen Sie eine Nummer, setzen Sie sich ruhig hin und warten Sie, bis Sie dran sind.*

Er hätte Monroe gern dabeigehabt. Aber als er beim Stützpunkt anrief, konnte ihn keiner auftreiben. Also gab es nur Billy und Trish, ein paar Fremde sowie ein schäbiges Foto als Erinnerung an einen Tag, der eigentlich der wichtigste in Trishs Leben hätte sein sollen.

Sie sah wunderschön aus. Sie trug ein blaues Kleid, und es hatte dieselbe Farbe wie ihre Augen. Sie hatte »etwas Altes« tragen wollen – das goldene Kruzifix, das Rachel ihm gegeben und von dem sie gesagt hatte, es habe seiner Großmutter gehört. Trish hatte gefragt, ob es ihm etwas ausmachen würde, wenn sie es trug, da es ja ein altes Familienerbstück sei und so, und er hatte gesagt: Nein, natürlich nicht, das macht mir nichts aus.

Beim nächsten Paar stoppte er die Zeit. Viereinhalb Minuten würde es dauern, und dann würden auch sie endlich an der Reihe sein.

»Bald«, sagte Trish. »Bald ist es so weit. Und hör auf, mit den Füßen zu wackeln. Du stirbst schon nicht daran.«

Er schlug die Füße übereinander, aber dadurch wurde er auch nicht ruhiger. Nach der Trauung würden sie ins Hotel zurückfahren, wo eine Flasche Champagner und der Zimmerservice auf sie warteten. Und danach würden sie noch einmal ausgehen und sich eine der abendlichen Shows ansehen, vorausgesetzt natürlich, es gab so spät noch eine Show.

Vielleicht würde er ein paar Fotos für seine Leute oben im Norden machen lassen. Er stellte sich vor, wie Lily ihr Foto zerriss, ein Streichholz anzündete und jedes einzelne zerrissene Stückchen in Brand setzte. Wahrscheinlich würde sie ihn verfluchen, wenn der für die Ewigkeit auf magischem Fotopapier festgehaltene Augenblick auf ihrem schmutzigen Fußboden zu Asche zerfiel. Der Teufel soll sie holen, dachte er. Der Teufel soll sie holen. Nie wollte sie irgendwelche Veränderungen. Nie etwas Neues. Sie hatte keine Ahnung davon, was es bedeutete, zu leben, wirklich zu leben. Sie hatte ihre Wahrnehmungen vor der Welt verschlossen. Doch er war anders. Ganz anders.

Wer weiß, vielleicht leiste ich meinen Dienst ab, komme nach Hause und fliege meinen Schwiegervater in der Gegend herum ... Er sah Trish an und sagte ihr, dass er sie liebe. Sie fing an zu weinen, aber bestimmt nicht, weil sie traurig war.

Billy Ignash Shaw wurde in einer Zeremonie getraut, die alles in allem nur drei Minuten dauerte. Als seine ihm frisch angetraute Frau zu ihm aufschaute, schien der Glanz in ihren Augen ihm zu sagen, dass es der Mühe wert gewesen war – sogar die Umstände seiner Geburt. In vier Tagen würde er nach Vietnam abreisen. Zum ersten Mal seit seiner Rückkehr aus Deutschland hatte Billy deswegen Bedenken. Vielleicht, aber auch nur vielleicht, hatte er nun etwas, worauf er sich freuen konnte. Ein neues Leben mit einem Mädchen, das er liebte. Ein Kind, Sohn oder Tochter, das im nächsten Jahr zur Welt kommen würde. Zu einem Viertel hätte es aleutisches Blut in sich, aber spielte das wirklich eine Rolle? Er glaubte nicht. So etwas sollte ohne Belang sein. Ich will nicht fort, dachte er. Ich will nicht fort, jetzt nicht.

Zum ersten Mal seit fünf langen Stunden hatte Rachel sich setzen können und zog nun ihre Rollschuhe aus. Ihre Fersen waren so voller Blasen, dass ihr rechter Fuß blutete. Die Sandalen konnte sie nicht anziehen, also humpelte sie barfuß zum Parkplatz der Angestellten hinaus und zu Sally hinüber, nur eine Minute vor der ausgemachten Zeit. Sie war derart beschäftigt gewesen, hatte nett zu den Kunden sein müssen und wurde vom Küchenpersonal herumgescheucht, dass sie nicht einen Moment lang Gelegenheit gehabt hatte, an etwas anderes zu denken. Nicht an ihre Mutter, auch nicht an sich selbst. Als sie endlich mit der Arbeit fertig war und allmählich wieder zu Atem kam, dachte sie, dass sie vor lauter Erschöpfung sterben würde. Doch gleichzeitig fühlte sie sich fast euphorisch. Es war gut, etwas erreicht zu haben, von dem manche Menschen gesagt hatten, dass sie es nie erreichen würde. Ihrer Mutter würde es nicht gefallen, dass sie in dieser Art Job arbeitete. In den Augen ihrer Mutter wäre diese Arbeit *erniedrigend.* Ganz und gar ungeeignet für jemanden in ihrer gesellschaftlichen Position. Nicht etwa, dass Rachel glaubte, überhaupt eine gesellschaftliche Position zu haben, mit Ausnahme der, das verwöhnte, nutzlose Meschers-Mädchen zu sein.

Eine Sekunde bevor die Tür auf der Beifahrerseite zuging, fuhr Sally los. Rachel wusste, dass sie ihr zur Last fiel, aber diese Erkenntnis tat im Grunde nicht weh. Nicht sehr. Soweit sie zurückdenken konnte, war sie für alle Leute immer nur eine Last gewesen.

Ihre neue Vorgesetzte sprach kaum ein Wort. Rachel wusste nicht, ob sie das persönlich nehmen sollte oder nicht. Allerdings war sie ohnehin viel zu müde, als dass ihr etwas eingefallen wäre, was sie hätte sagen können, also wieso dann überhaupt reden – nur um eine gewisse Leere zu füllen?

»Hast du wirklich keine Eltern mehr?«, fragte Sally, während sie auf dem Weg zu ihrer Wohnung in der Nähe des Hafens an einer nicht enden wollenden Reihe von Überführungen vorbeifuhren. »Oder bist du bloß eine von denen, die von zu Hause weggelaufen sind?«

»Vielleicht beides«, antwortete Rachel leise und schaute auf den nächtlichen Horizont.

»Wirst du von der Polizei gesucht?«

»Wenn ja, dann ist es mir egal.«

»Und wie alt bist du wirklich?«

»Wollen Sie das tatsächlich wissen? Ich bin vierundzwanzig.«

»Wenn du das Jim erzählst, kriegst du mehr Geld.«

»Wenn ich ihm das erzähle, kriege ich ein BNW.«

»BNW?«

»Brauchst nicht wiederzukommen. Mit siebzehn dagegen bin ich eine billige Arbeitskraft. Ich bin doch nicht dumm. Ich weiß, wie das läuft.«

BNW hielt sie für ein richtig tolles Wort – der Schwarze im Krankenhaus hatte gesagt, dass er genau das zu hören bekommen würde, wenn irgendjemand herausfinden sollte, was sie da in dem Lagerraum unter der Treppe trieben. Es war nur einmal vorgekommen. Rachel hatte es jede Nacht gewollt, aber er hatte davor zurückgeschreckt. Deshalb hatte sie laut geschrien und es an die große Glocke gehängt. Niemand durfte sie zurückweisen und kam dann so einfach davon. Das war jetzt allerdings schon lange her, und sie erschauerte innerlich bei dem Gedanken daran, was für ein Mensch sie damals gewesen war. Andererseits war sie ja noch ein Kind gewesen, ein Kind, das versucht hatte, etwas zu beweisen, zu einer Zeit, als es nicht wusste, ob es Männlein oder Weiblein war. Sie wollte weiter nichts als herauskommen. Einfach nur herauskommen ... Inzwischen wusste sie, was sie zu tun hatte, um so etwas zu vermeiden. Wenn sie also jetzt solch einen depressiven Schub hatte, ging sie auf Nummer sicher, legte sich einfach ins Bett und wartete, bis es vorbei war. Manchmal lag sie eine ganze Woche im Bett. Manchmal nur einen Tag. Das war die einzige Zeit, in der Mom nett zu ihr war – die Zeit, wenn es ihr nicht so gut ging.

Sie hatte keine Ahnung, was sie jetzt, da sie einen Job hatte, tun sollte, wenn solch ein Schub kam. Wenn man bei *Jim's* einen Tag nicht zur Arbeit erschien, bekam man für den Tag auch keinen Lohn. Wenn man mehr als zwei Tage hintereinander wegblieb, bekam ein anderer den Job. So einfach war das.

Sie hätte gern gewusst, ob es noch weit bis zu Sally war, denn wenn sie jetzt einschlief, würde sie nie mehr aufwachen. So erschöpft war sie in ihrem ganzen Leben noch nicht gewesen ...

»Und wohin bist du unterwegs, wenn ich das fragen darf?«, erkundigte sich Sally, als sie in die Auffahrt zu ihrer Wohnung abbog und den Wagen auf dem für die Nummer zwölf reservierten Platz parkte.

»Alaska«, antwortete Rachel. »Ich bin unterwegs nach Alaska.«

»Da oben gibt's für dich nichts, Mädchen«, erwiderte Sally. »Wenn du nur einen Funken Verstand hast, fährst du nach Hause zurück.«

»Ich habe Ihnen doch gesagt, ich bin Waise.«

Sally lachte, auch wenn daran gar nichts zum Lachen war.

»Da oben gibt es alles für mich.«

»Das habe ich schon einmal irgendwo gehört«, sagte die ältere Frau, schaltete den Motor aus und stieg aus dem Wagen.

Rachel folgte ihr. Es war eine Wohnung im Obergeschoss mit Blick über den Hafen, wo sich die Lichter der Stadt im Wasser spiegelten. Rachel fragte sich, ob Sally je Gelegenheit hatte, den Ausblick zu genießen, für den sie bestimmt viel Geld bezahlte.

»Da ist die Dusche, und dein Zimmer ist am Ende vom Flur.«

Hier war es nicht unbedingt wie zu Hause. Einen reichen jüdischen Vater zu haben bedeutete, dass man sehr schön leben konnte und von schönen Dingen umgeben war, die man für selbstverständlich hielt und von denen man dachte, dass auch alle anderen Menschen diese Dinge besaßen. Einen reichen jüdischen Vater zu haben bedeutete, dass man von allem umgeben war, was man wollte, außer von Menschen, die einen liebten. Sally hätte sie nicht zu sich nach Hause mitnehmen müssen, es sei denn, sie wusste, welchen Gefahren eine junge Frau allein in einer fremden Stadt ohne Geld und ohne Bleibe ausgesetzt war. Vielleicht hatte auch Jim, der Boss, gesagt, sie solle sich um die neue Kleine kümmern. Sie mochte ja schroff sein und so tun, als würde sie sich um nichts und niemanden kümmern, aber Rachel mochte sie. Nicht dass Sally das offen zeigte, aber sie tut das wirklich für mich, dachte Rachel. Angesichts dieser Freundlichkeit durchströmte sie eine angenehme Wärme.

»Wie viel kostet so etwas hier?«, erkundigte sie sich.

»Viel zu viel. Also ich lege mich hin. Sieh zu, dass du um halb sechs fertig bist zur Abfahrt.«

»Ja, Ma'am.«

»Ich habe dir schon einmal gesagt, dass du mich Sally nennen sollst.«

Sally ließ sie allein, ihre Schlafzimmertür ging zu. Rachel nahm ihre erste Dusche seit Tagen. Außerdem wälzte sie sich auch nicht zwei Stunden hin und her, ehe sie einschlief, vielleicht weil sie nicht mehr über mehrere Stühle im Flughafen ausgestreckt oder auf einer Parkbank schlafen musste. Dreißig Sekunden nachdem ihr Kopf auf das Kissen gesunken war, schlief sie schon tief und fest, und ehe sie noch wusste, wie ihr geschah, polterte es bereits an der Tür und helles Sonnenlicht guckte verstohlen unter der Jalousie hervor. Im ersten Moment wusste sie nicht, wo sie war. Aber nur im ersten Moment. Dann sprang sie voller Eifer aus dem Bett, wenn auch ihr ganzer Körper schmerzte. Rachel Meschers hatte jetzt etwas, wofür es sich zu leben lohnte, wenn es auch nur ein Job war. Sie duschte wieder und zog sich die Uniform von *Jim's* an, bürstete sich das Haar, band es hinten zusammen und steckte es unter ihre *Jim's-Mütze.* Debbie, die dienstälteste Kellnerin, hatte ihr gesagt, sie solle sich schminken, aber das würde warten müssen, bis sie ihren ersten Lohn bekam. Eine Menge würde bis dahin warten müssen. Sie kam aus dem Zimmer und stellte fest, dass eine Schüssel mit Cornflakes auf sie wartete. Rachel frühstückte grundsätzlich nicht, aber heute Morgen hatte sie das Gefühl, sie sei fast verhungert. Sie setzte sich auf den Barhocker am Küchentresen und sah zu, wie Sally sich das ergrauende Haar hochsteckte. Heute trug sie ein dunkelgrünes Kleid, und sie hatte auch schon ihr Plastikabzeichen angesteckt: *Geschäftsführerin.* Wenn ich sechzig bin, werde ich so aussehen wie sie, dachte Rachel, aber es war kein unangenehmer Gedanke, denn Sally war auf ihre Art immer noch schön. Wenn man nur richtig hinschaute, konnte man das hinter ihrer schroffen Fassade noch gut erkennen.

Im Wohnzimmer hingen mehrere Bilder an der Wand – allerdings keine besonders guten. Ihre Mutter hatte ihr ein gewisses Verständnis für Kunst nahe gebracht. Wenn sie natürlich auch nicht dieselben Bilder mochten. Aber wenigstens konnte sie ein gutes Bild erkennen, wenn sie eines sah, doch von diesen hier war keines im eigentlichen Sinne gut, allerdings hatte jemand, der die Wälder liebte, sie gemalt, und diese Liebe konnte man erkennen. Oder konnte man sie sogar spüren? Schwer zu sagen. Es gab nur Bilder von Wäldern. Wälder, wie man sie oben im Norden fand. Kiefern und Pyramidenpappeln. Dann fiel ihr ein, dass sie ja schließlich im Norden waren. Jedenfalls beinahe. Sie hatte noch ein ordentliches Stück Weg zurückzulegen, denn für sie war dieser Ort nur eine Zwischenstation.

»Hübsche Bilder«, log sie.

»Hab ich gemacht«, erzählte Sally.

»Das hier gefällt mir besonders«, sagte Rachel, als sie aufstand, um es sich aus der Nähe anzusehen. Die Einzelheiten waren sehr sorgfältig herausgearbeitet, und aus der Nähe war es weit besser als aus der Entfernung. Das allein schon war recht merkwürdig. Obwohl da allerdings auch noch etwas anderes war ... Im Hintergrund war ein Blockhaus zu sehen, auf der Veranda stand eine Art hölzerne Statue, aus dem Kamin kamen sogar Schwaden von Rauch – und im Vordergrund sah man zwei Schatten Arm in Arm einen Pfad entlanggehen, der ins Nichts zu führen schien. Na ja, das jedenfalls dachte sie, als sie das Bild betrachtete. Was wie die Silhouette eines Hundes aussah, verschwand am Rand der Leinwand. Es erschien als zu unwirklich, um Teil der Landschaft zu sein. Rachel hatte den Eindruck, als hätten diese Schatten, diese Silhouetten überhaupt nicht dort sein sollen.

»Da habe ich früher mal gelebt«, erklärte Sally. »Tief in den Wäldern, etwa einhundert Meilen Richtung Norden von hier aus. Meinem Vater gehörte damals so ein altmodischer Gemischtwarenladen, bis die Sägemühle schließlich dicht machte. Ich habe den Laden nach seinem Tod noch eine Weile weitergeführt, aber als dann alles abbrannte, bin ich weggezogen. Ich musste. Ich war wie du, als ich nach Seattle kam, keine Familie, kein Geld, keine Bleibe. Und auch kein guter Samariter, der mir geholfen hätte. Ich nehme an, die Zeiten waren einfach anders damals.«

Rachel wollte der Frau für ihre Freundlichkeit danken, ihr dafür danken, dass sie sich um jemanden kümmerte, den sie kaum kannte, doch das Einzige, was ihr einfallen wollte, war: »Weshalb sind diese beiden Leute nur Schatten?«

»Mehr sind sie von Anfang nicht gewesen, Rachel. Nur Schatten. Wenn die Sonne hervorkommt, sieht man sie. Wenn die Sonne weggeht, dann verschwinden auch sie.«

»Genau wie mein verzaubertes Zehn-Cent-Stück«, erwiderte Rachel und sah Sally in die Augen. Sie spürte, dass eine größere Geschichte dort verborgen lag, und sie wusste, dass sie sie hören würde. Ihr Instinkt riet ihr, das Glück nicht überzustrapazieren, doch Sally befürchtete bereits einen bevorstehenden Übergriff auf ihre Privatsphäre und fuhr sie an: »Beeil dich, in zehn Minuten fahren wir los.«

Meg hatte gerade einmal eine halbe Stunde geschlafen, als sie von dem Flugbegleiter geweckt wurde, der ihr sagte, sie solle ihren Sitz in eine aufrechte Position bringen, sie würden in Kürze in Los Angeles landen. Es war fünf Uhr morgens, und sie war jetzt seit gut vierundzwanzig Stunden unterwegs, wenigstens fühlte sie sich so. Sie hatte davon gehört, wie verschmutzt die Luft in L. A. sein sollte, doch Informationen aus zweiter Hand hatten nie die Wirkung wie eigene Erfahrungen. Ein schmuddeliger brauner Nebel zeigte sich am Horizont. Möglicherweise vertiefte die aufgehende Sonne noch die Farbe des Smogs. Wenigstens hoffte Meg das, denn sie konnte sich nicht vorstellen, das einatmen zu müssen, egal wie lange. Ganz plötzlich ging die Maschine nach unten, und während sich Meg wieder einmal an den Armlehnen festklammerte, wurde ihr bewusst, dass sie Los Angeles verabscheute, noch bevor sie überhaupt einen Fuß auf kalifornischen Boden gesetzt hatte. Holpernd überquerte das Flugzeug zahlreiche angeschwollene, sich dahinschlängelnde, metallisch schimmernde Flüsse, die noch nicht eingedämmt worden waren. All diese armen Autofahrer da unten müssen so früh aus dem Haus, um in der Hauptverkehrszeit ihren Weg zu gehen, dachte sie beinahe belustigt. So etwas gab es in South Carolina nicht, dem Herrn sei Dank. Wenigstens noch nicht.

Bei der Landung waren Megs Handknöchel wieder schneeweiß. Es war, als ob das Flugzeug in dem Augenblick, in dem sie die Armlehnen losließ, vom Himmel fallen würde. Eigentlich müsste sie doch jetzt schon daran gewöhnt sein, aber nein. Sie schloss die Augen und öffnete sie erst wieder, als sie wusste, dass die Räder auf dem Boden aufgesetzt hatten. Der Flugbegleiter half ihr aus der Maschine, und wieder stellte man ihr einen Rollstuhl zur Verfügung. Am Informationsschalter bestätigte sie noch einmal ihre Hotelbuchung, das heißt, das Mädchen am Schalter machte das – aber einer behinderten alten Dame helfen wir doch immer gern, nicht wahr –, und ein junger Gepäckträger wurde gerufen, der sich um ihren Koffer kümmern sollte. Dafür zahlte die behinderte Alte ihm zwei Dollar. Genug, so schien es, um sich auch der Dienste eines Taxis zu versichern. Meg stellte fest, dass die Leute, obwohl sie ihre offensichtliche Behinderung bemerkten, sie möglichst wenig beachteten, mehr als das »Ach Gott, die Ärmste« sah man nie in ihren Augen. Zumindest waren sie äußerst hilfsbereit und beschwerten sich nicht, wenn die behinderte Alte sich in der Warteschlange vordrängte.

Als sie sicher im Taxi saß und erleichtert war, dass sie ohne große Probleme von einem Ende des Landes zum anderen gekommen war, und das auch noch praktisch ohne fremde Hilfe, sagte sie dem jungen, gut aussehenden Taxifahrer, wohin sie wollte. Er war recht geschwätzig, wollte wissen, ob sie hier Freunde besuche. Wenn sie tatsächlich Freunde besuchen würde, so gab sie zur Antwort, warum sollte sie dann im Beverly Hills Hotel absteigen? Ja, da habe sie Recht. Die Schroffheit ihrer Antworten und ihres Benehmens machten ihm nicht das Geringste aus. Meg fragte sich, ob ihm überhaupt je irgendetwas ausmachte.

Er sei übrigens Schauspieler, wisse sie das? Ob sie ihn vorher vielleicht schon einmal gesehen habe? Nein? Ach, na ja, er habe einen guten Agenten, und er rechne jetzt jeden Tag mit der Nachricht, dass man beschlossen habe, ihm eine kleine, aber wichtige Rolle im neuesten Film mit Paul Newman zu geben. Hatte sie schon einmal etwas von Steve McQueen gehört? Nein? Tja, er hatte ihn tatsächlich kennen gelernt. Unheimlich netter Kerl. Unheimlich nett ... Sein Idol sei natürlich James Dean.

Gegen einige weitere Dollar half ihr der Taxifahrer ins Hotel und stellte ihren Koffer an der Rezeption ab. Wahrscheinlich hätte er das auch ohne zusätzliche Bezahlung gemacht, aber es war so eine Angewohnheit von Meg, Leute zu bezahlen, die das bisschen zusätzliche Geld offensichtlich brauchten. Im Übrigen würden sie vielleicht, wenn sie sie bezahlte, den Mund halten. Zwanzig Minuten später lag Meg in der Badewanne und schlürfte ihren ersten anständigen Kaffee seit vielen Stunden, war aber immer noch zu erschöpft, um sich aus dem Hotel zu trauen.

Für die wichtige Aufgabe, die noch vor ihr lag, mussten alle ihre Sinne voll funktionstüchtig sein. Sie versuchte, einen Plan zu machen, sich genau zu überlegen, was sie machen wollte, aber ihr Verstand arbeitete nicht mit voller Kraft. Ihre Gedanken schweiften immer wieder vom eigentlichen Thema ab.

Statt Pläne zu schmieden, legte sie sich daher ins Bett, und bevor sie ganz in einen tiefen Schlaf sank, nahm sie sich fest vor, Gordon anzurufen und ihn wissen zu lassen, dass sie angekommen war. Aber jetzt sofort anzurufen war völlig sinnlos – er würde nur ihre Erschöpfung spüren und sie entsprechend tadeln. Also würde sie mit ihm reden, wenn sie wieder ganz klar im Kopf war. Allerdings fragte sie sich, ob er überhaupt mit ihr sprechen würde. Sie waren nicht gerade im besten Einvernehmen auseinander gegangen. Aber Gordon konnte einem nie lange etwas nachtragen. Das wusste sie genau, dafür kannte sie ihn zu gut.

Wird er kommen?, fragte sie sich. Wird er kommen, wenn diese ganze Sache vorbei ist? Das war der einzige Aspekt der vor ihr liegenden Mission, dessen sie sich nicht absolut sicher war.

In dem Augenblick, als Trish die Tür aufschloss, klingelte das Telefon. Billy holte das Gepäck aus dem Wagen. Sie waren nur eine Nacht fort gewesen, und sie hatte nicht einmal die Hälfte der Sachen angerührt, die sie eingepackt hatte. Auf dem Nachhauseweg hatte sie darüber geredet, wie nett es wäre, wenn sie alle drei, bei seinem nächsten Heimaturlaub, nach Alaska fahren könnten. Aber sie hatte nur so dahergeredet. Das machte sie meistens so – kaum etwas setzte sie je in die Tat um. Sie schmiedete bereits höchst fantasievolle Pläne darüber, wie ihr Leben aussehen würde, wenn er aus Vietnam nach Hause kam. Dabei war er noch nicht einmal abgereist. Ob es irgendeine Möglichkeit für ihn gab, doch zu bleiben? Das Gefühl, das ihn plötzlich beschlichen hatte, als er in der Hochzeitskapelle gesessen und gewartet hatte, war immer noch in ihm und wurde mit jedem Moment stärker. Es war nicht so sehr die Tatsache, dass er eine Ehe einging. Es war auch nicht der Rückweg von Las Vegas – der war relativ ereignislos verlaufen. Also was zum Teufel mochte dieses Gefühl ausgelöst haben?

Mit seinem Seesack über der Schulter und Trishs riesigem Koffer in der Hand betrat er das Haus.

»Mom und Dad bleiben noch eine Woche in Frankreich, Billy«, sagte Trish ein paar Sekunden, nachdem sie den Hörer aufgelegt hatte.

»Oh.«

Eine ganze Weile sagte sie nichts, und Tränen schimmerten in ihren Augen.

Auf dem Rückweg hatte sie selbst lachen müssen, als sie die Szene bis ins kleinste Detail beschrieb, und das machte sie tatsächlich so gut, dass auch Billy in ihre Tagtraumfantasie einstieg und mitlachen musste. Mom, die das Haus betritt, beladen mit

Kartons voller Geschenke für alle möglichen Leute, Dad, der hinterhertrottet, mit den Gedanken aber ganz woanders ist, es juckt ihn schon in den Fingern, nach dem Telefon zu greifen und im Büro anzurufen, um sich zu erkundigen, was sich während seiner kurzen Abwesenheit zugetragen hat. Ständig musste er sich Sorgen machen. Alan Goldberg blühte auf in Krisenmomenten. In Krisenmomenten erwachte er erst so richtig zum Leben. Ja, Trish hatte alles im Voraus geplant. Zuerst würde sie dafür sorgen, dass sie sich setzten (wie sie das anstellen wollte, war Billy völlig schleierhaft, aber wieso den Tagtraum unnötigerweise unterbrechen), und während sie sich an der Hand hielten, würden sie zusammen, wie aus einem Mund, sagen: »Wir sind jetzt verheiratet, und im Februar werdet ihr Großeltern.«

Ihre Mutter müsste in dem Moment sitzen, sonst würde sie geradewegs in Ohnmacht fallen, aber ihr Vater? Tja, man konnte nur mutmaßen darüber, was er wohl sagen oder nicht sagen würde, wobei Letzteres weitaus wahrscheinlicher sein dürfte.

Diese Tagträumerei hatte Trish während der Rückfahrt ungefähr eine Stunde beschäftigt. Danach schmiedete sie bereits Pläne, auf welche Schule das Baby gehen sollte. Es war ein Mädchen, das wusste sie ganz bestimmt. Es musste ein Mädchen sein, weil ihre Mutter sich immer ein ganzes Haus voller Töchter gewünscht hatte. Aber sie hatte nur eine bekommen. Trish. Worüber sie danach redete, war Billy voll und ganz entgangen. Er hatte nicht mehr zugehört. Er hatte die einzigartige – oder möglicherweise einfach nur männliche – Fähigkeit, sich aus Gesprächen auszuschalten, die seiner Meinung nach überflüssig waren. Er war außerdem clever genug, auf eine Frage antworten zu können, die er gar nicht gehört hatte, und zwar, indem er den Klang der Stimme instinktiv richtig einschätzte. So war sein eigener Vater mit seiner Mutter zurechtgekommen.

Das hatte ihm auch in all den Jahren sehr geholfen, in denen er die Sprache noch nicht beherrschte.

Voller Vorfreude hatte Trish auf die in der Fantasie ausgemalte Szene gesehen, die sich in nächster Zukunft hätte abspielen sollen, das heißt, an dem Tag, an dem das Flugzeug aus Frankreich eintraf, was morgen der Fall hätte sein sollen. Billy wollte ihr schon sagen, dass ein Morgen nie kommen würde, dass es nur ein Heute gab, aber er hatte es sich verkniffen.

Trish hasste es, wenn ihre Tagträume ihr Lügen erzählten.

Sie stand beim Telefon – ein schwarzgoldenes antikes Stück – und lehnte an der Wand, ein wenig zu dicht an der Statue irgendeines griechischen Gottes – der Statue, an die der Hund andauernd pinkelte –, und sie verschränkte die Arme. Bald würden Tränen fließen. Ihr ganzer Plan war zunichte gemacht, die ausgemalte Vorfreude fiel wie ein herbstliches Blatt vom Baum, verwelkt, bevor es überhaupt den Boden berührt hatte.

»Sie kommen erst Ende nächster Woche zurück. Sie sind von irgendeinem reichen Araber zu einer Kreuzfahrt an Bord seiner Jacht eingeladen worden. Sie sind jetzt in Monaco.«

»Hast du etwas gesagt?«

»Der Hoteldirektor war am Apparat. Mom und Dad sind schon abgereist.«

»Vielleicht rufen sie heute Abend ja noch an. Wir können es ihnen ja dann sagen.«

»Ich wollte sie aber *hier* haben. Verstehst du das denn nicht?«

»Aber sie sind nun einmal nicht hier. Da sind nur wir beide, du und ich.«

»Du fährst am Samstag weg, und ich muss es ihnen dann ganz allein sagen. Du bist dann am anderen Ende der Welt. Das ist nicht fair, Billy. Das ist einfach nicht fair.«

»Meinst du, wir haben einen Fehler gemacht?«

Schnell sah sie auf. »Nein. Meinst du das denn?«

»Nein. Ich habe dich geheiratet, Trish. Nicht deine Mom

oder deinen Dad. Du und ich und das Baby. Wir sind jetzt eine Familie.«

Er trat näher heran, hob ihren Kopf. Vielleicht liebte er sie, vielleicht liebte er sie nicht. Vielleicht wäre er in frühestens zwanzig Jahren in der Lage, eine Antwort auf diese bedeutungsvolle Frage zu finden, wer weiß. Inzwischen hoffte er einfach, dass sie in der Zeit, in der er fort war, erwachsen werden würde.

Sie weinte in seinen Armen, und er begriff nicht, weshalb sie weinte, bis sie sagte: »Sie haben es vergessen.«

»Was haben sie vergessen?«

»Dass du fortgehst. Dass du lange Zeit nicht nach Hause kommen wirst. Sie haben vergessen, dass du in den Krieg ziehst. Wie konnten sie mir das nur antun?«

Er wollte sagen, dass schließlich nicht sie es war, die umkommen könnte. Hubschrauber wurden jetzt andauernd abgeschossen. Es war gefährlich dort drüben, aber es war etwas, das man von ihm erwartete, weil er seine Arbeit gut machte. Er war ein ausgezeichneter Pilot, und er hatte sich freiwillig auf das eingelassen, was jetzt vor ihm lag. Er hätte sie auch nie kennen gelernt, wäre er nicht Pilot gewesen. Nichts von all dem wäre passiert, wenn er im Norden geblieben wäre und getan hätte, was alle anderen für das Beste hielten. Aber alles das wollte ihm nicht über die Lippen kommen. Billy presste sie fest an sich und sagte ihr, sie solle aufhören zu weinen. Er sagte ihr, dass er sie liebte und dass nur das wirklich zählte.

Als sie aufwachte, war sie noch müder als beim Zubettgehen. Vier Stunden lang hatte sie sich immer wieder herumgeworfen und umgedreht, war aufgewacht und hatte sich gefragt, wann der Zug wohl anhalten würde und wo sie sich jetzt befand. Durch all den Lärm des Traumzustands und durch das Meer gesichtsloser Menschen kam wieder und immer wieder ganz deutlich ein Bild. Das von John Robert. Aber er sagte nichts. Es war der Ausdruck auf seinem Gesicht, derselbe Ausdruck, mit dem er ihr oft zugesehen hatte, wenn sie als Kind getanzt hatte. Wenn sie nur auf Strümpfen über die alte Veranda glitt, Schritte nach rechts, Drehung, nach links, Drehung ... »Du tanzt noch ein Loch ins Holz«, war alles, was er sagte, wenn er auf der obersten Stufe hockte, doch was er sagte, war nicht genau dasselbe wie das, was in seinen Augen lag. Er hatte sie nie verstanden. Er wusste nicht, wie sie dachte, wie ihr Verstand funktionierte. Er wusste nicht, weshalb sie existierte. Dieser Blick durchbohrte sie, genau wie an dem schrecklichen Abend, als er den ganzen Weg von Florida hergeflogen kam, weil Mutter das Undenkbare getan und ihm eine Nachricht hatte zukommen lassen. *Du musst nach Hause kommen, John Robert. Sie ist deine Schwester. Sie hat Kinderlähmung.*

Meg hatte nicht gewollt, dass er das je erfuhr. Denn wenn er das erfuhr, dann hätte dieser fürchterliche Blick von ihm endlich doch noch seine Daseinsberechtigung. Um Mitternacht war er ins Krankenhaus gekommen, und er hatte einfach nur dagestanden am Fußende ihres Bettes, und er hatte sie auf dieselbe alte Art angesehen. Stand einfach nur da mit diesem *Weshalb* in den Augen, unfähig, etwas zu sagen, weil er genau wusste, dass alles, was er sagte, falsch sein würde.

Dann kam Bobby. Mit seinen Worten, mit seiner Berührung brachte Bobby sie zum Weinen. Und ihr blöder Bruder konnte nichts anderes tun, als einfach nur dastehen und starren und nicht wissen, was er sagen sollte.

Auch jetzt, als sie aufwachte, starrte er sie wieder an. Sie spürte ihn ganz dicht in ihrer Nähe, obwohl er schon so lange tot war. Das war das Schlimmste daran. Er wollte sie einfach nicht in Ruhe lassen. Vielleicht wusste er, was sie vorhatte, und sie sah wieder diesen Blick, mit dem er *weshalb* fragte.

Meg stand auf, nahm noch ein Bad, zog sich einen Rock und

eine Bluse an und rief bei der Rezeption an, um sich ein Taxi kommen zu lassen. Als sie nach unten kam, wartete das Taxi schon. Sie stieg ein und schaute auf die Adresse, die sie auf ein Stückchen Papier gekritzelt hatte, die Adresse, die Larry ihr widerstrebend telefonisch durchgesagt hatte.

Sie sagte dem Taxifahrer, wohin sie wollte, und er warf ihr im Rückspiegel einen neugierigen Blick zu. »Sind Sie sich mit der Adresse auch sicher, Ma'am?«

»Ja, natürlich bin ich mir sicher.«

»Okay. Schon gut. Ganz wie Sie wollen.«

Meg machte sich auf den Weg, die einzige Mission, die ihr in ihrem einsamen, elenden Leben lohnenswert erschien, zu erfüllen, koste es, was es wolle.

ELFTES KAPITEL

Von der Straße war das Haus nicht zu sehen, und soweit Meg erkennen konnte, stand auch nirgendwo eine Hausnummer. Doch der Taxifahrer wusste offenbar genau, wohin sie wollte, denn er hielt an und sagte: »Das macht dann elf Dollar, Ma'am.«

Meg war zu müde und zu nervös, um wegen des immensen Fahrpreises zu streiten. »Sind Sie auch wirklich sicher, dass das hier die Adresse ist?«, war alles, was sie im Moment sagen konnte.

»Ganz sicher. Elf Dollar, Ma'am.«

Langsam und unter Mühen stieg Meg aus dem Wagen. Der Taxifahrer blieb in aller Seelenruhe sitzen. Er nahm ihr Geld, und dann fuhr er sofort wieder los. Es war eine sehr schmale Straße – nur der Himmel wusste, wie hier zwei Autos nebeneinander fahren sollten. Sie stand vor einem breiten und imposanten schmiedeeisernen Tor, das ganz gewiss keinen einladenden Eindruck machte; und in das Mauerwerk eingelassen befand sich eine Vorrichtung, die offenbar als Türklingel diente. Meg hörte kaum ihre eigenen Gedanken über dem Krach, den die Zikaden im Garten machten. Zikaden und Vögel und ihr Herz, das ein wenig zu laut schlug. Sie setzte sich die Lesebrille auf, las die Anweisung und drückte mit zitterndem Finger auf einen Knopf. Bis zu dem Augenblick war sie mutig gewesen. Sie wusste, was das zusätzliche Gewicht in ihrer Schultertasche zu bedeuten hatte, und bis jetzt hatte Meg Meschers dieses Gewicht nicht einmal zur Kenntnis genommen.

Plötzlich hatte sie nur noch den Wunsch zu flüchten. Zu flüchten und zu vergessen. Und das hätte sie auch getan, wenn nicht die Stimme einer jungen Frau erklungen wäre.

»Billy? Da ist eine Frau am Tor, sie sagt, sie will mit dir sprechen.«

Billy ging zur Gegensprechanlage und drückte auf den Knopf. »Billy Shaw.«

Eine krächzende, körperlose Stimme antwortete: »Margaret Meschers hier. Ich bin Ihre Tante Meg. Ich muss Sie sprechen.«

Mittlerweile wusste er schon ein wenig über diese Frau, die er einmal hatte kennen lernen wollen. Die bei seinem Anruf einfach den Hörer aufgelegt hatte. Einen kurzen Augenblick lang überlegte er, ob er das Gespräch wirklich fortsetzen sollte. Was hatten sein Vater und seine Cousine Rachel noch gesagt? War es nicht etwas über Kinderlähmung und darüber, dass sie kaum gehen konnte ... Was zum Teufel machte sie dann hier?

»Ich weiß, wer Sie sind, Ma'am. Was ich gern wissen möchte, ist Folgendes: Weshalb sind Sie hier?«

»Es ist wichtig. Ich komme von weit her, und es geht mir nicht gut. Fünf Minuten Ihrer Zeit ist alles, was ich von Ihnen will.«

Billy sah die Neugier in den Augen von Trish. Er wusste nicht mehr genau, was er ihr über seinen kleinen Ausflug erzählt hatte. Allerdings wusste er haargenau, was sie tun würde, wie sie reagieren würde, wenn sie herausfand, was er getan hatte. Der Gedanke allein war schon beinahe Grund genug, die alte Frau wieder wegzuschicken. Auch wenn sie nur fünf Minuten seiner Zeit wollte – er wusste genau, wie das enden würde.

Billys Großvater Asuluk hatte immer wieder über Weisheit gesprochen. Wenigstens hatte er es versucht, vor kleinen Jungs, die davon nichts wissen wollten. Immer wieder sagte er, es sei das Beste, sich nicht vor der Vergangenheit zu verstecken, denn je mehr man sich zu verstecken versuchte ... Großvater hatte Recht, dachte er. Man kann vor nichts davonlaufen. Aber solche Wahrheiten auf diese Weise zu entdecken – das war wirklich fürchterlich. Wo er noch nicht einmal einen Tag verheiratet war ...

»Das ist meine Tante aus South Carolina«, sagte er, indem er Trishs unausgesprochene Frage beantwortete.

»Na, dann lass sie doch rein.« Trish wirkte ganz aufgeregt – endlich die Gelegenheit, einmal eine *seiner* Verwandten kennen zu lernen.

Aber er zögerte immer noch. Irgendetwas stimmte da nicht, da war er ganz sicher.

Noch einmal drückte Trish auf den Knopf der Gegensprechanlage. »Billy ist schon auf dem Weg. Er holt sie ab, Ma'am.« Dann öffnete sie mit einem weiteren Knopfdruck das riesige Tor.

»Wieso hast du das gemacht?«

»So was nennt man Gastfreundschaft.«

»Einen Fehler nennt man so was.« In seinen Augen flammte ein Feuer auf – ein Feuer, von dessen Existenz Trish nichts gewusst hatte –, als er sich umdrehte und hinausging. Billy ging die lange Auffahrt hinunter, und dabei fühlte er sich fast so, wie sich ein vorsichtig vorantastender Soldat fühlen musste, wenn er durch einen mit Landminen gespickten Dschungel schlich, in dem überall der Feind lauerte. Sein einziger Gedanke war: Was will sie bloß? Dabei wusste sein Herz schon ganz genau, was sie wollte. Blut. Sein Blut.

Er kam um die von Bäumen gesäumte Kurve und sah eine alte Frau mit Gehstock, die sich die steile, gepflasterte Auffahrt hochmühte. Im ersten Moment wusste er nicht, was er denken sollte. War diese Frau wirklich die einzige Schwester seines Vaters? Die Tänzerin, die Anwältin werden wollte, und beides nicht erreichen konnte? Sie war klein, sie war füllig. Sie trug eine Brille, und ihr Haar, das früher einmal rot gewesen sein musste, war jetzt verblichen. Doch für Billy war sie eine bigotte alte Hexe aus den Südstaaten, die bei seinem Anruf einfach aufgelegt hatte, ohne ihm überhaupt Gelegenheit zu geben, Guten Tag zu sagen, und dass sie miteinander verwandt waren, war eben einfach Pech, ein Pech, das höchstwahrscheinlich auf einen kosmischen Witz zurückzuführen war.

Zwanzig Meter vor ihm blieb sie stehen, stützte sich schwer auf ihren Stock und schaute hoch. Und so lernten sie sich also kennen, indem sie sich gegenseitig anstarrten, und das über eine Entfernung von zwanzig Metern, die genauso gut zwanzig Kilometer hätten sein können. Billy Shaw, Pilot bei der Armee, gut ein Meter fünfundachtzig groß, schlank, der heute nur Jeans, Erkennungsmarke und seine Sonnenbräune trug, und seine alternde, behinderte Tante aus der Hölle.

Billy musterte seine nackten Füße und seufzte, dann machte er ein paar Schritte auf sie zu. Aber die alte Frau musste sich abstützen, als sei sie bei seinem Näherkommen plötzlich sehr erschrocken. Daraufhin blieb auch Billy stehen. Es sah aus wie ein taktischer Spielzug, bis endlich der Groschen fiel. Ihm war auf einmal völlig klar, wen sie da vor sich sah, in seinem Gesicht, in seiner ganzen Haltung. Betty Sue hatte genauso reagiert, als sie ihn zum ersten Mal gesehen hatte.

Sie dachte, er sei sein Vater.

»Ma'am«, sagte er leise. Er war jetzt nah genug, um die Verwirrung auf dem Gesicht der alten Frau zu sehen, nahe genug, um zu spüren, was er dort in ihren Augen sah. »Ist schon gut, Ma'am. Ich bin nicht John.«

Bei diesen Worten fing die alte Dame an zu weinen. Bis zu dem Augenblick hatte sie sich so aufrecht gehalten, wie sie nur konnte. Billy, der fünf Meter von ihr entfernt stand, wusste nicht, was er jetzt tun sollte. Sie war eine Fremde, war immer eine Fremde gewesen und würde es auch immer bleiben. Schnell drehte er sich um. Er hörte Trishs Schritte hinter sich.

»Was hast du gesagt? Was hast du gemacht? Du hast die Ärmste zum Weinen gebracht!«

Trish lief an ihm vorbei, legte dieser Frau, die sie nie zuvor im Leben gesehen hatte, den Arm um die Schultern und führte sie mühelos die Auffahrt hinauf, an Billy vorbei und ins Haus hinein.

Einen Moment noch starrte Billy auf seine Füße, bevor er sich umdrehte und bereit war, sich dem zu stellen, von dem sein Großvater, der Medizinmann, immer gesagt hatte, dass man sich ihm stellen müsse: seinen eigenen Missetaten.

Rachel nahm sich ihre halbstündige Mittagspause und versteckte sich in der sicheren Dunkelheit des Hinterzimmers. Sie wollte allein sein und ihr Hot Dog ganz in Ruhe essen, wobei alles, was sie eigentlich wollte, ein Bett war, und es war ihr völlig egal, wessen Bett und wo es stand. Ihre Füße schrien nach Erholung, und jeder einzelne Muskel in ihrem Körper schmerzte. Eine der anderen Kellnerinnen war krank, und Rachel war gebeten worden, doppelte Schicht zu arbeiten. Es war nicht gerade die heißeste Phase des Tages – die heißeste Phase würde gegen fünf Uhr beginnen und bis zweiundzwanzig Uhr dreißig dauern, und bevor sie schließen konnten, gab es noch eine Menge aufzuräumen. Samstags hatte *Jim's* bis vier Uhr morgens geöffnet. Da heute erst Donnerstag war, wollte sie nicht weiter als fünf Minuten vorausdenken. Jetzt schon an die nächsten Tage zu denken würde sie nur unnötig deprimieren.

So wie es lief, war sie den Tränen ohnehin schon sehr nahe. Und sich vorzustellen, dass sie sich an diesem schönen Tag auf ihren herrlichen Job gefreut hatte – herrlich, weil sie ihn nicht anderen Leuten, sondern ihren eigenen Bemühungen verdankte? Das Ganze war ein einziger scheußlicher Albtraum.

Die anderen Mädchen lachten über sie. Flüsterten hinter ihrem Rücken. Rachel wusste, dass sie über sie redeten, weshalb sollten sie sonst wohl alle plötzlich still sein, wenn sie in deren Nähe kam? Um die Mittagszeit, als wirklich viel zu tun war, hatte sich Sally wegen einer Bestellung aufgeregt, mit der etwas schief gelaufen war. Und von all den Kunden, die kamen und gingen, hatte es ausgerechnet der Sohn vom Bürgermeister sein müssen, dessen Bestellung durcheinander geraten war. Rachels Füße waren so wund, dass sie sicher war, sie würden bluten. War es denn ihre Schuld, dass sie nicht klar denken konnte, bei den Schmerzen, bei dem Durcheinander all der vielen Leute, die ihr Essen am liebsten gestern wollten, dass sie da das falsche Tablett von der Theke gegriffen hatte? Musste denn diese hässliche, reiche kleine Rotznase von einem Bürgermeisterssohn sie mit solch schrecklichen Schimpfnamen bedenken? Normalerweise hätte Rachel weitaus heftiger zurückgeschimpft, aber das durfte sie nicht. Der Kunde hatte immer Recht.

Sally hatte viel herumgeschrien (Weinen war keine Verteidigung gegen Sallys Wut), bevor sie hinausgegangen war und die Katastrophe abgewendet hatte, indem sie ausgerechnet *Rachel* zwang, sich zu entschuldigen, und, schlimmer noch, indem sie ein Gratis-Soda anbot, das natürlich von ihrem Lohn abgezogen würde. Das war vor drei Stunden gewesen. Die Kränkung fraß immer noch an ihr wie ein Vulkan voller Eiter. Wenn es in diesem Tempo weiterging, würde Rachel, das war ihr vollkommen klar, lange Zeit kein Geld in die Hand bekommen. Erst die Uniform, dann die Miete für das Zimmer bei Sally, und jetzt das hier.

Das Einzige, wonach sie sich im Moment sehnte, war ihre

Mutter. Mom würde die alle hier ganz schön zusammenstauchen. Meg Meschers in die Quere kommen – das hatte noch keiner überlebt ...

Aus einem Krug goss Trish Limonade in ein hohes Glas, als Billy endlich in die Küche kam.

Meg schaute auf, ihre Augen waren rot und wund. Die Hände zitterten ihr immer noch. Mit dem hier hatte sie nicht gerechnet. Sie hatte nicht damit gerechnet, dass sich die Erscheinung ihres vor langer Zeit gestorbenen Bruders in den Augen ihres Neffen spiegeln würde. Und das nun nach all den Jahren, in denen sie sich gegen ihren Willen immer wieder gefragt hatte, wie dieser Mischling wohl aussehen mochte. So weit war es nun gekommen. All ihre Erwartungen starben langsam und schmerzlich dahin. An diesem jungen Mann konnte sie nichts von einem Aleuten oder Eskimo sehen, oder wie sie heutzutage heißen mochten. Außer vielleicht in den Augen. Sie waren ein wenig schmal. Doch derselbe lebendige Glanz schimmerte dort, der Glanz von Erwartung, von Abenteuer, den sie an ihrem Bruder gesehen hatte, und auch das Haar war fast gleich, mit Einsprengseln von Hellbraun, wo das Haar ihres Bruders von der ständigen Sonne blond gewesen war. Und er war ebenso hoch gewachsen und schlank wie John Robert.

In diesem Augenblick konnte sie ihn nur anstarren und sich fragen, weshalb in Gottes Namen sie diese Reise durch das ganze Land gemacht hatte. Ihr normalerweise wendiger und wütender Verstand war wie betäubt. Irgendwo am Rande des Geschehens sagte eine weibliche Stimme: »Jetzt trinken Sie das schön aus. Heute ist es hier wirklich sehr heiß. Geht es Ihnen denn schon etwas besser?«

Meg beachtete das Geschwätz der jungen Frau nicht und stand unsicher auf. Sie drehte sich zu ihrem Neffen um und streckte die Hand aus. Doch die Worte wollten sich nicht gleich einstellen. Billy ergriff die ausgestreckte Hand, und bei der Berührung trafen sich ihre Blicke. Zögerlich legte Meg ihre linke Hand über seine. Mit zitternder Stimme sagte sie: »Ich bin deine Tante Meg.«

»Äh, ja, ich weiß.«

»Ich ... ich ...«

»Ja. Ich weiß.« Von seiner Seite gab es kein Zögern. Er zog sie an sich, und über den Kopf der Tante hinweg schaute er seine frisch gebackene Frau an, die mit gekreuzten Armen und einem Stirnrunzeln dastand. Er zuckte mit den Schultern, und das tat auch Trish.

Erst da wurde ihm bewusst, dass sich das Gefühl nahenden Unheils verflüchtigt hatte. Merkwürdig, dachte er. Das hatte er bisher immer nur dann gespürt, wenn er sich dem sicheren Tod näherte.

Rachel schnürte die Rollschuhe auf und zog sie sich von den Füßen. Das hätte sie nicht tun sollen. Jetzt waren die Schmerzen noch schlimmer.

Sally kam herein und machte das Licht an. »Also hier versteckst du dich«, sagte sie.

»Ich halte das nicht durch«, jammerte Rachel.

»Natürlich hältst du das durch.«

»Nein. Es geht einfach nicht. Es ist so schwer. Wieso ist es denn nur so schwer?«

»Herrje, Kind. Guck dir doch bloß deine Füße an.«

Als ob sie hingucken müsste, um zu sehen, was da los war. Blasen über Blasen von den Rollschuhen, und alle waren aufgeplatzt. Ihre Strümpfe waren blutdurchtränkt.

»Ach, Rachel. Wozu hast du denn einen Mund? Mach ihn doch auf, verdammt noch mal!«

Du willst doch nicht wirklich wissen, was ich zu sagen habe, dachte Rachel. Das will keiner. Weshalb also sich die Mühe machen?

Sally ging hinaus und kam dann mit einem Erste-Hilfe-Kasten unter dem Arm und einem Eimer in der anderen Hand zurück. In dem Eimer war Wasser. Salzwasser. Zuerst schrien Rachels Füße, doch dann waren sie dankbar.

»Du wirst mir im Büro zur Hand gehen«, beschloss Sally, nachdem sie ihr die Füße verbunden hatte. »Komm schon.« Halbherzig humpelte Rachel neben ihr her. »Na, willst du jetzt zurück zu deiner Mami?«, fragte Sally, als sie die Tür zum Büroraum öffnete.

»Ich habe keine Mutter«, erwiderte Rachel. Dafür habe ich ja jetzt dich, dachte sie.

»Dein Daddy ging von der Schule ab, als er zwölf war.«

»Ja, ich weiß. Er hat immer gesagt, Sie seien die Schlaue in der Familie gewesen.«

»Ach, intelligent ist er durchaus gewesen. Er war einfach nur faul. Ein Träumer. Er war so vom Fliegen besessen, dass der gesunde Menschenverstand auf der Strecke geblieben ist.«

Billys Gesichtsausdruck sagte auch ohne Worte alles.

»Du weißt genau, was ich meine. Wenigstens hast du eine Erziehung genossen.«

»Vielleicht, aber die wichtigen Dinge lerne ich erst noch. Dinge, die in keinem College-Lehrbuch stehen.«

»Das geht uns allen so, Billy. Wenn wir mit dem Lernen aufhören, sterben wir. Es tut mir so Leid, dass ich bei deinem Anruf einfach den Hörer aufgelegt habe. Dass ich dir nicht einmal eine Chance gegeben habe.«

»Vergessen Sie's doch einfach.«

»Nein. So einfach ist das nicht.«

Eine Weile hing das Schweigen wie ein Leichentuch über ihnen.

»Vermisst du dein altes Leben?«

»Nein.«

»Magst du dein neues Leben?«

»Nein.«

»Wieso nicht?«

»Ich hänge irgendwie in der Luft, Ma'am. Von Anfang an ist das so gewesen.«

»Aha. Und was ist mit deiner Schwester?«

»Lily? Die ist Aleutin. Die weiß, wohin sie gehört.«

Wieder senkte sich das Schweigen über sie.

»Du sollst wissen, Billy, weshalb ich hier bin.«

»Wegen Rachel.«

»Ja. Wegen Rachel.«

»Also, Ma'am, ich möchte Sie bitten, mir in dieser Sache zu vertrauen. Ich glaube zwar nicht, dass Sie das tun werden, aber bitte versuchen Sie es doch. Rachel wird nach Hause kommen, sobald die Zeit zum Nach-Hause-Kommen reif ist.«

»Das hilft mir nicht wirklich weiter. Ich muss einfach wissen, wo sie ist.«

»Wieso?«

»Das verstehst du nicht, oder? Du weißt einfach nicht, wie das ist. Ich kann das nicht noch einmal durchstehen. Das ist mehr, als ein einzelner Mensch ertragen kann.«

Das verstand er wirklich nicht, so viel war sicher. Er wusste nicht, wovon sie redete, und das spiegelte sich in seinen Augen.

»Ich war zwanzig, als dein Vater fortging, um seinem törichten Traum von dem Soloflug durch die Vereinigten Staaten nachzujagen. Ich war zwanzig, und er war zweiundzwanzig. Ein Zweiundzwanzigjähriger, der eigentlich erst zwölf war, das Gefühl hatte ich jedenfalls. An dem Tag, an dem Mutter und ich nach Miami hinunterfuhren, um uns zu verabschieden, wusste ich, dass ich ihn nie wiedersehen würde. Das habe ich ihm auch gesagt. Er hat mich ausgelacht. Was wüsste ich denn schon, hat er gesagt. Ich könnte ja nicht einmal ein Automobil steuern ...

An jedem Tag, den er von zu Hause fort war, betete Mutter zu Gott, er möge ihn beschützen. Es war ja nicht so, als wäre er einfach nur unterwegs nach Georgia oder Alabama. Dieser Rundflug würde sechs Monate dauern, vielleicht auch länger, das hing vom Wetter ab.«

Meg schwieg einen Moment, hauptsächlich um sich gedanklich zu sammeln. Das alles würde sie nur einmal erzählen und dann nie wieder.

»Jeden Freitag rief er an, ganz gleich, wo er sich gerade befand. Er suchte sich ein Telefon, und er rief an. Wenn Mutter seine Stimme hörte, wusste sie, dass ihre Gebete erhört worden waren. Doch dann, in der dritten Aprilwoche des Jahres 1926, kam kein Anruf. Die ganze Nacht saß Mutter am Telefon und bewegte sich keinen Zentimeter weit davon weg. Und hoffte. Hoffte einfach nur ...

Und da wusste ich es dann. Ich wusste, dass etwas schief gegangen war. Dass irgendetwas passiert war. Irgendetwas Schlimmes.

Und es kam nichts, Billy. Wochenlang nichts. Du weißt einfach nicht, was für eine Wirkung das haben kann, nicht zu wissen, was aus jemandem geworden ist, den man liebt. Wenn jemand stirbt, hat das Ganze wenigstens ein Ende, und danach kann man dann weiterleben. Man kann *trauern.* Aber wenn man nicht weiß, was geschehen ist, dann ist da diese ... diese verflixte *Hoffnung,* die einem im Herzen sitzt, und ganz egal, was einem der Verstand sagt, das Herz will es nicht glauben. Nicht, solange es noch ein winziges Fünkchen Hoffnung gibt. Und was hätte ich denn schon tun sollen? Und ich konnte ja nichts weiter tun als einfach nur dabeistehen und zusehen, wie meine Mutter langsam dahinwelkte, nur weil sie nicht wusste, was aus ihrem Sohn geworden war. Er mochte ja damals erwachsen gewesen sein, aber für sie war und blieb er ihr kleiner Junge. Und er mochte ja mein Bruder gewesen sein, und ich mochte ihn auf meine Art geliebt haben, aber mein Sohn war er nicht.

Ich hasste ihn für das, was er Mutter angetan hat. Du kannst mich ruhig so anschauen, wenn du willst, aber es ist die Wahrheit. So habe ich es empfunden. Ich war so wütend, dass ich ihn hasste. Jeden Tag habe ich geprobt, was ich ihm sagen wollte, wenn ich ihn je wiedersehen würde, ob in natura oder an der Himmelspforte beim heiligen Petrus. Es war in ihren Augen zu sehen, Billy. Dieses schwindende Licht. Bis zu dem Tag, an dem sie starb, sagte sie immer: *Mein Junge ist nicht tot. Ich wüsste es, wenn er tot wäre.* Alles andere verblasste zur Bedeutungslosigkeit. Nicht zu wissen, was mit John geschehen war, wo er sich befand, wie es ihm ging oder ob er überhaupt noch am Leben war – diese Fragen waren zu ihrem Lebensinhalt geworden.

Ich habe geheiratet, und es mag ja sein, dass sie bei der Trauung in der Kirche anwesend war, weißt du, aber tief im Innern dachte sie die ganze Zeit nur an John Robert. Ich habe ihr drei Enkelkinder geschenkt, aber das war ohne Bedeutung, weil John Robert nicht da war und sie sehen konnte. Ich schwöre bei Gott, dass ich an dem Tag, an dem sie starb, Dankbarkeit empfand. Dankbarkeit, weil ich nun nie mehr diesen Satz hören würde: *Ach, wenn doch nur John Robert jetzt hier wäre ...*

Dein Vater hat meine Mutter getötet, Billy. Sie hat sich zu Tode gesorgt. Vielleicht ist das auch der Grund dafür, dass ich meinen Kindern gegenüber immer einen solch starken Beschützerinstinkt hatte. Ich habe nicht gewusst, ich habe mir nicht einmal *vorstellen* können, dass es solch eine Art Liebe gab, bis meine Kinder kamen. Und jetzt ist meine Rachel verschwunden, und ich bin genau wie meine Mutter geworden.

Ich bin zu der Person geworden, die ich, und das habe ich bei Gott geschworen, nie sein wollte. Wo ist meine Tochter, Billy? Ich muss das einfach wissen. Es macht mich kaputt. Sag mir, wo mein kleines Mädchen ist.« Meg schloss mit dem einen erniedrigenden Wort, das sie sonst nie benutzte. *»Bitte.«*

Eine Weile musterte Billy die alternde Frau, bevor er erwiderte: »Mein Großvater starb, als ich ungefähr fünfzehn war. Nicht lange, nachdem wir evakuiert und enteignet worden waren, und so alt war er damals im Übrigen noch gar nicht. Er legte sich einfach hin und starb. Mit den Veränderungen, von denen er die ganze Zeit gewusst hatte, dass sie kommen würden, konnte er einfach nicht leben. Wir haben ihn den Weisen genannt. Und er hat mir viel beigebracht, und ich glaube, der einzige Grund, weshalb er mich liebte, war die Tatsache, dass ich Floreeda Johns Sohn war. Kurz bevor er starb, nahm er mir das Versprechen ab, dass ich, falls ich weggehen sollte, mit der Lebensart der Weißen zurückkommen und meinem Volk helfen würde, sich an das neue Leben zu gewöhnen, das keiner gewollt hatte. Am allerwenigsten ich oder mein Großvater. Es war, als könnten wir beide in die Zukunft sehen. Und ich habe ihn angelogen. Ich habe Asuluk versprochen, dass ich zurückkehren würde. Aber ich konnte es kaum erwarten, fortzukommen. Im College war dann alles anders. Ich bin nicht mehr auf die Insel zurückgegangen. Ich habe ihnen nie beigebracht, was ich gelernt habe, weil keiner Verwendung gehabt hätte für das, was ich gelernt habe. Ich habe ihnen gar nichts beigebracht. Was ich versuche, Ihnen zu sagen, Ma'am, ist Folgendes: Ich habe bereits ein Versprechen gebrochen, ein Versprechen, das ich einem sterbenden alten Mann gab, der mich liebte. Das Versprechen, das ich Ihrer Tochter gab, kann ich nicht auch noch brechen. Alles, was ich Ihnen sagen kann, ist, dass es ihr gut geht. Sie müssen sie ihren eigenen Weg gehen lassen. Sie muss ihre eigenen Fehler machen. Sie können ihr Leben nicht für sie leben, und sie können aus ihr auch nichts machen, was sie von Rechts wegen nicht sein kann. Sie ist ihr eigener Mensch, Ma'am. Es tut mir Leid, aber etwas anderes kann ich Ihnen nicht sagen.«

Meg saß da, starrte zum Swimmingpool hinaus, ihre Unterlippe zitterte, Tränen brannten ihr in den Augen. Billy streckte die Hand aus und berührte sie an der Schulter. Sie schreckte zurück, aus Instinkt. Oder war es Gewohnheit? Er wusste es nicht. In dem Augenblick tat ihm diese Frau, seine Tante, unendlich Leid.

»Mein Dad hat viel von Ihnen erzählt. Und immer wieder hat er gesagt, dass er nie begreifen konnte, weshalb Sie so zornig waren. Er hat gesagt, dass Sie wahrscheinlich schon zornig zur Welt gekommen sind. Dass Sie immer Ihren Willen durchgesetzt haben, weil die Menschen Angst vor Ihnen haben. Aber da, wo Angst ist, gibt es kaum so etwas wie Respekt, Ma'am. Ich habe keine Angst vor Ihnen, und das aus einem bestimmten Grund. Sie können mir nichts antun, was nicht schon hundert Leute vor Ihnen mit mir gemacht haben.«

»Hat John das wirklich gesagt? Dass ich zornig zur Welt gekommen bin?« Während sie sprach, zitterte ihre Stimme.

»Vielleicht hat er Sie einfach nicht verstanden.«

Meg holte ihr Taschentuch hervor und putzte sich die Nase. Sie war schon wieder dabei, ihre Fassung zurückzugewinnen. Sie hatte sich bereits zu sehr gehen lassen. Sie zeigte Gefühl, und das war eine merkwürdige Erfahrung. »Ach, sieh nur, wie spät es schon ist. Es wird langsam Zeit.« Meg stand auf, ganz allein, und stützte sich schwer auf den Stock.

»Ma'am?«

»Billy?«

»Es war schön, einmal mit Ihnen zu reden. Das meine ich ganz ernst.« Billy streckte ihr die Hand hin, und Meg ergriff sie. »Ich fahre Sie gern ins Hotel zurück, wenn Sie das möchten.«

»Ich komme schon allein zurecht. Aber danke für das Angebot. Grüß Patricia von mir und sag ihr, dass sie mir Bescheid geben soll, wenn das Baby kommt. Falls sie etwas braucht, irgendetwas, während du in Vietnam bist, braucht sie sich bloß an mich zu wenden.«

»Sie muss jetzt jeden Moment wiederkommen, Ma'am. Wieso bleiben Sie nicht noch ein wenig und sagen ihr das dann selbst?«

»Nein, mein Junge. Nein. Ich muss jetzt gehen.«

Billy rief ein Taxi für seine Tante und ging langsam mit ihr die steile Auffahrt hinunter.

Schweigend warteten sie eine Weile am Tor, bevor sich Meg zu ihm umdrehte. »Dein Vater kann wirklich stolz auf dich sein, mein Junge.«

Es war höchstwahrscheinlich das größte Kompliment, das seine Tante je einem Menschen gemacht hatte. Eine halbe Ewigkeit später fuhr das Taxi vor, und Billy hielt die Tür auf, half der Frau jedoch nicht hinein. Inzwischen war ihm klar, dass er das lieber nicht tun sollte. Eine seiner anderen Tanten von der Insel war genauso stolz und entschlossen wie diese Frau.

Bevor die Wagentür zuschlug, winkte Meg ihn näher heran und sagte leise: »Ich bin mit nur einem einzigen festen Vorhaben nach Los Angeles gekommen, Billy. Ich wollte dich töten. Ich habe mir eingeredet, dass du meine Tochter umgebracht hast. Ich habe mir eingeredet ...«

»Ich weiß. Das hatte ich mir schon gedacht.«

»Bitte hör mir zu. Ich war fest überzeugt, der Tod könne das Einzige sein, was Rachel und mich je auseinander bringen würde. Und ich habe dir die Schuld gegeben.«

»Ich weiß. Die Polizei hat mich schon befragt.«

»Du *weißt*, wo sie ist.«

»Nicht genau, aber ich weiß, wohin sie unterwegs ist.«

»Und wohin soll's gehen, Ma'am? Der Taxameter läuft schon die ganze Zeit.«

Meg beachtete die ungeduldige Bemerkung des Fahrers nicht. »Bitte sag es mir doch, ja?«

»Sie will die Familie kennen lernen, Ma'am.«

»Familie?«

»Familie.«

»Aber es gibt sonst keine Familie.«

»Meine Familie, Ma'am.«

»*Deine* Familie?«

»Sie sucht einen Platz, wo sie hingehört. Das ist alles. Lassen Sie sie gehen. Wenn Sie das schaffen, kommt sie wieder nach Hause, sobald die Zeit dafür reif ist.« Billy dachte, dass sie verflixt schnell wieder nach Hause kommen würde, wenn sie erst einmal gemerkt hätte, wie es dort oben auf der Insel tatsächlich zuging, sagte es aber nicht laut.

»Ich kann sie nicht einfach gehen lassen.«

»Das müssen Sie aber, Ma'am, denn sonst werden Sie genauso sterben, wie Ihre Mutter gestorben ist.«

Meg zog ihn zu sich herunter und drückte ihm einen trockenen Kuss auf die Wange, und dann stupste sie ihn weg. Sie schloss die Wagentür, und das Taxi fuhr davon. Sie schaute sich nicht mehr um.

Seit Gordon Partner in seiner Kanzlei war, hatte er ein Büro mit Blick auf die City. Vor diesem Fenster konnte er immer am besten nachdenken. Über seine persönlichen Angelegenheiten nachdenken. Und Karen wusste inzwischen, dass sie ihn besser in Ruhe ließ, wenn er mit den Händen in den Hosentaschen am Fenster stand und ins Leere starrte. Beide hätten längst zu Hause sein sollen. Es war fast Mitternacht in Columbia.

»Da ist ein Gespräch für dich, Gordon. Auf Leitung zwei. Ein Ferngespräch.«

Er ging zum Telefon, nahm den Hörer ab und drückte den Knopf für die Leitung zwei. »Gordon Meschers.«

»Dad?«

»Rachel? Rachel? Wo zum Teufel bist du, Schätzchen?«

»Das möchte ich lieber nicht sagen. Ich habe gerade zu Hause angerufen, aber da war niemand. Ich wollte mit Mom reden.«

»Die ist in Kalifornien. Ich weiß nicht, wann sie wieder nach Hause kommt.«

»Mom ist in Kalifornien? Wieso?«

»Sie wollte nach dir suchen. Du sagst mir jetzt sofort, wo du bist.«

»Ich bin ... Dad?«

Er kannte dieses Quengeln und auch den unmissverständlichen Tonfall. »Du willst Geld?«

»Nein. Ich möchte nur, dass du mir sagst, dass du mich liebst.«

Gordon schloss die Augen. Ob sie ihre Medikamente genommen hatte?

»Natürlich tue ich das. Das weißt du doch.«

»Sag es, Dad. Bitte. Sag mir, dass du mich liebst, egal was passiert.«

»Was soll das heißen, egal was passiert? Bist du irgendwie in Schwierigkeiten? Ich kann diesen Anruf zurückverfolgen lassen, Rachel. Ich kann ganz genau herausfinden, woher du anrufst.«

»Liebst du mich, Dad?«, Es war fast ein Wutschrei.

»Ja, Rachel. Ich liebe dich.«

»Du bist böse, das höre ich genau.«

»*Böse?* Wir haben uns zu Tode geängstigt. Deine Mutter ist überzeugt, dass du tot bist, und ist mit Gott weiß was für einem Plan auf und davon gefahren. Larry Perkins, verdammt noch mal, hat die halbe Polizeitruppe in drei Staaten dazu gebracht, nach dir zu suchen. Du sagst mir jetzt sofort, wo du bist, und ich bin morgen bei dir.«

»Dad, nimm eine Tablette und setz dich. Mir geht es gut. Wirklich. Ich habe einen Job.«

»Und was musst du da machen?«, war alles, was Gordon einfiel zu fragen. Rachel hatte *Arbeit?*

»Ich bin Kellnerin. Ich wohne nett. Ich habe beschlossen, dass ich reisen will. Ich will was von Amerika sehen. Und ich will es auf meine Art machen, ganz allein. Dad? Dad, bist du noch dran?«

Für einen kurzen Moment setzte Gordons Gehirn aus. Er konnte einfach nicht glauben, dass diese Worte von seiner trägen, zurückhaltenden, verwöhnten und psychisch gestörten Tochter kamen. Sie hatte einen *Job?* Rachel hatte tatsächlich Arbeit? Rachel hatte ein *Ziel?*

»Ich ... ich weiß einfach nicht, was ich sagen soll.«

»Wenn Mom zurückkommt, sag ihr, dass ich angerufen habe. Sag ihr, dass es mir gut geht. Sag ihr, dass ich schreiben werde. Das verspreche ich. An meinem ersten freien Tag werde ich schreiben. Okay?«

»Okay.«

»Dad?«

»Ja?«

»Ich liebe dich, Dad.«

»Rachel, leg noch nicht auf. Eines musst du mir noch sagen. Weshalb bist du einfach so auf und davon gegangen?«

»Ich weiß nicht. Es ist eben einfach so passiert, und bevor ich mich versah, saß ich auch schon in dem Flugzeug. Mein Geld geht zu Ende. Ich muss ...«

Das Gespräch war unterbrochen. Na klar, sie hatte einen Job. Sie hatte auch Geld. Aber natürlich nicht genug, um anzurufen und nicht aus der Leitung geworfen zu werden. Sofort drückte Gordon auf den Summer, rief Karen herein und gab ihr Anweisung, sich mit der Telefongesellschaft in Verbindung zu setzen, damit das Gespräch zurückverfolgt würde. Nicht einmal eine Stunde später hatte er seine Antwort: Der Anruf kam von dem Münzfernsprecher eines Drive-in-Restaurants namens *Jim's* in Seattle.

Er hoffte bei Gott, Meg würde anrufen, wie sie es versprochen hatte. Bis jetzt hatte er kein Wort von ihr gehört.

»Karen, ich will einen Platz in der nächstmöglichen Maschine nach Seattle, Washington.«

»Aber, Gordon ...«

»Kein aber. Mach schon. Jetzt gleich. Hol die vom Reisebüro aus dem Bett, falls es sein muss, aber erledige es jetzt sofort.«

Gordon griff zum Telefon und rief Larry an, weckte ihn jäh aus tiefem Schlaf.

Bald darauf verließ Gordon sein Büro, nachdem er Karen noch das Geld für ein Taxi nach Hause gegeben hatte.

Und während er auf dem Weg zu seinem Haus am See war, versuchte seine Frau, ihn anzurufen, sowohl zu Hause als auch im Büro, aber die blöden Telefone klingelten nur und klingelten und klingelten ...

Einiges von der Last war von ihr abgefallen. Rachel bediente zwei Kunden, die sich entschlossen hatten, an den Tischen im Restaurant zu essen, und natürlich bestellten sie das Tagesmenü. Wenn sie das Tagesmenü bestellten, bedeutete das, sie würde nur ein lausiges Trinkgeld bekommen, aber trotzdem schenkte sie ihnen ein strahlendes Lächeln.

Bevor sie zu Hause angerufen hatte, war sie hundemüde gewesen. Nur einfach die Stimme ihres Vaters zu hören – ob wütend oder nicht – war schon Aufmunterung genug und half ihr, die Nacht zu überstehen. Nur noch zweieinhalb Stunden, bis ihre Schicht um war, aber jetzt kam ihr das nicht mehr wie eine halbe Ewigkeit vor.

Der Anruf war Sallys Idee gewesen. Aus irgendeinem Grund schien Sally zu wissen, dass sie keine elternlose Waise war, und das lange bevor Rachels Versprecher ihre Annahme bestätigte. Sally hatte eine Art, einen Dinge klarer sehen zu lassen, und meist musste sie dazu nicht einmal viel sagen. Meist genügte ein Blick. Dieser Ausdruck in ihren Augen, der sagen wollte: *Ich weiß es besser,* war kaum misszuverstehen und unmöglich zu ignorieren.

Drei Stunden lang hatte Rachel es in Gedanken von allen Seiten beleuchtet, während sie die Post von *Jim's* durchging und die dringenden Rechnungen von denen trennte, mit deren Bezahlung man noch eine Weile warten konnte. Die mit den roten Aufklebern – entweder Sie bezahlen jetzt oder … – reichte sie an Sally zur sofortigen Bearbeitung weiter, und selbst dann noch teilte Sally sie in drei Gruppen ein: Können noch eine Weile warten, können bis morgen warten und sogar gestern wäre es schon zu spät gewesen, denn bald wird sich das Inkassobüro melden.

Als sie sich dann durch ein riesiges Chaos gearbeitet hatte, das von einer plötzlichen Kündigung verursacht worden war, fragte Sally, ob es Rachel etwas ausmachen würde, einen wirklich dringenden Brief zu tippen, das heißt, natürlich nur, wenn sie tippen könne. *Klar kann ich tippen,* hatte Rachel erwidert, ohne nachzudenken. *Ich arbeite ab und zu im Büro von meinem Vater … äh, tut mir Leid, ich* habe *immer im Büro von meinem Vater gearbeitet, bevor er gestorben ist …*

Ruf sie an, Kleine. Ruf deine Leute an. Die haben sich wegen dir bestimmt schon halb zu Tode geängstigt.

Aber ich habe doch gar keine …

Erzähl mir keinen Scheiß. Versuch es erst gar nicht. Einem Meister im Bescheißen kannst du nichts vormachen.

Sally blinzelte ihr zu. Sally lächelte. »Ruf sie an«, wiederholte sie, und dann machte sie sich wieder daran, die Rechnungen von *Jim's* zu bezahlen, bevor gerichtliche Schritte eingeleitet würden.

Sally hatte das neue Mädchen intensiv beobachtet. Sie spürte, dass in ihr ein Organisationstalent schlummerte. Sie spürte Ehrlichkeit. Sie spürte auch Geschäftstüchtigkeit. Sie wusste, dass sie die Begabungen dieser jungen Frau vergeuden würde, wenn sie sie pickelige Teenager mit Hotdogs und Pommes frites bedienen ließ. In null Komma nichts hätte sie ihr die Buchführung beigebracht. Jim würde bestimmt nicht Nein dazu sagen. Ganz abgesehen davon wusste Jim ja kaum, was für ein Tag gerade war.

Aber von all dem sollte Rachel erst später erfahren. Für sie zählte in diesem Augenblick wirklich nur der eine Augenblick. Dafür hatten körperliche und geistige Erschöpfung gesorgt. Nach Hause zu telefonieren war tatsächlich richtig gewesen. Sally bestand hartnäckig darauf, immer das Richtige zu tun.

Aber als Rachel anrief, war niemand zu Hause. Zuerst hatte sie, aus reiner Gewohnheit, angenommen, dass es niemanden kümmern würde, ob sie am Leben war oder nicht, so musste es ja sein, schließlich war nicht einmal jemand da, um telefonisch erreichbar zu sein. Ihre Eltern waren beide aus dem Haus und gingen ihren jeweiligen Beschäftigungen nach, ganz so als hätte sich nichts geändert, aber Rachel sah, wie Sally sie von der Bürotür her beobachtete, und entschloss sich, es noch einmal in der Kanzlei ihres Vaters zu versuchen. Nur für alle Fälle.

Wo zum Teufel bist du? Das würde sie von ihrem Vater ewig im Gedächtnis behalten. Nicht sein attraktives Gesicht oder seine Fähigkeiten, was auch immer das für Fähigkeiten sein mochten. Nein, woran sie sich im Zusammenhang mit ihrem Vater erinnern würde, war die üblicherweise in voller Lautstärke gebrüllte Frage: *Wo zum Teufel bist du?* Oder: *Was hast du denn jetzt wieder angestellt?*

Was hatte Sally doch gleich gesagt, als sie im Hauptbüro

Ordnung in das Chaos gebracht hatten? Das man nur von Leuten gekränkt und verletzt werden kann, die einem etwas bedeuten? Und so reagierte Dad, wenn er gekränkt und verletzt war. Er brüllte.

Na, jedenfalls, was auch immer der Grund ihres Anrufs gewesen sein mochte, im Grunde hatte sie nichts weiter sagen wollen als: Ich habe einen Job. Ich habe mein Leben jetzt allein im Griff. Ich brauche euch nicht mehr. Sie hatte ihnen einfach nur mitteilen wollen, dass sie erwachsen geworden war. Dass sie jetzt für nichts im Leben mehr die Hilfe von anderen brauchte.

Eigentlich hätte Dad erleichtert sein sollen. Tatsächlich war er aber so mürrisch gewesen wie immer.

Wo zum Teufel bist du?

Tja, aber wo zum Teufel sie war, das würde er nie herausbekommen, nicht?

Rachel war glücklich. Jetzt brauchten sie sich um nichts mehr Sorgen zu machen. Sie konnten auch die polizeiliche Fahndung abbrechen lassen. Mom würde wüten und wettern, weil sie keine Gelegenheit gehabt hatte, mit ihr zu reden, aber das war ja schließlich ihre eigene Schuld, oder? Einfach so, und ganz allein noch dazu, nach Kalifornien zu reisen. Wen kannte sie denn überhaupt in Kalifornien? Rachel kannte nur einen einzigen Menschen, der in Kalifornien lebte, und das war Billy. Ihr Cousin. Aber der war inzwischen vermutlich in Vietnam. Und Rachel würde ihn bestimmt nie mehr wiedersehen.

Billy war einer jener Menschen, die einem in bestimmten Phasen des Lebens über den Weg laufen. Man lernt sie kennen, durch ihren Einfluss ändert man seine Ansichten, und dann verschwinden sie, wie das verzauberte Zehn-Cent-Stück. Sie hoffte, dass es mit Billy anders sein würde. Sie wollte ihm unbedingt schreiben. Ihm alles erzählen. Ihm vor allem sagen, wie viel er ihr bedeutete. Aber wie? Vielleicht könnte sie an den Armeestützpunkt schreiben, von dem er ihr erzählt hatte. Wie hieß der denn bloß noch ...

Menschen wie ihn schickte Gott einem mit gutem Grund. Das wusste Rachel. Manche Leute stolperten geradezu über jemanden wie Billy und machten trotzdem einfach mit ihrem Leben weiter. Manche Leute übersahen die Zeichen am Wegesrand. Nicht so Rachel. Diesmal nicht. Irgendwie hatte Billy Ignash Shaw ihr die Erlaubnis gegeben, genau das zu tun, was er auch machte: Er musste sich selbst finden, solange noch Zeit dafür war. Er musste den Grund dafür finden, dass er auf die Welt gekommen war. Deshalb hatte er die Insel oben in der Beringsee verlassen, und das war genau der Grund, weshalb sie sich auf den Weg dorthin gemacht hatte.

Zum ersten Mal in ihrem Leben war Rachel glücklich. Und zum ersten Mal konnte man das auch sehen.

Zwölftes Kapitel

Ich weiß nicht, was ich Ihnen sonst noch erzählen soll. Einen Tag bevor wir mit dem Schiff nach Vietnam rübersollten, bin ich mit ihm von Beverly Hills losgefahren. Wir haben beide, jedenfalls die ersten paar Minuten, so getan, als wär das Ganze nur ein Ausflug zum Fischen. Aber als wir erst einmal auf der Autobahn waren, wurde das anders. Wenn ich ehrlich bin, wollten wir wohl beide, nehme ich mal an, nicht allzu sehr an das denken, was da vor uns lag. Es war ja nicht so, als wären wir unterwegs nach Deutschland. Das hier war Krieg. Das war was anderes. Das war das, womit wir von dem Tag an rechnen mussten, als wir unsere Unterschrift auf die gepunktete Linie gesetzt hatten, aber ich nehme an, wir waren wie die meisten: haben gedacht, uns würde schon nichts passieren. Schlimme Sachen passierten immer den anderen. Wir waren die Ausnahme von der Regel.

Mir ging so allerlei durch den Kopf, und so habe ich nicht viel geredet, aber das war okay, denn Billy hielt es genauso. Er hat nie viel geredet, vielleicht habe ich ihn auch deshalb so gemocht. Ich habe darüber nachgedacht, wie das wohl wäre, wenn ich getötet würde. Abgeschossen würde. Oder auf der Vermisstenliste stehen würde. So was passierte jetzt jeden Tag. Wohl einer der Gründe, weshalb sie uns jetzt rüberschickten, nahm ich an. Verflucht viele Lücken, die aufgefüllt werden mussten. Billy und ich, wir waren gute Piloten.

Ich habe darüber nachgedacht, wie das wohl wäre, wenn ich getötet würde. Also, klar, ich wusste, wenn man starb, dann war's das eben. Aber ich habe darüber nachgedacht, wie es meiner Mutter wohl ergeht, wenn sie DAS TELEGRAMM bekommt und ein paar Tage später Besuch von irgend so einem Hauptmann, der den Rest der Nachricht persönlich überbringt.

Sie wollte von Anfang an nicht, dass ich die Farm verlasse. Sie wusste, dass sie mich vermissen würde. Weshalb der alte Herr mich nicht gehen lassen wollte, war mir sowieso klar. Er musste einen Ersatz für mich einstellen, und dem würde er dann den vollen Lohn zahlen müssen. Ich habe mal kurz daran gedacht, vor der Abreise aus den Staaten ein Testament zu machen, aber je mehr ich darüber nachdachte, umso klarer wurde mir, dass ich ja sowieso nicht groß was zu vererben hatte. Bloß den alten Dodge, so ein Pick-up-Truck, der mich hundertundfünfzig Dollar gekostet hatte, und dann noch so einiges an Gerümpel, das höchstens für mich von Bedeutung war. Jeder andere hätte das schon längst in den Müll geworfen. Gerade wollte ich Billy fragen, was seine Leute so über Tod und Sterben dachten und ob er schon ein Testament gemacht habe, und wollte schon den Mund aufmachen, als er ganz ruhig sagte: »Ich habe geheiratet, Steve. Ich habe versucht, dich zu erreichen.«

Ich schaute ihn von der Seite an, weil ich hoffte, auf seinem Gesicht irgendwie ablesen zu können, was für eine Antwort er darauf von mir erwartete, aber er saß einfach nur da, wackelte mit dem Fuß und gab vor, die vorbeiziehende Landschaft zu betrachten. Fast hätte ich so getan, als hätte ich über dem lauten Motor des Dodge seine Bemerkung gar nicht gehört. Vor Monaten schon hatte ich das Auspuffrohr austauschen wollen. Wenn ich mich taub gestellt hätte, wäre es mir auf jeden Fall erspart geblieben, was Falsches zu sagen. »Was hältst du davon?«, fragte er.

»Keine Ahnung, Mann. Ist doch dein Leben, nicht?«

»Freust du dich nicht für mich?«

»Tja, Mann, das hängt davon ab, ob du dich freust.«

Mir war klar, dass er selbst nicht so ganz genau wusste, wie er sich fühlte, und dass er hoffte, ich würde Licht in die ganze Angelegenheit bringen. Tja, Mann, das konnte ich natürlich auch nicht. Einen Gesichtsausdruck hatte er die ganze Zeit, wie versteinert. Das hieß wohl, dass er nachdachte.

Manchmal benahmen wir uns wie Elfjährige, die zum ersten Mal in der neuen Schule auf dem Pausenhof stehen. Wir wussten dann einfach nicht, was wir tun oder sagen sollten. Ich hatte nicht gerade viel Ahnung von Frauen, und von der Ehe schon gar nicht. Die einzigen Eheleute, die ich im Grunde kannte, waren meine Eltern, und wenn Verheiratetsein so aussah, dann wollte ich damit lieber nichts zu tun haben. So sehr Masochist bin ich nun auch wieder nicht. Es gibt noch hundert andere Arten, sich zu quälen, und keine davon tut so weh, wie mit dem falschen Menschen verheiratet zu sein. Also was wusste ich denn schon? Da war nur eine gewesen, mit der ich je hatte reden können, und wir hatten uns in der Grundschule kennen gelernt. Sie hieß Wendy. Sie hatte langes blondes Haar, zu Zöpfen geflochten, und dünne Beine. Eines Nachmittags hatte ich den Schulbus verpasst und saß allein im Rinnstein und stellte mir vor – nein, im Grunde wusste ich es ganz genau –, was passieren würde, wenn ich zu spät nach Hause kam und meine Arbeit wäre noch nicht erledigt. An dem Tag haben wir uns angefreundet. »Fehlt dir was, Steven Monroe?«, fragte sie. Ich schaute hoch, und was ich sah, war im Grunde kein Mädchen, sondern einfach ein Kind, das wie ich den Scheiß-Bus verpasst hatte, weil unser blöder Lehrer uns mit den Proben zu einem Stück aufgehalten hatte. Es war irgend so ein Mist wegen Thanksgiving. Erntedank, pah – als hätte ich schon groß was gehabt, wofür ich dankbar sein müsste.

»Mir fehlt nichts.« Sie würde ja auch keiner halb totschlagen, bloß weil irgend so ein blöder Lehrer dachte, zu Thanksgiving würden schon alle Leute nett sein.

»Willst du mit mir zusammen gehen?«, fragte sie.

Gehen? Den weiten Weg nach Hause? Das musste ja wohl ein Scherz sein.

»Zur Telefonzelle, du Idiot. Ich rufe meine Mom an. Die kann uns dann beide nach Hause fahren.«

»Ich wohne zu weit weg.«

»Das macht meiner Mom nichts aus.«

»Woher willst du das wissen?«, fragte ich.

»Das weiß ich eben.«

»Nee. Lass mal. Ich bleibe einfach hier sitzen.« Ich wusste nicht, was schlimmer sein würde. Den Bus zu verpassen und dafür Prügel mit dem Stock zu beziehen oder von einer Fremden nach Hause gefahren zu werden, zuzulassen, dass einer sich allzu große Umstände machte. Dann wären wir denen was schuldig, nicht? Von welcher Seite ich es auch betrachtete, ich war tot und erledigt. Der Tod kam mir damals wie die bessere Alternative zum Leben vor. Zur Schule bin ich überhaupt nur gegangen, damit mein alter Herr keine Probleme bekam. Wenn ich irgendwelche Prüfungen bestand, kriegte ich was mit dem Stock, weil ich cleverer als mein Alter war und ihn in Verlegenheit brachte. Wenn ich irgendwelche Prüfungen in den Sand setzte, kriegte ich was mit dem Stock, weil ich genauso blöd war wie meine Mutter ... Ich kriegte damals oft was mit dem Stock.

Sie setzte sich neben mich, in den Rinnstein. »Ich heiße Wendy.«

»Ich weiß.«

»Ich bin aus South Dakota.«

Ich hatte keine Ahnung, wo das war, also sagte ich bloß: »South Dakota, ja?«

»Ja. Wir hatten ein Haus in der Nähe der Badlands. Mom und Dad haben es verkauft, und dann sind wir hierher gezogen.«

Das wollte ich alles gar nicht wissen. Ich wollte einfach nur allein sein. Sie ließ mich aber nicht allein. Wenn sie ein Junge gewesen wäre, hätte ich ihr eine runtergehauen und ihr gesagt, sie solle verschwinden. Aber meine Mutter sagte immer, eine Dame darf man nicht schlagen, egal wie alt sie ist. Und auch kleine Mädchen sind Damen, sagte sie dann immer. So was sagte sie nur, wenn mein Vater ihr gerade die Seele aus dem Leib geprügelt hatte, weil sie ihn mal wieder davon abhalten wollte, mich windelweich zu prügeln für etwas, das ich gerade getan oder auch nicht getan hatte. In letzter Zeit genügte es schon, ihn bloß anzugucken, um ihn auf die Palme zu bringen. Ich wollte einfach nicht nach Hause, und damit basta.

Ich weiß nicht mehr genau, was Wendy damals so alles erzählt hat, es ist schon so lange her, aber um die Zeit, um die mich der Schulbus eigentlich hätte nach Hause bringen sollen, hatte ich schließlich keine Wahl mehr. Sie rief ihre Mutter an, die dann eine halbe Stunde später kam, und Wendy hatte Recht. Es machte ihrer Mutter tatsächlich nichts aus, mich nach Hause zu fahren, aber dafür wollte sie alles über mich wissen. Na ja, viel zu erzählen gab es ja nicht.

Damals habe ich dann beschlossen, von der Farm abzuhauen, sobald die Zeit dazu reif war. Sogar in den Krieg zu ziehen schien mir besser als der Krieg, den ich jeden Tag zu Hause durchlebte. Als Wendys Mom also fragte, was ich einmal werden wollte, wenn ich groß wäre, habe ich gesagt, Soldat. Wendy griff meine Hand und sagte, wenn ich in den Krieg ziehen würde, dann würde sie mir jeden Tag schreiben.

Ich glaube, Wendy war der erste richtige Freund, den ich je hatte. Jedenfalls – in dem Moment, als Billy mir erzählte, dass er geheiratet habe, dachte ich ... Ich will ehrlich sein, jetzt kann ich's ja sagen, ich war irgendwie eifersüchtig. Eifersüchtig, weil er eine Frau hatte, die länger als nur eine Stunde bei ihm bleiben würde und für ihre Leistungen auch kein Geld verlangte.

»Ich glaube, ich bin glücklich«, sagte Billy, als wir auf die

Stelle zufuhren, an der wir die Autobahngebühr zahlen mussten.

»Dann freue ich mich für dich.« Was hätte ich sonst schon sagen sollen?

»Sie ist schwanger. Das Baby kommt im Februar.«

Im Februar würden wir unsere Dienstzeit noch nicht einmal halb rum haben.

»Hast du schon ein Testament gemacht?«, fragte ich.

»Nein. Du?«

»Nein. Ich habe ja bloß diesen alten Pick-up-Truck.«

»Immerhin mehr als ich«, erwiderte Billy.

»Scuttlebutt sagt, Hubschrauber und Starrflügler erwischt es ganz schön schnell, Mann.«

Er seufzte einfach nur und tat wieder so, als würde er die Landschaft betrachten, also dachte ich weiter an Wendy. Wie mochte sie heute wohl aussehen? Ihre Familie blieb nicht lang – bevor das Jahr rum war, sind sie schon wieder weggezogen. Sie hatte gesagt, sie würde mir schreiben, aber das hat sie nie gemacht. Ich habe noch viel an sie gedacht, nach dem Tag, an dem ihre Mutter mich nach Hause gefahren hat. Wie sie wohl jetzt aussah, habe ich mich gefragt. Wo sie jetzt wohl ist? Sie war ziemlich klug. So viel weiß ich immerhin. Sie hätte alles Mögliche werden können, alles, was sie sich so vorgenommen hatte – und das hatte sie wahrscheinlich auch geschafft. Sie musste einfach mehr Glück haben als ich. Nach ihr zu suchen hatte keinen Zweck. Ich konnte mich nicht einmal mehr an ihren Nachnamen erinnern. Mir war klar, dass niemand mir schreiben würde, außer meiner Mutter, wenn sie denn Zeit dazu hätte.

Billy war wirklich ein Glückspilz. Er hatte jemanden, zu dem er nach Hause zurückkehren konnte. Trish und das Kleine. Das habe ich ihm dann gesagt, und er hat gelächelt und geantwortet, dass er das selbst auch schon rausgefunden hatte, und er hat sich bei mir bedankt.

Er war immer so höflich. Ruhig und höflich. Man wusste nie so recht, was er gerade dachte.

Wir kamen zum Stützpunkt, haben angefangen, unsere Sachen zu verstauen, und sind dann für eine Stunde in die Offiziersmesse. Jetzt konnten wir noch über unsere Zeit frei verfügen, also haben wir einfach das Beste daraus gemacht. Auf dem Stützpunkt war nicht so viel los, also sind wir in die Stadt rein und haben uns die letzten paar Stunden noch mächtig ins volle Leben gestürzt, als ob das Leben danach nie mehr dasselbe sein würde.

Komisch, wie man manchmal so'n Gespür für die Zukunft hat, nicht?

Lieber Billy,

ich weiß, du hast gesagt, dass wir uns wahrscheinlich nie wieder begegnen werden, aber ich hoffe, es stimmt nicht, was du gesagt hast. Ich weiß nur, ich habe das Bedürfnis, jemandem zu schreiben, also nehme ich an, dass du wohl dieser Jemand sein musst. Ich hoffe bloß, der Brief erreicht dich auch.

Debbie, eines der Mädchen hier, wo ich jetzt arbeite, na ja, ihr Bruder ist in Vietnam, Laos heißt wohl der Ort, und er sagt, es ist heiß, und es regnet andauernd, und meistens hat er morgens beim Aufstehen keine Ahnung, ob er den Tag überstehen wird. Er hat Debbie geschrieben, es sei schwierig zu unterscheiden, wer Freund und wer Feind ist, und dass sie die ganze Zeit möglichst keine Risiken eingehen. Er schreibt, wie diese Idioten sogar Kinder mit Tellerminen hochgehen lassen. Und dass das Leben da eben nichts wert ist. Es ist wirklich übel, Billy.

Ich weiß, du hast gesagt, du wirst Hubschrauber fliegen, wenn du da drüben bist, aber Debbie sagt, ihr Bruder Ian hat einen Hubschrauber runterkommen sehen. Wie der geraucht hat und herumgewirbelt und dann auf dem Boden aufgeschlagen ist und wie alle Insassen verbrannt sind. Ich will einfach nicht, dass dir je so was passiert, also schicke ich dir mein anderes verzaubertes Zehn-Cent-Stück. Ein Junge, den ich kenne, hat für mich ein Loch reingebohrt, und es hängt an einer nagelneuen Kette. Wenn du das die ganze Zeit trägst und es nie mehr abnimmst, nie mehr im Leben, dann weiß ich, das weiß ich ganz bestimmt, dass dir dann nie etwas Schlimmes zustoßen wird.

Das hat mir Großmama gesagt, und die irrt sich in so was nie.

Bis Alaska habe ich es noch nicht geschafft. (Gefällt dir das Briefpapier mit dem Briefkopf? Das ist aus dem Restaurant, in dem ich jetzt arbeite.) Ich bin nur bis Seattle gekommen, aber es gefällt mir hier, und ich glaube, ich werde wohl sogar noch eine Weile bleiben. Schon am ersten Tag hier habe ich Arbeit gefunden, und ich habe vor, dir das geliehene Geld zurückzuzahlen, okay? Die ersten paar Tage bei *Jim's* war ich Kellnerin. Dann habe ich von den Rollschuhen so schlimme Blasen gekriegt, dass Sally, meine Chefin, mich ins Büro genommen hat, zum Rechnungen sortieren und Briefe tippen. Jetzt mache ich die ganze Buchhaltung, na ja, fast jedenfalls, und die Uniform muss ich auch nicht mehr tragen. Die Bezahlung ist wirklich anständig, jedenfalls wenn man bedenkt, wie einfach die Arbeit ist. Sally macht das mit der Buchhaltung ziemlich viel Kopfzerbrechen, aber für mich ist es kein großes Problem. Das fliegt mir einfach so zu. Ich wohne mit Sally zusammen in einer wirklich hübschen Wohnung – wir teilen uns die Kosten. Da ist etwas Merkwürdiges, geradezu Unheimliches passiert, von dem ich dir erzählen muss, aber das hebe ich mir für später auf. Es ist wirklich zu merkwürdig, Zufall kann das nicht sein.

Weißt du noch, wie du mir gesagt hast, ich soll zu Hause anrufen? Nachdem ich dir gesagt hatte, ich würde nie mehr nach

Hause zurückgehen, kurz bevor wir uns am Flughafen getrennt haben. Na ja, ich hab's versucht, aber ich habe nur Moms Gebrüll gehört, so als hätte sich gar nichts geändert. Na ja, jedenfalls hat Dad gesagt, sie ist nach Kalifornien gefahren, um sich mit dir zu treffen, und als sie zurückkam, war sie völlig verändert. Dad hat gesagt, es war fast so, als hätte sie jetzt keinen Grund mehr, zornig zu sein. Du musst mir einfach erzählen, was du ihr gesagt hast, um solch einen Wandel zu bewirken, ja, machst du das?

Ich habe Dad angerufen und ihm Bescheid gesagt, dass es mir gut geht, und er hat doch tatsächlich alles stehen und liegen lassen und ist zu mir nach Seattle gekommen. Er ist allerdings nur kurz geblieben, er hat gesagt, er muss gleich wieder zurück. Er musste sich einfach selber davon überzeugen, dass es mir gut geht. Ich glaube, es geht mir wirklich gut. Er hat gesagt, wenn ich irgendetwas brauchen sollte, dann müsste ich das nur sagen. Ich habe ihm gesagt, dass ich im kommenden Sommer genug Geld haben würde, um aus eigener Kraft nach Alaska zu kommen. Er wusste, wieso ich dorthin muss. Ich muss einfach meine andere Familie sehen. Ich will meine Cousine Lily kennen lernen und all ihre Kinder. Ich will wissen, was für ein Mensch sie ist.

Na, jedenfalls, wenn du mir schreibst (das heißt, falls du diesen Brief überhaupt bekommst), erzähl mir doch etwas über diese Betty Sue in Anchorage. Dad hat gesagt, ich könnte vielleicht ein oder zwei Tage bei ihr wohnen, bis ich wüsste, wie ich am besten zu deiner Insel komme. Ich brauche ihre Adresse und muss wissen, wie ich am besten zu Lily komme. Vergiss bitte nicht, mir zu schreiben, denn es ist wirklich wichtig.

Ich halte mich ziemlich gut. Es gefällt mir hier bei *Jim's*. Die anderen Kellnerinnen haben jetzt richtig Respekt vor mir, weil ich im Büro arbeite! Irre! Haben die Soldaten Respekt vor dir, weil du ein Stabsfeldwebel bist? (Was auch immer ein Stabsfeldwebel sein mag?)

Schreib mir, wie es dir geht. Ich finde es in Ordnung, wenn du mir Sachen sagst, die du sonst keinem sagen kannst. Geheimnisse sind gut aufgehoben bei mir, genau wie bei dir auch. Debbie sagt, in Vietnam gibt es viele Soldaten, die keinen haben, dem sie schreiben können, keinen, der sich für sie interessiert. Wenn du so einen kennst, gibst du mir dann bitte seine Adresse, damit ich ihm schreiben kann? Ich glaube, wenn ich zwei Leuten schreibe, dann reicht das wirklich – ich bin nicht so toll im Briefeschreiben. Ich denke, wenn ich dir auf die Art was sage, kann ich genauso gut so tun, als ob wir uns von Angesicht zu Angesicht unterhalten würden, und dann auch so schreiben. Was hältst du davon?

Hört es sich so an, als hätte ich mich seit unserer Begegnung verändert?

Und jetzt zu dieser wirklich merkwürdigen Sache. Großmama Shaw sagt auch, dass es kein Zufall sein kann. Dass es einfach hat passieren müssen. Dass alles, was passiert, aus gutem Grund passiert. Wir müssen einfach nur geduldig abwarten, und dann wird uns dieser Grund schon klar, obwohl selbst dann, so sagt sie, manchmal einiges im Dunkeln bleibt. Sie sagt, Gott weiß es, und das wäre das Wichtigste. Wenn wir Gott vertrauen, dann wird schon alles gut gehen.

Ich wünschte, ich könnte Gott so vertrauen wie Großmama Shaw. Sie sagt, das kommt schon noch.

Sally, meine Chefin, die etwa im selben Alter ist wie meine Mutter, hat früher einmal in den Wäldern ungefähr hundert Meilen von hier gewohnt, etwa um die Zeit, als dein Dad, mein Onkel John, auf seinem Alleinflug rund um die Vereinigten Staaten war. Eines Abends hat sie angefangen, davon zu erzählen. Sie hatte ein Bild gemalt, und ich habe sie gefragt, wer die zwei Schatten auf dem Bild seien, und sie hat mir diese Geschichte erzählt. Ich dachte, das solltest du lieber alles erfahren, denn ich weiß ja, du bist nach Columbia gekommen, um etwas über deinen Dad herauszufinden, und sieh nur, was seitdem alles passiert ist. Irre. Na, jedenfalls hat Sally damals mutterseelenallein ganz am Ende der Welt bei diesem Handelsposten gelebt, und sie erinnert sich noch an den Tag, als wäre es gestern gewesen. Es war eisig kalt, und ein schwerer Sturm zog gerade herauf. Sie hörte das Flugzeug über sich, es hörte sich an, als würde es einen Platz zum Landen suchen.

Jedenfalls ging ungefähr eine Stunde später die Tür auf, und herein kam dieser hoch gewachsene, wirklich gut aussehende Kerl. Er war so groß, dass er sich bücken musste, um durch die Tür zu kommen. Er war ganz in Leder gekleidet. In ihrem ganzen Leben hatte sie bis dahin noch keinen Flieger gesehen. Er war durchnässt, unterkühlt und hungrig, und weil sie höflich war und weil sie kaum je andere Leute zu Gesicht bekam, bat sie ihn herein. In ihr Haus hinein. Da habe ich dann gedacht, he, auch ich habe dich hereingebeten, stimmt's?

Sally hat gesagt, sie hat sich auf den ersten Blick in ihn verliebt.

Vielleicht habe ich mich auch in dich verliebt. Vielleicht auch nicht. Ich weiß nicht. Hast du schon herausgefunden, was Liebe ist? Wenn ja, würdest du es mir dann sagen?

Na ja, dieser Mann wollte telefonieren, aber sie hatte kein Telefon. Er wollte seinen Rundflug absagen, er wollte wieder nach Hause zurück. Er hatte schon die Nase voll. Er überlegte, ob es das alles wirklich wert ist, weißt du. (Geht uns das nicht allen so?) Der Sturm wurde immer schlimmer, und bei dem Wetter konnte er auf gar keinen Fall wieder starten. Es hatte sogar angefangen zu schneien. Sally hat gesagt, sie hat ihm was zu essen und ein Bett und ein bisschen Wärme angeboten, falls er für sie ein paar Arbeiten erledigte – Holz hacken, zum Beispiel, und es dann ins Haus bringen. Solche Sachen.

Sie hat gesagt, er wirkte richtig schüchtern, doch da war was in seinen Augen, was dem widersprach. Er hatte schöne Augen, so richtig blau. So blau wie ein Sommerhimmel, hat sie gesagt. Sein Haar war ziemlich blond von der Sonne, und er war auch schön gebräunt. Er kam ja aus Florida. Er verabscheute die Kälte. Verabscheute sie so sehr, dass er einfach nur wieder nach Hause wollte. Aber erst einmal konnte er nirgendwohin.

Sally hat gesagt, sie ist sehr einsam gewesen. Ihr Pa war vor kurzem gestorben, und er war der einzige Mensch, den sie lange Zeit zu Gesicht bekommen hatte. Also haben sie sich die ganze Nacht unterhalten, und das hat ihr sehr gefallen, weil er so schüchtern war. Er war ein richtiger Gentleman, nicht so wie die Holzfäller und die Arbeiter aus den Sägemühlen, die sonst so vorbeikamen. Sie haben sich unterhalten, und sie haben getanzt und sogar ein wenig Whiskey getrunken. Ich glaube, ich weiß, was sonst noch passiert ist, aber das hat sie nicht erzählt, und ich konnte ja nicht gut danach fragen, oder? Aber am nächsten Morgen schien die Sonne, und er sagte, er müsse jetzt wieder fort. Also ging sie mit ihm dahin, wo er seinen Doppeldecker auf einem abgeräumten Feld gelandet hatte, und ihr alter Hund lief vor ihnen her. Sie hat gesagt, das wäre die einzige Erinnerung, an die sie sich ewig klammern würde. Nach dem Ausdruck in ihren Augen hat sie ihn richtig geliebt, obwohl er nur ein Fremder war, der aus der Kälte kam. Sie wollte ihn überreden, noch einen Tag zu bleiben, aber er konnte nicht. Er sagte, dass er unbedingt fort müsse. Sie wollte sagen: Geh nicht. Tief im Innern wusste sie, dass irgendetwas Furchtbares passieren würde. Sie wusste es einfach. Er sagte, er würde gern einen kleinen Rundflug mit ihr machen, wenn sie wollte, aber beim bloßen Gedanken, da oben in der Luft zu sein, war ihr nicht ganz wohl. Er startete, und er kreiste über dem Feld, und sie konnte ihn winken sehen, aber ihr Arm wollte sich einfach nicht zum Zurückwinken hochheben lassen. Und als sie das erzählte, hatte sie sogar Tränen in den Augen. Es war fast so, als würde sie ihn IMMER NOCH vermissen, weißt du?

Sie hat ihn nie mehr wiedergesehen. Aber vergessen hat sie ihn auch nie, und bis zum heutigen Tag fragt sie sich, was ihm wohl zugestoßen ist.

Also habe ich ihr von meinem verzauberten Zehn-Cent-Stück erzählt, und sie hat ganz genau gewusst, was ich meinte, denn der Mann, der dieses Flugzeug flog, war für sie genau wie das Zehn-Cent-Stück für mich.

Als sie mit ihrer Geschichte fertig war, fragte ich sie nach dem Namen des Mannes. Ich wusste von Onkel John und seinem Rundflug über die Staaten, aber ich habe ihn ja erst lange danach kennen gelernt. Ich war noch so klein damals, dass ich mich kaum an etwas erinnere, außer dass er groß war und schöne Augen hatte und nur einen Arm.

Also, als sie mir sagte, sein Name sei John Robert Shaw gewesen, da wurde ich auf einmal ganz still. Sie hat gefragt, was mit mir los sei, ob ich vielleicht gerade einen Geist gesehen hätte, und ich habe ihr geantwortet, dass er mein Onkel war. Da haben wir dann beide erst einmal geweint.

Was hältst du davon, Billy? Ich wohne bei einer Frau, die sich in deinen Daddy verliebt hat, als du noch gar nicht geboren warst!

Jetzt weiß ich ganz sicher, dass du mir schreiben wirst, stimmt's?

Versprich mir, dass du dieses verzauberte Zehn-Cent-Stück trägst. Ich schwöre, dass dir nie etwas Schlimmes passieren wird, wenn du es direkt auf der Haut trägst. Ich habe auch dafür gesorgt, dass die Kette lang genug ist.

Schreib mir doch bitte.

Alles Liebe, und danke dafür, dass du mein Leben verändert hast.

Ich habe zu Gott gebetet, dass er dich beschützen soll, aber am besten betest du auch darum.

Rachel.

Von ganz unten aus dem zerfetzten, weit gereisten Umschlag nahm Billy die Kette und betrachtete sie. Das verzauberte Zehn-Cent-Stück seiner Cousine. Er lächelte und seufzte und nahm den Brief wieder zur Hand, ging schnell über die uninteressanten Passagen weg und suchte nach dem Namen seines Vaters. Dem ersten Erscheinen seines Vaters. Davon hatte er nichts gewusst. Ein Mädchen, eine Lichtung im Wald, ein Sturm.

Das hatte sein Vater nie erwähnt.

Die wenigen Male, die er als Kind die Hand des Vaters gehalten hatte, als sie auf den Felsen auf der Winterseite der Insel standen und zum Himmel hochsahen, hatte sein Vater da an diese Geschichte gedacht? An das Mädchen beim Handelsposten am Ende der Welt?

Billy legte den Brief weg und überlegte, weshalb sein Vater ihm nie davon erzählt haben mochte.

Doch dann fiel ihm die Antwort ein.

Er hatte das alles ja nie wissen wollen. Das Fliegen war das Einzige, was ihn interessierte hatte.

Er verwahrte Rachels Brief. In zwanzig Minuten musste er mit dem Hubschrauber hoch. Er würde irgendwie versuchen, Monroe zu finden, und ihm dann Rachels Adresse geben. Wenigstens hatte Steve dann etwas, worauf er sich freuen konnte. Im Moment hatte er einfach nicht genug Zeit, Rachels Brief zu beantworten. Der Poststempel zeigte außerdem, dass der Brief vor drei Wochen schon aufgegeben worden war. Und dann waren da noch acht lange, langweilige Briefe von Trish, die er zuerst beantworten musste.

Billy griff nach seinem Pilotendress und zog sich an. Er zündete sich eine Zigarette an und schlug den Eingang von dem Zelt zurück, das im Moment sein Quartier war. Aber etwas hielt ihn davon ab, in die feuchte, sengende Hitze hinauszutreten, die ihn schneller umbringen würde als eine Boden-Luft-Rakete.

Er ging zurück und nahm Rachels verzaubertes Zehn-Cent-Stück hoch, hängte es sich um den Hals und verstaute es unter dem Fliegerdress. Er setzte seinen Helm auf, legte den Überlebensgürtel an, ging hinaus und stellte sich in Gedanken auf einen weiteren Tag im Büro ein.

Dreizehntes Kapitel

Lieber Billy,

wieso hast du mir noch nicht geschrieben? Du schuldest mir sieben Briefe. In deinem letzten, den du übrigens vergessen hast zu datieren, fragst du, weshalb ich immer noch zu Hause bei den Eltern wohne. Wo soll ich denn sonst hin?

Ich würde uns ja eine Wohnung suchen, aber das würde bedeuten, dass ich dann GANZ ALLEIN FÜR MICH leben müsste, bis du zurückkommst. Ich glaube, das kann ich im Augenblick nicht. Wenn ich weiß, du kommst nach Hause, werde ich uns eine Wohnung suchen, okay? Ich dachte, darauf hätten wir uns geeinigt?

Gestern kam ein Anruf von Brian Myles, einem meiner alten Professoren von der Uni hier in Los Angeles. Er erzählte mir von einer freien Stelle an einem anglistischen Institut (Literatur der Romantik im 19. Jahrhundert – mein Examensthema), allerdings an der Universität von Ohio. Kann man in Ohio tatsächlich *leben?* Die Stelle ist auf ein Jahr befristet, und im Übrigen geht es mir in letzter Zeit gar nicht so gut, also habe ich absagen müssen. Außerdem möchte mich Mom ganz gern in der Nähe haben.

Ich will ja nicht, dass du dir Sorgen machst, aber inzwischen muss ich einmal in der Woche zum Arzt. Mom begleitet mich, und Dad bezahlt die Rechnungen, also mach dir bitte keine Sorgen. Ich weiß, das behagt dir nicht, aber allein schon die Arztrechnungen sind höher als das, was die Regierung mir schickt. Wieso bekomme ich so wenig von deinem Sold? Ich hätte dich so gern jetzt bei mir, aber andererseits ist es vielleicht ganz gut, dass du nicht hier bist. Wer will schon seine Frau sehen, wenn sie ganz aufgequollen ist und fleckige Haut hat und anfängt zu kotzen, wenn sie das Essen nur riecht? Obst und Kräcker, davon lebe ich im Moment. Es ist fürchterlich.

Manchmal fühle ich mich so einsam, dann sehne ich mich so nach dir. Viel geredet hast du ja nie, aber das war egal. Dein Schweigen war nie unangenehm. Ich habe immer gewusst, was du gerade denkst, denn dazu brauchte ich dir nur in die Augen zu sehen. Jetzt habe ich bloß ein paar Fotos, und das ist nicht genug, aber es ist immerhin noch besser als gar nichts.

Manchmal vermisse ich dich so sehr, dass ich einfach weinen muss, weil du nicht bei mir bist.

Ich habe mich um eine Stelle an der Uni beworben, aber als ich zu dem Vorstellungsgespräch kam und die sahen, dass ich schwanger bin, haben sie mir gesagt, da läge wohl ein Irrtum vor. Keiner will eine Schwangere einstellen. Muss irgendwie eine ansteckende Krankheit sein.

Dad wollte die Uni verklagen. Al, unser Anwalt, hat ihn davon abgebracht. Dad hat gesagt, er wird mir eine Arbeit, irgendeine Arbeit, bei seinem nächsten Film besorgen. Ich schreibe dir dann alles darüber, wenn es so weit ist.

Hier kommt mir alles so leer vor ohne dich, Billy.

Wieso hast du mir noch nicht geschrieben? Du hast versprochen, du rufst an, wenn du kannst. Jeden Tag überlege ich, was du wohl gerade tun magst. Hast du dich schon mit ein paar Leuten näher angefreundet oder nur mit Steve? Du erwähnst ihn gar nicht. Ist da was passiert?

Schreib mir, Billy. Immer wenn der Postbote kommt und für mich ist nichts dabei, werde ich ganz trübsinnig.

Ich muss einfach wissen, ob du mich noch liebst.

Trish.

Billy las den Brief noch ein zweites Mal, bevor er ihn in die oberste Schublade seines Schreibtisches steckte.

Zuerst musste er Rachel schreiben – er erledigte alles gern in einer bestimmten ordentlichen Reihenfolge. Jetzt, da Rachel die richtige Adresse hatte, schrieb sie ihm jede Woche, und Billy wusste, wessen Brief er lieber las. Seine Frau jammerte und klagte und brachte irgendwelche Worte aufs Papier. Aber irgendetwas von Bedeutung hatte sie nie zu sagen. Man hatte den Eindruck, dass es für sie nur die paar Sachen gab, die sie persönlich betrafen. Rachels Briefe waren anders. Es waren handgeschriebene, ordentliche, *nette* Briefe, die ihn, wenigstens für eine Weile, vergessen ließen, wo er sich befand. Er brauchte das, und allmählich fiel ihm auf, dass er mehr und mehr an sie dachte ...

Also schrieb er ihr, wie viel ihre Briefe ihm bedeuteten. Was für eine große Überraschung der erste Brief gewesen war. Und, ja, sie seien natürlich noch Freunde und würden das auch immer sein, und ja, natürlich nahm er ihr verzaubertes Zehn-Cent-Stück nie ab. Er fühlte sich nur sicher, wenn er es trug. (Das war gelogen, aber das würde sie nie erfahren.) Ohne zu zögern, vertraute Billy Rachel alles an, was ihm durch den Kopf ging und ihm auf dem Herzen lag. Das kam ihm ganz selbstverständlich vor.

Er ging in die Offiziersmesse, aß ganz für sich allein und ging dann in sein Quartier zurück, um seine zweite Aufgabe in Angriff zu nehmen; er musste mit dem Brief an seine Frau beginnen, wobei er sich fragte, was er ihr diesmal nur schreiben sollte. Auf wie viele verschiedene Arten konnte man sagen, dass alles in Ordnung war; dass es nichts gab, worum sie sich sorgen musste; dass er zu Hause sein würde, ehe sie sich versah, und wie sollte er es noch formulieren, dass er, wieder einmal, dafür sorgen würde, dass sie mehr Geld bekäme? Die immer wieder gleichen Worte waren ihm allmählich ausgegangen.

Was wirklich los war, würde Trish gar nicht hören wollen. Nicht dass er ihr viel zu erzählen hätte. Sie würde es nicht verstehen – es lag jenseits ihres Erfahrungshorizontes. Sie hatte nicht einmal gewusst, dass es ein Land namens Vietnam überhaupt gab, und interessierte sich jetzt halbherzig auch nur deshalb dafür, weil man ihren Mann dorthin geschickt hatte.

Als ihn die Armee auf seine erste Mission in den Dschungel geschickte hatte, war ihm klar geworden, wie wertvoll das Leben ist. Oder wenn nicht das Leben, dann wenigstens das Am-leben-Sein. Wirklich und wahrhaftig am leben sein. Seine Aufgabe war es, Soldaten und Ausrüstung über neuen Kampfgebieten abzusetzen, und immer ging es heiß her. Sein Adrenalinpegel schoss regelmäßig in die Höhe.

Kanonenfutter. Lebendiges, atmendes Kanonenfutter. Die meisten Männer, die er auf dem Boden absetzte, wussten nicht einmal, wofür sie überhaupt kämpften. Sein Rang brachte ihm einen gewissen Respekt ein, aber Freunde hatte Billy keine. Und Freunde an diesem gottverlassenen Ort waren wie Nahrung. Sie hielten einen am Leben.

Vom allerersten Einsatz an verließ er sich sehr auf seinen Überlebensinstinkt – auch um das Überleben der anderen zu sichern. Er flog mit einem jungen Burschen, Mick Gibbons (Kopilot), mit Bordkommandant Jerry Thomas und dem Bordschützen und »Mädchen für alles« Buster Keaton. Alle Welt nannte ihn schon so lange Buster, dass keiner mehr seinen richtigen Namen wusste. Seine Frau hatte vor kurzem das vierte Baby bekommen, und dabei war sie noch nicht einmal dreiundzwanzig Jahre alt. Buster bot ihm eine Zigarre an, und sie rauchten zusammen, aber dass sie miteinander redeten, kam kaum vor. Und das lag hauptsächlich daran, dass Billy nicht trank. Er hätte Buster erzählen können, dass Trish schwanger war, aber das wäre für die Jungs nur eine weitere

Ausrede zum Feiern gewesen, also lehnte er höflich ab, haute sich aufs Ohr und ließ die Jungs in Ruhe feiern. Die hatten Ablenkung nötig.

Ein typischer Tag sah bei ihm so aus: Er bekam seinen Einsatzbefehl, begab sich zur DLZ – zur designierten Landezone –, wo er seine lebende Fracht absetzte beziehungsweise an Bord nahm, und dann sah er zu, dass er so schnell wie möglich wieder rauskam, und das manchmal bis zu zwanzig Mal an einem einzigen Tag.

In Gedanken hielt er ständig Zwiesprache mit der Vielzahl von Göttern, die ihm bei der Jagd geholfen hatten, als er noch ein kleiner Junge war, und das ein oder andere Wort richtete er auch an den anderen, alleinigen Gott, aber meist sprach er mit seinem Vater. Es verging kaum ein Tag, an dem er seinen Vater nicht in seiner Nähe spürte. So etwas konnte er Rachel erzählen, aber nie im Leben seiner Frau.

Ob ich schon herausgefunden habe, was Krieg ist? Das ist eine ziemlich blöde Frage. Ich hätte nicht gedacht, dass du so was schreiben würdest.

Ich hatte sehr wohl schon herausgefunden, was Krieg ist. Ich wusste, das heißt, na ja, ich hatte davon gehört, was Krieg bedeutet, wie es ist, wenn man zu Hause ist und wenn man glücklich und zufrieden ist und auf einmal kommt ein Fremder daher und sagt, wir wollen, was ihr besitzt, also gebt es her, sonst bringen wir alle um und nehmen es uns dann sowieso. Das ist etwas vereinfacht, ich weiß, aber wie soll ich es sonst erklären? So hat mein Großvater es uns erklärt, als wir noch kleine Jungen waren und ihm zu Füßen saßen und an seinen Lippen hingen. Die russischen Pelzhändler haben es so mit meinen Vorfahren gemacht. Sie wollten sich nicht versklaven lassen, und so wurden sie getötet. Die Familie meines Großvaters, ihre ganze Lebens-

weise wurde ausgelöscht. Er war noch ein Kleinkind damals, aber er konnte sich noch erinnern. Er erinnerte sich noch gut, wie schmerzlich es war, noch einmal ganz von vorn anfangen zu müssen. So was sollte einem nicht zwei Mal im Leben passieren. Aber meinem Großvater ist es so ergangen. Du hättest meinen Großvater gemocht ...

Was Billy ihr erzählen wollte, durfte er nicht erzählen. Das wäre ein Verstoß gegen die Sicherheitsvorschriften gewesen. Seit drei Wochen flogen sie nun schon in die Kampfgebiete, nahmen Männer an Bord und brachten sie so schnell wie möglich raus. Sie waren achtzig Fuß über einem Reisfeld, da wurde der Hubschrauber unter Beschuss genommen. Billy bekam das Trudeln nicht in den Griff. Woran er sich vor allem erinnerte, war Jerrys Brüllen: Buster hat es erwischt! An dem Tag erlebte er eine andere Art von Angst.

Buster war tot, bevor sie die Maschine im Bach landeten. Es gelang ihnen gerade noch herauszuklettern, dann fing der Hubschrauber auch schon zu brennen an. Billy saß mit dem Hintern in grünlichem Schleim und wurde von allen Seiten beschossen.

Diese Angst, die er als Junge gespürt hatte, als er allein mit Eennali auf dem Eis war und wie von Furien gehetzt nach Hause rannte, weil sie so taten, als wäre ein Eisbär hinter ihnen her, diese Angst kam jetzt wieder in ihm hoch. Es war fast dieselbe Angst wie in seiner Kinderzeit – alle Sinne aufs Äußerste angespannt –, nur dass es diesmal *wirklich* war. An jenem Tag war er fast sicher, dass er sterben würde. Fast sicher. Auch Mick hatte es erwischt. Billy konnte weiter nichts tun als hoffen, dass die Australier, die er an Bord hatte nehmen wollen, ihren Job beherrschten. Und das taten sie auch. Und während er zurückfeuerte, so gut er konnte – nur mit dem einen Arm, mit dem anderen versuchte er, Micks Gesicht aus dem schleimigen Wasser rauszuhalten –, dachte Billy an einen Notruf, den er einmal über eine offene Frequenz mit angehört hatte.

Eine Chinook war getroffen worden und stürzte trudelnd nach unten. Wieder und immer wieder hörte er den Piloten über Funk brüllen: *Ich werde sterben, o Gott, steh mir bei! Ich werde sterben!*

Billy wusste noch, wie er zu Mick hinübergesehen hatte. Mick hatte einfach nur eine Grimasse geschnitten. Dann hörten sie die Antwort auf diesen Hilfeschrei. Es war eine Stimme mit australischem Akzent:

»Wenn du stirbst, dann stirb wenigstens wie ein Mann, gottverdammter Wichser!«

Manche Australier nannten die Amerikaner so. Gottverdammt.

Nur so ein Ausdruck. Ganz egal wer in Schwierigkeiten steckte, wenn die Australier in der Nähe waren, dann halfen sie. An dem Tag retteten sie Billy Shaw in dem Reisfeld das Leben. Auch Mick und Jerry wurden gerettet. Die Retter wurden zu Geretteten.

Buddy Ellis, ein schwarzer Captain von der Air Force, der mit seinem Aufklärungsflugzeug im Einsatz war, sah sie runtergehen und rief über Funk sofort einen weiteren Rettungshubschrauber heran.

An dem Tag erfuhr Billy, was für ein Gefühl es war, einen Helikopter wie eine Art Erlöser am Horizont hereinschweben zu sehen. Diese Perspektive war neu für ihn. Ein anderer Pilot, der die Verwundeten abtransportierte. Bis jetzt war Billy auf das Notrufsignal hin zum Einsatzort geflogen. Aber diesmal war er unten am Boden und wartete auf den Rettungshubschrauber.

Und hier saßen sie nun, die Hubschraubermannschaft

komplett bis auf einen Mann, mitten in einem stinkenden Reisfeld, viel zu nah an ihrer brennenden Maschine, und wurden von allen Seiten beschossen. Billy versuchte, Micks Kopf aus dem schleimigen Wasser hochzuheben und ihn außerdem wach zu halten, aber Mick wurde immer wieder ohnmächtig, weil er so viel Blut verloren hatte. Er hörte den Hubschrauber. Ein Rauchsignal war zu sehen, und dann hörte er das Zauberwort, den Satz, den er selbst an die zwanzigmal am Tag gesagt hatte:

Ich sehe Rot.

Bestätige Rot.

Der Hubschrauber ging runter, und die Australier feuerten weiter, während die Verwundeten an Bord gehievt wurden. Und unter diesen Verwundeten war auch Billy. Jemand hatte Blut an ihm gesehen, und das reichte schon. Aber es war gar nicht Billys Blut. Es war das Blut von Mick. Billy konnte ohne Hilfe gehen, aber dieser untersetzte australische Sergeant hob ihn hoch und warf ihn in den Hubschrauber, als wäre er ein Sack Mehl. Ein paar Sekunden später waren sie schon wieder in der Luft.

An die tausend Mal hatte er das schon gehört – dieses gemurmelte *Danke, Kumpel, danke, Mann,* wenn der Hubschrauber wieder hochging und den Kurvenflug einleitete und alle an Bord zu ihrem jeweiligen Gott beteten, er möge sie alle heil rausbringen. Aber er hatte immer gedacht, der Ausspruch sei nur ein Rest von dem ganzen Überschuss an Adrenalin. Wörtlich hatte er das nie genommen. Ständig versprachen die Geretteten, der Hubschraubermannschaft ein Bier zu spendieren, wenn sie erst einmal die designierte Sicherheitszone erreicht hatten. Aber das taten sie natürlich nie. Für Billy waren es einfach Soldaten, und es grenzte schon an ein Wunder, wenn er sie wiedersah oder sogar einen von ihnen erkannte. Von dem Tag an sah er das anders. Er wusste jetzt, wie man sich als Geretteter fühlte, und er wusste, dass die Dankbarkeit aufrichtig gemeint war.

Billy bedankte sich bei den Australiern auf dieselbe Weise. Einer war der Sergeant, der ihn an Bord gehievt hatte. »Schon gut, Kumpel«, sagte er nur.

»Wie heißen Sie?«, fragte Billy.

»Kannst T. J. zu mir sagen.« Dann sah er, wie Billy Micks Kopf in seinem Schoß hielt, und weil er annahm, dass sie beide gute Freunde waren, fügte er hinzu: »Der arme Kerl, der wird das Bein verlieren.« Dann schaute er weg, kratzte sich den Arm und sagte weiter nichts mehr. Billy würde T. J. wiedersehen, aber damals dachte er, er wäre wie die zahllosen anderen: nur einer, den man kurz rausgeflogen hatte und den man dann vergaß. Er sollte sich irren.

Sie amputierten Mick das Bein oberhalb des Knies, und dann wurde er ordnungsgemäß nach Hause geschickt. Busters Leichnam – beziehungsweise das, was davon noch übrig war – wurde schließlich geholt, als das Gebiet geräumt wurde, und in die Vereinigten Staaten zurückgeschickt. Vielleicht würde seine Witwe mit den vier Kindern eine Art Rente bekommen. Und wie nicht anders zu erwarten, verschwand Jerry in dem dichten, lebendigen Nebel des Krieges. Wenn Billy überhaupt so etwas wie Freunde hier hatte, dann waren das diese vier Männer, bis er nach Phu Bai geschickt wurde und dort mit Buddy Ellis zusammenarbeitete.

Das konnte er nicht alles in einem Brief erzählen. Aber etwas konnte er schon von Buddy schreiben.

Buddy ist im Grunde der erste Schwarze, den ich kennen gelernt habe. Ich glaube, abgesehen von Monroe ist er mein einziger Freund hier. Monroe habe ich jetzt seit Monaten schon nicht mehr gesehen. Ich weiß nicht einmal, wo er ist und ob er überhaupt noch lebt. Er soll irgendwo in der Nähe von Hanoi Krankentransporte machen, habe ich zuletzt gehört.

Für ein paar Monate bin ich abkommandiert zum MACV-Basislager in Hue, direkt am Perfume River. Keine Ahnung, weshalb sie den Fluss mit Parfüm in Verbindung bringen. Von meinem Zimmer aus sehe ich den Kaiserpalast.

Ich glaube, ich werde eine ganze Weile hier bleiben.

Bald wollen Buddy und ich mal zu den alten Heiligtümern und Grabstätten rausfahren, vorausgesetzt, wir bekommen am selben Tag frei. Wenn er frei hat, dann habe ich Dienst.

Es ist wirklich hübsch hier. Die Leute sind höflich und grüßen einen, als ob sie dabei ein Gebet für einen sprechen. Richtig rührend. Ich stelle mir vor, wie mein Großvater mit den Leuten hier geredet hätte ... Meine Leute und die Menschen hier haben tatsächlich viel gemeinsam, und ich glaube, ich werde mich wohl noch ein wenig näher mit dem Buddhismus beschäftigen.

Mein Zimmer hier ist wie die Bude in einem billigen Hotel, aber verglichen mit der Insel und Phu Bai ist es Fünfsterneluxus, also kann ich mich nicht beklagen. Ich habe ein einigermaßen anständiges Bett und mein eigenes Badezimmer. Wir essen alle in derselben Messe. Die Australier mögen unser Essen nicht besonders.

Unten im Marine-Versorgungslager tauschen sie Erinnerungsstücke aus dem Feindesland, die sie entweder gefunden oder gestohlen haben, und wenn ich sie dann ins Lager zurückkommen sehe, haben sie den Jeep voll mit dem, was sie »was Anständiges zu Futtern« nennen ... Aber das konnte er nicht schreiben.

Sie sagen, sie vermissen ihre Kängurusteaks und ihr Gegrilltes vom Koalabären, aber man weiß eigentlich nie genau, wann sie nun Witze machen und wann nicht. Aber ich nehme an, das interessiert dich gar nicht. Manchmal weiß ich nicht so recht, was ich dir schreiben soll, also einstweilen sollst du nur wissen, dass es mir gut geht. Ich fliege jeden Tag ...

Ich habe schon ein paar feindliche Stellungen ausgekundschaftet – habe sie erspäht und die Phantomjäger hingeschickt, die ihnen dann den Rest gegeben haben. So eine Phantom würde ich auch manchmal gern fliegen. Aber nur manchmal. Denn solange ich hier bin, gibt es Momente, da habe ich überhaupt nicht das Gefühl, im Krieg zu sein. Aber dann wieder werden alle im Lager von Minenwerfern aus dem Schlaf gerissen.

Grüß bitte deine Eltern von mir. Ich kann dir im Moment nicht mehr sagen, als dass meine Zeit hier ja nicht ewig dauern kann.

Ich denke jeden Tag an dich, und ich weiß, es wird mir jetzt nicht mehr so schwer fallen, dir zu sagen, dass ich dich liebe, wenn wir uns wiedersehen. Ich hoffe, das wird bald der Fall sein. Ein Jahr ist ja schließlich nicht so lang, oder? Jedenfalls sage ich mir das immer.

In Liebe, Billy.

Im Radio spielten sie *Paint it Black* von den Rolling Stones. Billy legte den Stift weg, seufzte und reckte sich. Mick Jaggers Stimme schwang an den Rändern seiner Wahrnehmung. Er schaute auf die Uhr. Es war spät, oder auch früh, je nachdem, wie man es betrachtete, und es wäre besser, wenn er sich für den kommenden Tag eine Mütze voll Schlaf holte. Müde war er nicht, hätte es aber eigentlich sein sollen. Um vier Uhr früh musste er raus, aber er hatte den Flug bereits vorbereitet, und seine Karten waren sicher verstaut. Seit Monaten hatte er schon nicht mehr ordentlich geschlafen, seit sein Hubschrauber abgeschossen worden war. Er hatte keine Ahnung, wieso er nicht schlafen konnte – er war zwar abgestürzt, aber schließlich mit dem Leben davongekommen. Er nahm an, es war das Wissen, dass Buster immer noch in der Maschine steckte und dass die Maschine brannte und keiner etwas tun konnte außer zu versuchen, am Leben zu bleiben. Einem Toten kann man nicht mehr helfen, und er war tot, noch bevor sie in dem grünlichen Schleim landeten ...

In Gedanken durchlebte er das Ganze noch einmal. Was hätte er anders machen können? Nichts. Was hätte er anders machen sollen? Wiederum nichts. Eine Sekunde oder auch zwei, das machte den Unterschied aus zwischen Billys Leben und dem des Bordschützen.

Der eine Frau und vier kleine Kinder hatte.

Immer wenn es so übel wurde, dass der Schlaf schlimmer war als das Wachsein, schrieb Billy an Rachel. Das half.

In Hue war nicht viel los. Er hoffte inständig, man würde ihn nach Phu Bai zurückschicken. Da hätte er dann wenigstens etwas zu tun, was der Mühe wert wäre. Hier in Hue im MACV-Lager gab es Marinetruppen von der 9. Kompanie, Techniker von der Navy, Armeepiloten, ein paar Australier, die ihre Einheiten schon seit Monaten nicht mehr zu Gesicht bekommen hatten, sowie den einen oder anderen Kanadier von den Friedenstruppen. Außerdem waren da noch die Südvietnamesen und schließlich Buddy El und ein paar andere vom Korps. Wie bei den Vereinten Nationen ging es hier zu, und tagaus, tagein versahen alle ihren Dienst vom selben Basislager aus. Piloten, die Jeeps über den Fluss zum Flugfeld brachten. Die üblichen abfälligen Bemerkungen – von der Armee Richtung Navy, von der Navy Richtung Air Force, von den Marinetruppen in jedermanns Richtung, und alle mit asiatischem Aussehen wurden Schlitzaugen genannt. Gut oder böse, anständig oder nicht, es waren immer Schlitzaugen.

Schlitzauge sagte niemand zu Billy. Jedenfalls sagte es ihm niemand ins Gesicht. Nicht dass er wüsste.

Vielleicht das Einzige, was Billy wirklich ärgerte, war: der Mangel an Toleranz, da die Südvietnamesen so freundliche, höfliche, außergewöhnlich anständige Leute mit viel Familiensinn waren. Seinen eigenen Leuten ziemlich ähnlich. Die, mit denen Billy in Kontakt kam, schienen zu spüren, dass er in irgendeiner Weise »anders« war.

Billy wurde jetzt als Amerikaner angesehen. Irgendwie anders, aber doch Amerikaner.

Er hielt sich so bedeckt und neutral, wie er nur konnte.

Er ging wieder an den Anfang seines Briefes zurück und las das Ganze noch einmal. Was ihm durch den Kopf ging, konnte es nicht zu Papier bringen. Aber er warf den Brief nicht weg. Er legte ihn beiseite, mit der Absicht, ihn später zu den anderen dreiundzwanzig Briefen zu legen, die er geschrieben, aber nie abgeschickt hatte, und er griff nach dem Bündel von acht Briefen, die ihn vor zwei Tagen endlich erreicht hatten, und wieder einmal schrieb er an Trish. Dieser Brief war banal. Er war Mist. Er log. Erzählte ihr, alles sei bestens, und kommentierte, so gut er konnte, die paar Aspekte des Lebens in Beverly Hills, die Trish für wichtig genug gehalten hatte, um ihm davon zu schreiben.

Hauptsächlich: Ich habe nicht genug Geld, kannst du mir mehr schicken? Wie ergeht es dir da drüben, Billy? Gibt es irgendetwas, was ich für dich tun kann?

Tja, dachte er. Tu was für mich, indem du dich ausnahmsweise einmal ein bisschen intelligent anstellst. Du bist doch nicht dumm, Trish, also warum benimmst du dich dann so idiotisch?

Sie hatte von nichts eine Ahnung. Andererseits wollte Billy auch gar nicht, dass sie zu viel erfuhr.

Es war wie mit dem Philosophen, der einmal gesagt hatte: Wenn du nie den Krieg erlebt hast, kannst du ihn auch nicht beschreiben. Wenn du ihn erlebt hast, kannst du ihn einfach nicht erklären.

Also weshalb jemanden beunruhigen, der es ohnehin nicht verstehen würde?

Bevor sich Billy, diesmal in der Hoffnung, schlafen zu können, ins Bett legte, steckte er den falschen Brief in den Umschlag und klebte ihn zu. Er merkte nicht, dass er Trish seinen Brief an Rachel schickte.

Vierzehntes Kapitel

Rachel?«

Sie reagierte nicht auf ihren Namen. Sie saß auf Sallys Balkon, angeblich um »frische Luft zu schnappen«. Die Kleine hatte einen Brief von ihrem Cousin aus Vietnam bekommen, und Sally hatte gesehen, wie ihr beim Lesen die Tränen in die Augen gestiegen waren. Sie war auf den Balkon hinaus gegangen und hatte leise die Schiebetür hinter sich geschlossen. Rachel wollte allein sein.

Sally wusste, dass sie das eigentlich nicht sollte, aber sie ging ihr trotzdem hinterher. Hoffentlich hatte Rachel keinen dieser letzten Briefe erhalten – die einem mitteilten, dass jemand gestorben war.

»Rachel?«

Sie schaute auf.

»Schlechte Nachrichten?«

»Er hat mir den falschen Brief geschickt. Und seine Frau hat wahrscheinlich den Brief bekommen, der für mich bestimmt war. Gott, hoffentlich nicht. Hoffentlich nicht. Manchmal schreibt er wirklich sehr persönliche Sachen, Sally. Sehr persönliche.«

Sally setzte sich an den kleinen runden Holztisch und folgte Rachels Blick auf das Wasser hinaus und auf die Lichter der Stadt, die sich darin spiegelten.

»Etwas, worüber du gern reden würdest?«

»Das würdest du nicht verstehen.«

»Wieso denkst du das?«

»Ich habe etwas sehr Blödes gemacht, Sal. Und jetzt wird seine Frau davon erfahren. Ich fühle mich schuldig, weil ich ihn zu so etwas überredet habe.«

»Wenn einer etwas nicht will, kann man ihn auch nicht dazu überreden.«

»Das habe ich mir auch schon überlegt, aber ... Es war, als wäre nicht ich es gewesen. Es war eine andere. Und doch bin ich es gewesen. Ich war es. Ich habe ihn um Verzeihung gebeten. Ich musste einfach wissen, ob wir noch Freunde sind, denn er bedeutet mir so viel, Sal. Wirklich. So etwas werde ich für keinen anderen mehr empfinden, das glaube ich bestimmt.«

»Was ist denn passiert, dass du dich so sehr dafür schämst?«

»Das kann ich nicht sagen, das ist mir einfach zu peinlich.«

Sally musterte das Mädchen, das zufälligerweise die Nichte des Mannes war, den sie unbedingt hatte zurückhalten wollen, in einer Zeit, als sie keinen Ausweg mehr gesehen und als die Einsamkeit schon ein Loch in sie gefressen hatte, so groß, dass es nahezu unendliche Ausmaße angenommen hatte. Sie hätte wer weiß was getan, um ihn zu halten, und bei Gott, sie hatte auch alles versucht. Aber sie hatte sich benommen wie eine sexhungrige Wildkatze und hatte ihn abgeschreckt. Dachte die Kleine denn etwa, sie sei der einzige Mensch auf der Welt, der sich für etwas in seiner Vergangenheit schämen musste?

»Ich komme schon klar, Sal. Ich werde schon allein damit fertig. Geh nur ruhig ins Bett.«

Aber Sally rührte sich nicht, sondern knöpfte nur die Wolljacke zu, die sie schnell übergeworfen hatte, bevor sie in die Dunkelheit und in die Kälte hinausgegangen war. Weihnachten stand vor der Tür, und es würde bald zu schneien anfangen. »Du kannst es mir ruhig sagen, Rachel.«

Sie musste sich nicht groß überreden lassen. »Ich habe sein Leben ruiniert.«

»Ach, Unsinn, das glaube ich nicht.«

»O doch, das stimmt aber. Er hat mir von seiner Freundin in Kalifornien erzählt. Dass sie nett ist und wirklich sehr hübsch und dass sie ihn liebt und dass sie bald heiraten werden. Na ja, inzwischen sind sie verheiratet. Sie haben sich in Las Vegas trauen lassen, kurz bevor er nach Vietnam musste. Sie ist schwanger von ihm.«

»Hast du deshalb vor ein paar Wochen so geweint, als die Post kam?«

Rachel nickte. »Er hat mir gesagt, dass sie schwanger ist und dass er jetzt wohl besser zu ihr stehen sollte. Aber ich glaube nicht, dass er sie liebt, Sal. Nicht so, wie er mich liebt. Ich weiß das. Ich weiß, dass er mich liebt. Er sagt Sachen in seinen Briefen – etwa, dass er sich wünscht, wir hätten uns schon viel früher kennen gelernt, denn wenn er mir früher begegnet wäre, dann wäre so vieles ganz anders gekommen. Er sagt, wir seien uns sehr nahe, und das habe nichts damit zu tun, dass meine Mom und sein Dad Bruder und Schwester waren. Es ist, als wenn ... als wenn es plötzlich auf seltsame Weise gefunkt hätte, als wir uns zum ersten Mal sahen. Wirklich. Genau so war es. Ich vermisse ihn so sehr.«

»Also erzähl mir schon, was los war.«

»Du wirst denken, ich bin ein Flittchen.«

»Herzchen, hast du je von der Geschichte mit den Steinen und dem Glashaus gehört?«

Rachel schaute in Sallys gütige, allwissende Augen. Diesen Blick bewirkte das Alter bei einer Frau. Aber in den Augen ihrer Mutter hatte sie so etwas nie gesehen. Oder vielleicht hatte Rachel nur nie genau genug hingesehen. Wie auch immer, endlich hatte Rachel einmal die Gelegenheit zu reden. Wirklich zu reden. Endlich gab es jemanden, der alles Mögliche gesehen und vermutlich auch mitgemacht hatte, und trotzdem konnte diese Frau noch erhobenen Kopfes durchs Leben gehen und alles, was sich ihr bot, ohne Angst als Herausforderung sehen.

Vielleicht brachte das Alter diese Art von Stärke mit sich. Entweder das Alter oder allein schon die Tatsache, dass Sally so vieles schon selbst durchlebt hatte. Vielleicht war es ihr auch einfach angeboren.

Rachel bezweifelte, dass sie selbst überhaupt Stärke in sich hatte. Sie vermisste Billy so sehr. Keiner ihrer Pläne hatte sich so umsetzen lassen, wie sie sich das gedacht hatte. So wie die Dinge sich entwickelten, schien es, als würde sie bis zum nächsten Leben warten müssen, ehe sie ihre Cousine Lily besuchen könnte. Klar, es tauchten alle möglichen Jungs auf, die wer weiß was getan hätten für eine Verabredung mit ihr, aber sie konnte sich mit keinem von ihnen verabreden, weil sie ja ständig arbeiten musste. Die Bezahlung war mies, und allmählich hatte sie den Eindruck, sie würde nie zu eigenem Geld kommen. Fast ihr ganzer Verdienst ging drauf, um ihre Schulden zu bezahlen. Und bei Sally wohnte sie ja schließlich auch nicht umsonst. Sie könnte versuchen, sich einen reichen Jungen zu angeln, das würde ihr Problem sicher lösen, aber die Bekanntschaft mit Billy hatte dieser Art Leben ein Ende bereitet. Und mit diesen pickligen Idioten wollte sie sich sowieso nicht treffen – sie wusste genau, worauf die es abgesehen hatten. Das stand ihnen ins Gesicht geschrieben. Früher hatte sie sich gut gefühlt, wenn Jungs sie so ansahen. Sie war sich als etwas Besonderes vorgekommen. Aber seit sie nicht mehr zu Hause wohnte, musste sie sich auch nichts mehr beweisen. Sich hinzulegen und die Beine breit zu machen war einfach keine Lösung. Damit würde sie nur sich selbst weh tun, sonst niemandem. Das zumindest wusste sie inzwischen.

Außer Sally war Billy Shaw der einzige Mensch, der sie je um ihrer selbst willen gemocht hatte. Wie sie aussah oder was sie trug, hatte für sie nie eine Rolle gespielt. Diesen beiden fühlte sie sich oft näher als ihrer ganzen Familie. Es kam ihr so vor, als hätte Gott sie am falschen Ort abgesetzt, und sie fragte sich, ob der Sinn ihres Lebens wohl darin lag, dass sie sich auf die Suche nach dem Ort machen musste, an den sie wirklich gehörte.

Das war alles, was Rachel Meschers wusste. Diese unausgefüllten Tage, an denen sie nichts getan und sich deswegen verabscheut hatte, waren längst vorbei. Sie arbeitete so hart, dass sie gar nicht zum Grübeln kam. In Jims Büro gab es so viel zu tun, und sogar Jim selbst hatte einmal gesagt, er habe so ein Gefühl, »als ob du es wirklich noch einmal weit bringen könntest, Kleine«.

»Glashaus, was meinst du damit?«, fragte Rachel.

»Einsamkeit bringt die Leute manchmal dazu, ganz schön verrückte Sachen zu machen, Rachel. Wenn du nur lange genug einsam bist, kannst du sogar wahnsinnig werden. Meiner Mama ist das passiert. Aber das bedeutet natürlich nicht, dass du dich für den Rest deines Lebens schuldig fühlen musst wegen der Sachen, die du gemacht hast, als du einsam warst, stimmt's? Billy würde das jedenfalls nicht wollen.«

»Ich hätte ihn nicht dazu überreden sollen. Ich kann einfach nicht glauben, dass ich damals so was gemacht habe.«

»Und wenn du ihn nicht ›überredet‹ hättest, glaubst du, du wärst dann heute hier?«

»Wahrscheinlich nicht.« Rachel dachte wieder an jenen Nachmittag auf dem Long-Cane-Friedhof in Abbeville. Was sie da im Gras mit ihm getrieben hatte. Es auf diesem Friedhof zu machen war unheimlich aufregend für sie gewesen. Für ihn war es schon aufregend gewesen, sie da einfach nur liegen zu sehen. Typisch Mann, er konnte einfach nicht anders, und sie hatte ihn benutzt. Hatte ihn benutzt, damit es ihr besser ging, aber tatsächlich hatte es alles nur noch viel schlimmer gemacht. Und jetzt wusste wahrscheinlich seine Frau davon. Er hatte die Chance gehabt, richtig glücklich zu werden. Und sie war so egoistisch gewesen, ihm diese Chance zu zerstören. Dabei war es schon schlimm genug, dass er in Vietnam war und jeden Tag getötet werden konnte.

»Die Gründe, warum wir gewisse Dinge tun, können uns gar nicht alle bewusst sein, Rachel. Wenn es einen Gott gibt, dann bin ich auch sicher, dass ein riesiger Plan existiert, in den wir alle hineinpassen. Es passiert etwas, worüber wir in dem Moment gar nicht lange nachdenken, aber vierzig Jahre später begreifen wir endlich, weshalb es passiert ist. Verstehst du, was ich meine?«

»Nein. Es gibt keinen Gott.«

»Wieso nicht?«

»Wieso müssen Menschen leiden, wenn es einen Gott gibt?«

»Gott ist ja nicht schuld daran, dass die Menschen leiden, aber ich nehme an, sie müssen einfach irgendjemandem oder irgendetwas die Schuld für das geben, was sie selbst zu verantworten haben.«

Eine Weile schwiegen beide. Sally starrte auf die Lichter, die sich in dem Wasser spiegelten, aber in Gedanken war sie vierzig Jahre weit weg und zitterte am ganzen Körper, als sie sich an jenen kalten Frühlingsnachmittag erinnerte.

»Ich war zwanzig und vollkommen verzweifelt, als ich deinem Onkel begegnete. Er war kaum zur Tür hereingekommen, da war ich schon verliebt in ihn. Ich musste ihn einfach haben. Aber ich glaube, ich wollte gar nicht diesen einen speziellen Mann. Es war vielmehr die Vorstellung, die mir schon so lange durch den Kopf ging, dass eines Tages jemand durch diese Tür kommen und mich aus einem Leben fortholen würde, in das ich mich selbst hineinmanövriert hatte und aus dem ich, so feige wie ich war, auch von allein nicht herauskam. So was tun einem Kummer und Unglück an, Herzchen. Man sieht einfach keinen Ausweg mehr. Was glaubst du, was ich mit deinem Onkel angestellt habe? Ich war zwanzig, und ich war recht hübsch damals. Und ich dachte, dass ich das gut einsetzen könnte, um zu bekommen, was ich wollte. Dieser Mann, dieser Flieger, war so ganz anders als die anderen Männer, die ich bis dahin kennen gelernt hatte. Er war so gar nicht wie mein alter Herr. Gott, wie ich den gehasst habe! Und er war vollkommen anders als die Arbeiter aus der Sägemühle. Er sah sehr gut aus und war richtig schüchtern. Es war so süß, wie schüchtern er war. Und er hat sich wie ein wahrer Gentleman benommen.«

»Ich bekam, habe bekommen, was ich wollte, und weißt du was? Ich war seine erste Frau. Ich glaube nicht, dass man je sein erstes Mal vergisst, und ich stelle mir gern vor, dass er noch manchmal an mich gedacht hat. Aber ob das stimmt oder nicht, werde ich nie erfahren. Ich dachte, ich könnte ihn überreden, bei mir zu bleiben. Aber er blieb nicht. Das Schicksal wollte nicht, dass er blieb, und doch war es Schicksal, dass wir uns begegnet sind. Das glaube ich ganz bestimmt.«

»Als er sagte, dass er fort muss, sind wir zusammen einen Pfad entlanggegangen. Diesen Pfad auf dem Bild, das dir so gefallen hat. Kaum hatte ich diesen alten Doppeldecker gesehen, da war mir klar, dass ihm irgendetwas zustoßen würde. Er wollte einen kleinen Rundflug mit mir machen, aber ich wollte nicht. Ich konnte einfach nicht. Er hat mir zum Abschied zugewinkt, und, weißt du, wenn ich die Zeit noch einmal zurückdrehen könnte, würde ich nur eine einzige Sache ändern ... ich würde zurückwinken. Um einen Schlussstrich unter die Sache zu ziehen.«

Rachel hörte aufmerksam zu und versuchte, sich die Bilder vorzustellen, die sich während Sallys Erzählung vor ihrem geistigen Auge zeigten. Aber sie konnte sich nur sehr vage an ihren Onkel erinnern. Sie war ja noch ein kleines Mädchen gewesen, als sie ihn kennen gelernt hatte. Ein Kleinkind. Es kam ihr so vor, als würde Sally über einen völlig Fremden sprechen. »Tief in deinem Herzen musst du gewusst haben, dass er abstürzen würde.«

»Ich habe nur gewusst, dass etwas Schlimmes passieren würde. Aber nicht schlimm für ihn. Sicher, er wurde verwundet, aber gestorben ist er nicht, und nach allem, was du mir erzählt hast, hat sich sein Leben von Grund auf verändert. Ich glaube, es war Vorherbestimmung, dass du mir begegnet bist, Rachel. Denn so habe ich erfahren, was mit dem einzigen Mann passiert ist, den ich je geliebt habe. Nach all der Zeit ist Gott nun doch gnädig zu mir. Das weiß ich jetzt. Weißt du, wenn dein Onkel John bei mir geblieben wäre, hätte er nie seine Kinder gehabt. Er hätte nie diesen Eskimo-Leuten helfen können, die ihm geholfen haben, und du hättest Billy Shaw nie kennen gelernt. Du hättest nie den Mut gehabt, von zu Hause wegzugehen. Billy und du, ihr seid zusammengetroffen, weil Gott es so wollte. So funktioniert das, verstehst du? Aber in dem Moment selbst haben wir keine Ahnung, was da vor sich geht. Erst im Nachhinein klärt sich alles. Du machst dir jetzt Sorgen, Billys Frau könnte herausfinden, was zwischen dir und Billy passiert ist, aber vielleicht ist auch das Vorsehung. Ich weiß nur, man kann nicht ewig davonlaufen. Wenn du dich wegen irgendetwas schuldig fühlst oder dich schämst, kannst du dich davor nicht verstecken. Je mehr du das versuchst, umso öfter springt es dich an und brüllt dir ins Gesicht. Manchmal beißt es dich sogar.«

»Aber wie soll man denn damit umgehen?«

»Tja, das ist wirklich nicht so einfach. Du kannst dir sagen, na schön, ich habe einen blöden Fehler gemacht, oder vielleicht habe ich Hunderte von Fehlern gemacht, und mir wird schon übel, wenn ich nur daran denke. Da hilft nur eines: Du musst aus diesen Fehlern lernen, und du musst alles tun, um diese Fehler in Zukunft zu vermeiden. So läuft das. Und es gibt auf der ganzen Welt keinen einzigen Menschen, der sich nicht für irgendetwas schämt, was er getan oder gesagt oder auch nur gedacht hat, und wenn dir jemand was anderes erzählt oder, schlimmer noch, wenn jemand so tut, als sei er anders, dann lügt er. Er belügt sich selbst, und das ist die schlimmste Art der Lüge.«

»Was mich innerlich richtig fertig macht, ist, dass Billy mir immer wieder sagt, es ist schon in Ordnung. Er sagt, ich soll es einfach hinter mir lassen. Es ist nun mal passiert, und wir können jetzt nichts mehr daran ändern. Er scheint mir verziehen zu haben, aber ich selbst kann mir einfach nicht verzeihen.«

»Bist du mit anderen Leuten genauso streng wie mit dir selbst, Herzchen?«

»Nein.«

»Also scheinst du dir selbst deinen Strick zu drehen, was? Dabei lernen wir doch alle nur.«

»Du nicht.«

Sally stand auf. »Du liebe Güte, Rachel. Auch ich bin immer noch dabei, das Puzzle zusammenzusetzen. In dem Moment, in dem ich das letzte kleine Teil an seinen Platz gelegt habe, werde ich sterben. Wir sind alle keine Heiligen, Rachel. Die Menschen tun nur manchmal so. Wenn wir alle Heilige wären, dann wären wir nicht hier. Also trockne deine Tränen und klettere aus dem finsteren Loch heraus, in dem du gerade steckst. Ich kann dich nur hochziehen, wenn du mir die Hand reichst und mich um Hilfe bittest. Okay?«

»Sally?«

Sie drehte sich um.

»Und wenn ich nun Billys Frau schreibe, was glaubst du, was dann passieren würde?«

»Manches lässt man besser auf sich beruhen.«

»Aber ich würde mich dann einfach wohler fühlen.«

»Denk noch mal darüber nach, bevor du schlafen gehst, Rachel. Versuch, dir vorzustellen, wie du dich an ihrer Stelle fühlen würdest. Okay? Gute Nacht. Und vergiss nicht, die Türen abzuschließen.«

Liebe Rachel,

tja, Süße, ich bin immer noch in Hue, und so übel ist es gar nicht hier. Verglichen mit anderen Stützpunkten, bei denen ich gewesen bin, ist es wie im Ferienlager. Ich bin wirklich froh, dass du mir in deinen Briefen alles sagen kannst. Ich weiß, wie es ist, wenn man keine Menschenseele zum Reden hat. Sally scheint ja wirklich eine sehr nette Frau zu sein, und du solltest froh sein, dass du bei ihr so gut untergebracht bist. Wenn du erst mal auf der Insel bist, wirst du sehen, dass das Leben auch noch ganz anders sein kann.

Sie hat also meinen Vater gekannt? Das wundert mich eigentlich nicht. Ja, er war schüchtern, und groß auch, aber ob er wirklich attraktiv war, da bin ich mir nicht so sicher. Mag ja sein, dass alles nur Zufall war, wie du sagst, aber ich glaube, Sally hat Recht. Für mich sieht es sehr nach Schicksal aus. Mein Großvater und meine Schwester Lily würden das Ganze so erklären, dass die Großen Geister es so vorherbestimmt haben.

Alles ist gottgegeben, jedenfalls glauben das viele Menschen. Ich bin mir da nicht so sicher. Ich werde an Gott glauben, wenn ich ihn sehe.

Du schreibst, du vermisst mich und würdest dich so gern mit mir unterhalten. Na ja, Rachel, ich vermisse dich auch. Ja, ich bekomme auch Briefe von Trish, aber Trish ist eben anders. Sie ist wie ein verwöhntes Kind, das nie erwachsen geworden ist. Trish interessiert sich nur für Trish und für sonst nichts, und deshalb ist es wirklich schwierig, mit ihr zu reden, ja, sogar ihr zu schreiben. Ich freue mich immer, wenn ich Post von dir bekomme. Ohne deine Briefe würde ich verrückt werden mitten in all diesem Wahnsinn, und einige deiner Briefe, in denen nicht allzu viel Persönliches steht, hefte ich ans schwarze Brett unten in der Messe. Damit nämlich ein paar von den Jungs, die sonst keinen haben, wenigstens ein paar Worte von zu Hause lesen können. Ich hoffe, das macht dir nichts aus. Alle mussten grinsen, als sie

Jim's Speisekarte gelesen haben, und jetzt, da sie wissen, was in der Küche so alles passiert, wird von denen sicher keiner mehr in einem Drive-in essen.

Du solltest mal sehen, was wir hier so zu essen kriegen. Die Jungs nennen es Scheiße. Mir kommt das ziemlich komisch vor, denn vor zwanzig Jahren habe ich Seehundblut getrunken. Die meisten hier haben keine Ahnung, woher ich wirklich komme, und das soll auch so bleiben, wenn es nach mir geht.

Du fragst, ob ich mir einen Jungen oder ein Mädchen wünsche, wenn es im Februar so weit ist. Ich schätze, alle Männer überall auf der Welt wünschen sich einen Sohn. Trish möchte ein Mädchen. Aber wenn das Kind dann kommt, ist es mir ziemlich egal, Hauptsache, es ist gesund. Das sagen wahrscheinlich alle. Ich wollte immer schon mal lesen, was mein Vater geschrieben hat zu der Zeit, als ich auf die Welt kam, aber ich hatte immer was anderes, Wichtigeres zu tun. Ich habe überhaupt noch nicht die Gelegenheit gehabt, viel davon zu lesen. Ich glaube, ich hätte die Aufzeichnungen doch mit nach Vietnam mitnehmen sollen.

Also, Rachel, mein Großvater hat oft über Wünsche geredet. Wenn man damit beschäftigt ist, sein Leben mit Wünschen zu vertrödeln, hat er gesagt, schafft man es einfach nicht, im HIER UND JETZT etwas zuwege zu bringen. Im Grunde ist das Wünschen reine Zeitverschwendung. Im Moment habe ich auch keine großen Wünsche. Am Leben zu bleiben, manchmal nur den nächsten Sonnenaufgang zu sehen macht mich schon fast glücklich. Wie schön, wenn du jetzt hier sein könntest, dann würde ich dein Gesicht sehen und dein Lächeln und könnte dich berühren. Würde wissen, dass es dich wirklich gibt. Aber natürlich will ich dich nicht wirklich hier haben. Das würde ich meinem schlimmsten Feind nicht wünschen, und schon gar nicht dem Menschen, den ich liebe. Weißt du, Liebes, ich habe Sachen gesehen, die eigentlich niemand sehen und schon gar nicht tun sollte, und was bei uns Tag für Tag passiert, darf ich dir nicht erzählen. Wegen der Sicherheitsvorschriften. Die würden mich vors Kriegsgericht bringen. Und nur wenn du jetzt hier bei mir wärst, würdest du überhaupt verstehen, was ich sage. Manchmal kommt es mir so vor, als würde ich in die Seiten eines Buches hineinspazieren. Bloß, dass Bücher einen nicht umbringen.

Also von jetzt an kein Wünschen mehr. Setzen wir uns lieber Ziele. Ziele, die nicht unmöglich sind. Also wenn du diesen Brief bekommst, setz dich hin, nimm Papier und Stift und überleg dir alles, was du je machen und was du je sein wolltest. Und lass dabei nur ja deine Fantasie nicht mit dir durchgehen. Bleib realistisch, und versuche jeden Tag ein bisschen mehr irgendetwas zu tun, was dich deinen Zielen ein wenig näher bringt.

Das bringt weit mehr, als wenn du dein Leben mit Wünschen vertrödelst.

Tief im Innern weiß ich, was du dir am meisten wünschst, Rachel. Und vielleicht werden wir uns eines Tages tatsächlich wiedersehen. Aber vergeude nicht dein Leben damit, an mich zu denken. Du bist hübsch, und du bist intelligent. Hübsch sein hält nicht lange vor, Intelligenz aber sehr wohl. Das solltest du nicht vergessen.

Ich bin so froh, dass du wieder Kontakt mit deiner Familie aufgenommen hast. Das ist so wichtig. Nachdem ich deine Mom kennen gelernt habe, ist mir klar geworden, dass sie keineswegs das Ungeheuer ist, für das ich sie gehalten habe. Obwohl es mir immer noch schwer fällt zu glauben, dass sie die einzige Schwester meines Vaters ist – sie scheinen sich so gar nicht ähnlich zu sein. Aber ich glaube, die Sache mit deiner Mom ist gar nicht so kompliziert. Nach ein paar Minuten hatte ich sie voll und ganz durchschaut. Sie hat einfach nur Angst, zuzugeben, dass sie in der Lage ist, jemanden zu lieben. Dieses Grizzlybär-Gehabe ist doch nur Tarnung. Sie wird nie eingestehen, was sie wirklich fühlt. Mein Vater dagegen stellte seine Gefühle immer ganz of-

fen für jedermann zur Schau. Ich habe immer gedacht, er sei schwach. Durch den Krieg habe ich begriffen, wie stark er innerlich gewesen sein muss, um in einer vollkommen fremden Kultur und in einem ganz anderen Klima überleben zu können. Als er aus seiner Welt gekommen war, musste ihm unsere wie ein Kriegsschauplatz vorgekommen sein. Nur eben eine andere Art von Krieg.

Ich denke jetzt oft, dass ich ziemlich grausam zu ihm gewesen bin. Lange Zeit habe ich ihn gehasst, bloß weil er anders war. Und als ich dann aufs College geschickt wurde und ich dann »der Andere« war, habe ich ihn immer noch gehasst. Viel zu lange habe ich ihm Vorwürfe gemacht, weil es doch seine Welt war, die meinen Großvater und meine Mutter getötet hat. So war es aber nicht, das weiß ich jetzt, bloß jetzt ist es zu spät, um ihm das zu sagen. Zu spät, um ihm zu sagen, dass ich ihn geliebt habe, denn erst jetzt, rückblickend, wird mir klar, dass ich ihn tatsächlich geliebt habe. Er war mein Vater. Ich glaube kaum, dass er auch nur annähernd gewusst hat, was ich für ihn empfunden habe. Und das tut weh, Rachel. Mach nicht denselben Fehler wie ich. Versprich mir das.

Hier bin ich nun, ein Mischling in einem fremden Land. Hier erfahre ich jetzt, was Anderssein wirklich bedeutet. Und wenn ich meinen hohen Dienstgrad nicht hätte, wäre alles noch schlimmer für mich. Es entwickelt sich eine sehr enge Bindung zwischen Menschen, die gemeinsam durch die Hölle gegangen sind. Das ist schwer zu erklären. Manchmal glaube ich, mein Englisch ist einfach nicht gut genug, aber selbst wenn ich in meiner Muttersprache denke, fällt es mir schwer, die richtigen Worte zu finden.

Wir beide sind nicht gemeinsam durch die Hölle gegangen – aber eines weiß ich: Wenn die Post kommt und von dir ist kein Brief dabei, bin ich noch Stunden später enttäuscht. Also sieh bloß zu, Kleine, dass du mir ja immer weiter schreibst. Die

Post ist manchmal das Einzige, worauf wir uns hier freuen können. Aber wenn meine Zeit hier um ist, komme ich dich besuchen. Ich würde zu gern die Frau kennen lernen, die sich in meinen Vater verliebt hat, noch bevor ich auf die Welt gekommen bin!

Und wenn du es bis dahin noch nicht geschafft hast, zur Insel zu kommen, fliege ich dich höchstpersönlich hin. Großes Ehrenwort. Zu Hause wartet noch etliches Unerledigtes auf mich. Da gibt es so vieles, was ich hätte sagen sollen, aber nicht gesagt habe. Ehrlichkeit hat jetzt einen ganz anderen Stellenwert für mich, seit ich hier bin. Und auch die Familie.

Ich werde es dir so lange sagen, bis es in deinen sturen Dickschädel gedrungen ist. Ich will nicht, dass du dich schuldig fühlst wegen dem, was wir getan haben. Es ist nun mal passiert, und jetzt ist es vorbei. Ich stelle mir gern vor, es könnte noch einmal passieren, denn du bist ein wunderschönes Mädchen, vom Aussehen und vom Charakter, aber wenn wir uns dann mal wiedersehen, wirst du wahrscheinlich längst einen Freund haben. Schuld hatten wir beide nicht. Ich hätte ja Nein sagen und weggehen können, habe es aber nicht getan. Ich war damals selbst ziemlich durcheinander. Also lassen wir das Ganze doch auf sich beruhen. Ich denke nicht schlecht über dich, Rachel. So etwas würde ich nie tun. Du bist mir zu einer Zeit über den Weg gelaufen, als wir beide dringend jemanden zum Reden brauchten. Trish weiß nichts davon und wird es auch nie erfahren. Ich liebe meine Frau, aber nicht so, wie ich dich liebe. Ich tue es ja nicht gern, aber es ist so einfach, Trish zu belügen. Nicht etwa, dass sie dumm wäre – das ist sie nicht. Sie interessiert sich einfach nur nicht für Dinge, die nichts mit ihr persönlich zu tun haben. Ich liebe sie, aber manchmal glaube ich, ich mag sie nicht besonders. Sie kann mir nicht das geben, was du mir gibst – aufrichtige Wärme und Zuneigung –, weil sie einfach nicht weiß, WIE.

Auch ich wusste nicht, wie, bis ich dich traf.

Ich habe deiner Mom geschrieben; sie sollte wissen, dass alles in Ordnung ist. Ich nehme an, das war auch gelogen, aber sie wird wissen, dass es gelogen war. Bis jetzt hat sie mir noch nicht geantwortet. Wahrscheinlich muss sie wieder so ein Schulproblem lösen. Nicht viele werden es riskieren, sich mit deiner Mutter anzulegen, so viel ist sicher.

Du erwähnst, dein Dad hat immer noch die Harley von meinem Dad. Wie stehen die Chancen, dass er sie mir verkaufen würde? Könntest du ihn mal fragen, wenn du das nächste Mal mit ihm sprichst? Schön, dass du deine Eltern nicht um Geld gebeten hast, dass du alles allein schaffen willst und dass dein Vater Verständnis dafür hat. Ich weiß, wie das ist. Es wird schwer werden für Trish, wenn ich wieder zu Hause bin. Wie es scheint, kann ich ihr einfach nicht genug Geld schicken. Das liegt wohl daran, dass sie reiche Eltern hat. Sie hat immer bekommen, was sie wollte, wenn sie nur danach gefragt hat, ohne selbst je für etwas arbeiten zu müssen. Ich nehme an, das ist wohl ein weiterer Unterschied zwischen euch beiden. Wenn ich wieder zu Hause bin, soll ich den Privatjet von ihrem Vater fliegen, das hat sie alles schon geplant. Glücklich würde mich das nicht machen. Ich weiß nur nicht, wie ich ihr das sagen soll. Falls dir irgendetwas dazu einfällt, lass es mich bitte wissen. Jede Idee wäre willkommen.

So, das ist dann wohl alles für heute. Es ist spät, und ich bin müde. In ein paar Stunden erwartet mich der nächste Sonnenaufgang im Dschungel, also sollte ich mich lieber aufs Ohr hauen.

Ich wollte einfach nur, dass du weißt, wie viel mir deine Briefe bedeuten, schreib bitte tüchtig weiter.

Alles Liebe, Billy.

Trish wusste nur noch, dass sie es nicht so brandeilig hätte haben sollen, den Brief zu lesen. Von allen Sätzen ging ihr nur einer immer wieder durch den Kopf.

Es ist so einfach, Trish zu belügen.

Fünfzehntes Kapitel

Ohne dass es ihm jemand hätte sagen müssen, wusste Alan Goldberg in dem Moment, als er in die Küche trat, dass irgendetwas nicht in Ordnung war. In gebeugter Haltung saß Trish am Tisch und hielt den Kopf in die Hand gestützt. Vor ihr stand ein Viertelpfund Eiscreme, und neben dem Eis lag ein Brief von Billy. Was war denn nun schon wieder los? – war sein erster Gedanke, dann dachte er: Blöde, alberne Göre, mussten sie denn auch weglaufen und heimlich heiraten? Als wenn sie sich für irgendetwas schämten. Nicht dass Alan etwas gegen seinen frisch gebackenen Schwiegersohn hätte. Im Grunde seines Herzens war er einer von diesen seltenen Exemplaren – ein anständiger Kerl in einer an sich beschissenen Welt. Obwohl nie jemand Alan gedrängt hatte, mit dem Jungen Probeaufnahmen zu machen, wusste er, das er genau das tun würde, sobald sein Schwiegersohn aus Vietnam zurück wäre. Einen Piloten für einen Privatjet würde er überall finden, mit Billy Shaw hatte Alan andere Pläne. Der Mann hatte das richtige Alter, die richtige Größe, die richtige Figur, und diese Augen sagten mehr als tausend Worte. Der starke, ruhige Typ Mann würde ein Comeback auf der Leinwand erleben – dafür würde Alan sorgen. Trish wollte er von seinen Plänen lieber noch nichts erzählen. Sogar Kathryn hatte er davon nichts gesagt. Das behielt er lieber für sich, nur für den Fall, dass Billy nicht wieder nach Hause kommen sollte. Gott allein wusste, wie viele junge Männer sie dort drüben Tag für Tag verloren. Erst vergangene Woche hat es den Neffen seines Artdirectors erwischt. Alan tat es

Leid, dass er sich von Billy nicht hatte verabschieden können. Er hatte rechtzeitig aus Frankreich zurückkommen wollen, dann aber ein gutes Geschäft gewittert, und so war ihm nichts anderes übrig geblieben, als eine Woche länger zu bleiben und im Mittelmeer auf Kreuzfahrt zu gehen. Trotzdem fand er es nicht richtig, dass Trish und Billy weggelaufen waren und heimlich geheiratet hatten. Na ja, wie auch immer, der Junge hatte getan, was getan werden musste, und dafür bewunderte ihn Alan.

»Alles in Ordnung, Schätzchen?«, fragte er.

»Ja, ja, alles okay, Dad.«

Sie hatte getrunken. Getrunken oder wieder dieses merkwürdige Zeug geraucht. Er setzte sich ihr gegenüber an den Tisch. Er wusste, dass etwas furchtbar schief gelaufen war, wenn Trish zum Eis griff. So war das auch gewesen, als dieser andere Idiot nach New York zurückgegangen war. Und wenn sie dieses merkwürdige Zeug nicht geraucht hatte, dann musste sie sich mit Whiskey vollgepumpt haben. Und das war noch etwas, wofür er Billy bewunderte: Er rührte keinen Tropfen Alkohol an. Und man konnte sich mit ihm vernünftig unterhalten.

»Willst du reden, Schätzchen?«

Trish schaute ihren Vater an. Er war einen Meter fünfundsiebzig groß und trug speziell angefertigte Schuhe, die ihn etwas größer machten, in der Hoffnung, dass die Größe von seinem Übergewicht ablenken würde. Kein einziges Hemd passte ihm richtig. Ständig wirkte er unordentlich und nur halb angezogen, egal was ihre Mutter auch versuchte. Immer hing ihm eine Havanna im Mundwinkel, und manchmal fragte sich Trish, ob er sich womöglich die Glatze polierte. Er sah albern aus mit seinem Toupet. Sie schaute weg. Was für einen Sinn sollte es haben, ihm etwas zu erzählen? Er würde ja sowieso Billys Partei ergreifen. Außerdem, was könnte er denn schon sagen? Das

Wort Ehebruch kam in seinem Wortschatz nicht vor. Hübsche Mädchen warfen sich ihm ständig an den Hals. Zum ersten Mal glaubte Trish zu ahnen, wie sich ihre Mutter fühlen musste, auch wenn sie sich nie etwas anmerken ließ. Vielleicht würde ihr auch nichts anderes übrig bleiben – vielleicht würde sie so tun müssen, als sei nichts passiert, und abwarten, bis Billy es ihr erzählte, wenn er das überhaupt vorhatte. Selbst unter günstigsten Umständen redete er ja nicht viel. Wahrscheinlich würde sie ewig warten müssen.

»Bist du sicher, dass du mir nichts sagen willst?«, fragte ihr Vater und tat sein Möglichstes, um väterlich besorgt zu wirken, ohne gleich die Brieftasche zu zücken und zu denken, dass er ja sonst nichts zu tun brauchte.

»Billy hat geschrieben, Dad.«

»Und wie geht es ihm?«

»Gut. Glaube ich. Schwer zu sagen.«

»Wieso?«

»Der Brief war nicht für mich. Er war für eine Cousine von Billy. Tante Megs Tochter. Die, die von zu Hause fortgelaufen ist. Ich habe dir doch davon erzählt. Und wie seine Tante den ganzen Weg aus South Carolina gekommen ist, um mit ihm zu reden.«

»Aha. Ja und?«

»Es scheint ... es scheint, dass ... Na ja, er muss wohl, du weißt schon ...«

Alan kratzte sich am Ohr. »Mit seiner Cousine?« Trish nickte und schob den Brief über den Tisch. »Soll ich den wirklich lesen?«, fragte Alan. Sie nickte. Er nahm den Brief und las ihn schnell durch, als handelte es sich um ein unverlangt eingesandtes Drehbuch, bis er zu der Stelle kam, an der zu lesen war: *Als er aus seiner Welt kam, muss ihm unsere wie ein Kriegsschauplatz vorgekommen sein* ... Alans angeborenes Gespür für eine »gute Geschichte« meldete sich. Das persönliche Problem seiner Tochter verflüchtigte sich bis zur Bedeutungslosigkeit. Der Geschäftsmann in ihm regte sich und drängte den besorgten Vater in den Hintergrund. »Woher stammt Billy nochmal?«

Trish fuhr mit dem Löffel in der Eiscreme herum, zuckte mit den Schultern und antwortete: »Er möchte nicht, dass das jemand erfährt.«

»Ich will es aber wissen. Jetzt sofort. Nun leg schon den Löffel weg und rede mit mir – und sieh mich an, wenn du mit mir sprichst.«

Trish seufzte und legte den Löffel weg. Sie warf ihrem Vater einen flüchtigen Blick zu und schaute genauso schnell wieder weg. Was glaubte er denn, mit wem er redete? Na ja, auch egal. Sinnlos, sich dagegen zu wehren. Am besten gab sie einfach nach. Sie war schließlich abhängig von ihm – Billy war ja nicht gerade ein zuverlässiger Ernährer der Familie, weder zu Hause noch im Krieg. Also verwandelte sie sich wieder einmal in die pflichtbewusste Tochter, legte den Deckel auf die Eiscreme und setzte sich gerade hin. »Er stammt von den Aleuten irgendwo da oben bei Alaska. Mehr weiß ich nicht. Er spricht nicht gern darüber. Er scheint sich irgendwie dafür zu schämen. Aber wie ein Eskimo sieht er ja nicht aus, Gott sei Dank.«

»Da gibt es keine Eskimos, Kind. Sie heißen Aleuten. Aleuten und Inuit. Man sollte sie schon beim richtigen Namen nennen. Ich war im Krieg da oben, das weißt du doch. Ich war dabei, als die Aleuten evakuiert wurden, und dann habe ich mir den Arsch auf Kiska abgefroren. Hast du das vergessen?«

Trish sagte nicht, was ihr gerade durch den Kopf ging. Immer wenn er vom Krieg erzählte, schaltete sie ab. Es war immer dasselbe. Wieder und immer und immer wieder ...

»Also was ist das für eine Geschichte mit seinem Vater?«

Trish zuckte mit den Schultern. »Weiß ich nicht.«

»Wer war denn sein Vater?«

»Irgend so ein Pilot, der in den Zwanzigerjahren mit dem Flugzeug abgestürzt ist. Ist das nicht wirklich egal?«

»Ich glaube, es sollte dir nicht egal sein.«

»Ja, ja. Sieh mal, Dad, Billy ist mit diesem alten Lederding aus dem Norden zurückgekommen, hat gesagt, es sei das Tagebuch von seinem Vater. Aufzeichnungen. Irgend so etwas. Er hat angefangen, darin zu lesen. Das war ihm offenbar lieber, als mit mir zu reden. Auch seine bescheuerte *Cousine* ist ihm wichtiger als ich.«

»Weißt du, wo dieses Tagebuch ist?«

»Ja, allerdings.«

»Dann hol es mir mal.«

Unsicher stand Trish auf und machte sich auf die Suche nach dem Päckchen in der Hülle aus Seehundhaut. Billy hatte es im Kleiderschrank liegen lassen wollen, aber der Geruch war so schlimm, dass sie ihn überredet hatte, es in der Garage zu verstauen. Während Trish draußen war, las Alan den Brief weiter und begriff endlich, weshalb seine Tochter so verärgert und verstört war. Sofort war er viel verständnisvoller. Tun konnte er allerdings kaum etwas, denn in dem Brief stand nur die Wahrheit, und vielleicht, wirklich nur vielleicht, war es höchste Zeit, dass seine einzige Tochter allmählich begriff, dass sich die Welt nicht nur um sie allein drehte.

Spätestens wenn das Baby auf der Welt wäre, würde sich für Trish einiges ändern. Wenn es denn überhaupt je zur Welt kam. Kathryn trieb ihn noch in den Wahnsinn mit ihrem ewigen Getue darum, Großmutter zu werden. Blöde Weiber, dachte er. Warum mussten sie denn immer alles so persönlich nehmen? Nur weil sie bald Oma würde, hatte das doch noch nicht zu bedeuten, dass sie sich jetzt auch so benehmen musste. Schließlich war sie ja noch jung. Sie war doch erst ... fünfzig? Du liebe Güte, einen Moment lang hatte er vergessen, wie alt er selbst war.

Er las weiter und musste schmunzeln, als er las, dass Billy

nicht wirklich vorhatte, sein Privatpilot zu werden. Aber das war in Ordnung. Er hatte andere Pläne mit Billy Shaw. Große Pläne. Trish kam zurück und legte kommentarlos das Päckchen in der Seehundhaut auf den Tisch. Dann widmete sie sich erneut ihrer Eiscreme.

»Ihr bringt das schon wieder in Ordnung. Deine Mutter und ich, wir hatten auch unsere Probleme«, sagte Alan nur. Er nahm das Päckchen und verschwand in seinem Arbeitszimmer. Und Gnade Gott demjenigen, der es wagte, auch nur an die Tür zu klopfen, wenn die erst einmal geschlossen war.

Trish sah ihrem Vater hinterher.

Der Mann entdeckte einfach überall Geschichten. Eine filmreife Story aus den Hirngespinsten anderer zu machen, damit war er reich und berühmt geworden. Aber in diesem übel riechenden alten Ding, das einmal Billys Vater gehört hatte, würde ganz bestimmt nichts Interessantes stecken.

Gerade war Billy von einem Aufklärungsflug mit einem australischen Berater zurückgekommen, als die Post eintraf. Für ihn waren drei Briefe dabei: von Rachel, von Trish und von einer Firma, die sich *Infinity Productions* nannte. Diesen Brief öffnete er zuerst, musterte den bunten Briefkopf und begriff, dass der Brief von seinem Schwiegervater kam. Drei Mal musste er ihn lesen. Und immer noch war es kaum zu begreifen. Trishs Vater, der Filmproduzent, wollte einen Film über das Leben von Billys Vater drehen? Billy kratzte sich den Kopf. Wie außerordentlich merkwürdig.

»Schlechte Nachrichten?«, fragte ein Soldat von den Marines.

»Nein. Nein. Es ist nur ... seltsam.«

»Das ist ja wohl alles hier, oder?«, brummelte der Soldat in sich hinein.

Billy ging in sein Zimmer hoch. Er hatte Bereitschaftsdienst, und obwohl er dringend Schlaf nötig hatte, zog er sich bis auf die Unterwäsche aus und legte sich aufs Bett. Der Deckenventilator rotierte mühselig knackend durch die abgestandene, feuchte Luft und den noch abgestandeneren Geruch vom Perfume River.

Ach du liebe Güte, dachte er, als er noch einmal Alan Goldbergs Brief las. Dann lächelte er. Sein Vater als Hollywood-Star? Er versuchte, sich das vorzustellen – diesen schüchternen, nutzlosen Krüppel, den er früher so leidenschaftlich gehasst hatte. Seine Lebensgeschichte auf der Leinwand. Und Millionen von Menschen würden sich das ansehen. Billy lachte still in sich hinein. Die ganze Idee war einfach lächerlich. *Allerdings ...*

Das Angebot – eine Filmoption – stellte die Zahlung einer beträchtlichen Summe in Aussicht, und dazu noch weitere Zahlungen, wenn der Film erst einmal fertig war. Was hätte sein Vater damit gemacht? Auf keinen Fall hätte er die ganze Summe für sich allein behalten. Nein, mit dem Geld hätte er einen richtigen Arzt vom Festland auf die Insel geholt und außerdem weitere Lehrer. Lebensmittelkonserven für die Wintermonate, Medikamente, Generatoren, Heizungen und andere Luxusgüter, die für alle anderen lebensnotwendige Selbstverständlichkeit waren, nur nicht für die Bewohner des Inselreservats. Oder hätte er ein Krankenhaus gebaut? Eine Genossenschaft ins Leben gerufen, damit die benachbarten Inseln untereinander Handel treiben konnten ... Sein Vater hätte alles nur Erdenkliche getan, um den Lebensstandard anzuheben. Hätte versucht, den Menschen ihren Stolz, ihre Würde zurückzugeben, vor allem aber hätte er ihnen beigebracht, sich endlich selbst zu helfen, um die Abhängigkeit von der amerikanischen Regierung etwas zu lockern. Nun ja, jedenfalls hatte er immer gesagt, dass er das gern tun würde. Theoretisch. Für seinen Vater war das alles immer nur Traum geblieben. Aber jetzt konnte Billy Shaw diesen Traum wahr werden lassen.

Billy musste lachen. Hatte er nicht gerade Rachel eine Predigt über die Sünden von Tagträumerei und Wunschdenken gehalten?

Das war aber auch wirklich ein ganz schöner Batzen Geld. Einen Augenblick lang überlegte Billy, ob die Sekretärin nicht eventuell einen Fehler gemacht hatte. Sogar mit einer Null weniger kam Billy der Betrag immer noch unvorstellbar groß vor.

Er konnte auch alles für sich selbst behalten. Könnte es behalten, um sich und seiner Familie einen Start ins gemeinsame Leben zu sichern. Vielleicht seine eigene Charterfluggesellschaft gründen? Andererseits erschien es ihm angemessener, das Geld für seine eigenen Leute und deren Nachkommen zu verwenden. Der Film würde ja nicht von ihm handeln, sondern von seinem Vater. Und Billy wusste, was im Sinne seines Vaters gewesen wäre. Ganz abgesehen davon tat es ihm in der Seele weh zu sehen, wie abhängig seine Leute von Almosen waren. Die kleinen Kinder ohne jegliche Hoffnung in den Augen. Ohne Ziele, ohne Träume, ohne Ehrgeiz. Und Eennalis Kinder, seine eigenen Nichten und Neffen – was für eine Zukunft hatten sie? Schon jetzt begannen ihre Persönlichkeit und ihr Stolz zu verblassen. Herz, Hirn und Seele, alles zusammen. Das meiste gab es bereits nicht mehr, und nicht der Krieg hatte es gestohlen, es war einfach beiseite gewischt worden, so als hätte es von Anfang an keinerlei Bedeutung gehabt.

Aber es war von Bedeutung. Es war von Bedeutung für Billy.

Das war der Hauptgrund dafür, dass er geflüchtet war. Er war einer der seltenen Exemplare, die Glück gehabt hatten. Wenn er dieses zugesagte Geld seiner Schwester schickte, würde es immer noch als Almosen angesehen werden. Aber wenn er es persönlich hinbrachte und gleichzeitig ein paar Ideen seines Vaters wieder wachrief, dann wäre einer zukünftigen Unabhängigkeit vielleicht der Weg bereitet.

Trish und das Baby spielten bei seinen Überlegungen keine

Rolle. Trish hatte reiche Eltern, die sich um sie kümmern würden – und um das Baby natürlich auch.

Billy stand auf und setzte sich an den Schreibtisch, dann nahm er sein Briefpapier heraus, und in seiner leserlichsten Schrift antwortete er seinem Schwiegervater, bedankte sich für das Angebot und teilte mit, dass er es akzeptierte. Die entsprechende Vereinbarung würde er unterzeichnen, sobald sie eintraf. Sollte er bei der Ausübung seines Dienstes getötet werden, dann solle Alan Goldberg, so wies er ihn an, Verbindung mit seiner Tante Margaret Meschers in Columbia, South Carolina, aufnehmen. Sollten weitere Informationen benötigt werden, so würde Mrs. Meschers ganz bestimmt nach besten Kräften Auskunft geben. Und als weitere Kontaktperson komme Betty Sue Llewellyn infrage, die seinen Vater gut gekannt habe, besser wahrscheinlich als sonst jemand, der heute noch am Leben sei ...

Noch am selben Nachmittag schickte Billy seine Einverständniserklärung an die *Infinity Productions* in Hollywood ab.

Nachdem Billy in der Messe wieder einmal allein gegessen hatte, weil Buddy Dienst hatte, ging er nach oben und warf eine Münze, um zu entscheiden, welchen Brief er zuerst lesen sollte.

Trish gewann, und diesmal überraschte ihn der Inhalt des Briefs. Er klang so gar nicht nach Trish. Gerade wollte er ihn erneut lesen, als es laut und drängend an der Tür klopfte.

»Die Tür ist offen.«

Ein Marine kam herein, derselbe Soldat, der ihn gefragt hatte, ob er schlechte Nachrichten erhalten habe.

»Bill. Buddy ist abgestürzt. Du wirst gebraucht.«

Schnell zog sich Billy an.

Man gab ihm die chiffrierte Ortung von Buddys letzter bekannter Position, bevor der Notruf eingetroffen war. Das Flugzeug wurde fertig gemacht und stand für ihn bereit. Billy schaute auf die Uhr, als er die üblichen Kontrollen vor dem Flug durchnahm. Acht Minuten waren vergangen, seit der Soldat an seine Tür geklopft hatte.

Beim Start schossen Billy mehr Gedanken durch den Kopf als sonst. Die Chancen standen nicht schlecht, dass er die Maschine nicht im Bach gelandet hatte – aber natürlich hing das von Buddys Position ab und auch davon, wo genau dieser Bach lag. Wasser war immer günstig, vorausgesetzt, dass der Pilot nicht zu stark verletzt war, sich aus dem Flugzeugwrack zu befreien und um sein Leben zu schwimmen. Doch während er aufstieg und den Kurvenflug einleitete, während er sich an der Karte orientierte, wusste Billy, dass Buddys Chancen nicht gut standen. Mehr als wahrscheinlich, dass er im dichten Dschungel abgestürzt war. Im ungesicherten Dschungel noch dazu.

Aber er musste ihn finden, und das möglichst schnell, bevor der Vietcong ihn fand.

Inzwischen wusste Billy ganz genau, wie lang einem das Warten werden konnte, wenn es einen erwischt hatte. Jetzt hatte er die Gelegenheit, eine Schuld zurückzuzahlen. Buddy hatte Hilfe für ihn geholt – jetzt war er an der Reihe, ihm zu helfen.

Doch als er sich der letzten bekannten Position näherte, konnte er nur an eines denken.

Wir haben die Tempelanlagen noch nicht besichtigt. Wir haben die Frauen noch nicht tanzen sehen. Mit wem soll ich denn jetzt essen gehen? Der Schwarze und der Aleute ... Buddy war ein guter Kumpel. Buddy hatte ihm von seiner Jugend in Harlem erzählt, und wie klein die Chance war, dass er überhaupt je so weit kommen würde. Er hatte von seiner Frau erzählt und von seinen vier kleinen Kindern, und Billy hatte die Liebe in seiner Stimme herausgehört, als er sie ihm beschrieb und stolz seine Familienfotos auffächerte. Billy überlegte, wovon es abhing, ob man diese Liebe fühlte oder nicht. Und Buddy hatte von Martin Luther King erzählt, mit fast derselben Zuneigung. Was Martin Luther Kings Haltung ihnen bedeutete. Für die Aleuten und die Inuit gab es keinen Martin Luther King. Aber vielleicht sollte es einen geben. Buddy hatte Billy geholfen, einige Dinge klarer zu sehen als je zuvor.

Zwanzig Minuten lang kreiste er über der letzten bekannten Position, konnte aber nichts entdecken. Kein Flugzeugwrack. Kein Feuer, keinen Rauch. Billy wollte den Suchkreis schon erweitern. Warum zum Teufel benutzte er denn nicht sein Funkgerät? Wenn er noch am Leben wäre, dann hätte er doch inzwischen ganz bestimmt das über der Gegend kreisende Flugzeug gehört?

Und dann sah er plötzlich auf siebzehn Uhr gegen die Sonne, wie etwas Metallisches aufblitzte, vom Fluss unten zu ihm heraufblinzelte. Ein Rad. Per Funk gab Billy die Position durch. Hubschrauber machten sich auf den Weg, voraussichtliche Ankunftszeit in fünfzehn Minuten. Billy kreiste weiter. Wäre er jetzt mit Mick, Jerry und Buster unterwegs, würde er in der Luft kreisen, während Buster mit der Winde runterginge. Aber in diesem Augenblick saß er nicht am Steuerknüppel einer Iroquois, wünschte sich allerdings zum ersten Mal seit Monaten, es wäre so. Erneut begann er, Kreise zu ziehen, so langsam, dass er überzog, aber er wollte die Hoffnung nicht aufgeben, dass Buddy sich aus der Maschine hatte befreien und ans Ufer schwimmen können. Vielleicht lag er jetzt da unten irgendwo bewusstlos im Dschungel, und vielleicht war das der Grund, weshalb er sein Funkgerät nicht benutzte.

»Gib mir irgendeinen Anhaltspunkt, Buddy.«

Und wieder redete er nur mit der Luft.

Das Wort »tot« wollte er auf keinen Fall in sein Bewusstsein dringen lassen, wenn sich auch sein Instinkt nach Kräften bemühte, ihn eines Besseren zu belehren. Ein Motorschaden. Oder vielleicht ein Abschuss. In dem Notruf hatte es keinerlei

Hinweise gegeben. Okay, er hat sich entschlossen, auf Wasser runterzugehen. Ein guter Entschluss. Der einzig mögliche Entschluss. Mitten in den Bäumen hätte er nirgendwo landen können. Also schön, er hatte sich in der Luft gedreht, bevor er auf dem Wasser aufschlug. So was kommt vor. Das war aber auch schon alles. Er hat sich gedreht. Bauch nach oben. Er ist rausgekommen. Er muss einfach rausgekommen sein.

Billy dehnte den Suchkreis aus, er hoffte immer noch auf ein Wunder. Der Hubschrauberpilot war jetzt auf seiner Frequenz und konnte sich mit ihm in Verbindung setzen. Der Hubschrauberpilot war jetzt in Sichtweite. Billy geleitete ihn zum Fluss, ging tief runter, drosselte den Motor so weit, bis er fast wieder überzog, und sah dann aus der Entfernung zu, während er die ganze Zeit Linkskurven flog. Über die Winde wurde ein Mann runtergelassen. Er kam nass wieder herauf, aber er hatte niemanden auf dem Rücken festgeschnallt.

Das Flugzeugwrack war leer, keine Menschenseele zu sehen. Bis Sonnenuntergang würde der Hubschrauberpilot die Gegend absuchen. Hoffnung regte sich wieder. Billy setzte seine Suche noch eine Stunde lang fort. Es wurde schnell dunkel. Zum ersten Mal sehnte er sich nach dem Sommer auf der Insel. Und was hatte er Rachel gerade noch über das Wünschen geschrieben?

Der Treibstoff wurde knapp. Er gab sich noch weitere zehn Minuten, länger jedoch nicht, sonst würde er in Hue auf der Landebahn im Gleitflug ohne eigene Motorkraft aufsetzen müssen.

Im schwindenden Licht sah er Rauch – feine Rauchwolken, auf elf Uhr am Horizont. Er machte Meldung über Funk und flog hin, um sich das aus der Nähe anzusehen.

Auf einer Lichtung und mit einem Netz getarnt: ein feindliches Lager. Etwas Riesiges stieß herunter – er sah die Fahrzeuge, die Ausrüstung. Ein Blick genügte.

Über Funk gab er die Position durch und sah zu, dass er schnellstens wegkam, so schnell es die alte, einmotorige Maschine zulassen wollte. Aber man hatte ihn entdeckt, und hell zuckte der Schein von Geschützfeuer durch die Abenddämmerung. Wäre er zwanzig Meilen weiter nach Nordosten geflogen, hätte er mit eigenen Augen die tatsächliche Truppenstärke der Feinde gesehen, die dort lagen und den Angriff auf Hue vorbereiteten. Aber Billy hatte keine Kristallkugel, mit der er in die Zukunft sehen konnte. Er war rausgeflogen in der Hoffnung, seinen Freund Buddy zu finden. Ihn lebend zu finden. Er schaffte es bis zum Flugfeld in Hue, der Motor spuckte Öl auf die geborstene Windschutzscheibe, und eine unheimliche Stille senkte sich so schnell herab, wie der Boden auf ihn zuschoss. Mit dieser Landebahn war er so vertraut wie ein Mann, der jedes einzelne Schlagloch in seinem eigenen Stadtviertel kannte, und als Billy schließlich blind auf dem Boden aufsetzte, war der Tank vollkommen leer.

Durch die geborstene, mit schwarzem Öl völlig verschmierte Windschutzscheibe hatte er überhaupt nichts mehr sehen können. Als er landete, war die Anzeige des künstlichen Horizonts das einzige Instrument im Flugzeug, das noch funktionierte.

Billy seufzte und atmete wieder, als sich die unheimliche Stille hob. Alles war ruhig jetzt.

Billy kletterte aus der Maschine und überließ es dem jungen Mechaniker zu überlegen, wie das Flugzeug wieder repariert beziehungsweise flugtüchtig gemacht oder aber, und danach sah es wohl eher aus, verschrottet werden könnte. »Und Sie wollen mir erzählen, dass der Schrotthaufen da tatsächlich oben in der Luft geblieben ist?«

»Mhm.«

»Aber wie denn, Mann?«

Billy zuckte mit den Schultern und ging fort. Plötzlich tauchte in dem Dämmerlicht ein Gesicht aus der Vergangenheit auf. Billy musste zweimal hinsehen, um sicher zu sein, dass seine Augen ihn nicht trogen. »Steve?«

Zuerst schüttelten sie sich die Hand, bis aus dem Händeschütteln eine Umarmung wurde.

Sechzentes Kapitel

Monroe wartete auf ihn in der Bar im MACV-Gebäude. Teilnahmslos starrte er in ein Glas mit Bourbon und Cola. Erst jetzt, als Billy ihn bei Licht sah, fiel ihm auf, wie sehr Steve gealtert war. Er hatte stark abgenommen. Viel zu viel abgenommen.

»Du bist unverletzt«, sagte Steve nur.

»Genau das hat der befehlshabende Offizier auch gesagt.« Billy setzte sich, und Steve bestellte ihm einen Orangensaft. Mit Billy über Alkohol zu streiten hatte keinen Zweck, an dieser verbissenen Entschlossenheit, unter keinen Umständen auch nur einen Tropfen Dschungelwasser zu trinken, kam keiner vorbei. »Schön, dich wiederzusehen.«

»Tja. Ganz meinerseits.«

Die paar Monate Trennung machten das Schweigen unbehaglich. Vorher hatten sie nie Verständigungsprobleme gehabt. Also wieso jetzt? Einen Augenblick lang fühlte sich Billy wie zu der Zeit, als er vom College nach Hause gekommen war und mit Eennali in einem Zweisitzer-Kajak zum Eisfischen hinausfuhr. Krampfhaft taten sie so, als hätte sich gar nichts verändert, aber unglücklicherweise war nichts mehr so wie früher. Entfernung schafft nicht mehr Zuneigung, sondern einfach nur mehr Verwirrung.

»Du bist so still«, stellte Steve fest, fast wie im Selbstgespräch.

»Ein Freund von mir ist heute abgestürzt.«

»Oh.« Steve schaute Billy in die Augen, wo er einen Hinweis zu finden hoffte.

»Er hat mir mal meinen Arsch gerettet. War abgeschossen worden.«

»Ah ja«, sagte Monroe nur.

Eine Weile herrschte wieder Schweigen.

»Ich habe Buddy heute nicht gefunden.«

»Wahrscheinlich ist er gerade dabei, per Anhalter ins Lager zurückzukommen.«

»Ja, klar.« Man konnte alles sagen und dann damit durchkommen, vor allem hier, auch wenn man tief im Innern genau wusste, dass es gelogen war. Aber so etwas tat Monroe nicht. Nie.

»Das meine ich ganz ernst, Mann. So was ist alles schon vorgekommen. Einer wird in den Listen als vermisst geführt und taucht dann sechs Wochen später auf. Alles schon vorgekommen. Das einzig Endgültige ist ›gefallen‹.«

Gefallen in Ausübung seines Dienstes.

»Tja.« Aber tief im Herzen wusste Billy, dass Buddy Ellis tot war. Dass er seine Familie nie wiedersehen würde. Und wenn kein Leichnam gefunden wurde, würden sich alle in seiner Familie für den Rest ihres Lebens fragen, was wohl passiert sein mochte. Diese traurige Tatsache vererbte sich in manchen Familien wie ein mutiertes Gen. Billys eigener Tante war das passiert. Zwei Mal. Erst der Bruder, dann die Tochter. Das Ausmaß dieses Kummers hatte Billy erst begreifen können, als er mit seiner Tante gesprochen hatte. Doch so richtig bewusst geworden war es ihm nicht so sehr durch ihre Worte, sondern eher durch den Ausdruck ihrer Augen. »Was machst du eigentlich hier?«, fragte er.

Grüne Augen von der Farbe aufgewühlter See, doch diesmal gesprenkelt mit einer Spur Angst, schauten Billy an. »Willst du die Wahrheit wissen? Sie lassen mich nicht fliegen im Moment. Und was macht man mit einem Huey-Piloten, der nicht fliegen darf? Der Psycho-Fritze meinte, ich sollte mich eine Weile erholen. Da bin ich nun also. Gar nicht so einfach, aus einer kleinen Einmotorigen heraus die eigenen Leute zu erwischen.«

»Aber du kannst Starrflügler doch gar nicht ausstehen.«

Die Blockade brach auf, und Worte, Gedanken und manchmal sogar Gefühle strömten heraus, als ob die Deichschleusen sich endlich geöffnet hätten. Monroe war vorübergehend als dienstuntauglich eingestuft worden. Einmal hatte er unter Druck versagt und versucht, das Ganze mit einem Achselzucken abzutun. Eine dieser Sachen eben. Eine dieser Sachen, die ihm das Herz gebrochen hatten – das konnte Billy in den Augen seines Freundes lesen. Und während sie zusammensaßen, Einsätze, Beinah-Misserfolge und Erfolge Revue passieren ließen, nahmen die Vorbereitungen für den Überfall auf Hue ihren Lauf.

Lieber Billy,

ich war heute einkaufen und habe ganz viele Sachen für das Baby gekauft. Dad hat alles bezahlt und hat gesagt, ich sollte dich damit nicht behelligen, du hättest schon Sorgen genug.

Er hat irgendwas vor, will uns aber nicht sagen, was. Er hat sich die Aufzeichnungen von deinem Daddy geschnappt, und seitdem läuft er grinsend durch die Gegend wie die Katze, die den Kanarienvogel gefressen hat, also wenn du weißt, was er vorhat, dann sag es mir bitte. Du wirst es nicht für möglich halten, Billy, aber mein eigener Vater könnte einer der Soldaten gewesen sein, die deine Familie in Anchorage von dem Schiff geholt haben. Er hat erzählt, dass er im Krieg da oben in Alaska bei der Evakuierung der Aleuten war. Es gibt schon komische Zufälle, was?

Ich glaube, unser Baby ist doch ein Junge und wird bestimmt mal ein berühmter Fußballer. Zutreten kann er jedenfalls ganz schön. Wenn dir irgendwelche Namen einfallen, schreib sie bitte auf. Weißt du, als Mom schwanger war, hat sie Linda als Namen für mich ausgesucht, doch als sie mich dann sah, hat sie entschieden, ich müsse Patricia Mae heißen. Aber ich muss trotzdem wissen, was für Namen dir gefallen, also schreib bitte auch ein paar Mädchennamen auf, nur für den Fall, dass ich mich irre und unser Baby doch ein Mädchen ist.

Mir geht es im Grunde ganz gut, glaube ich. Aber wenn ich im Bett liege, kann ich mich schon nicht mehr auf die Seite drehen. Ich freue mich schon darauf, dass bald alles vorbei ist, das kannst du mir glauben. Mom sagt nur, dass ich bald begreifen werde, weshalb man das Wehen nennt. Das ist wirklich harte Arbeit, und so weh wie das tut sonst nichts im Leben.

Ich weiß im Grunde gar nicht, wie sie dazu steht, Oma zu werden. Vor ein paar Tagen habe ich sie zufällig am Telefon mit jemandem darüber reden hören. Sie schien richtig stolz zu sein. Jedenfalls weint sie inzwischen nicht mehr jedes Mal, wenn sie meinen Bauch sieht.

Ich kann es kaum noch erwarten, das Baby endlich zu Gesicht zu bekommen – ich will endlich wissen, wie er oder sie aussieht. Dad sagt, er wird eine Säuglingsschwester engagieren, die bei uns wohnen soll. Ich hoffe, du hast nichts dagegen.

Zu Weihnachten habe ich eine Karte und dann noch einen Brief von Tante Meg aus Columbia bekommen. Sie schreibt, dass ich es sie nur wissen lassen muss, wenn ich etwas brauche und wenn sie irgendwie helfen kann. Wie es scheint, hat die staatliche Schulbehörde sie ganz schön auf Trab gehalten, und auch ihr Mann hatte wohl sehr viel zu tun. Vor kurzem hatte er seinen allerersten Fall in einem Strafprozess. Und er hat gewonnen. Sie schreibt, dass er sich noch lange danach fürchterlich damit gebrüstet hat. Ich finde, wir drei sollten sie nach deiner Rückkehr aus Vietnam besuchen.

Tante Megs Söhne sind auch Anwälte, wusstest du das? Aber ihre Tochter erwähnt sie nicht oft. Die Tochter, die weggelaufen ist. Tante Meg hat nur geschrieben: »Wir haben die Weihnachtsfeiertage in New York verbracht, und alle waren da außer Rachel.« Vielleicht ist ja Rachel das schwarze Schaf der Familie? Glaubst du, ich werde sie irgendwann einmal kennen lernen?

Jetzt weiß ich gar nicht mehr, was ich dir sonst noch schreiben soll, außer dass ich dein Weihnachtsgeschenk bekommen habe, das mir sehr gefallen hat. Funktioniert die Uhr richtig, die ich dir geschickt habe? Der Mann im Geschäft hat gesagt, die macht alles außer Kaffee kochen.

Schreib mir bald wieder. Mit jedem Tag vermisse ich dich mehr. Mit all meiner Liebe, Trish.

Das Ausmaß seines Fehlgriffs kannte Billy mittlerweile – denn inzwischen hatte er auch Rachels Brief gelesen. *Ich glaube, du wirst da einiges erklären müssen,* hatte sie geschrieben. *Nicht mir, aber deiner Frau, denn wenn du mir ihren Brief geschickt hast, dann hast du ihr meinen geschickt. Ich hoffe, du weißt noch, was du geschrieben hast, denn ich will auf gar keinen Fall irgendwelche bösen Anrufe bekommen ...*

Trish wusste es. Trish hatte nichts gesagt. Sie hatte ihm sogar eine Dreihundert-Dollar-Uhr zu Weihnachten geschickt, zu einem Weihnachtsfest, das er gar nicht feierte, nie gefeiert hatte und auch nie feiern würde. Und, ja, er hatte diese Uhr getragen. Aber er hatte fast vierundzwanzig Stunden herumfummeln müssen, bis er herausgekriegt hatte, wie sie funktionierte.

Was mochte das zu bedeuten haben? War er noch einmal glimpflich davongekommen? War alles vergeben und vergessen? Das glaubte Billy nicht. Das Gefühl nahenden Unheils lastete genauso schwer auf ihm wie vorher; fast als hing eine riesige Todeswolke am Himmel, die nur auf den richtigen Augenblick wartete, um aufzureißen und unterschiedslos alles, was unter ihr lag, zu übergießen.

Billy ging ins Bett. Er war müde. Er hatte einen Einsatzbefehl, vor Morgengrauen musste er in die Luft. Gerade war er eingeschlafen, als er plötzlich wieder hellwach wurde und sich wunderte, ob die Explosion ganz in der Nähe ein Traum war oder nicht. Es war kein Traum. Die Vietnamesen platzierten drei weitere Minenwerfer im Basislager – ein Geräusch, das Billy nur allzu gut kannte. Er tauchte weg aus seinem schmalen Bett, und diesmal verfing er sich nicht im Moskitonetz. Er war angezogen und auf dem Weg zum nächstgelegenen Bunker, bevor die vierte Mine einschlug.

In dem Bunker befanden sich bereits Monroe und drei Australier. Monroe reinigte sich die Fingernägel mit einem Taschenmesser. Er trug eine kugelsichere Weste, einen Helm und Boxershorts. Sonst nichts. Der Mann schien wirklich vor gar nichts Angst zu haben. Und den hatten die Psycho-Fritzen für dienstuntauglich erklärt? Hatten gesagt, dass er unter Druck versagte? Billy hatte den Eindruck, dass diese Psychiater selbst einmal dringend professioneller Hilfe bedürften. Monroe schaute hoch und lächelte, als Billy hereinglitt.

»Passiert das hier öfter?«, fragte er mit erhobener Stimme, um das ohrenbetäubende Geräusch von Explosionen, kleineren Feuerwaffen und allgemeinem Chaos zu übertönen.

»Das kommt schon in Ordnung«, meinte einer der Australier. »Das wird nicht lange dauern. Ich habe heute Geburtstag.«

Als sei gerade eben eine Prophezeiung verkündet worden, hörten die Einschläge von Minen und das Raketen-Sperrfeuer auf. Fünfunddreißig Minuten lang war alles ruhig. Es wurde Entwarnung gegeben, und wie Kaninchen aus einem verseuchten Bau kletterten sie brav wieder hervor. Einige kehrten zu ihren Strohhütten beziehungsweise Quartieren zurück, andere rannten weg und duckten sich, um versprengten Kugeln und Heckenschützen aus dem Weg zu gehen.

»Herzlichen Glückwunsch zum Geburtstag«, sagte Monroe zu dem Australier, als er langsam ins Quartier zurückschlenderte.

»Danke, Kumpel.«

Billy Shaw und Steve Monroe gingen in ihre jeweiligen Quartiere zurück und sprachen dabei kaum ein Wort miteinander.

Billy zog sich aus und kletterte auf seine Pritsche. Eine Stunde lag er noch wach und rechnete damit, weitere Minenwerfer zu hören. Die Kriegsgeräusche in der Ferne hielten immer noch an, wie jede Nacht. Aber wenigstens war es weit weg. Schließlich glitt er in einen Albtraum hinüber, der von erholsamem Schlaf meilenweit entfernt war. Ein Albtraum, in dem das MACV-Basislager unter Beschuss stand. Er flog seine alte Huey. Steve war Copilot. Sie wurden getroffen und gingen in einem anderen Basislager am Fluss runter. Zu spät entdeckte er, dass Monroe verwundet war und im Sterben lag. So sehr sich Billy auch bemühte, er konnte nicht zu ihm gelangen. Wieder lag er hilflos am Boden, ohne sich regen zu können. Er rief um Hilfe, aber es kam keine Hilfe. Niemand hörte seine stillen Schreie. Schweißgebadet wachte er auf. Es war vierundzwanzig Uhr, und es war der 28. Januar.

Zum Schutz vor der mittäglichen Dunkelheit hüllte sich Lily fest ein und schaute noch einmal zurück auf den leblosen Körper ihres Onkels. Des Onkels, der einmal der Älteste gewesen war. Des Onkels mit dem einen Auge. Auch er war dieser Krankheit zum Opfer gefallen, die die Weißen Tuberkulose nannten. Keine noch so große Dosis Medizin der Weißen hatte geholfen, genauso wenig wie die Medizin der Aleuten oder heiliger Rauch und Gebete.

Lily hatte ihren Onkel geliebt, den Onkel, den ihr Vater Sindbad genannt hatte. Es war der einzige weiße Name, der im Reservat benutzt wurde, mit Ausnahme ihres eigenen natürlich.

Jetzt waren sie alle tot. Die ganzen Ältesten waren gestorben.

Sie trat hinaus auf die winzige Veranda und schaute den Menschen in die Augen, die sich dort aneinander drängten und auf Nachricht warteten. Sie nickte und teilte der wartenden Menge wortlos mit, dass der Geist ihres Anführers nun tatsächlich entschwebt war, und obwohl das Weinen und Wehklagen sich laut genug erhoben, um sogar die Sonne aus ihrer Winterruhe aufzustören, schwand die nachmittägliche Dunkelheit nicht. Lily trat vor, und fast wie in der biblischen Geschichte von Moses und dem Roten Meer teilte sich die Menschenmenge und ließ sie durch. Sollten die anderen Frauen den Leichnam für das Begräbnis herrichten – zwei ihrer Söhne waren krank, und nun wurde sie bei den Lebenden gebraucht.

Erst als sie bei ihren Söhnen am Bett saß und sie in ihrem fiebrigen Schlaf beobachtete, weinte Lily, und das zum ersten Mal seit fünfzehn Jahren, still in sich hinein. Aber sie wusste nicht, weshalb. War es, weil sie wusste, dass ihre Söhne sterben würden? Oder weil der letzte Freund ihres Vaters in jenes andere Leben hinübergetreten war? Oder weil sie ihren Vater immer noch vermisste? Weil alle Verantwortung jetzt auf ihr ruhte? Lily wünschte, ihr Bruder wäre bei ihr. Erst hatte sie gedacht, das Leben würde auch ohne ihn weitergehen. Eine Zeit lang hatte sie sich einreden können, er wäre tot, doch jetzt ging das nicht mehr. Seit sie mit dem wirklichen Tod konfrontiert wurde, ging das nicht mehr. Mit dem Tod ihres Onkels, und bald auch mit dem Tod ihrer eigenen Söhne.

Als Billy-Ignash die Insel verließ, hatte er versprochen, zurückzukommen und mit all dem, was er lernen würde, zur Verbesserung ihrer Situation beizutragen. Er wollte Geld für Medikamente schicken. Und, wenn er könnte, ein Krankenhaus bauen. Eine Handelsgenossenschaft ins Leben rufen. Für die Ausbildung der Kinder sorgen.

Lily, ich will ihnen beibringen, etwas anderes als nur Fischer zu sein. Es muss noch einen anderen Sinn in ihrem Leben geben, als nur für die blanke Existenz zu sorgen ...

Inzwischen war er verheiratet. So viel wusste sie. Das hatte in dem einzigen Brief gestanden, den sie erhalten hatte aus einem Ort namens Hue in einem Land namens Vietnam, in dem es immer sehr heiß war und ständig regnete. Bald würde er Vater werden, und doch hatte er seine junge Frau allein zu Hause gelassen. Er war fortgegangen, um in einem Krieg der Weißen zu kämpfen, in einem Land, das sie nur aus dem Erdkundeunterricht der Kinder kannte. Einmal hatte sie den Kindern davon erzählt – davon, dass einer ihrer Ältesten Hubschrauber in Vietnam flog. Doch die Kinder hatten schon genug Probleme mit der amerikanischen Geschichte. Die meisten hatten Mühe zu begreifen, dass die Welt größer ist als ihr Zuhause, das Insel-Reservat. Sie waren an das Postflugzeug gewöhnt, aber was mochte ein Hubschrauber sein? Und was war Krieg?

War es das, was er seinen Leuten beibringen wollte? Wie man seine Familie verließ und für etwas kämpfte, was man nicht verstand, für ein Volk, zu dem man nicht gehörte? Während sein eigenes Volk ihn dringend brauchte?

Einen Moment lang konnte sich Lily nicht einmal mehr an Billys Gesicht erinnern. Welche Farbe hatten seine Augen? Mit der Hand schützte sie den angezündeten Kerzenstummel vor dem Wind, den die Latten der Holzhütte nicht abhalten konnten, und wühlte in den Tiefen eines Pappkartons. Sie fand die Taschenuhr ihres Vaters, die nicht mehr funktionierte. Seit dem Tag, an dem er gestorben war, stand das Uhrwerk still. Sie fand eine Fotografie, die der Postflieger Tom nur ein halbes Jahr vor dem Tod ihres Vaters aufgenommen hatte. Soweit sie wusste, gab es keine weitere Fotografie, auf der sie, ihr Bruder und ihr Vater gemeinsam abgebildet waren. Das Kerzenlicht war nicht hell genug, sie musste die brennenden Augen sehr anstrengen. Ihr Vater war so ungeheuer groß. Sie hatte fast vergessen, wie lang seine Beine waren. Auf dem Foto hatte er ihr seinen gesunden Arm um die Taille gelegt und hielt sie fest an sich gepresst. Sie reichte ihm kaum bis an die Schulter. Sein Haar war grau, genau wie sein Bart. Lily war Fotoapparaten gegenüber misstrauisch. Sie glaubte, dass jedes Foto ein wenig mehr vom Geist des Abgebildeten stahl. Derartige Befürchtungen teilte ihr Vater nicht. Breit lächelte er in die Kamera. Auf der anderen Seite neben Floreeda John stand Billy-Ignash, und er stand da wie immer, abgerückt von allen anderen, die Arme fest über der Brust gekreuzt, und auf seinem Gesicht lag kein Lächeln. Er war kaum kleiner als ihr Vater. Dieses Foto wurde aufgenommen, kurz bevor er die Insel verließ und aufs College ging. In dem flackernden Kerzenlicht konnte Lily die Farbe der Augen ihres Bruders nicht erkennen. Sie hatte keine Ahnung, weshalb die Farbe seiner Augen ihr auf einmal so wichtig erschien.

Wenn er jetzt hier wäre, würde er ihr dann Trost spenden?

Wollte sie sich von ihm trösten lassen?

Er sollte jetzt einfach hier sein, dachte sie. Er sollte jetzt hier sein, um die Menschen zu führen. Er wüsste, was jetzt zu tun wäre. Lilys Gedankengänge wurden durch ein Klopfen an der Tür unterbrochen. Ein so leises Klopfen, dass die Kinder davon nicht wach wurden.

Ki kam herein und schloss die Tür. Lily schaute ihr in die Augen und wusste Bescheid. Sie schaute auf Kis Bauch, und obwohl durch all die Kleidung nichts zu erkennen war, wusste sie trotzdem Bescheid. Sie streckte die Hand aus, und Ki setzte sich neben sie. Bald würde Kis Baby auf die Welt kommen. Vielleicht würde sich ja dann die Prophezeiung ihres Großvaters erfüllen?

Noch einmal schreckte Billy aus dem Schlaf hoch, das Herz schlug ihm bis zum Hals. Er musste wieder schlecht geträumt haben, auch wenn er sich an nichts mehr erinnern konnte.

»Verdammt, Monroe, was willst du denn hier?«

Es kam keine Antwort.

Billy richtete sich auf dem schmalen Bett noch höher auf. Am Fenster war die Silhouette eines Mannes zu sehen, und einen Augenblick lang kam ihm irgendetwas an dieser Silhouette vertraut vor, bis er merkte, dass er durch die Gestalt hindurchsehen konnte. So muss sich Hamlet gefühlt haben, war das Einzige, was er dachte.

»Geh nach Hause, Billy.«

»Dad?«

»Sindbad ist tot. Du musst wieder nach Hause. Jetzt sofort. Hier bist du nicht sicher. Deine Schwester braucht dich. Ki braucht dich.«

In dem Moment, als Billys Füße den Boden berührten, war die Gestalt verschwunden. Die Halluzination. Das war es. Eine Halluzination. Leider gelang es ihm nicht sich einzureden, dass all das nur ein böser Traum gewesen war.

Sindbad war tot? Woran war er gestorben? Und wann? Es war Ende Januar. Um diese Jahreszeit dauerte die Winterdunkelheit dort oben fast ewig. Keine Post. Keine Vorräte. Aber wenn etwas Wichtiges geschehen wäre, hätte Lily ihm doch ganz bestimmt eine Nachricht zukommen lassen? Lily würde ihn nie im Leben brauchen. Und Ki auch nicht. Es war nur ein böser Traum. Es kann nur ein Traum gewesen sein.

Billy saß am Fenster und starrte über den Fluss auf den alten

Kaiserpalast. Die Buddhisten machten sich viel Mühe, um ihre Religion zu pflegen. Alles war so hell und bunt, aber der wichtigste Unterschied bestand darin, dass nicht alles nur in der Vorstellung existierte. Ihre Religion beschränkte sich nicht darauf, dass ein Ältester den Kindern, die sich zu seinen Füßen versammelt hatten, Geistergeschichten überlieferte. Aleuten hatten keine Tempel ... Aleuten hatten heutzutage überhaupt wenig. Und er trug auch nicht gerade zur Verbesserung ihrer Lage bei, wenn er hier am anderen Ende der Welt saß. Es hatte seinen Teil der Vereinbarung nicht eingehalten.

Es war zwecklos, sich jetzt noch schlafen zu legen. Er würde einfach abwarten. Das war leicht. Vollkommen abwesend ließ er seine Gedanken schweifen, wie er das in der Vergangenheit getan hatte, wenn er über einem Loch auf dem Eis stand und wartete und wartete, so lange es eben dauerte, bis ein Seehund den Zugang zu ein wenig frischer Luft fand. Die Minuten des Wartens vergingen sehr langsam.

Doch dieser neue Januarmorgen brach an wie jeder andere Tag auch, und in der Ferne glaubte er den Lärm von Artilleriefeuer zu hören. Er sah Rauch am Horizont. Erst jetzt fiel ihm wieder ein, dass er die vergangene Nacht im Luftschutzbunker verbracht hatte. Ihm fiel wieder ein, dass er Monroe in Unterwäsche gesehen hatte. Und mit nackten Füßen. Er hatte nicht einmal Zeit gehabt, seine Badelatschen anzuziehen.

Und wieder hatte ein Tag in einem allmählich verfallenden Paradies begonnen. Billy zog sich seinen Pilotenanzug an und musste wieder an seine Schwester denken, aber es war nur ein flüchtiger Gedanke. Kein dringendes Telegramm wurde unter der Tür durchgeschoben. Er erhielt keinen dringenden Anruf von Lily. Und wenn ein Anruf käme, würde er ohnehin keinen Urlaub bekommen. Keine offizielle Beurlaubung wegen einer dringenden Familienangelegenheit. Er müsste dem Militärkaplan von seiner Herkunft erzählen. Und wie sollte er das formulieren? Der Dorfälteste ist gestorben, meine Schwester braucht mich? Er war jetzt ein Armeepilot aus Kalifornien und kein enteigneter Aleute von einem Inselreservat an der Beringsee. Das konnte er sich nicht leisten.

Zudem wäre es im Moment unmöglich, auf die Insel zu kommen. Mitten im Winter. Mitten im Winter war man dort oben ganz auf sich gestellt und musste einfach abwarten, bis die Sonne wieder aufging. Mitten im Winter hielt man Winterschlaf. Man stellte Waffen oder Werkzeug her. Besserte Sachen aus, die im Sommer kaputtgegangen waren. Mitten im Winter schlief man viel. Entweder man schlief, oder man machte Babys für den Sommer.

Keine Nachricht von Lily, das Ganze musste wohl ein Albtraum gewesen sein.

Beim Frühstück beobachtete Billy, wie die Wartungsmannschaft Löcher in der Mauer füllte. Monroe sagte kein Wort. Er benahm sich irgendwie merkwürdig. Er war immer noch in Unterwäsche. Er sagte, er habe die ganze Nacht am Fenster gesessen und gewartet, auf ein Kampfgefecht gehofft.

Billy meinte, dass sein Freund durchgedreht sein musste, als der sagte:

»Irgendwas liegt in der Luft, Billy. Irgendwas richtig Großes.«

Für Billy war es ein Tag wie jeder andere, bis plötzlich in der gesamten Messe Schweigen herrschte. Buddy Ellis kam hereingehumpelt. Monroes volltrunkene Beteuerungen der vergangenen Nacht, die schon eine Ewigkeit her zu sein schien, wurden tatsächlich wahr. Fünfzig Köpfe drehten sich zu dem schwarzen Captain um, der aussah, als sei er zweihundert Meilen zu Fuß marschiert, aber nur ein einziger Mann stellte die Frage, die allen durch den Kopf ging. »Mensch, wie bist du denn wieder zurückgekommen?«

»Bin per Anhalter mit einer Dschunke den Fluss rauf«, antwortete Buddy Ellis.

»Ich habe dir doch gesagt, der kommt zurück«, murmelte Monroe, während er sich den Mund mit kleinen Pfannkuchen vollstopfte und dabei die Wartungsmannschaft beobachtete, wie sie das letzte noch verbleibende Loch ausbesserte. »Ich glaube, ich werde heute sterben.«

»Was hast du gesagt?«, fragte Billy und wandte seine Aufmerksamkeit wieder Steve zu.

»Wird ein schöner Tag heute. Regnet ausnahmsweise vielleicht mal nur dreiundzwanzig Stunden.«

Zwei Tage später würde das 804. Bataillon der nordvietnamesischen Armee versuchen, das MACV-Basislager zu überrennen.

Siebzehntes Kapitel

Monroe war Aufklärer in der O2. Der Nachrichtendienst meldete ein feindliches Lager südlich von Hue. Buddy flog allein voraus, und Monroe war ungewöhnlich still. Keiner rechnete mit einem massiven Angriff – der Tet-Feiertag stand kurz bevor, ein religiöses Fest, an dem die toten Vorfahren geehrt wurden. Um den Tet-Tag herum war normalerweise alles ruhig – Waffenstillstand. So war das vereinbart worden. Also was zum Teufel ging hier vor?

Das einzige Geräusch – das Dröhnen des einen Motors – durchbrach Steve mit: »Dieses Mädchen, von dem du mir erzählt hast. Deine Cousine. Glaubst du wirklich, die schreibt einem so ungebildeten Bauernjungen wie mir?«

Billy grinste. Ein nicht ganz netter Gedanke schoss ihm sofort durch den Kopf – Rachel würde weit mehr als nur schreiben, wenn sie nur Gelegenheit dazu hätte. »Ja, das macht sie. Auf jeden Fall.«

»Was schreibst du ihr eigentlich so?«

»Alles, was mich nicht vors Kriegsgericht bringt. Was hast du geschrieben?«

Er zuckte mit den Schultern. Steve dachte daran, was für Lügen er seiner Mutter schrieb und mit was für Lügen sie ihm antwortete: Dass zum Beispiel alles in Ordnung sei. Plötzlich sah er eine Bewegung unterhalb des Flügels – eine Art Konvoi, der sich in nördlicher Richtung auf Hue zubewegte. »Auf drei Uhr. Siehst du das?«

Wäre er allein gewesen, hätte er das übersehen. Billy flog eine scharfe Rechtskurve und dann wieder zurück. Das Tarndach des Dschungels da unten war wirklich gut, aber nicht gut genug. »Willst du denen was verpassen, damit sie was zum Nachdenken haben?«, fragte Monroe und gab dann die chiffrierte Position des Konvois über Funk durch.

»Aber sicher doch.« Billy leitete einen weiteren Kurvenflug ein, machte die Geschütze auf der einmotorigen Maschine bereit und stieß nach unten. Ein Sprühregen aus Geschützfeuer empfing das unerwünschte Flugzeug, doch auch die Raketen fanden ihren Weg zu zwei Zielen dort unten bei der nordvietnamesischen Armee. Im Sog des Flugzeugs kam es zu einem explosionsartigen Flammenausstoß, und Billy und Monroe meinten, den Schießpulverrest beinahe schmecken zu können. Sie mussten einen Lastwagen mit Munition getroffen haben, denn unter ihnen war eine explodierende, flammende Hölle.

Innerhalb von zehn Minuten würden die Phantomjäger kommen und ihnen den Rest geben.

Das war schon viel zu oft passiert.

Genauso oft wie das Stottern und Aussetzen des altersschwachen Motors. »Schon wieder«, brummelte Billy. Noch vierzig Meilen nach Hause, und wieder verloren sie Öl. Monroe sah ihn skeptisch an, und Billy erwiderte den besorgten Blick mit einem Lächeln. »Ist schon okay. Ich habe mein verzaubertes Zehn-Cent-Stück dabei.« Er tastete nach der Hundemarke, die er um den Hals trug, und präsentierte stolz die glänzende Münze mit dem Loch darin.

Über Funk gab Monroe durch, dass sie Schwierigkeiten hatten und auf dem Nachhauseweg waren, und insgeheim hoffte er, dass Willenskraft allein genügte, um den alten Vogel sicher nach unten zu bringen.

»Einer von den Schreibtischhengsten aus Abteilung Advisory 3 hat mir mal erzählt, dass die Jungs von den Marines eine extra Genehmigung zum Schießen brauchen. Glaubst du das?«, fragte Billy, als wäre er gerade beim Plauderstündchen zum Teetrinken bei seiner Großmutter. Berührte den Kerl denn wirklich gar nichts?

»Ich glaube alles, was du sagst, wenn du uns nur heil nach Hause bringst.«

»Gestern, war es gestern? Jimmy musste auf einen Sergeant warten, weil er die Erlaubnis brauchte, einen Heckenschützen von einem Schuldach runterzuholen.«

Heckenschützen auf Schuldächern waren Monroe egal. Wahrscheinlich wäre es ihm weniger egal gewesen, wenn er zu dem Zeitpunkt dort gewesen wäre, aber er war jetzt nicht dort. Er steckte fest in einem Flugzeug, das im Begriff war, den Geist aufzugeben, und wieder einmal musste Billy mit laufenden Scheibenwischern nach Hause fliegen, weil der Ölteppich auf der Scheibe ihnen die Sicht nahm. Vielleicht redete er die ganze Zeit, um sich zu beruhigen. Wenn Monroe schon in einem Flugzeug sterben musste, dann wollte er wenigstens ohne dieses fortwährende Geplapper abtreten.

»Also was haben sie wohl angestellt, um den runterzukriegen?«, fuhr Billy unbeirrt fort, als würde so was jeden Tag passieren. In einem alten Scheißding wie dem hier passierte so etwas vermutlich wirklich jeden Tag. »Eine M-79. Ist das zu glauben? Einen Granatenwerfer für einen Heckenschützen. Tja, das war das Ende der Schule. Hue war früher übrigens die schönste Stadt im ganzen Land. Und dann sind wir gekommen.«

Monroe antwortete ihm nicht, also schwieg Billy. Weshalb war mit Steve am Boden alles in Ordnung und sah dann in der Luft ganz anders aus? Er war schneeweiß. Seine Hände zitterten. Billy konnte die Angst riechen, die sein Freund ausdünstete. Was war bloß los? Sie hatten beide schon Schlimmeres durchgemacht und überlebt.

»Na, also was hast du Rachel denn nun geschrieben?«

»Wem?«, fragte Steve verständnislos zurück. Er hatte die

Gurte noch etwas fester geschnallt und sich gerade gesagt, dass er wirklich und wahrhaftig an Gott glaube.

»Rachel. Meiner Cousine.«

»Oh. Keine Ahnung. Weiß ich nicht mehr«, log Steve. »Irgendeinen Blödsinn, nehme ich an. Ich habe den Brief noch nicht eingeworfen.«

»Sie ist wirklich nett. Hübsch, intelligent. Wenigstens dachte ich, sie wäre intelligent, bis sie mir sagte, sie wolle hoch auf die Insel. Will gucken, wie es da so aussieht.«

»Insel? Was für eine Insel?«

»Die Insel, von der ich komme.«

»Oh. Aha. Dahin.«

»Ist mit dir auch ganz bestimmt alles in Ordnung?«

»Klar.« Steves Stimme war ganz piepsig.

»Na gut. Ich möchte, dass du etwas für mich erledigst, Steve. Nur für den Fall, na ja, du weißt schon, falls was passiert.«

Für den Fall, dass was passiert? Was sollte denn schon groß passieren?, überlegte Monroe. Der Motor würde jeden Moment seinen Geist aufgeben, vermutlich innerhalb der nächsten zehn Sekunden. Sie waren noch zwanzig Meilen vom Flugfeld entfernt. Wenn Sie abstürzten, konnten sie sich beide einsargen lassen, und er hatte diesen letzten Wunsch – ja, kapierte er denn nicht, dass der Mann, von dem er sich das wünschte, genauso tot war?

»Was? Was soll denn passieren? Du hast doch dein verzaubertes Zehn-Cent-Stück, oder?«

»Trishs Vater will einen Film über das Leben von meinem Alten drehen.«

»Was? Ehrlich?«

»Mhm. In einem schwarzen Notizbuch ganz unten in meinem Seesack habe ich ein paar Adressen und Telefonnummern. Wenn mir was passiert, dann sollst du dafür sorgen, dass der Film gedreht wird. Ich will, dass meine Schwester das Geld dafür bekommt. Ich wollte mein Testament ändern, bin aber nicht dazu gekommen.«

»Du hast eine Schwester?«

»Ja. Lily. Ich möchte gern, dass du zur Insel rauffährst. Ob du das für mich machst? Ob du wohl meine Schwester besuchst?«

»Flieg einfach dieses Scheiß-Flugzeug, Bill. Herrje. Nichts wird dir passieren. Vertrau mir. Wenn irgendwas passiert, dann passiert es mir. Mein ganzes Leben lang habe ich den Kürzeren gezogen.«

»Und du sollst auch dafür sorgen, dass mit meinem Kind alles gut geht. Schau ab und zu mal bei Trish vorbei. Machst du das für mich?«

»Herrje, Bill ...«

»Machst du das für mich, bitte? Du bist der einzige Freund, den ich noch habe.«

»Klar mach ich das.«

»Schön. Jetzt geht es mir gut.«

Völliges Schweigen trat ein.

»Wieso glaubst du, dass du sterben wirst?« Bloß weil wir jeden Moment den einzigen Motor verlieren werden, den wir haben, und es weit und breit keinen sicheren Platz für eine Notlandung gibt?

»Ich habe meinen Vater vergangene Nacht gesehen.«

»Was soll das heißen?«

»Genau das, was ich gesagt habe.«

»Das kapiere ich nicht. Du hast deinen Vater gesehen? Ist der denn nicht tot?«

»Ja, eben. Das bedeutet, dass ich bald sterben werde.«

Wieder Schweigen. Billy schaute seinen Freund an. Dessen Gesicht war immer noch schneeweiß, aber jetzt lag eine Spur von Entsetzen in seinen Augen, die Spur eines Entsetzens, das nichts mit ihrer gegenwärtigen Situation zu tun hatte.

»Daran glaube ich fest.«

»Du wirst nicht sterben. Wir werden das hier heil überstehen, du und ich.«

»Du verstehst nicht. Sicher werden wir das hier überstehen. Mach dir deswegen nicht ins Hemd. Aber den Krieg, den werde ich nicht überleben.«

Die Knöchel auf Steves Hand wurden schneeweiß. Aufgrund eines plötzlichen Fallwindes verlor das Flugzeug an Höhe, fiel von zweihundert Fuß auf einhundertundfünfzig. Das war der Moment, als Steve beschloss, dass er versuchen würde, den Paragraphen acht zu bekommen. Seine Nerven hatten ganz entschieden gelitten. Nach diesem Erlebnis würde er sich nie wieder in ein Flugzeug setzen. Und wenn man ihn nicht als psychisch labil vom aktiven Dienst befreite, dann würde er sich zu einer Infanteriedivision versetzen lassen und sein Glück mit beiden Beinen auf dem Boden probieren. Den Gewehren von den Schlitzaugen würde er in Zukunft jedenfalls aus dem Weg gehen. Alles andere. Aber so etwas nie wieder. Nie.

»Verstehe. Verstehe. Aber du liebe Güte, ich denke das auch jeden Tag, weißt du. Du wirst nicht sterben!«

»Ich bin gestorben, als ich dreizehn war, Steve. Seit ungefähr zwanzig Jahren lebe ich das Leben eines anderen. Beinahe so, als hätte man mir mein eigenes Leben, alles, was ich hätte sein und tun sollen, gestohlen, als ich klein war. Durch meine Zukunft geht ein Riss. Sie hat sich aufgelöst. Irgend so etwas. Ich weiß auch nicht. Ich versuche, den morgigen Tag zu spüren, aber da ist einfach nichts. Weißt du, was ich meine?«

»Nein. Keine Ahnung. Du bist echt übergeschnappt. Bring uns einfach nur heil runter.«

»Wir kommen schon runter, keine Sorge. Mich hat es schon schlimmer erwischt als heute, und ich bin trotzdem nach Hause gekommen.«

Am Horizont tauchte der uralte Stadtkern von Hue auf.

Mehr als nur ein geeigneter Platz für eine Notlandung jetzt da unten. Monroes Nervenanspannung ließ nach, wenn auch nur ein bisschen. »Wie hat man dir dein Leben gestohlen, als du noch klein warst?« Monroe selbst hatte eine verdammt schwere Kindheit hinter sich – wenn man es denn überhaupt Kindheit nennen konnte. Soweit er wusste, war Billys früheres Leben nicht unbedingt schlimmer gewesen, einfach nur anders. Billy antwortete nicht. Schließlich sagte er nur: »Ich habe keine Angst vor dem Tod. Du etwa?«

Zu jeder anderen Zeit, also immer, wenn er nicht in der Luft war, meinte auch Monroe, vor dem Tod keine Angst zu haben. Also sagte er nur: »Manchmal schon.«

»Glaubst du an Gott?«

»Das sage ich dir, wenn wir unten sind. Willst du jetzt endlich still sein und diese Drecksmaschine fliegen?«

Näher am Flugfeld jetzt. In der Ferne schlängelte sich der Perfume River auf seinem Weg durch die alte Hauptstadt. Noch zwei Minuten, und sie wären unten, und Monroe würde sich zu einer kleinen Unterredung beim Kompaniechef melden. Irgendetwas stimmte nicht mit Billy Shaw, ganz gewaltig stimmte da irgendetwas nicht. Und das machte Monroe mehr Angst als das Fliegen.

Steve sollte keine Gelegenheit erhalten, seine Sorgen offiziell zu formulieren. Kaum war das Flugzeug gelandet, kam ein neuer Einsatzbefehl.

Gleich in der Früh am nächsten Tag sollten sie sich *beide* bei den Hubschraubersanitätern in Phu Bai melden.

Niemand hatte damit gerechnet, dass die NVA, die nordvietnamesische Armee, einen groß angelegten Pionier- und Infanterieangriff auf Hue einleiten würde. In den frühen Morgenstunden des 31. Januar wurden das MACV-Basislager und alle weiteren südvietnamesischen Lager in der Umgebung von Hue belagert, beziehungsweise unter schweren Beschuss genommen. Sie begriffen schnell, dass dies nicht wie die früheren Angriffe war – die Minen kamen und kamen und kamen ...

Es regnete Geschützfeuer, und die Männer im MACV-Lager rannten um ihr Leben. Wieder einmal.

Diesmal hatte Billy keine Zeit, nach seinem verzauberten Zehn-Cent-Stück zu suchen.

»Denk an das, was ich gesagt habe«, flüsterte Billy, als er und Monroe Unterschlupf im nächstgelegenen Luftschutzbunker suchten, zusammen mit drei Australiern und einem von den Marines, der den ganzen Weg durch das Lager zum eigenen Bunker der Marines nicht geschafft hatte, um sich in Sicherheit zu bringen – wenn es so etwas wie Sicherheit überhaupt gab. Der Himmel war erleuchtet von orange-rotem Feuer, das lange genug aufblitzte, um die ausdruckslosen Gesichter der Männer im Bunker zählen zu können. Eine Druckwelle war nicht zu spüren. Dazu waren die Einschläge nicht nah genug. Dann zerriss Geschrei die frühmorgendliche Luft. Durchdringend, unvermittelt. Und dann war es wieder still, wenn auch nur einen Moment lang. Eine so laute Stille, dass niemand sie überhören konnte.

»So kann das nicht mehr lange weitergehen«, sagte einer der Australier. Es war derselbe, der an seinem Geburtstag von dem Minenwerfer-Angriff auf das Lager begrüßt worden war.

»Du weißt, dass es nicht aufhören wird«, antwortete eine Stimme in der Dunkelheit.

»Das hört schon auf. Es muss einfach aufhören. Schließlich ist doch Tet.«

»Ich nehme an, du glaubst auch noch an die gute Fee im Märchen, was, Mann?«

»Aber Tet ist ein heiliger Feiertag.« Für Billy hörte sich die Stimme zu seiner Rechten an wie die von einem höchstens Sechzehnjährigen. »Oder stimmt das etwa nicht?«

»Ach du liebe Güte. Wir haben einen Buddhisten unter uns. Wo bist du her, Junge?«

»Kansas.«

Daraufhin wurde die jugendliche Stimme in der Dunkelheit in Alice umgetauft. Alice war in ein Loch gefallen, aber im Wunderland war sie nicht gelandet.

Der Sonnenaufgang ließ sich Zeit – eine Sekunde verging so langsam wie fünf Minuten. Die Australier erzählten sich Witze, die Billy und Steve nicht verstanden. Von Zeit zu Zeit feuerte der Sergeant seine M-16 ab, bis ein intensives orangefarbenes Licht erstrahlte. Wieder waren Gesichter zu erkennen, aber diesmal war ihr Ausdruck verblüfft. Der Einschlag war dicht bei ihnen, und diesmal gab es eine Druckwelle, die die Männer zu Boden schleuderte. Ein Treffer war direkt im Munitionsdepot gelandet, und die Folge ohrenbetäubender Explosionen schien nicht abreißen zu wollen.

»Wir stecken in der Scheiße«, rief einer so laut, dass fast alle es hörten. Weiter weg schrie irgendein armes Schwein. Das Geschrei allein, das deutlich zu hören war über dem Missklang von Einschlägen und dem gespenstischen Geheul hereinkommender und explodierender Artilleriegranaten, verstärkte die Angst, die alle hatten. Sie könnte es als Nächstes treffen.

Alice, jung und ganz allein unter drei Australiern und zwei Piloten von der US-Army, hatte niemanden, der ihm Befehle gab, und das machte sich bemerkbar. »Erlaubnis zu schießen, Sir?«, fragte er den Sergeant.

»Schieß um dein Leben, Junge.«

Alice fing an, auf alles zu feuern, was sich bewegte. Der Gestank des Schießpulvers war durchdringend und schluckte Sauerstoff. Stolperdraht wurde getroffen. Leuchtraketen entzündeten sich. Für einen Herzschlag lang sah es in ihrer Ecke des MACV-Lagers aus wie mitten im hellen Sonnenschein. Das gab dem Feind genau die Sicht, die er brauchte. Von der Schule her kam das dichte Geschützfeuer kleinerer Waffen. Vom Quartier des befehlshabenden Offiziers wurde zurückgefeuert.

Was zum Teufel war hier eigentlich los? Die meisten wussten nicht genau, auf wen sie überhaupt schossen. Irgendjemand war oben im Wachturm und nahm den Feind in der Polizeistation unter Beschuss, die im Schutz der Dunkelheit überrannt worden war. Plötzlich brach das Maschinengewehrfeuer ab. Ein anderer nahm den Platz im Wachturm ein. Billy und Monroe versuchten, ihren Leuten Deckung zu geben, als sie eilig den verwundeten Schützen zur Krankenstation abtransportierten. Es sah übel aus – jedenfalls nach dem, was sie hatten erkennen können. Der würde es nicht schaffen. Eine Nachricht kam herein, dass ein Sanitätshubschrauber herbeordert würde.

Monroe und Billy schauten sich an. In diesem Augenblick wünschten sich beide nichts sehnlicher, als wieder oben in der Luft zu sein. Nur mit Rotor über sich waren sie es gewöhnt, mit dieser Art Situation fertig zu werden. So viel zu Monroes Ängsten. Oben in der Luft zu sein war alles, was er sich in diesem Augenblick wünschte. Dort konnte es vielleicht etwas Nützliches tun.

Ein Bunker in ihrer Nähe wurde getroffen. Noch mehr Geschrei. Es gab keine Möglichkeit, die Verwundeten sicher zur Krankenstation zu bringen, ohne selbst zur Zielscheibe zu werden. Im Moment jedenfalls nicht. Ganz abgesehen davon konnte die Krankenstation ohnehin nicht allzu viele Männer auf einmal aufnehmen. Für so etwas wie das hier war sie einfach nicht ausgerüstet.

Die weiße Huey mit dem roten Kreuz auf der Nase versuchte zu landen. Der Pilot nahm vier Anläufe, bevor er einsah, dass es keinen Zweck hatte, und das Weite suchte.

»Was machst du denn, du Idiot!«, schrie Monroe dem wegfliegenden Hubschrauber hinterher.

Es war unmöglich zu landen. Der Pilot konnte das Risiko nicht eingehen.

Mit der sich entfernenden Silhouette schwand auch die Hoffnung. Sie waren auf sich gestellt.

Endlos ging es weiter und immer weiter, bis zum Morgengrauen, als ein längerer Waffenstillstand eintrat, und um das zu feiern, reckten sich zahlreiche Köpfe in die Höhe – wie Präriehunde, die Wache hielten.

»Herr im Himmel. Jetzt seht euch das bloß an.«

Das MACV-Basislager – für die meisten ihr Zuhause – war von tiefen Wunden gezeichnet und blutete stark. Und die Stille nach so vielen Stunden war Ohren betäubend.

Erst da fiel ihnen auf, dass die meisten Männer, die im Bunker Unterschlupf gefunden hatten, für den Kampf nicht angemessen gekleidet waren. Wer keine Zeit gehabt hatte, sich vollständig anzukleiden, versuchte jetzt, sich einen Weg zurück zum Quartier beziehungsweise zur Strohhütte zu bahnen und zu vollenden, wozu in den frühen Morgenstunden keine Zeit mehr gewesen war. Die Heckenschützen feuerten ununterbrochen weiter. Der Feind feuerte auf alles, was sich bewegte.

»Passt gut auf«, kam der Befehl.

»Ja, ja, klar. Was wären wir ohne unsere Aufpasser«, kam Monroes Kommentar, als er sich eine Zigarette anzündete.

»Ich habe gedacht, du hast mit dem Rauchen aufgehört?«

»Hab ich auch. Du bildest dir das wohl nur ein«, Steve grinste und blies den Zigarettenrauch in die stinkende Luft.

Irgendwer warf ein Transistorradio zu ihnen herein und rannte zu seinem Bunker zurück. Der australische Sergeant, der schon einiges an Kampfhandlungen gesehen hatte, klebte ungeduldig an seinem Funkgerät. Er wollte Mitteilung darüber, wo sich der Rest seiner Einheit befand.

»Verfluchter Feigling.«

Billy, der in dem blechernen Transistor den Sender der Streitkräfte zu finden versuchte, schaute zu Monroe hoch. »Wer ist ein Feigling?«

»Der Pilot in dem Sanitätshubschrauber.«

»Er konnte nicht landen.«

»Er hat es nicht einmal richtig versucht, Mann.«

»Hättest du es versucht?«

Monroe starrte auf das glimmende vordere Stück seiner Zigarette. »Ja, ja, klar, auf jeden Fall. Weshalb glaubst du wohl, haben die mich aus dem Verkehr gezogen? Bin zu viele Risiken eingegangen, haben die gesagt. Mann, das ist einfach nicht fair.«

»Was?«

»Dass diese Sanitätshubschrauber keine Waffen an Bord haben.«

»Shaw! Monroe! Bewegt euren Arsch! Sofort!« Ein Offizier von der Abteilung Advisory 3 hatte die Nachricht für sie, dass sie sich unverzüglich in Phu Bai melden sollten. Billy und Steve schauten sich an. Was für eine Wahnsinnsidee war das denn? Wie in Teufels Namen sollten sie die dreieinhalb Meilen bis Phu Bai schaffen? Doch ihre Fragen trafen auf taube Ohren. Der Lieutenant, der die Nachricht durchgegeben hatte, hatte drängendere Sorgen. Zwei Hubschrauberpiloten waren da nebensächlich.

Als sie den Fluss im Jeep überquerten, wurde der Fahrer in die Schulter getroffen, aber irgendwie schafften sie es bis zum Flugfeld, wo sie feststellen mussten, dass die meisten, wenn nicht alle Maschinen lichterloh brannten. »Wir werden fahren müssen.« Und ihr Glück trotz all der Heckenschützen in der Gegend versuchen.

Billy tastete nach seinem verzauberten Zehn-Cent-Stück. Es war nicht da.

Achtzehntes Kapitel

Trish war allein, als das Armeefahrzeug vor dem großen Tor hielt und sich die Gegensprechanlage knisternd bemerkbar machte. Ein Captain stand draußen und wollte sie sprechen. Trish hörte den Namen, vergaß ihn jedoch sofort wieder. Sie musterte erstaunt ihren eigenen Finger, der ein Eigenleben entwickelt zu haben schien und auf den roten Knopf drückte. Langsam schwang das Tor auf.

Ihr Vater war zum Studio gefahren, und ihre Mutter war von einem Freund zum Frühstück im Klub abgeholt worden, drei Minuten bevor das Telegramm eingetroffen war.

Das an sie adressierte Telegramm lag, immer noch ungeöffnet, auf dem Tisch im Esszimmer.

Das passierte nicht wirklich. So etwas passierte immer nur anderen Leuten. Ihre Familie, die in dem schönen Haus auf dem Hügel wohnte, kam mit etwas Derartigem gar nicht in Berührung. Das Baby trat fest zu und traf Trish wieder einmal genau unterhalb der Rippen.

Gestern hatte der Arzt zu ihr gesagt, dass ihre Angaben falsch gewesen sein müssen. Der Kopf war nach unten gerutscht, das Baby lag schon in der richtigen Stellung. Bis zur Niederkunft würde es jetzt nicht mehr lange dauern.

Ihre Augen brannten von all den Tränen, die sich dort sammelten.

Es konnte nicht stimmen. Die Leute hatten sich in der Adresse geirrt. Es konnte einfach nicht stimmen.

Auf dem Überwachungsmonitor sah sie das Auto die Auffahrt hinaufkommen und dann halten. Ein paar Sekunden später war das blecherne Klingeln der Türglocke zu hören. Es schien im ganzen Haus widerzuhallen.

Trish öffnete die Vordertür.

Als Erstes fiel ihr auf, dass der Captain grüne Augen hatte. Er musste ungefähr fünfzig sein, und sein ganzes Gewicht ruhte auf seinem linken Bein. Er hatte die Mütze in der Hand, und kaum hatte er ihren immensen Bauchumfang gesehen, konnte er ihr einfach nicht mehr in die Augen schauen. Er kam mit einer Nachricht, die er nicht überbringen wollte. Einer Nachricht, die Trish nicht zur Kenntnis nehmen wollte, denn wenn sie sie gar nicht erst zur Kenntnis nahm, dann würde es auch nicht passieren, oder? Sie könnte ins Bett zurückgehen und den Tag noch einmal beginnen.

»Patricia Shaw?«

Trish nickte. Patricia Shaw. Sie war es nicht gewohnt, Shaw genannt zu werden. Vielleicht wollte er ja gar nicht zu ihr?

»Können wir hineingehen?«

Trish trat zur Seite und ließ die beiden Männer ins Haus treten. An das, was danach geschah, konnte sie sich nachher kaum noch erinnern.

Für Rachel war es ein Tag wie jeder andere, abgesehen von der Kälte natürlich und dem vielen Schnee, so viel, dass sie für einen Augenblick glaubte, Sallys Wagen würde es nicht einmal bis zu *Jim's* schaffen. Sie hätte nicht zur Arbeit kommen sollen. Wieder eine dieser Stimmungen. Düstere Stimmungen, die alle Gegenstände und alle Menschen verdunkelten, mit denen sie in Berührung kamen. Sie hätte krank spielen und den ganzen Tag im Bett bleiben sollen. Vielleicht sogar die ganze Woche. Oder so wie sie sich fühlte, für den Rest ihres Lebens. Die ganze Nacht hatte sie schlecht geträumt, und als sie aufwachte, konnte sie sich an die eigentlichen Träume nicht mehr erinnern – nur noch an das Gefühl, das sie dabei hatte. Und das war genauso lausig wie das Wetter.

Sie hob die Gardine hoch, und draußen bot sich ihr Grau in Grau der Anblick des Parkplatzes voller Autos hinter dem leeren Drive-in-Restaurant. Wenn sie jetzt zu Hause, in ihrem eigenen warmen, luxuriösen Schlafzimmer wäre, würde sie die Gardinen hochheben und auf den zugefrorenen See schauen. Sie würde zusehen, wie sich diese tief hängenden Schneewolken auf die Baumkronen setzten, und wenn die Sonne durchkam, wäre sie mit den Schlittschuhen draußen. Dass sie keine Freunde zum gemeinsamen Schlittschuhlaufen hatte, war ihr egal – Rachels wichtigster Verbündeter war seit eh und je ihre Einbildungskraft. Sogar wenn sie in ihrem Thunderbird saß, hatte sie sich einbilden können, es wäre der Ferrari, den sie eines Tages besitzen würde. Das funktionierte jetzt allerdings nicht mehr. Sie war es leid, so zu tun als ob, ein Leben auf der Grundlage von Wünschen zu führen. Billy hatte Recht. Wenn man sein Leben damit verbrachte, sich die ganze Zeit nur über die Zukunft zu sorgen, dann verpasste man die Gegenwart. Und dabei war es viel wichtiger, heute zu leben, weil es so etwas wie ein Morgen im Grunde gar nicht gab. Was man mit dem Heute anstellte – nur das zählte wirklich.

Mitten in einem eisig kalten Winter saß sie in Seattle fest, so weit weg von zu Hause wie nur möglich. South Carolina war ein ganzes Leben weit entfernt. Und auch ihr Büro war ein kaltes Gefängnis. Es war einfach nicht fair. Nach allen Abzügen blieben ihr zweiundvierzig Dollar in der Woche. Auf ihrem neu eröffneten Bankkonto hatte sie zweihundert Dollar. Bei dem Tempo würde sie Tag für Tag zwei weitere Jahre lang arbeiten müssen, ehe sie genug Geld beisammen hatte, um auf die Insel zu kommen. Und sie konnte ja ihre Verwandten auch nicht mit leeren Händen besuchen. Wie sollte es weitergehen? Rachel wollte es sich zwar nicht gern eingestehen, aber sie glaubte, dass sie wieder nach Hause gehen würde. Zurück nach South Carolina. Columbia. In ihren Tagträumen hatte sie ein eigenes Drive-in-Restaurant. Bei ihrer Arbeit bei *Jim's* hatte sie genug gelernt, um zu wissen, wie man ein Restaurant leitete, und sie glaubte sogar, dass sie es besser machen könnte, und das sogar, ohne Teenager als billige Lohnsklaven missbrauchen zu müssen. Wenn sie ihr eigenes Restaurant hätte und Teenager bei ihr arbeiten wollten, würde sie ihnen einen vernünftigen Anreiz geben. Und wenn es kein Drive-in-Restaurant würde, dann wäre auch ein eigenes Café gut. Allerdings nicht in Columbia – da gab es schon zu viele. In Abbeville dagegen nicht. Und dort wäre zudem die Miete nicht so hoch.

Aber immer schön eins nach dem anderen. Im nächsten Sommer würde sie, wenn möglich, ihre Cousine auf der Insel besuchen, eine Weile dort bleiben, die Familienmitglieder von der ›anderen‹ Seite kennen lernen. Und was danach passieren würde ...

Sally nach all der Zeit zu verlassen würde gar nicht so einfach werden. Sally war mütterlicher, als ihre eigene Mutter es je gewesen war. Sie redeten über absolut alles, manchmal sogar bis spät in die Nacht. Sally fällte keine Urteile. Sally rechnete nicht stets mit dem Schlimmsten. Sally war die Einzige, die Rachel je Gelegenheit gegeben hatte, sich zu beweisen, und Rachel überraschte alle, sogar sich selbst, denn manche ihrer Ideen wurden für so gut gehalten, dass man sie tatsächlich ausprobierte.

Manche ihrer Ideen waren in der Tat so gut, dass Jim zu der Überzeugung kam, sie könne den Laden leiten, und das praktisch allein. Nach ein paar Monaten war sie stellvertretende Geschäftsführerin geworden. Doch ohne Sallys Hilfe würde sie das nie schaffen.

Außer Sally war nur ein Mensch stolz auf das, was sie bisher geleistet hatte, und das war ihr Dad. Für so etwas hatte ihr Dad immer Verständnis. Tief im Innern war und blieb er eben Geschäftsmann.

Es würde ihr gar nicht so leicht fallen, von *Jim's* wegzugehen. Fast jeden Tag sagte sogar Jim höchstpersönlich zwischen zwei Zügen an seiner Zigarre: *Ich weiß gar nicht, was wir ohne dich tun sollten, Rachel.* Schön, wenn jemand aufrichtig die Leistungen eines anderen anerkannte. Jetzt zahlten sie ihre Rechnungen meist, bevor die Mahnungen kamen; und Gewinn erwirtschafteten sie außerdem. Jim meinte, er würde wohl im kommenden Jahr ein Grundstück kaufen, das näher im Geschäftsviertel lag, und eine neue Art Restaurant aufmachen – eines, das auf Hotdogs und Hamburger spezialisiert war. Für Geschäftsleute, die in ihrer Mittagspause möglichst schnell etwas essen wollten. Auch eine Idee von Rachel.

Dass sie keine Freunde in ihrem Alter hatte, störte Rachel nicht allzu sehr. Oft dachte sie zwar, es wäre schön, jemanden in ihrem Alter zum Reden zu haben. Ab und zu hatte sie sich bei der Arbeit mit Debbie unterhalten, doch Debbie hatte unzählige Freunde und war einfach nicht in der Lage, ein ordentliches Gespräch zu führen, das sich nicht um Nagellack und Make-up und die Rolling Stones oder die Beach Boys drehte.

Also verging kein Tag, an dem Rachel nicht hastig nach der Post griff und alles durchschaute, ob vielleicht wieder ein Brief von Billy dabei war.

So regelmäßig wie früher kamen seine Briefe nicht mehr, aber vielleicht war das ihre eigene Schuld. Sie schaffte es nicht, ihm jede Woche zu schreiben – und wenn sie sich jetzt ungefähr alle vierzehn Tage hinsetzte, hatte sie trotzdem nicht mehr so viel zu erzählen. Dieses starke Mitteilungsbedürfnis, das sie anfangs gehabt hatte, war verschwunden. Dieses Bedürfnis, jemandem alles zu erzählen. Billy hatte sich verändert – das kam ganz deutlich in seinen Briefen zum Ausdruck, vor allem in den letzten. Er war einmal so weichherzig gewesen, doch jetzt lag in seinen Worten eine bleierne Schwere, die sie beinahe spüren konnte. Manchmal fragte sie sich, ob er sich wohl aufgegeben hatte. Ob ihm alles egal geworden war. Ob er womöglich mit etwas Furchtbarem rechnete und sich gegen das Unvermeidliche wappnete.

Schließlich war es Billy gewesen, der ihr gesagt hatte, dass man Dinge geschehen lassen konnte – vor allem Dinge, mit denen man rechnete. Gute oder schlechte Dinge. Denn alles liege in uns selbst. Seinem Großvater Asuluk, so sagte er immer, habe er seine ersten Worte zu verdanken. Je mehr sie von Asuluk las, desto stärker sehnte sich Rachel danach, ihn kennen zu lernen. Aber das war nicht möglich. Der weise alte Mann war gestorben. Vor langer Zeit schon gestorben.

Nie schrieb Billy ihr davon, wie der Krieg wirklich war, und Sally erklärte, dass er das nicht dürfe. Dass es verboten sei. Doch Rachel glaubte nicht, dass er darüber mehr erzählen würde, wenn es dieses Verbot nicht gäbe.

»Rachel?«

Sie drehte sich um.

»Alles in Ordnung mit dir?«, fragte Debbie, als sie die Post auf Rachels Schreibtisch warf.

»Ich bin okay. Ich denke nur nach.« Sie ging zum Fenster zurück. Weiterer heftiger Schneefall behinderte den Blick auf den Parkplatz. »Ich glaube, wenn es nicht bald aufhört zu schneien, werden wir unseren Job los sein.« Zu viel Schnee, keine Kunden. Keine Kunden, kein Geld. Kein Geld, kein Lohn. »Mach die Tür zu, wenn du gehst.«

Debbie schnitt eine Grimasse und schloss die Tür. Mal wieder diese Stimmungen. Am besten ließ man sie allein.

Rachel schaute die Post durch. Vor einem Monat hatte sie ihrer Mutter geschrieben, aber eine Antwort erwartete sie nicht, denn eine Antwort würde voraussetzen, dass ihre Mutter sich mit ihr auseinander gesetzt hätte, und das war sehr unwahrscheinlich. Ihre Vermutung war richtig – von ihrer Mutter war wieder kein Brief dabei; dafür aber hatte sie einen Brief von ihrem Vater bekommen – einen, den seine Sekretärin getippt und den er in seinem typischen Gekrakel mit den vielen Schlingen und Schleifen unterschrieben hatte. Er schrieb darüber, wie groß Joshuas Jüngster schon geworden war. Und dass es schade sei, dass sie über Weihnachten nicht nach New York hatte kommen können. Er schrieb, dass er seinen letzten Fall gewonnen hatte – einen Prozess auf Basis eines Pauschalhonorars. Und dass ihre Mutter sehr beschäftigt sei mit der Arbeit für die Schulbehörde, aber sie herzlich grüßen lasse. Sie werde den Brief bald beantworten.

Das war gelogen, und Rachel wusste es. Sie las weiter. Der See sei zugefroren, genau wie sie sich das vorgestellt hatte. Ob sie in Seattle viel zum Schlittschuhlaufen komme? Ob sie überhaupt zu irgendetwas anderem Zeit hätte neben ihrer Arbeit? Es sei wichtig für eine junge Frau in ihrem Alter, dass sie auch mal ein bisschen Spaß habe.

Natürlich war das wichtig. Wenn sie sich keinen Spaß gönnte, würde sie noch so enden wie ihr Vater, oder? Immer nur arbeiten. Achtundzwanzig Stunden am Tag. Jede Ausrede gut genug, nur um nicht nach Hause gehen zu müssen, denn zu Hause war es unerträglich.

Sie würde ihren Vater anrufen, statt ihm zu schreiben. Manchmal rief sie ihn per R-Gespräch im Büro an, was ihm nie etwas auszumachen schien. Wenn er in einer Sitzung war oder in einer Besprechung mit einem Mandanten, sorgte seine Sekretärin dafür, dass er zurückrief, sobald er Zeit hatte. Sie schrieb ihrem Dad nicht gern. Einen Brief würde er nur zu Gesicht bekommen, wenn seine geliebte Karen sich entschloss, ihm den Brief vorzulegen – so wie Rachel das mit Jims Post machte, ob die Briefe nun mit »vertraulich« gekennzeichnet waren oder nicht.

Der letzte Brief im Stapel, der an sie mit dem Vermerk »c/o Jim's« adressiert war, kam von einem Stabsfeldwebel namens Monroe aus Phu Bai. Auf die Rückseite des Umschlags hatte er einen Snoopy in seinem kleinen Flugzeug gezeichnet. Rachel lächelte. Woher mochte er nur wissen, dass Snoopy ihre allerliebste Comicfigur war? Nicht einmal Billy wusste das.

Monroe. Billy hatte erwähnt, dass ein gewisser Monroe ihr vielleicht schreiben würde, aber sie sollte möglichst nicht allzu sehr auf den Brief warten. Piloten schrieben nicht gern Briefe, hatte er erklärt. Vorsichtig öffnete Rachel den Umschlag. Zusätzlich zu Monroes Brief befand sich noch ein weiterer Umschlag darin. Er war unbeschriftet, schmutzig und zerknittert. Hatte überall Fettflecken. Als habe er ewig in einer Jackentasche gesteckt. Möglicherweise steckte auch in dem Umschlag ein Brief, aber sie konnte außerdem etwas Hartes fühlen. Es war klein. Und hatte ein Loch in der Mitte.

Übelkeit stieg wie eine Woge in ihr auf, und sie musste sich schnell setzen. Sie steckte den Brief in ihre Handtasche. Sie würde ihn später lesen. Vielleicht konnte sie sogar so tun, als ob sie ihn überhaupt nicht bekommen hatte?

Das Telefon klingelte, und sie nahm den Hörer sofort ab. »Jim's Drive-in, Rachel am Apparat. Kann ich Ihnen helfen?«

»Rachel?«

»Hi, Dad. Eben habe ich deinen Brief bekommen. Ich wollte dich auch gerade anrufen. Das musst du irgendwie geahnt haben.«

»Rachel, Schätzchen. Ist jemand bei dir?«

»Nein. Wieso?«

»Geh bitte raus und hole Sally.«

»Was ist denn los?«

»Tu einfach, was ich dir sage, und hol sie ans Telefon.«

Einen kurzen Augenblick später saß sie wieder hinter dem

Schreibtisch, und Sally hatte den Hörer genommen. »Hallo, Gordon. Sally hier.«

Rachel wartete, während das Herz ihr bis zum Hals schlug; was am anderen Ende gesprochen wurde, hörte sie nicht, aber sie wusste, was gesagt wurde, obwohl Sallys Gesicht ausdruckslos blieb. Schließlich hörte sie: »Ja, das mache ich. Ja, bestimmt. Danke für den Anruf. Nein, das ist nicht nötig.«

Rachel sah zu, wie Sally den Hörer auflegte und sich dann zu ihr umdrehte. »Was ist? Was ist denn los? Ist es was mit Mom?«

»Nein, Kind. Es ist nichts mit deiner Mutter. Es ist dein Cousin. Es ist Billy. Es tut mir so Leid.«

Rachels Augen brannten, aber die Tränen wollten nicht kommen. Noch nicht.

»Wie es scheint, hat Billys Schwiegervater deine Mutter angerufen, um ihr die Nachricht zu übermitteln.«

Schweigen.

»Er ist als Held gestorben. Er flog gerade ...«

»Das will ich nicht hören! Billy ist nicht tot! Wenn er tot wäre, wüsste ich das! Er ist nicht tot, hörst du? Ihr irrt euch alle!« Rachel griff sich Mantel, Wollmütze und Handtasche.

»Wo willst du hin?«

Statt einer Antwort schlug die Tür zu.

»Rachel!«

Zu spät. Sie war schon fort. Bis Sally bei ihrem Auto war, den Motor angelassen hatte und sich in dem blendenden Schnee auf die Suche gemacht hatte, war Rachel schon nirgends mehr zu sehen.

Ihr wurde nicht bewusst, das sie durch heftiges Schneetreiben marschierte. Sie hatte keine Ahnung, wohin sie ging. Ihr Kopf war wie betäubt, während ihre Füße sich wie von selbst immer weiter bewegten, Richtung Stadtmitte, jetzt über die Hauptstraße. Ein Auto hupte und versuchte, ihr auszuweichen, aber die

Straße war so vereist, dass es zur Seite ausscherte, außer Kontrolle geriet und gegen einen Hydranten stieß. Die Flüche hörte sie nicht. Und es drang auch nicht in ihr Bewusstsein, dass der Hydrant kaputt war und die Stadt jetzt einen neuen Brunnen hatte.

Schließlich flüchtete sie vor der Kälte in ein Café. Die behagliche, warme Umgebung schreckte sie beinahe aus ihrer tranceähnlichen Leere auf. »Was darf's sein?«, fragte die Kellnerin.

Rachel schaute auf, mit leerem Blick.

»Was darf's sein?« Diesmal kam die Frage lauter, eine Spur ungeduldiger.

»Schokolade. Eine heiße Schokolade.«

Einen kurzen Moment lang überlegte sie, wie sie hierher gekommen sein mochte. Und wo war sie überhaupt? Auf der anderen Straßenseite sah sie das Kaufhaus, in dem sie fast einhundert Dollar für neue Kleider ausgegeben hatte. *Jim's* war eine gute Meile entfernt. War sie bei diesem Wetter tatsächlich so weit gelaufen? Dann müsste sie jetzt eigentlich halb erfroren sein.

Dass sie bei *Jim's* im Büro gestanden hatte, war das Letzte, woran sie sich erinnerte. Und an Sally, die ihr sagte, dass Billy tot sei. Als Held gestorben. Das stimmte nicht. Das stimmte einfach nicht.

Die Kellnerin brachte die heiße Schokolade. Etwas davon schwappte auf die Untertasse, als die Frau die Tasse unsanft absetzte. Dadurch kam sich Rachel bedeutungslos vor. Wie eine Last. So sollte man Kunden nicht behandeln. Unter keinen Umständen.

Rachel nahm ihre Handtasche und suchte nach dem Brief, den sie, so glaubte sie, vorhin hineingestopft hatte.

Und da war er, dieser schmuddelige, zerknitterte Umschlag. Es war also doch kein Traum gewesen.

Mit eisigen, zögerlichen Fingern öffnete sie ihn. Ein Brief war nicht darin. Nur ihr verzaubertes Zehn-Cent-Stück. Bei dem Anblick stiegen ihr die Tränen in die Augen. Vielleicht hatte es ja nichts zu bedeuten, dass man ihr das Zehn-Cent-Stück zurückschickte? Vielleicht würde Billy ja jetzt nach Hause kommen und brauchte es einfach nicht mehr?

Sie nahm den Brief zur Hand, den der Snoopy-Mann geschrieben hatte.

Hallo Rachel,

ich heiße Steve. Ich bin nicht so gut im Briefeschreiben, also haben Sie bitte Geduld mit mir. Im Übrigen könnte mich dieser Brief vors Kriegsgericht bringen, also habe ich einen Kumpel überredet – der sollte mit einem Verwundetentransport nach Hause –, ihn rauszuschmuggeln und in den USA in den Briefkasten zu werfen.

Ich nehme an, Sie haben bereits erfahren, was mit Billy passiert ist, aber es ist einfach unmöglich, genau zu wissen, was da vorgefallen ist. Zuerst muss ich Ihnen sagen, dass er mich gebeten hat, Ihnen zu schreiben und Sie die volle Wahrheit wissen zu lassen. Er hat Sie geliebt, Rachel. Das weiß ich bestimmt. Er hat gesagt, Sie waren genau wie ich ein guter Freund, als er sonst niemanden zum Reden hatte.

Ich fliege Hueys – hauptsächlich Sanitätshubschrauber, und habe Billy kaum zu Gesicht bekommen, bis sie mir vorübergehend verboten, Helikopter zu fliegen, und mich nach Phu Bai und später nach Hue schickten. Aber ich habe es vermasselt. Konnte überhaupt nicht mehr fliegen. Da habe ich nach Billy Ausschau gehalten.

Bei unserem letzten gemeinsamen Flug saßen wir in einer Einmotorigen. Wir haben feindliche Truppenbewegungen ausgekundschaftet, den Feind unter Beschuss genommen und sind dann selbst getroffen worden. Ich weiß nicht, wie er das geschafft hat, uns zum Flugfeld zurückzubringen, aber er hat es geschafft. Die Jungs haben oft gesagt, irgendwer würde ihn be-

schützen. So als hätte er die ganze Zeit einen Schutzengel bei sich.

Er hat gesagt, wenn ihm je etwas zustoßen sollte, dann müsste ich Ihnen das Zehn-Cent-Stück zurückschicken. Es hat funktioniert, es hat wirklich funktioniert. Als hätte er beim Fliegen eine Art wundersamen Glücksbringer auf der Schulter sitzen gehabt.

Aber als er ihn am meisten brauchte, hat er ihn nicht bei sich gehabt. Dafür war nicht mehr genug Zeit.

Der Angriff der Nationalen Vietnamesischen Armee auf unser Basislager kam für uns alle überraschend. Sie haben auf uns geschossen und wollten und wollten gar nicht mehr aufhören. Wir beide mussten uns danach in Phu Bai melden – sie brauchten uns für Einsätze mit dem Sanitätshubschrauber, obwohl Billy sonst immer Kampfhubschrauber flog. Wir kamen tatsächlich heil in Phu Bai an, auch das grenzte an ein Wunder. Kaum waren wir angekommen, bekamen wir auch schon unseren Einsatzbefehl.

In der Nähe eines Lagers von Verbündeten in den südlichen Vororten von Hue war ein Helikopter über einem Reisfeld abgeschossen worden. Offenbar war ein ziemlich hohes Tier von der Navy an Bord. Die Überlebenden waren in dem Lager der Verbündeten untergekrochen, aber sie mussten dringend vom Sanitätsdienst rausgeholt werden.

Da haben sie Billy und mich geschickt, um die armen Schweine zu evakuieren, aber wir konnten einfach nicht nahe genug herankommen, anfangs jedenfalls nicht, wegen der Minenwerfer. Es war ein einziger Feuerhagel.

Billy flog mit dem ersten Helikopter hin, aber es wurde so heftig geschossen, dass er nicht landen konnte. Das Lager war von hohen Gebäuden umgeben, und von den Dächern dort hatten die Vietnamesen ausgezeichnete Sicht. Er unternahm ein paar Landeversuche, aber es ging einfach nicht. Über Funk hör-

te ich ihn sagen, er wolle noch einen letzten Versuch machen. Ich habe ihm geraten, zur Deckung erst etwas Staub aufzuwirbeln, auf demselben Weg, auf dem er reingekommen war, wieder rauszufliegen – eine 360-Grad-Wende zu machen und dann in der Luft stehen zu bleiben –, dann hätten die Jungs am Boden mehr Zeit für die Evakuierung. So habe ich das vorher auch schon mal gemacht. Wenn es nur nicht anfing zu regnen.

Das Heck vom Hubschrauber wurde getroffen, noch bevor der Staub überhaupt aufsteigen konnte, und am Rand des Lagers stürzte er ab. Die von der Armee werden Ihnen sagen, er sei sofort tot gewesen, ~~aber ich weiß es besser, weil ich ja dabei gewesen bin. Ich habe gesehen, dass er versucht hat, seine Mannschaft rauszubringen, und dann ging der Hubschrauber in Flammen auf. Er hatte keine Chance.~~

Rachel legte den Brief weg. Der Snoopy-Mann hatte versucht, einen Teil des letzten Satzes auszustreichen, aber wenn sie sich Mühe gab, konnte sie diese furchtbaren Worte trotzdem noch lesen. Sie wünschte, sie hätte sie nicht gesehen. Wieder wurde ihr ganz übel. Vor lauter Tränen konnte sie nichts sehen. Sie wollte nicht weinen, aber je mehr sie sich bemühte, die Tränen zu unterdrücken, desto schlimmer wurde es. Es konnte nicht wahr sein. Es konnte einfach nicht wahr sein. Kein einziges Mal hatte Monroe erwähnt, dass Billy tot war. Also woher wollten sie das so genau wissen? Die Leute schauten zu ihr her, aber das war ihr egal. Rachel merkte gar nicht, dass sie laut dachte.

Jetzt musste ich beenden, was Billy begonnen hatte. Sein Absturz gab mir Zeit genug, aber ich musste unbedingt etwas Rauch sehen. Die Jungs am Boden hatten nur eine Granate, und die war krepiert. Ein australischer Sergeant, T. J. heißt er, wollte mitten rein rennen, wo dann alle auf ihn schießen würden, und dann seine kugelsichere Weste schwenken.

Ich weiß noch, wie ich dachte, der Kerl muss total verrückt geworden sein, aber es war unsere einzige Chance. Also habe ich es noch einmal versucht, und da war tatsächlich dieser Übergeschnappte und schwenkte seine kugelsichere Weste wie ein Irrer. Ich gab ihm Zeichen, dass ich ihn gesehen hatte, und er warf sich unter einen Lastwagen, den die Jungs als Deckung benutzten. Über Funk rief ich die Kampfhubschrauber herein, die die Gebäude um das Lager herum unter Beschuss nahmen, und während sie schossen, kam ich tief unten über den Fluss heran, stieg hoch über die Mauer, machte eine 360-Grad-Wende, wirbelte Staub auf. Die Jungs waren schon auf dem Weg nach draußen. Da war ein Sergeant, der nicht laufen konnte, und ein geblendeter Sanitäter trug ihn. Dann tauchte dieser verrückte Australier auf und warf diesen schwergewichtigen, verwundeten Offizier von der Navy in den Hubschrauber, als wäre der ein Sack Getreide. Ich habe sie rausgeflogen. Ich habe nicht einmal gemerkt, dass T. J. die Feinde unter Beschuss genommen hatte.

Wir kamen zum Camp Evans. Die Verwundeten wurden weggebracht, und dann waren nur noch T. J. und ich allein.

»Tut mir echt Leid, das«, sagte er.

»Was?«, fragte ich.

»Ich habe dich nicht um Erlaubnis gefragt, aus deinem Hubschrauber schießen zu dürfen.«

»Deswegen mach dir mal nicht ins Hemd, Mann. Deswegen nicht.«

Er sagte: »Ich werde dafür sorgen, dass du dafür einen dicken, fetten Orden kriegst.«

Ich schaute ihn an und antwortete: »Den sollte mein Kumpel kriegen, nicht ich.«

»Dein Kumpel?«

»Billy Shaw. Er war in dem ersten Hubschrauber.«

»Billy Shaw? Der Name kommt mir bekannt vor.«

»Tja, er hat mir von dir erzählt. Wie du mal seinen Arsch ge-

rettet hast. Als er über einem Reisfeld abgeschossen wurde.« Ich schaute den Australier an, und einen Moment lang machte ich ihn für Billys Tod verantwortlich. Aber dann dachte ich wieder daran, wie T. J. sein eigenes Leben aufs Spiel gesetzt hatte, um die Verwundeten zu retten. Vielleicht hatte auch dieser Bursche einen Schutzengel auf der Schulter sitzen.

So was passiert eben, Rachel. Jeden Tag passiert so was. Ich wünschte nur, ich hätte in diesem ersten Hubschrauber gesessen, und nicht Billy. Er hatte der Welt einfach mehr zu bieten als ich. Mir tut bloß Leid, dass ich seinen Leichnam nicht gesehen habe.

Die von der Armee werden sagen, er ist als Held bei der Ausübung seines Dienstes gestorben, und das ist so ungefähr das Einzige, was ich voll und ganz bestätigen kann. Sein Name ist auf die Liste für die Ehrenmedaille des Kongresses gesetzt worden.

Billy hätte gewollt, dass ich Ihnen das alles erzähle, Rachel. Ich hätte Ihnen das alles gern persönlich gesagt, aber ich stecke hier noch ein paar Monate lang fest. Vielleicht haben wir bald mal Gelegenheit, miteinander zu reden. Ich habe Billy versprochen, dass ich auf seine Insel rauffahre. Außerdem gibt es diese Sache mit dem Film, die ich für ihn erledigen muss. Das Einzige, was ich bisher mit Filmen zu tun hatte, war allerdings, Popcorn zu essen, während ich mir John Wayne anschaue.

Damit will ich für heute Schluss machen. Wenn Sie mir nicht antworten wollen, habe ich dafür volles Verständnis.

Herzlich,

Steve Monroe.

PS: Den Snoopy auf dem Umschlag habe ich schon vor einiger Zeit gezeichnet, als ich noch überlegte, was ich Ihnen so schreiben sollte. Tut mir Leid, dass es so was sein muss. Ich will nur nicht, dass Sie was von dem Schwachsinn glauben, den Ihnen die von der Armee erzählen, das ist alles.

Und Rachel kam zurück zu der Stelle, an der Steve geschrieben hatte: *Mir tut bloß Leid, dass ich seinen Leichnam nicht gesehen habe.* Jetzt war sie überzeugter als je zuvor, dass Billy nicht tot war. Die Armee hatte sich geirrt. Das war alles. Ein Irrtum.

Trishs Baby kam früh. Eine Stunde, nachdem der Captain ihr die Nachricht überbracht hatte, setzten die vorzeitigen Wehen ein. Alans Sekretärin platzte in eine wichtige Drehbuchkonferenz und sagte ihm, dass dieser Anruf wirklich dringend sei. Trish sei im Krankenwagen ins Krankenhaus gebracht worden. Irgendetwas mit einer Blutung. Notoperation. Er müsse hinfahren und vorher irgendwelche Papiere unterschreiben – er dürfe keine Zeit verlieren, also verlor er nicht einen Moment. Innerhalb von fünfzehn Minuten schaffte Alan es bis ins Krankenhaus. Dort wartete Kathryn auf ihn. So verängstigt hatte er sie nie vorher gesehen. Es war kein schöner Anblick. Nachdem die Papiere unterschrieben waren, konnte das Krankenhaus nicht mehr verantwortlich gemacht werden, also fingen sie mit der Operation an.

Eine Stunde später kam der Arzt und teilte ihnen mit, sie hätten einen Enkel. Er habe noch etwas Schwierigkeiten mit der Atmung, irgendetwas mit seinen Lungen, aber abgesehen davon hätte er gute Überlebenschancen. Er sei groß genug, er sei gesund.

Aber was Trish betraf, sei das eine andere Sache. Der Arzt habe keine andere Möglichkeit gehabt, als in einer Notoperation die Gebärmutter zu entfernen. Die Blutung habe sich auf andere Weise nicht stillen lassen.

»Ihre Tochter war sehr verstört, als sie hier eingeliefert wurde. Wir müssen wissen, wieso. Wo ist der Vater? Sie ist doch verheiratet, oder?«

Kathryn schaute Alan an.

»Ihr Mann ist in Vietnam gefallen. Gerade erst haben wir das erfahren.«

»Aha. War er Weißer?«

»Wieso fragen Sie?«

»Das Baby sieht asiatisch aus.«

»Mein Schwiegersohn stammt von den Aleuten.«

»Der Vater ist Eskimo?«

»Ich habe gesagt, er stammt von den Aleuten. Da gibt es einen Unterschied.«

Kathryn spürte, wie der Ärger in Alan hochstieg. Jeden Moment würde er explodieren. Das konnte sie an seiner Stimme hören, und so griff sie seinen Arm, bevor er diesem jungen sonnengebräunten, kalifornischen Arzt einen Schlag auf die Nase versetzen konnte. »Wann kann ich meine Kleine sehen?«, fragte Kathryn.

»Bald«, antwortete der Arzt. »Bald.«

»Weiß sie, was passiert ist?«

»Nein. Noch nicht.«

»Ich werde es ihr erzählen.«

Daraufhin nickte der junge Arzt und ging weg.

Kathryn setzte sich neben ihren Mann und hielt fest seine Hand umklammert. Alan starrte auf die Wand. Er hatte Macht über fast alles, was er sich nur vorstellen konnte. Aber hier konnte er nichts, einfach gar nichts tun. In einem Krankenhaus zu sein war nun wirklich das Letzte, was er sich wünschte. Und es war nicht einmal das Krankenhaus, das Trish ausgesucht hatte. Sie wollte ins Mount-Sinai-Hospital. Also wieso zum Teufel hatte der Krankenwagen sie hierher gebracht?

Und dann musste Kath auch noch anbieten, es ihr selbst zu sagen. Obwohl er ihr das kaum vorwerfen konnte. Dieses junge, arrogante Arschloch sollte seiner Kleinen eine solche Nachricht nun ganz gewiss nicht überbringen. Eskimo, so ein Blödsinn. Billy war Amerikaner. Pilot bei der Armee, der bei der

Ausübung seines Dienstes gefallen war. Ein Held. Alan hatte das starke Bedürfnis, jemanden zu schlagen. So viel Wut hatte sich in ihm angesammelt. Viel zu viel. Seinem Magengeschwür zuliebe versuchte er, sich zu beruhigen. Zu viel Aufregung, zu viel seelische Belastung konnte er sich nicht leisten, nicht bei seinem Gesundheitszustand.

Allerdings würde Kath von ihm erwarten, dass er sie begleitete, wenn sie Trish von der Notoperation erzählte. Aber wie sollte er das durchstehen? So was war Frauensache. Mit ihm hatte das nichts zu tun. Er blieb dennoch. Er würde nicht eher aus dem Krankenhaus fortgehen, bis er sich davon überzeugt hatte, dass mit seiner Tochter, und natürlich mit ihrem Kind, alles in Ordnung war. Dann würde er diesen Frauenkram den Frauen überlassen und so schnell wie möglich ihre Verlegung ins Mount-Sinai-Hospital in die Wege leiten.

An das Baby verschwendete er kaum einen Gedanken. Ein kleiner Junge, der ohne seinen Daddy aufwachsen würde. Wenn er denn überhaupt am Leben blieb. Irgendwas war da doch mit seinen Lungen – wieso habe ich denn bloß nicht richtig zugehört? Insgeheim machte sich Alan Vorwürfe.

Kathryn hing an seinem Arm und schluchzte leise. Er kannte diese leisen Schluchzer, tausendfach hatte er sie bereits gehört.

»Versprich mir, dass du in ihrer Gegenwart nicht weinen wirst. Versprich es mir.«

»Aber ich ...«

»Also verdammt noch mal, jetzt vergiss doch einmal deine Gefühle, Kath. Du musst jetzt an Trish denken. Trish und das Baby. Habe ich nicht Recht? Weinen kannst du, wenn du allein bist und dich keiner hört oder sieht. Du musst jetzt einfach stark sein. Einmal in deinem Leben tu bitte, was ich dir sage.«

Kathryn rückte von ihm weg und versuchte, sich gerader hinzusetzen, als übte sie unbewusst bereits.

Dann kam eine Schwester und fragte: »Würden Sie gern Ihren Enkel sehen?« Alan hatte nicht gewusst, dass sich seine Frau so schnell bewegen konnte. Sie folgten der Schwester zur Säuglingsstation, wo etwa fünfzig Babys in einem riesigen Raum lagen, und zwar in kleinen Acrylglas-Bettchen, die an den Wänden aufgereiht waren. Aber sie interessierten sich nur für eines dieser Bettchen. Für das, in dem der Sohn ihrer Tochter lag.

Sie mussten hinter der Glasscheibe stehen bleiben, während die Schwester einen riesigen Apparat heranfuhr. Einen Brutkasten. Da lag, auf dem Rücken, ihr Enkel. Er war nackt.

»O Alan, nun sieh ihn dir bloß an. Ist er nicht süß?« Kathryn brach in Tränen aus. Sie konnte sich einfach nicht beherrschen.

Süß? Das konnte Alan nicht finden. Er hatte Schläuche in fast allen Körperöffnungen, soweit Alan sehen konnte. Er hatte nicht einmal eine Windel an. Dass es ein Junge war, daran konnte es keinen Zweifel geben. Er hatte riesige Füße und lange Beine, und ja, er sah asiatisch aus. Um der Wahrheit die Ehre zu geben, war er ganz schön hässlich, aber das dachte Alan von jedem neugeborenen Baby, das er sah. Die Oma des Babys dachte das nicht. Für sie war er einmalig schön. Alan konnte einfach nicht schlau aus den Frauen werden. Kathryn hatte schon wieder angefangen zu weinen, und es war ihm schrecklich peinlich, neben einer in Tränen aufgelösten Frau zu stehen. Es war doch schließlich nur ein Baby, um Himmels willen.

Dann kam eine andere Schwester und sagte ihm, da sei ein Telefongespräch für ihn.

Er wusste, das war das Studio.

»Geh ruhig. Ja, geh nur. Ich bin okay. Ich warte hier, bis ich Trish sehen darf. Ich bin okay.«

Das sagte Kathryn immer wieder, als könne die Wiederholung es wahr werden lassen.

»Bist du sicher?«

»Also nun geh doch schon! Ich sehe dich dann heute Abend. Ruf Meg an. Erzähl ihr alles.«

»Meg?«

»Billys Tante. Unter M in meinem Adressbuch. Erzähl ihr alles.«

Alan ging und ließ Kathryn an die Glasscheibe gelehnt stehen. Der Anblick ihres Enkels erfüllte sie mit einem merkwürdigen Gefühl. So ganz anders als das Gefühl beim ersten Anblick von Trish. Das war übrigens nach dreitägigen heftigen Wehen gewesen. Nein, es war vollkommen anders. Sie konnte es nicht beschreiben. Es war eine merkwürdige, spontane Art Zuneigung, für die es im Grunde kein Wort gab. Der kleine, zarte Junge fing an zu weinen.

»Darf ich ihn anfassen?«

Die Schwester hinter der Glasscheibe schüttelte den Kopf. Erlaubnis verweigert.

Es war einfach zu viel für sie, und es kam alles zu früh. Sie konnte jetzt nicht stark sein. Wie sollte sie jetzt stark sein? Wenn sie jetzt anfing zu weinen, das wusste Kath, würde sie so schnell nicht mehr aufhören. Alan hatte Recht. Sie musste sich zusammenreißen.

Die Schwester kam und rollte den Säugling weg, weil der Arzt hereingekommen war. Aber das war in Ordnung, denn eine andere Schwester zeigte ihr den Weg zurück zum Warteraum oben und brachte ihr eine Tasse Tee.

Jetzt musste sie nur noch darauf warten, dass Trish aufwachte. Und dann würde sie ihr erzählen, was bei der Operation passiert war. Wenn sie den Zeitpunkt für richtig hielt. Trish hatte sich viele Babys gewünscht ... Und jetzt war sie Witwe. Von all den Männern, mit denen sie ausgegangen war, hatten Alan und sie Billy am meisten gemocht. Und Kath hatte wirklich geglaubt, dass sie ihn eines Tages wie ihren eigenen Sohn sehen könnte. Aber jetzt nicht mehr. Tränen stiegen ihr in die Augen und brannten, aber fallen wollten sie nicht.

Sie musste stark sein. Es gab sonst niemanden, der Trost spenden und Ratschläge erteilen konnte. Höchste Zeit, dass du eine richtige Mutter wirst, Kathryn, flüsterte die innere Stimme.

Neunzehntes Kapitel

Billy versuchte sich zu erinnern, aber was passiert war, konnte er nur sehr vage sehen. Er gibt den Notruf zu spät durch. Er stürzt ab. Der Heckrotor stößt gegen eine Steinmauer. Der Treibstoff entzündet sich. Heckenschützen überall. Der Copilot tot. Der Bordkommandant auch. Nicht dass er einem von ihnen hätte helfen können. Billy ist weggekrochen, solange es noch möglich war. Weg von den Flammen. Vielleicht zwanzig Meter weit weg in ein Gebüsch. In Deckung. Dann, abschließend, Treibstoff und Metall, die in einer riesigen Explosion aufgehen.

Er hat den Hubschrauber gesehen. Steves Sanitätshubschrauber, der ein paar Landeversuche machte. Er wollte Steves Aufmerksamkeit auf sich lenken, konnte es aber nicht. Zu viele Heckenschützen. Kampfhubschrauber flogen ein, tief und schnell. Gaben dem Sanitätshubschrauber etwas Deckung. Der verschwand aus dem Blick, Staub flog auf vom Lagergrundstück, und dann stieg er wieder auf. Billy sah, wie die Heckenschützen von einem Australier außer Gefecht gesetzt wurden, der auf dem Boden von Steves Hubschrauber hockte. Der Kerl feuerte auf alles, was sich bewegte, und deshalb sah Billy zu, dass er sich schön ruhig verhielt. Nicht, dass er sich überhaupt hätte bewegen können.

An das, was danach geschah, konnte er sich kaum noch erinnern, er wusste nur noch, dass er im Regen gelegen und gehofft hatte, der Regen würde den Treibstoff von seinem Fliegeranzug wegspülen.

Er konnte sich an die Stille erinnern. Sie war undurchdringlich und schwer. Genau wie der Regen. Eine Weile lang gab es nichts außer dieser Stille. Er überlegte, ob er wohl tot sei, und dann war er überzeugt, tot zu sein, denn als er das Bewusstsein wieder erlangte, hörte er Vogelgezwitscher.

Vögel hier im Kampfgebiet? Auch die Stimmen von Menschen. Von Mädchen. Freundliche Stimmen. Einen Augenblick lang dachte er, er sei zu Hause, hörte, wie die Frauen sich unterhielten und lachten und sich zankten, während sie das gemeinschaftliche Essen austeilten. Es waren seltsam hohe, melodische Stimmen. Doch dann machte ihm der Artillerielärm in der Ferne klar, dass er nicht zu Hause, sondern immer noch in Vietnam war. Allein schon die Hitze hätte ihm das bewusst machen sollen.

Vietnam. Es waren vietnamesische Stimmen, keine aleutischen. Das Bewusstsein kehrte zurück. Billy wusste nicht, ob es Verbündete waren, Vietcong oder Nationale Vietnamesische Armee. Was auch immer es für Menschen sein mochten, er stellte keine große Gefahr für sie dar, wie er so bewegungsunfähig dalag. Vielleicht würden sie einfach vorbeigehen? Gar nicht sehen, wo er lag?

Aber er hatte Pech. Wieder einmal.

Ein Fuß berührte ihn leicht an der Seite. Billy stöhnte. Er konnte nicht anders. Bei den schlimmen Schmerzen konnte er sich einfach nicht tot stellen. Ein Mädchen kreischte, und eine Frau beruhigte es. Hände drehten ihn um. Er machte die Augen auf. Alles war verschwommen, rot gefärbt – sein eigenes Blut. Die Frauen stritten sich. Ein Streit ist in allen Sprachen zu erkennen.

Er überlegte, ob sie sich wohl darüber stritten, ob sie ihn töten oder ihn retten sollten. Lasst mich einfach nur in Ruhe, dachte er. Wenn ihr Verbündete seid und die NVA uns entdeckt, sind wir alle tot. Lasst mich einfach nur in Ruhe. Meine Leute werden bald kommen und die Toten einsammeln und nach mir suchen. Das werden sie ganz bestimmt ...

Sein Wunsch erfüllte sich nicht.

Hände legten sich um seine Fußgelenke und zogen an ihm. Der Schmerz im Rücken war unerträglich. Er versuchte zu schreien, aber kein Laut drang aus seiner Kehle. Dann knackte etwas in seinem Rückgrat und Billy wurde wieder ohnmächtig.

Später. Es muss später gewesen sein. Die Luft war jetzt anders. Es war stickig. Verbrauchte Atemluft. Verzweifelt versuchte er, ohne allzu große Schmerzen zu atmen. Hände wischten Schweiß fort. Die Hände fühlten sich vertraut an. War das seine Mutter? War er tot? Er rief nach seiner Mutter. Würde sie kommen? Früher war sie immer gekommen. Immer. Aber dann fiel ihm wieder ein, dass seine Mutter tot war. Er war ein erwachsener Mann, und seine Mutter war tot.

Das Geschnatter einer hohen Stimme durchbrach die Dunkelheit. Die Worte waren ohne Bedeutung für Billy, doch er nahm an, dass die Stimme vermutlich sagte: *Er ist wach! Er ist wach!* Ein paar Sekunden später spürte er schwere Schritte auf dem Holzfußboden. Es waren die Schritte eines barfüßigen Mannes, und sie waren eher zu fühlen als zu hören. Billy nahm einen Körpergeruch wahr, durchdringend in der Hitze. Er hörte das Geräusch knackender Knie. Wer immer das war, er war nicht jung. Fast rechnete er damit, den Lauf eines Gewehrs gegen den Kopf gestoßen zu bekommen. Sein Körper spannte sich an, wartete darauf. Stattdessen roch Billy Weihrauch und sah aus den Augenwinkeln heraus eine Spur Orange, aber irgendetwas auf seinen Augen behinderte seine Sicht. Billy versuchte, dieses Hindernis wegzureißen, aber eine warme Hand, eine Respekt gebietende Hand, wollte das nicht zulassen.

»Nein, nein, nein. Du sicher bei uns.«

Sicher fühlte sich Billy nicht gerade. Er konnte nichts sehen.

»Du Yankee.«

Billy war nicht bereit, auch nur ein einziges Wort zu sagen. Er wusste immer noch nicht, ob dieses Leute Verbündete waren.

»Du geholfen bei uns. Du hast Name?«

Billy vermutete, er wäre wohl längst tot, wenn diese Leute den Amerikanern nicht freundlich gesonnen wären.

»Billy«, konnte er sagen. »Shaw. 4889 ...« Aber der Rest seiner Dienstnummer war ihm entfallen.

»Ja, ja. Du sicher bei uns. Du jetzt aufsetzen?«

Hände hoben ihn hoch, hielten ihn fest. Noch mehr Hände, als der schmutzige Verband über seinen Augen entfernt wurde. Aber um ihm herum gab es nur Dunkelheit, mit Ausnahme des schwachen Schimmers von drei Kerzen auf einem Tisch etwas weiter weg. Er war also nicht blind. Der Barfüßige war ein buddhistischer Mönch. Billy kannte einige Piloten, die für ein paar amerikanische Dollar diese Mönche herholten, damit sie ihre Flugzeuge segneten.

»Du sel klank. Sel schwelle Wunden. Du bleibst bei uns. Du sichel bei uns. Yankee, ja? Fliegen weißen Helli?«

Billy versuchte zu nicken.

»Du sicher bei uns. Du einer von uns jetzt. Am besten so. Du veltalauen. Du veltalauen. Du uns hilfst? Wir helfen dir. So ist das. Immer.«

Veltalauen? Vertrauen?

Der Mönch vollführte irgendeine Segenshandlung, und Billy wurde wieder hingelegt.

Er hatte keine Ahnung, wo er sich befand. Vielleicht in einer Art Tempel. Nein, es war kein Tempel. Es war ein Haus. Ein Privathaus. Das Haus eines reichen Mannes. Kleine Fenster mit schwarzen Vorhängen – so düster, dass er nicht sagen konnte, ob es draußen Tag war oder nicht.

Er tastete nach seiner Hundemarke. Sie war verschwunden. Seine Brieftasche ebenfalls. Er besaß nichts mehr, um sich auszuweisen. Wo war seine Uniform? Sein Fliegeranzug? Sein Helm? Der Überlebensgürtel? Alles war verschwunden. Zu müde, um noch weiter nachzudenken. Nachdenken tat weh.

Als er wieder wach wurde, sah er eine junge Frau, die ihn aufmerksam musterte. War eine der Stimmen, die er vorher gehört hatte, ihre? Im Augenblick sagte sie nichts. Vermutlich verstand sie ohnehin kein Englisch.

»Wo bin ich?«

»Hue«, antwortete sie leise.

»Wie heißt du?«, fragte er.

Erst schwieg sie. Statt zu antworten, schaute sie auf ihre Hände, aber schließlich sah sie doch in seine Richtung. In ihren Augen lagen viele Fragen. »Thuy«, erwiderte sie schüchtern.

»Twi. Hübscher Name.«

»Du siehst nicht aus wie Yankee, aber du fliegst Yankee-Helli.«

Das Lächeln tat ihm weh. Dass er nicht wie ein Yankee aussah, hatte ihm vermutlich das Leben gerettet. Die ganze Zeit über hatte sein Aussehen verhindert, dass er befördert wurde. Billy wusste, dass er es, solange auf seinem Gesicht diese Spur Fremdheit lag, nicht bis in die oberen Offiziersränge schaffen würde. Aber jetzt war er zum ersten Mal in seinem Leben froh über sein Aussehen.

»Was ist denn passiert?«

»Wir sahen Helli mit dir abgeschossen welden und fallen nicht weit, nahe am Fluss. Meine Schwester und Mutter dich finden. Laufen zu die Mönch, die in Haus Gebet spalechen für Seele von Vater. Er laufen und kommen sehen, du Yankee – gefellich jetzt, Yankee sein –, also sie welfen wegweg alles.« (Ihre Gestik unterstützte die Erzählung. Billy nahm an, dass sie versucht hatten, ihm zu helfen, indem sie alles wegwarfen, womit er hätte identifiziert werden können.) »Mönch sagt, du jetzt Cousin bei uns in Familie. Aber du nichts sagen.« Sie legte einen Finger an die Lippen. »Du jetzt Mann nicht ganz lichtig in Kopf. Nichts sagen können, ja?« Sie zog eine Grimasse, um einen Verrückten darzustellen. »Du sagen, dann du stelben. Also du nichts sagen. Ja? Viel Kämpfen du gesehen. Viel Tod. Viel Angst. Aus Nolden sie kommen und nehmen ganz Hue ein ...« Eine weitere Geste, um anzudeuten, dass alles verloren ist. »Nichts mehr dasselbe. Nichts. Gefellich für alle.«

»Aber ich muss nach Phu Bai zurück. Ich muss zurück zu meiner Einheit.«

»Phu Bai?« Der Ausdruck in ihren Augen war unmissverständlich. Allein der Gedanke entsetzte sie. »Nicht möglich. Du bei uns bleiben. Du nicht gesund genug, weggehen geht nicht.«

»Kannst du mich zum MACV-Basislager bringen?«

»MACV?« Ihre Stimme war ein einziger Schreckensschrei. »Nein. Nicht möglich. Du *hölen,* was Thuy sagt? Viel Kämpfen übelall. Yankees nicht gewinnen. Wir nicht gewinnen. Keiner gewinnen.«

»Nein. Nein, das kann nicht sein. Ich muss unbedingt zurück! Wenn die herausfinden, dass ich noch am Leben bin, kriegen die mich dran wegen Fahnenflucht!«

»Scht. Nicht laut. Nicht laut. Du jetzt nichts sagen. Du spalechen Yankee, du stelben. NVA übelall. Keinem veltalauen. Du bei uns bleiben. Du sicher. Jetzt schlafen luhich. Ich Gebet spalechen.«

Schlafen luhich, ich Gebet spalechen?

Sie meinte: *Du kannst ruhig schlafen, ich spreche ein Gebet.*

Thuy klingelte mit dem Glöckchen und begann mit ihrem Singsang. Wieder erinnerte ihn die Stimme an seine Mutter, und er dachte erneut an seine Kindheit zurück. Wenn ihm etwas wehtat, dann hatte ihn seine Mutter fest im Arm gehalten und ihm etwas vorgesungen. Allein schon ihre Stimme hatte die größten Schmerzen vertrieben.

Aber er war kein Kind mehr.

Billy versuchte, sich zu bewegen, aber seine Beine weigerten sich, die Befehle seine Gehirns auszuführen. Von der Taille an abwärts spürte er nichts mehr.

Meg brütete gerade über dem Entwurf eines Abschlussberichts, als das Telefon klingelte. Sie saß wieder im Rollstuhl – so war sie einfach beweglicher während der langen Tage, an denen sie auf sich allein gestellt war. In Augenblicken wie diesen vermisste sie Rachel, auch wenn sie durch ihr Gehabe am Telefon die Leute vor den Kopf stieß. Meg brummelte in Richtung des ununterbrochen klingelnden Telefons, während sie den Rollstuhl darauf zubewegte. Gordon hatte Anschlüsse in fast allen Räumen verlegen lassen wollen, aber Meg war strikt dagegen gewesen. Wenn er erst einmal anfing, Vorkehrungen für einen Krüppel zu treffen ... Im Nachhinein konnte sie jetzt nicht mehr zugeben, dass es eine richtig gute Idee gewesen war. Bevor sie beim Telefon war, hatte es aufgehört zu klingeln, also wartete sie, denn sie wusste, dass der Anrufer bestimmt dachte, er habe sich verwählt, und es gleich noch einmal versuchen würde. Da klingelte es wieder, und beim dritten Klingeln nahm sie den Hörer ab.

»Margaret Meschers.«

»Alan Goldberg am Apparat. Aus Los Angeles.«

»Ah ja. Wie geht es Ihnen?«

»Ausgezeichnet. Ausgezeichnet. Kath hat gesagt, ich soll Sie anrufen. Trish hat heute Morgen einen Jungen zur Welt gebracht. Er wiegt 2920 Gramm.«

»Ein Junge. Das ist ja wunderbar, Alan. Herzlichen Glückwunsch Ihnen und Kathryn. Ich werde Trish gleich einen Brief schreiben.«

Fünf weitere Sekunden höflicher Konversation, von einem Fremden zum anderen, und dann legte Meg den Hörer auf. Ein kleiner Junge, dachte sie seufzend. Ihr Großneffe. Sie hatte noch keine Ahnung, was sie der frisch gebackenen Mutter schreiben sollte, die jetzt gleichzeitig frisch gebackene Witwe war. Ach, das arme Ding. So eine zauberhafte junge Frau. Nette, rücksichtsvolle und warmherzige Menschen gab es einfach kaum noch. Es war eine Schande.

Eine ganze Weile starrte Meg auf die Wand. Was für ein Glück Kathryn doch hatte. Nicht, dass sie sie je getroffen hätte, aber sie musste einfach sehr glücklich sein. Wenigstens hatte sie Kontakt zu ihrer einzigen Tochter. Und brauchten Töchter ihre Mütter nicht, wenn sie selber Mutter wurden? Ja, immer. Theoretisch wenigstens.

Ihr fiel es immer noch schwer, Gordons Versicherungen zu glauben, dass Rachel, die jetzt so weit weg von zu Hause war, sich tatsächlich zum Besseren geändert hatte. Soweit es Meg betraf, war die Vorstellung schlicht unmöglich. *Wieso rufst du sie denn nicht selbst an, wenn du mir nicht glaubst?*, fragte Gordon immer, wenn er Meg von einem Gespräch mit Rachel erzählt hatte und ihre endlosen Fragen leid war.

Rachel. Die als stellvertretende Geschäftsführerin in einem Drive-in-Restaurant arbeitete, ach du meine Güte. Das Mädchen hatte in seinem ganzen Leben noch keinen einzigen Tag gearbeitet.

Meg wollte sich immer noch nicht eingestehen, dass Rachel erst hatte weggehen müssen, ehe sie erwachsen werden konnte.

Aber ich sollte gar nicht an Rachel denken, überlegte sie. Gordon sagte immer, sie würde nach Hause kommen, wenn die Zeit reif dafür sei, vorher nicht. Jetzt konnte sich Meg auf jemand anderen konzentrieren. Sie konnte sich auf Trish konzentrieren, die Frau ihres Neffen, den sie nur einmal getroffen hatte, bevor er starb. Als Kriegsheld. Die arme Kleine würde alle Hilfe brauchen, die sie bekommen konnte.

Mit dem Rollstuhl fuhr Meg zurück in ihr Arbeitszimmer,

holte das Briefpapier mit ihrem persönlichen Briefkopf heraus und nahm den goldenen Füllfederhalter zur Hand. Dann beschloss sie, wieder zum Telefon zu fahren und zuerst die Blumenhandlung anzurufen. Möglicherweise würden ihr ja dann die Worte einfallen, mit denen sie den Brief beginnen könnte?

Trish hatte Schmerzen. Niemals zuvor hatte sie je solche Schmerzen gehabt. Sie hatte Mühe, sich zu bewegen, und musste eine Schwester um Hilfe bitten, wenn sie aus dem Bett aufstehen und auf die Toilette gehen wollte. Das Krankenhaus hier war besser. Die Flure waren nicht so voll gestopft. Es war sauberer. Ruhiger. Aber sie wünschte, man würde ihr das Baby nicht so oft zum Fläschchengeben bringen. Wurden die Säuglingsschwestern denn nicht dafür bezahlt, dass sie die Babys fütterten?

Sie konnte sich einfach nicht an den Gedanken gewöhnen, dass der dicke Säugling, den sie ihr alle vier Stunden brachten, ihr Kind war. Warum hatte es ihr solche Schmerzen beschert? Eine Freundin ihrer Mutter hatte ihr gesagt, sie würde die Schmerzen vergessen, wenn das Baby erst einmal geboren sei, aber das stimmte nicht. Sie würde sie nie vergessen. Es mochte ja nur ein paar Stunden gedauert haben, bevor man ihr eine Narkose verabreicht und ihr das verdammte Ding aus dem Leib geschnitten hatte, aber vergessen würde sie nie. Niemals.

Nie wieder würde sie einen Bikini tragen können. Sie schaute auf ihren Bauch hinunter. Er war immer noch riesig, und die Haut war ganz schlaff, da wo das Baby dringesteckt hatte. Es sah aus, als hätte jemand dort einen hässlichen langen Reißverschluss angebracht, der ihr vom Bauchnabel bis zum Schamhaar reichte. Nicht dass sie jetzt überhaupt noch Schamhaar hätte. Und all diese Schwangerschaftsstreifen! Es kotzte sie wirklich an, dass sie die Hilfe einer Schwester brauchte, um auf die Toilette und wieder zurück ins Bett zu kommen.

Am liebsten hätte Trish nur noch geweint. Das Baby ließ sie nicht einmal lange genug in Ruhe, um wenigstens das zu tun. Niemand ließ sie in Ruhe.

Ihr Dad hatte ihr schließlich von Billy erzählt. Sicher, die Leute von der Armee waren gekommen und hatten erklärt, wie Leid es ihnen tue und ob sie nicht irgendetwas für sie tun könnten – was sollte das sein? Billy lebendig nach Hause bringen? Darauf hatten sie keine Antwort gewusst. Sie hatte kaum Zeit gehabt, auch nur eine Träne zu vergießen, schon waren die Schmerzen da gewesen und dann all das Blut. So viel Blut, überall auf dem Küchenfußboden. Aber sie geriet nicht in Panik. Es kam ihr so vor, als würde da in ihr irgendein anderer stecken, der für sie handelte. Sie schaffte es bis zum Telefon, wählte den Notruf 999 und sagte, sie sei schwanger und blute stark. Die Schmerzen seien furchtbar, und das war im Grunde alles, woran sie sich erinnern konnte.

Vermutlich hatten die Rettungssanitäter die Tür aufgebrochen, um ins Haus zu kommen.

Sie hatte vergessen aufzuschließen, obwohl sie noch daran gedacht hatte, das Tor zu öffnen.

Mom kam gerade nach Hause, als die Rettungssanitäter sie in den Krankenwagen schoben.

Das Baby war zwei Tage alt, als ihr Vater das erste Mal zu Besuch kam. Er setzte sich aufs Bett und erzählte als Erstes, dass er die Verlegung ins Mount-Sinai-Hospital in die Wege geleitet hatte und dass sein Enkel ein prachtvoller kleiner Bursche sei. Dann fragte er, wie es ihr ging.

Wie soll es mir denn schon gehen, Dad?

Er konnte ihr nicht in die Augen schauen.

»Trishy«, sagte er und griff nach ihrer Hand, überlegte es sich dann aber anders, weil sie immer noch an Infusionsschläuchen hing. »Trishy.« So hatte er sie immer genannt, als sie noch ein kleines Mädchen gewesen war. So hatte er sie genannt, und zwar mit genau der gleichen Stimme, als er eines Tages in ihr Zimmer gekommen war, um ihr mitzuteilen, dass ihr Opa gestorben war. Damals hatte er sogar Tränen in den Augen. Sie weinten beide – und seitdem hatte sie ihn nie wieder Gefühle zeigen gesehen. Richtige Männer taten so etwas nicht.

»Schätzchen, du weißt das mit Billy.«

Tränen brannten ihr in den Augen, und sie schaute zum Fenster.

»Er ist nicht tot. Ganz bestimmt nicht.«

»Schätzchen, ich weiß, dass du das gern denken würdest, aber es ist einfach nicht wahr. Du musst den Tatsachen ins Auge sehen. Billy wird nicht mehr nach Hause kommen.«

»Nein! In dem ausgebrannten Hubschrauber haben sie doch nur seine Hundemarke gefunden, sonst nichts. Er ist nicht tot. Ich wüsste es, wenn er tot wäre. Ich wüsste es einfach. Er ist nicht tot, und ich dulde nicht, dass einer das Gegenteil behauptet.«

Tja, dachte er. Sie wird sich mit den Tatsachen schon noch abfinden.

»Schätzchen, es hat mich jemand von der Armee angerufen. Billys Name steht auf der Liste für die Ehrenmedaille des Kongresses, und aufgrund seines Verhaltens sieht es auch so aus, als würde er sie bekommen.«

»Was interessieren mich irgendwelche Medaillen? Ich will Billy. Er sollte jetzt hier sein.«

»Also das bedeutet dann natürlich, dass du nach Washington fahren und Billys Medaille aus der Hand des Präsidenten persönlich erhalten wirst.«

Überrascht schaute Trish ihren Vater an. »Weshalb?«

»Weil du seine Witwe bist, deshalb.«

Zum ersten Mal hatte jemand in ihrer Gegenwart dieses Wort laut ausgesprochen. Sie hatten noch nicht einmal den ersten Hochzeitstag nach ihrer überstürzten, heimlichen Eheschließung in Las Vegas feiern können, und schon war sie Witwe. Und dabei hatte sie sich noch nicht einmal daran gewöhnt, mit Shaw statt mit Goldberg zu unterschreiben. Sicher, sie hatte zufällig gehört, wie die eine Schwester zur anderen sagte, ihr Mann sei in Vietnam gefallen. Aber dieses Wort, Witwe, hatte bisher noch niemand zu ihr gesagt. Und dass es nun von ihrem Vater kam, ließ es nur um so realer erscheinen. Er hatte sie noch nie angelogen und würde es auch nie tun. Hundert Leute am Tag mochte er belügen, doch das hatte mit seinem Beruf zu tun, sie würde er nie anlügen. Dazu liebte er sie einfach zu sehr.

»Ich fahre mit dir, wenn du willst.«

»Wohin?«

»Nach Washington.«

»Ich kann den Präsidenten nicht ausstehen.«

»Aber Schätzchen, wir werden uns schon um dich kümmern und natürlich auch um den Kleinen – wie soll er eigentlich heißen? Hast du dich schon für einen Namen entschieden?«

»Nein. Das ist mir auch egal. Und mir wäre auch egal, wenn ...« Sie schwieg. Was ihr wirklich durch den Kopf ging, konnte sie nicht sagen, nicht ihrem Vater. Mir ist es egal, ob er mit oder ohne Namen lebt oder stirbt. Mir ist einfach alles egal.

»Hast du vielleicht mit Billy über einen Namen gesprochen?«

Gesprochen? Wir haben geheiratet, und er ist nach Vietnam gegangen. Wir hatten keine Zeit zum Reden. Aber einen Namen mochte er. »Billy hat mal gesagt, Christopher wäre ein guter Name für einen Jungen. Glaubst du, er sieht aus wie ein Christopher?«

»Natürlich tut er das.«

»Sag das nicht so, Dad. Er sieht aus wie ein Chinese!«

»He, he – er ist dein Sohn. Er ist dein Sohn.«

»Aber ich fühle nichts. Ich bin nicht wie andere Mütter. Die gurren und schnurren und reden über – reden über – ach, Dad, ich fühle einfach überhaupt nichts. Irgendetwas stimmt nicht mit mir, das weiß ich genau!«

Sie weinte wieder.

»Das kommt schon noch, Kleines. Ganz bestimmt.«

In dem Augenblick brachte die Schwester das Baby herein, die vier Stunden waren um, es brauchte sein Fläschchen. Das Baby hatte sie in dem einen Arm, die Flasche im anderen. Sie legte Trish den Jungen in den Arm, sagte: »In einer halben Stunde komme ich wieder«, und dann ging sie wieder hinaus.

Alan sah zu, wie seine Tochter ihren Sohn hielt, und tatsächlich stimmte da irgendetwas nicht. Nicht dass sie etwas falsch machte, sie hielt ihn richtig, und er nuckelte auch ganz brav an seinem Fläschchen. Aber es fand kein Blickkontakt statt.

Von der Operation hatte Kath noch nichts erzählt. Sie wartete noch auf den richtigen Zeitpunkt. Alan wusste jetzt, dass der richtige Zeitpunkt nie kommen würde, aber ein Mann, noch dazu ein Vater, der seiner Tochter etwas über Frauensachen erzählte, das war in seinem Programm nicht vorgesehen und würde es auch nie sein.

Es war schon schlimm genug, dass er seiner Tochter erzählen musste, sie würde eine Medaille von einem Präsidenten erhalten, den sie verabscheute. Der einzige Präsident, den sie je gemocht hatte, war John F. Kennedy gewesen.

Alan wartete, bis das Baby zu Ende getrunken hatte, und hoffte insgeheim, Trish würde ihm den Kleinen hinhalten. Das tat sie auch, und zum ersten – und ganz bestimmt nicht zum letzten – Mal hielt der Großvater seinen Enkel im Arm. Alan hielt ihn, so wie viele Männer das machten, auf Armeslänge entfernt, und schaute ihm in die Augen. Mit einem angedeuteten Stirnrunzeln auf seinem dicken, hässlichen Gesicht hatte Alan den Eindruck, als starre der kleine Kerl trotzig zurück.

Spiritualität an sich war nicht unbedingt Alans Sache, aber oft sah er alte Seelen aus jungen Körpern leuchten und umgekehrt. Die meisten Schauspieler waren junge Seelen. Aber dieser kleine Bursche, dieser Christopher Shaw, schien ihn anzublicken, als ob er fragen wollte: Wo habe ich dich denn schon einmal gesehen?

Alan wusste, dass das Unsinn war. Der Kleine war viel zu jung, um ihn überhaupt wahrzunehmen. Und dennoch – ein erwachsener Mann konnte sich mühelos in diesen Augen verlieren, und eine ganze Weile lang erging es ihm so. Es war etwas ganz Besonderes an diesem Baby, aber Alan wusste nicht, was.

ZWANZIGSTES KAPITEL

Thuys Vater starb. Billy wusste nicht, wann oder wo genau, außer dass es während des Tages passierte, irgendwo im Haus. Das Wehklagen und der Singsang schienen ewig zu dauern, während draußen schwere Kämpfe tobten. Einen kurzen Moment lang konnte der Krieg, an diese durch den Tod des Patriarchen vereinte vietnamesische Familie, nicht rühren.

Das Alter hatte den Mann getötet. Nicht der Krieg. Die Gebete des Mönchs hatten nicht geholfen.

Nichts hatte geholfen.

Billy wusste nicht, wie lange er schon bei dieser Familie war – Tage, vielleicht auch Wochen. Nur der Mönch und Thuy sprachen etwas Englisch, und sie berichteten ihm täglich über die Außenwelt. Die Situation verschlimmerte sich von Minute zu Minute. Die Nationale Vietnamesische Armee hatte Hue eingenommen und sich dort festgesetzt. Aber das betraf nicht nur Hue. In ganz Südvietnam war es so. Die Amerikaner und ihre Verbündeten rückten näher, um die Stadt zurückzuerobern – vielleicht war es das, was dort draußen gerade geschah –, Minen schlugen dicht genug beim Haus ein, um die Wände zu erschüttern.

Die Familie, die Billys ewiges Drängen um Rückkehr zu seiner Einheit leid geworden war, gab nach und schickte einen kleinen, etwa zehnjährigen Jungen, der nachsehen sollte, ob es eine Möglichkeit gab, mit einer Nachricht zum MACV-Basislager durchzukommen, das nur drei Straßen entfernt war. In Friedenszeiten ein Fußweg von fünf Minuten. Ein kleiner Junge, ganz allein, würde doch wohl von den Heckenschützen nicht beachtet werden.

Das war der Plan.

Billy ließ den Jungen den englischen Satz so lange wiederholen, bis er ihn auswendig kannte.

ICH WEISS, WO PILOT DER U.S. ARMY IST. KOMMT IHN HOLEN.

Seitdem hatten sie von dem Jungen nichts mehr gesehen. Der Weg zum MACV-Lager konnte genauso gut durch hundert Minenfelder geführt haben.

Billy konnte immer noch nicht gehen, obwohl sich der rechte Fuß schon ein wenig bewegen ließ, wenn er sich sehr anstrengte. Er wollte nur ein wenig Beweglichkeit zurückerlangen – denn wenn er zu dem verdammten Lager kriechen musste, dann würde er eben genau das tun.

Der kleine Junge war schon fast bei den Toren, als dort ein Panzer herauskam und daneben, zu Fuß, viele Soldaten der Marines. Er suchte sich in unmittelbarer Nähe einen aus und zupfte ihn am Ärmel. »Was zum Teufel willst du denn, Junge?«

ICH WEISS, WO PILOT DER U.S. ARMY IST. KOMMT IHN HOLEN.

»Was redest du denn da, verdammt? Verzieh dich. Geh nach Hause. Mach, dass du hier wegkommst.«

Aber der kleine Junge rannte weiter neben dem jungen Soldaten von den Marines her. ICH WEISS, WO PILOT DER U.S. ARMY IST. KOMMT IHN HOLEN.

Der kleine Junge griff nach der Hand des Soldaten. Der schubste ihn weg. »Verzieh dich, Junge! Geh nach Hause, bevor es dich auch noch erwischt!«

Der Junge suchte sich einen anderen Soldaten aus. Und dann noch einen. Und noch einen. Aber keiner wollte ihm zuhören.

Schließlich begriff der Junge, dass hier nur Geduld half, also ging er einfach mit den Amerikanern, denn wenn der Panzer erst einmal auf Höhe der dritten Straße war, wären sie näher an seinem Haus. Und wenn sie hineingingen, würden sie den Piloten finden.

ICH WEISS, WO PILOT DER U.S. ARMY IST. KOMMT IHN HOLEN.

»Verdammt noch mal, was macht denn das Kind hier?«, brüllte der Kompaniechef.

ICH WEISS, WO PILOT DER U.S. ARMY IST. KOMMT IHN HOLEN.

»Was für ein Pilot? Wovon zum Teufel redet der? In Zweiergruppen einteilen und das Gebäude da sichern.«

Der Junge sah zu, wie die Soldaten davonschossen, in das falsche Haus. Mitten auf der Straße fing er an zu weinen. Der Kompaniechef packte ihn und zog ihn aus der Gefahrenzone. »Wie heißt du, Junge?«

Das verstand er nicht, also wiederholte er noch einmal die Worte, die der Pilot ihm beigebracht hatte.

ICH WEISS, WO PILOT DER U.S. ARMY IST. KOMMT IHN HOLEN.

Aber auch diese Worte sagte er, als verstehe er sie nicht und würde sie nie verstehen. Der Junge gab auf. Er hatte Hunger, er war müde. Der Dienst habende Offizier griff in seine Tasche und zog einen Schokoladenriegel hervor. »Wo ist der Pilot?«, fragte er. Das Kind wollte die Schokolade nehmen, aber die wurde weggezogen. »Nein. Wo? Zeig es.«

Schüsse in der Ferne. Eine Granate ging hoch. Der Junge deutete auf das nächste Haus in der Straße und packte den Soldaten am Arm. »Okay, okay«, sagte der und gab ihm den Schokoladenriegel. Der Junge aß ihn, als gebe es keinen nächsten Tag. Und vielleicht stimmte das sogar.

Billy hörte das polternde Dröhnen. Ein Panzer? Die Wände wurden erschüttert. Er zog die Vorhänge zurück und sah die Marines durch ein riesiges Loch in der Hofmauer kommen. Der Panzer folgte.

»Sie kommen«, sagte er.

Die Familie wurde evakuiert. Billy war gar nicht klar gewesen, dass die Leute in ihrem eigenen Haus in der Falle saßen. Dem Mönch musste es irgendwie gelungen sein, eine Nachricht zu überbringen, und ein Trupp war vom MACV-Lager auf der Suche nach ihnen ausgeschickt worden. Mit einer derartigen Zugabe hatten die Marines nicht gerechnet – einen der Ihren zu finden, der als vermisst gemeldet war und inzwischen als tot galt.

Billy hatte keine Gelegenheit, der Familie für die Rettung seines Lebens zu danken. Es dauerte nur wenige Minuten, bis das Haus geräumt und die Familie sicher von bewaffneten, aber befreundeten Soldaten fortgeführt war.

»Da liegt noch einer drin, Sarge. Der kann aber nicht laufen.«

Der Sergeant kam herein. Billy hatte ihn schon hundertmal gesehen, aber der Sergeant seinerseits erkannte ihn nicht, bis Billy sagte: »Ihr Jungs habt euch aber mächtig Zeit gelassen.«

»Shaw? Fliegen Sie nicht Sanitätshubschrauber in Phu Bai?«

Billy nickte.

»Sie sind als vermisst gemeldet, und seit dem 31. gelten Sie als tot.«

Billys Erleichterung war offensichtlich. Es war ihm lieber, dass sie ihn für vermisst beziehungsweise für tot hielten als für einen Deserteur. »Was für ein Datum ist heute?«

»Heute ist der 7. März.«

»Sind Sie sicher?« Liebe Güte, dachte er. Dann hat Trish inzwischen das Baby bekommen. Und sie haben ihr erzählt, ich bin tot.

»Wir bringen Sie nach Hause, Sir. Jetzt brauchen Sie sich keine Sorgen mehr zu machen. Ich brauche Hilfe hier drin!«, rief er, und es klang wie Musik in Billys Ohren.

Billy wurde zum MACV-Lager zurückgetragen, der Panzer sorgte für die nötige Deckung. Thuy ging neben den beiden Männern, die Billy trugen, und der kleine Junge hielt fest ihre Hand. Billy sollte erst später erfahren, dass der Junge, der auf eine fast selbstmörderische Mission geschickt worden war, ihr eigener Sohn war.

Aus irgendeinem unverständlichen Grund war während dieser zivilen Evakuierung kein einziger Schuss gefallen. Als sich Billy im MACV-Lager in relativer Sicherheit befand, erinnerte er sich wieder an die Evakuierung, die er als Kind miterlebt hatte.

Die Vietnamesen wurden jetzt in die eine Richtung getrieben und er in eine andere gebracht – direkt in die Krankenstation, wo man ihn auf eine rollbare Tragbahre legte, und dort wartete er in einer langen Reihe.

Thuy und ihre Familie sah er nie wieder.

Überall um ihn herum herrschte Chaos. Das hier war nie mehr als eine kleine Erste-Hilfe-Station gewesen, jetzt ähnelte sie eher dem Krankenhaus in der Fernsehserie MASH. Das kleine Gebäude war voll gestopft mit schwer verwundeten Marines. Das Verhältnis Arzt/Patient schien eins zu zehn zu sein. Billy sah, dass Leichname hinausgetragen wurden. Er sollte nie erfahren, dass die Lagerküche als provisorische Leichenhalle genutzt wurde. Jungen, nicht viel mehr als Jungen, die in der Verwaltung gearbeitet hatten, Bürohengste, waren jetzt Sanitätshelfer. Sie hielten Verwundete fest. Sie hielten Hände. Und sie versuchten, das Weinen, das Schreien, die letzten Wünsche zu überhören.

Billy schaltete sich aus dem Lärm einfach aus und starrte an die Decke. Eine beträchtliche Anzahl Männer war weit schwerer verwundet als er. Es würde eine Ewigkeit dauern, bis man ihn ausflog. Wenn sie überhaupt fliegen konnten.

Er hörte die Männer darüber reden, wie schlimm die Lage hier draußen war. Was Thuy gesagt hatte, stimmte also. Die Schlachten und der Krieg wurde verloren. Und was, zum Teufel, habe ich hier überhaupt zu suchen, fragte er sich, ohne eine Antwort zu erwarten.

Wieder dachte er an Trish, Trish und das Baby, als der mit Unterlagen bewaffnete Captain bei Billys Tragbahre stehen blieb. Abgefragt wurden Dienstnummer, Rang, Einheit, letzter Einsatzbefehl.

»Also was ist passiert?«

»Verbündete haben mich aufgenommen, Sir. Mich in Sicherheit gebracht. Werden Sie meine Frau informieren, dass es mir gut geht?«

Der Captain ging zum Nächsten, einem Mann mit Knieverletzung.

Billy stand für den nächsten Tag auf der Liste der Krankentransporte. Über Nacht blieb er im Krankenhaus und fand keinen Schlaf, weil eine weitere Welle Verwundeter im Lager eingeliefert wurde. Aber es kam noch etwas anderes: Munition, Lebensmittel und Medikamente aus der Luft. Wenn sie Glück hatten, hielten sie noch eine Weile durch, denn die Marines waren auf dem Weg, um die Stadt zurückzuerobern.

»Rachel? Da will dich jemand sprechen.«

Sie schaute von der Schreibmaschine auf. Der Einzige, der sie auf der Arbeit besucht hatte, war ihr Dad, und das war nur einmal passiert – und er war gewiss niemand, der andere überraschte.

»Wer ist es denn?«

Debbie zuckte mit den Schultern. »Seinen Namen hat er nicht gesagt.«

Billy, dachte sie. Das ist Billy! Rachel rannte beinahe über den Korridor und wurde langsamer, als sie bei der Küche war.

Einen allzu eifrigen Eindruck sollte sie lieber nicht machen, auch wenn sie voller Eifer war. Die ganze Zeit über hatte sie gewusst, dass Billy nicht tot war. Dass die von der Armee sich geirrt haben mussten. Sie strich sich übers Haar, richtete sich den Rock und ging durch die Pendeltür in den eigentlichen Gastraum des Restaurants. Debbie deutete auf den Besucher, obwohl das gar nicht nötig war. Er saß ganz allein im Bereich mit den Nischen und starrte in die Tiefen einer Kaffeetasse.

Rachels Enttäuschung war unverkennbar. Es war nicht Billy.

»Sie wollten mich sprechen?«, fragte sie.

Der Mann, der ungefähr dreißig zu sein schien, hob den Kopf. Überraschung stand ihm ins Gesicht geschrieben. Schnell stand er auf und kippte dabei aus Versehen seine halb volle Kaffeetasse aus. Rachel griff nach den Servietten und wischte alles auf.

»Tut mir wirklich Leid.«

»Das passiert doch andauernd.«

»Also Sie sind Rachel.«

»Was kann ich für Sie tun?«

»Ich heiße Steve. Steve Monroe. Ich habe Ihnen neulich aus Vietnam geschrieben. Hätten Sie Zeit, sich kurz zu mir zu setzen?«

»Billy ist nicht tot.«

»Setzen Sie sich zu mir, Miss. Bitte.«

Er wollte sich nicht setzen, ehe sie sich nicht gesetzt hatte, aber Rachel spürte förmlich, dass Sally von der Küche zu ihnen herübersah.

Sie setzte sich trotzdem. Er sprach mit lauter Stimme, er zog die Aufmerksamkeit auf sich. »Kann ich Ihnen etwas bestellen, Miss? Kaffee? Vielleicht etwas Saigon-Tee?«

Sie wusste, was Saigon-Tee war. Vielleicht war er ja betrunken? »Ich bringen Ihnen noch einen Kaffee.«

Sie versuchte aufzustehen. Eine riesige Hand hinderte sie daran. »Ich will keinen Kaffee.« Er schaute ihr direkt in die Augen, und Rachel konnte nicht genau ergründen, was sie dort sah, aber es erschreckte sie. Ihm wurde bewusst, dass er ihr Angst machte, also ließ er sie los, und dann schaute er weg. Er brummelte eine Entschuldigung. »Ich habe Billy versprochen, dass ich Sie aufsuchen werde. Und ich mache nie Versprechungen, die ich nicht halten kann. Verstehen Sie?«

Rachel versuchte zu lächeln, wusste aber nicht genau, ob sie das sollte oder nicht.

»Sie haben mir nie geschrieben.«

»Ich wusste nicht, was ich hätte schreiben sollen«, log sie.

»Bringe ich Sie in Verlegenheit?«

»Nein«, antwortete sie und sah sich um, weil sie sehen wollte, wer sie beobachtete. Alle beobachteten sie. Wieso sprach er denn so laut?

»Sie haben ja keine Ahnung. Keiner von euch hat eine Ahnung.«

Dieser Kerl war unheimlich. Da lag etwas beinahe Besessenes in seinen Augen. Das war nicht der Snoopy-Mann, den sie sich vorgestellt hatte. Sie hatte sich jemanden vorgestellt, der größer und korpulenter und attraktiver war. »Keine Ahnung wovon?«

»Davon, wie das gewesen ist.«

»Was?«

»Keine Ahnung ...«

Und solche Typen verteidigten nun Amerika? Rachel wäre am liebsten weggelaufen, und das spürte er. Es schien, als habe sich vor seinem inneren Auge ein Vorhang hochgehoben, und plötzlich wurde ihm klar, wo er sich befand. Er lächelte, aber in seinem Lächeln lag nicht viel Fröhlichkeit. Und doch hob das Lächeln etwas von der Schwere, die auf seinem Gesicht lag, und einen Augenblick lang sah er fast attraktiv aus. Fast.

»Ist Ihre Dienstzeit jetzt rum?«, fragte sie.

»Meine Dienstzeit?« Er überlegte einen Moment und nickte schließlich. »Ehrenhaft entlassen. Ich bin dienstuntauglich aus psychologischen Gründen. Paragraph acht.«

Wieder schaute er sie an und merkte, dass sie keine Ahnung hatte, was der Paragraph acht war, denn sie sagte: »Dann fahren Sie also nach Hause, nehme ich an, und haben auf dem Weg hier Halt gemacht?«

»Sie nehmen ja eine Menge an, Miss. Ich habe kein Zuhause.«

»Billy hat mir geschrieben, dass Sie aus dem Mittleren Westen kommen.«

»Mhm. Das heißt aber noch nicht, dass ich dort ein Zuhause habe.«

Schweigen. Mit dem Finger beschrieb er Kreise auf der Resopal-Oberfläche des Tisches. Er war wirklich unheimlich. »Ich bin auf dem Weg nach Alaska. Kommen Sie mit?«

Wieder hob er den Kopf, und sein Blick durchbohrte sie.

»Jetzt? Ich ... ich ... hatte vor, kommenden Sommer dort Verwandte zu besuchen. Vor dem Sommer kommt man dort nicht hin.«

»Ich weiß. Ich habe mir gedacht, ich suche mir Arbeit auf einem Fischerboot oder so etwas, um die Zeit totzuschlagen. Wollen Sie mit mir kommen?«

»Ich ... ich kenne Sie doch gar nicht.«

»Spielt das eine Rolle?«

»Das ist mir irgendwie unheimlich. Ich habe doch hier meine Arbeit. Wenn Sie noch einen Kaffee wollen, hole ich Ihnen einen. Der geht auf mich.«

Er fasste in seine Manteltasche und zog einen dicken Stapel Briefe heraus, die mit einem Gummiband zusammengehalten wurden. »Sie müssen ihm ja beinahe jeden Tag geschrieben haben.«

»Beinahe.«

»Billy hat gesagt, dass ich Ihnen die zurückgeben soll.«

»Ich will sie nicht. Und zwar deshalb nicht, weil sie Billy gehören. Und der wird sich später wundern, wo die Briefe sind, er ist nämlich nicht tot. Nein, ganz bestimmt nicht.«

»Ich habe seinen Hubschrauber abstürzen sehen.«

»Er ist nicht tot. Ich wüsste es, wenn er tot wäre.«

»Sie waren nicht dabei. Sie haben ja keine Ahnung. Keiner von euch hat eine Ahnung!«

Wieder drehten alle die Köpfe zu ihnen um.

»Ist alles in Ordnung bei euch?«, fragte Sally.

»Sally, das ist Steve. Ein Freund von Billy.«

»Steve. Ich habe eine Idee. Wie wäre es, wenn ihr beiden euch ein bisschen in die Sonne setzt. Wollt ihr nicht spazieren gehen?«

»Aber da ...«

»Nimm Steve in den Park mit.« Sally hatte Rachels Mantel schon in der Hand und sah den beiden nach. Rachel schaute sich um, und Sally nickte.

Die Tür ging zu, und kurze Zeit später kamen neue Gäste herein. Sally nahm ein Tuch aus ihrer Schürzentasche und wischte den Tisch ab. Sie machte sich wieder an die Arbeit, und sie wusste, dass Rachel bald weiterziehen würde.

»Sie sind ein richtiger Künstler«, sagte Rachel, als sie sich auf die Parkbank setzten. Heute schien die Sonne ein wenig, aber sie wärmte noch nicht.

»Künstler?«

»Snoopy.«

»Ach. Das. Tja, mhm.«

So saßen sie da, zusammen auf der Parkbank in der kalten Mittagssonne, Fremde, denen so vieles durch den Kopf ging, die sich aber laut nichts zu sagen hatten. Beide wussten nicht, wie sie anfangen sollten und ob es überhaupt richtig war, einen Anfang zu finden.

»Snoopy ist meine liebste Comicfigur. Wussten Sie das?«

»Nein, das wusste ich nicht.«

»Ich weiß nicht, wie es da drüben war, Steve, und ich will es auch gar nicht wissen.«

»Vielleicht sollten Menschen wie Sie das wissen.«

»Und was hätte das für einen Zweck? Würde das den Krieg beenden?«

»Vielleicht würde man uns dann endlich nicht mehr anspucken.«

Rachel hatte keine Ahnung, wovon er redete. Wann hatte sie zuletzt Nachrichten gesehen oder gehört? Seit der Tet-Offensive hatte die Friedensbewegung überall in den Vereinigten Staaten an Bedeutung gewonnen. »Anspucken, was wollen Sie damit sagen?«

»Ich bin angespuckt worden. Ich bin Babymörder genannt worden.«

»Oh Steve. Das tut mir Leid. Das tut mir aufrichtig Leid.«

»Ich habe nur überlebt, weil ich mich an den Gedanken geklammert hatte, nach Hause zu kommen. Und dann das. Schöner Empfang, was?«

Rachel griff nach seiner Hand, und er benahm sich, als hätte das vorher noch nie jemand getan, noch nie. Sie schaute ihm in die Augen und sah Tränen dort. Eine ganze Weile sprachen sie nicht.

Ki hatte ihr erzählt, von wem das Baby war, und Lily hatte geweint, weil sie tief im Innern wusste, dass auch ein Kind nicht genügen würde, um ihren Bruder wieder dorthin zurückzubringen, wohin er gehörte. Jetzt brannten ihr wieder die Tränen in den Augen, als sie sich zu ihrer Freundin setzte und ihr half, die schreckliche Einsamkeit des Gebärens in der kalten Dunkelheit zu überstehen. Das Baby kam zu früh. Das wussten sie beide.

Die ganze Zeit schon hatte Lily gewusst, dass das Kleine schwächlich sein würde, weil Asuluk ihr in einem Traum erschienen war und ihr die Zukunft gezeigt hatte. Aber von dem, was sie gesehen hatte, wollte sie Ki nichts erzählen. Manche Dinge behielt man für sich, dann waren sie sicher. Sogar Lilys Mutter war während dieser langen qualvollen Stunden in ihrer Nähe, wie das auch bei Lilys eigenen Schwangerschaften gewesen war. Nie im Leben hätte Lily damit gerechnet, noch einmal Mutter zu werden, schon gar nicht nach Eennalis Tod. Von Anfang an hatte sie gewusst, dass sie das Kind ihres Bruders wie ihr eigenes aufziehen würde. Im Stillen besiegelte sie dieses Versprechen, und wenige Augenblicke später entschlief Ki ganz ruhig, genau wie Lilys Mutter, als Lily zur Welt gekommen war.

Sie weinte nicht. Sie hatte keine Tränen mehr. Ihr Brunnen war versiegt und ohne alle Gefühle.

Ruhig war der kleine Junge in diese Welt gekommen. Auch er weinte nicht.

Lily saß da und hielt das Neugeborene voller Verzweiflung im Dunkeln im Arm.

Sie sah noch ganz deutlich vor ihrem geistigen Auge, wie es früher einmal gewesen war. Wie eine Geburt – jede Geburt – Anlass großer Feierlichkeiten gewesen war. Aber jetzt war ein weiteres Kind nur noch ein weiterer Mund, den die Regierung zu stopfen hatte. Heute Nacht konnte sie nicht zum Himmel hochschauen. Wegen des Nebels konnte sie den Punkt am Winterhimmel nicht erkennen, an dem im Augenblick der Geburt ein Licht verlosch.

In solchen Momenten sagte Billy immer, das sei nur eine Sternschnuppe und habe nichts zu bedeuten. Hatte ihr Bruder Recht? War all das Aberglauben? Legende? Hatten die alten Zeiten überhaupt keine Bedeutung mehr? Davon war Lily inzwischen überzeugt, denn wenn es ein Krankenhaus auf der Insel geben würde, wäre Ki sicher noch am Leben. War es die Medizin der Weißen und nicht die Geisterwelt, die ihre eigenen Söhne am Leben gehalten hatte?

Wenn das stimmt, wo ist denn jetzt mein Platz? In welche Welt gehöre ich?

Sie schaute auf den neugeborenen Sohn ihres Bruders, und in dem Moment kannte sie ihren Platz, ihre Aufgabe. Ihr Gedächtnis war angefüllt mit Erinnerungen an ihren Bruder. *Du lebst ja im Mittelalter!*, hatte er voller Ungeduld geschrien, an jenem Tag vor langer Zeit, als sie sich am Strand unterhalten hatten. Über dieses *Mittelalter* hatte Lily erst etwas nachlesen müssen und dann noch immer nicht verstanden, was er gemeint hatte, aber jetzt, als sie am Leichnam ihrer Freundin saß, das Kind ihres Bruders im Arm, ahnte sie, was er gemeint haben musste.

Diese eine Sache muss ich noch erledigen, dachte sie. Ich werde dich wie mein eigenes Kind großziehen, dir die Lebensweise der Alten vermitteln und dann die Entscheidung dir überlassen. Mehr kann ich nicht tun.

Endlich kamen die Tränen, ohne einen Laut.

Am Tag bevor sie, zumindest körperlich, so weit wiederhergestellt war, dass sie das Krankenhaus verlassen konnte, zeigten die Schwestern Trish, wie man das Baby badete. Er konnte Wasser nicht ausstehen und schrie ununterbrochen. Das Geschrei brachte Trish zum Weinen – ganz bestimmt hasste das Baby sie.

Niemand verstand, was in ihr vorging. Die Leute waren entweder zu beschäftigt oder sie sagten: Reiß dich zusammen. Du bist jetzt Mutter, also benimm dich auch so. Während der vergangenen Woche schien sich das Baby verändert zu haben. Es sah jetzt nicht mehr ganz so asiatisch aus, aber Trish wusste, was die Leute denken würden. Es kann nicht Billys Baby sein.

Sie hat mit irgendeinem Chinesen rumgemacht, das war es. Das musste es sein.

Er weinte so viel. Die ganze Zeit. Der Arzt sagte, es sei alles in Ordnung mit ihm, aber vielleicht wäre es ganz hilfreich, wenn sie einen Psychiater aufsuchte.

Sogar ihr Dad hielt das für eine gute Idee, aber Dad hielt alles für eine gute Idee, solange er persönlich nicht mit hineingezogen wurde. Delegieren – das war sein Motto.

Ihre Mutter sagte ihr, die mütterlichen Gefühle würden sich schon noch einstellen. Sie habe so viel durchgemacht, sie müsse sich ein wenig Zeit zugestehen ...

Doch jedes Mal, wenn sie ihr Baby anschaute, fragte sie sich, ob es wohl in Ordnung wäre, wenn sie sich ewig Zeit damit ließe.

Andauernd starrte er sie an, als ob er geradewegs durch sie hindurchsehen könnte. Es schien, als wüsste er, dass sie ihn dazu benutzt hatte, Billy zu heiraten, und jetzt, da er auf der Welt war, würde er sie für ihre Sünden büßen lassen.

Trish hatte ein paar Bücher zum Thema gelesen, aber in keinem fand sie einen Hinweis darauf, weshalb manche Frauen vielleicht so fühlen wie sie. Niemand schien etwas darüber zu wissen.

Das war ungerecht. Das war einfach ungerecht.

Vor ein paar Tagen war ein Schreiben von der Regierung eingetroffen. Sie würden ihr regelmäßig einen Betrag zahlen, eine Witwenrente, aber die Summe reichte nicht einmal für die wöchentlichen Lebensmitteleinkäufe. Wie sollte sie einen ganzen Monat davon leben?

Alles war ungerecht. Nach all dem hatte sie nicht einmal ein eigenes Zuhause. Bis ans Ende ihres Lebens würde sie bei ihren Eltern wohnen müssen. Ihre Mutter hatte eigenhändig das Kinderzimmer frisch gestrichen, und das konnte Trish sich nun gar nicht vorstellen – Mutter mit Pinsel, auf der Leiter? Nie im Leben. Offenbar war das Zimmer jetzt blau. Das Baby hatte einen Berg Kleidung, und auch ums Windelwaschen musste sich Trish keine Sorgen machen. Da gab es jetzt einen neuen Abhol- und Lieferservice, den man nutzen konnte. Mom hielt es auch für die beste Lösung, ein Kindermädchen zu engagieren, und zum ersten Mal in ihrem Leben stimmte Trish mit ihrer Mutter in einer Sache überein. Denn wenn es ein Kindermädchen gab, musste Trish sich nicht selbst um das Baby kümmern.

Mom hielt Christopher William für einen guten Namen. Trish war das alles egal, aber offenbar war auch Margaret Meschers davon angetan. Meg hatte Blumen geschickt, sehr schöne Blumen, und ein paar Tage später bekam Trish einen Brief. Meg hatte die Worte sorgfältig gewählt. Hatte geschrieben, dass es das Beste sei, jetzt in die Zukunft zu schauen und nicht allzu sehr in der Vergangenheit zu verharren. *Bewahr dir deine Erinnerungen,* hatte sie geschrieben. *Bewahr sie dir, aber lass sie nicht dein ganzes weiteres Leben bestimmen.*

Was wusste denn Meg Meschers schon? War sie je Witwe und Mutter zur selben Zeit geworden? Was wusste sie denn schon über solche Verluste?

Jetzt redeten alle davon, einen Film über Billys Vater zu drehen. Typisch Dad, der fand doch immer eine Möglichkeit, aus nichts Geld zu machen.

Von Billy redete kein Mensch. Es schien ihn nie gegeben zu haben. Manchmal hatte sie den Eindruck, ein Ei zu befruchten sei seine einzige Aufgabe im Leben gewesen. Die Menschen um sie herum schienen sich damit zufrieden zu geben, dass er nie mehr nach Hause kommen würde. Jedenfalls musste Trish diesen Eindruck gewinnen. Niemand sprach seinen Namen laut aus.

Trish wünschte, sie würden wenigstens ehrlich sein und sagen, was sie fühlten, aber das tat jetzt niemand mehr. Zwei Nächte in Folge hatte sie sich in den Schlaf geweint. Sie wollte nicht nach Hause kommen, in dieses riesige Zimmer oben im Haus ihrer Eltern, und zwar aus dem einfachen Grund, dass Billy dort nicht bei ihr sein würde. An seiner Stelle war da ein Baby, von dem Trish nicht einmal wusste, ob sie es überhaupt mochte. Wie sollte sie ohne ihren Mann leben? Wie sollte sie ohne ihn zurechtkommen? Alle sagten, sie müsse »einfach weiterleben«, aber *wie*? Die Stille war ihre einzige Antwort.

Einundzwanzigstes Kapitel

Zu Hause. Es fühlte sich nicht wie ein Zuhause an. Zum ersten Mal im Leben kam Trish sich wie eine Fremde vor. Das Haus war dasselbe, Mutters wertvolle Sammlerstücke schmückten das Innere wie eh und je, aber Trish hatte keinen Bezug zu den Dingen. Alles war vertraut, doch die Vertrautheit war ohne Wärme. Nicht einmal der Pudel, der winselte und ihr auf den Fuß sprang, änderte etwas daran.

Kath hatte das Baby gleich nach oben gebracht, in sein neues Zimmer, das blau gestrichene mit den Disney-Figuren, die auf einem sechzig Zentimeter breiten Streifen an drei Wänden entlangliefen. Aber Trish betrat das Zimmer nicht. Noch nicht. Da oben würde sie alles sehen, was das Kind brauchte, und vieles, was es nie im Leben brauchen würde.

Mutter hatte wieder das Kommando übernommen. Wie lange würde der Reiz des Neuen anhalten? Sie wusste, dass ihre Mutter bald beschließen würde, genug sei genug, und es sei an der Zeit, dass die richtige Mutter ihre Pflicht tat. Es war nur eine Frage der Zeit.

Trish sehnte sich nach einem Kaffee und danach, ihn sich selbst zu kochen. In dem Augenblick, als sie die Küche betrat, nahm sie Maria wahr. Die unausweichliche Umarmung folgte, und Trish wäre aus dieser engen Umarmung am liebsten herausgekrochen. Sie konnte es nicht ertragen, angefasst zu werden.

»Ja, ich freue mich auch, Sie wiederzusehen, Maria. Machen Sie nur weiter, ich mache mir meinen Kaffee schon selber.«

»Nein. Setzen Sie sich. Setzen Sie sich, ich kümmere mich schon darum.«

Maria war Mexikanerin, und ein Nein als Antwort akzeptierte sie einfach nicht. Trish hatte nicht die Kraft zu widersprechen, also setzte sie sich und starrte aus dem Fenster, zum Pool hinunter. Sie dachte an das letzte Mal, als sie, soweit sie wusste, aus diesem Fenster gestarrt hatte. Da war Billy noch zu Hause gewesen. Er hatte draußen gesessen und gelesen. Tränen brannten in Trishs Augen, als sie an ihn dachte, und das Problem bestand darin, dass sie praktisch immer an Billy dachte. Alles, was sie sah oder berührte und sogar roch, erinnerte sie an ihn. Am meisten schmerzte die Erkenntnis, dass seine Gegenwart jetzt, da er als tot galt, nur umso intensiver zu spüren war.

Der Kaffee kam, noch dazu in Trishs Lieblingstasse, die außer ihr niemand benutzte. Es war eine Dumbo-Tasse, die sie mit elf Jahren bei einem Wettbewerb gewonnen hatte, als Elefanten gerade das Größte für sie gewesen waren. Na ja, sie mochte Elefanten und diese Tasse immer noch, auch wenn sie einen Riss hatte und ein großes Stück aus ihr herausgebrochen war. Einmal hatte Maria versucht, die Tasse wegzuwerfen: Die sich daran anschließende theatralische Vorstellung war Oscarreif.

Auf einer Platte mit Rosenmuster lag eine Auswahl an Kuchenstücken und Schokoladenplätzchen. Die Platte kannte Trish noch gar nicht. Ihre Mutter musste sich an dem alten Service wohl satt gesehen und ein neues gekauft haben. All das hatte Maria für Trishs Heimkehr gebacken. Das wusste Trish, weil die Schokoladenplätzchen wie Kinder geformt waren und anstelle der Augen bunte Schokoladenbonbons und als Mund etwas Glasur hatten. Zu jeder anderen Zeit hätte Trish alles auf einmal aufgegessen und sich nach mehr umgesehen. Aber in letzter Zeit hatte Trish keinen rechten Appetit mehr. Sie aß nur, weil sie musste – nicht, weil sie es wollte. Sie hatte das Krankenhaus-Essen vorgeschoben und ihrer Mutter versprochen, wieder ordentlich zu essen, sobald sie zu Hause wäre. Aber es funktionierte nicht.

Trish zündete sich eine Zigarette an, und Maria seufzte. Sie hatte gehofft, Trish hätte mit dem Rauchen aufgehört, schließlich hatte sie ja auch während ihrer Schwangerschaft keine einzige Zigarette angerührt.

Schweigend sah sie zu, wie nur der Kaffee getrunken wurde. Maria konnte die Wellen von Traurigkeit förmlich spüren, aber was konnte sie schon sagen oder tun? Sie hatte nie einen Ehemann verloren. In ihrer engeren Familie war bisher niemand gestorben, mit Ausnahme natürlich der ganz Alten, und das war etwas anderes. Die meisten ihrer engen Verwandten lebten noch – verstreut in den ganzen USA – und manche auch noch in Mexiko. Wie sollte man mitempfinden, wenn man das Gefühl gar nicht kannte? Am besten hielt man wohl den Mund.

»Schön, dass Sie wieder zu Hause sind.«

Trish schaute auf und versuchte zu lächeln. Von oben kamen die Geräusche, die sie fürchtete. Das Baby schrie. Es war ein wütendes Schreien, das nur eines bedeuten konnte. Trish stand auf und packte die Tasche mit den Babysachen aus. Neue Fläschchen, Säuglingsnahrung ...

Sofort kam Maria dazu. »Ich mache das. Sie setzen sich. Sie setzen sich und ruhen sich aus.«

»Aber ich will das machen, Maria.«

Aber Maria, die doppelt so kräftig war wie Trish, nahm alles in die Hand. Wenn sie arbeitete, dann arbeitete sie eben. Das war *ihre* Küche. »Sie gehen sich ein bisschen sonnen. Sie sind viel zu blass.«

Trish nahm ihren Kaffee und die Zigaretten mit nach draußen, und am Pool setzte sie sich auf Billys gepolsterten Stuhl und starrte in das blitzsaubere Wasser. Nicht einmal Maria traute sich, seinen Namen auszusprechen. Ja, meinten sie denn, der Schmerz würde nachlassen, wenn sie so taten, als habe er nie existiert?

Vier Tage lang war Billy im Militärhospital in Yokosula, Japan gewesen und hatte allerlei Untersuchungen über sich ergehen lassen. Keiner konnte mit absoluter Gewissheit sagen, ob die Rückgratverletzung irreparabel sein würde oder nicht. Dass er in einem Fuß ein wenig Gefühl hatte, war ein relativ gutes Zeichen, aber aller Wahrscheinlichkeit nach würde er bis ans Ende seines Lebens im Rollstuhl sitzen. Und es schien als sicher zu gelten, dass er nie wieder fliegen würde. Dass er auf all diese Neuigkeiten keinerlei Reaktion zeigte, beunruhigte die Psychologen.

Sie schickten einen Kaplan zu ihm, der mit ihm reden sollte, aber selbst ihm hatte Billy nicht viel zu sagen. Der Kaplan war in noch schlimmerer Verfassung – er war eine Zeit lang mit der Infanterie marschiert. Das sah man sofort, da brauchte Billy gar nicht erst zu fragen, denn der Mann hatte dieses typische Fünfzig-Meter-Starren, das die meisten altgedienten Dschungelkämpfer nach einiger Zeit annahmen. Es war ein Starren mit leerem Blick. Ein Starren, das stumm schrie: Lasst mich hier raus! Auch wenn es keinen Weg heraus gab.

Ihm Gott in Gestalt eines kriegsmüden Kaplans zu schicken hatte nicht viel geholfen, also beschlossen die Verantwortlichen, dass ihm eine Physiotherapie helfen könne.

Ob Billy nun wollte oder nicht – Tag für Tag wurde er von mehreren Physiotherapeuten herumgestoßen und herumgestupst, aber immer noch gab es niemanden, zu dem er viel sagte.

Hier war er jetzt für niemanden mehr von Nutzen, das war offensichtlich, und die Entlassungspapiere waren schon in Vorbereitung. Er würde so schnell wie möglich in ein Krankenhaus für Kriegsveteranen in die USA verlegt werden, und da würde man sich dann um ihn kümmern. Da wäre er dann einer von Tausenden, nahm er an. Nur eine weitere Nummer auf einem Stück Papier.

Natürlich würde er eine Art Rente bekommen – in einer langen Reihe anstehen, um Almosen der Regierung in Empfang zu nehmen, einer der Hauptgründe dafür, dass er die Insel verlassen hatte. Bald wäre er wieder da, wo er einmal angefangen hatte.

Eines Morgens nach der Physiotherapie schlief er gerade ein wenig, als die Post kam. Es war die Tageszeit, die ihm am liebsten war – ganz bestimmt würde er von Trish oder von Rachel hören, vielleicht sogar von Steve? Aber wie schon an den vergangenen drei Tagen schüttelte der junge Corporal den Kopf. »Tut mir Leid, Sir. Heute nichts dabei. Vielleicht morgen?«

»Morgen bin ich nicht mehr hier.«

»Tut mir Leid, Sir. Die Post wird natürlich nachgeschickt. Freut mich für Sie, dass Sie nach Hause fahren. Ich wünschte, ich könnte nach Hause.« Der Junge ging weiter.

Am anderen Ende der Krankenstation hatte jemand einen Brief von zu Hause bekommen und weinte. Billy kannte den Unterschied zwischen dem Weinen vor Glück und dem Weinen vor Kummer, man konnte das am Ton und an der Lautstärke erkennen. Acht Männer lagen auf der Station der Querschnittsgelähmten. Die Männer, die von den Halswirbeln abwärts gelähmt waren, lagen den Korridor weiter runter. Wie sie leben zu müssen, wäre wirklich die Hölle. Wenigstens konnte Billy noch die Arme und die Muskeln im oberen Körperbereich bewegen, wenigstens etwas, wofür er dankbar sein konnte.

In dem Bett am Fenster lag ein Flieger von der Navy. Er sprach kaum ein Wort, hatte aber die ganze Zeit eine Horde Besucher. Wenn niemand in der Nähe war, weinte er. Im Saal war Billy der einzige Hubschrauberpilot von der Army. Die anderen Querschnittsgelähmten waren alle von der Infanterie, und als Opfer von Landminen hatten die meisten eine Amputation hinter sich. Einer war von einem Panzer überrollt worden. Er hatte das ganze Bein verloren.

Billy war zum Krüppel geworden dank einer südvietnamesischen Zivilistenfamilie, die versucht hatte, ihm zu helfen.

Vielleicht wäre es besser gewesen, wenn er auf eine Mine getreten wäre. Das hätte sich wenigstens heldenhaft angehört. Und jetzt hatte irgendein Idiot – er wusste gar nicht, wer – ihn auf die Liste für eine Ehrenmedaille des Kongresses gesetzt. Weshalb man ihm eine Medaille dafür verleihen sollte, dass er eine Mission nicht zu Ende geführt hatte, war ihm schleierhaft. Er wollte diese Medaille nicht. Er hatte das Gefühl, sie nicht verdient zu haben. Die Station war voll von Männern, die weit mehr verdienten als Tapferkeitsmedaillen oder Verwundetenabzeichen.

Das Schluchzen aus dem hintersten Bett wurde lauter. Das hielt Billy nicht mehr aus. Reine Willenskraft half ihm, in den Rollstuhl zu kommen. Ein paar Köpfe drehten sich nach ihm um, wo wollte der Hubschrauberpilot denn diesmal wieder hin?

Billy fuhr in den Garten, wie er das vom ersten Tag an gemacht hatte. Er brauchte frische Luft. Er hatte einen Lieblingsplatz unter einer Ulme, wo er die Fische in einem Teich dabei beobachten konnte, wie sie ihn beobachteten. Da konnte er nachdenken. Die Luft war nicht mit Wunddesinfektionsmitteln geschwängert. Er konnte Vögel hören, und manchmal sah er sie auch, und ausnahmsweise einmal nicht Männer, die mit Medikamenten voll gepumpt im Schlaf weinten oder fluchten.

Heute saß allerdings schon ein anderer an seinem Lieblingsplatz. Noch jemand im Schlafanzug und im Rollstuhl. Auf der Suche nach einem anderen Platz, wo er eine halbe Stunde lang allein sein könnte, rollte Billy weiter, aber da hörte er: »Oh, hallo.«

»Hallo«, erwiderte er aus reiner Höflichkeit.

»Ich heiße Bob. 32. Kompanie, von den Marine-Pioniertruppen.«

Sie schüttelten sich die Hand. Der andere war kein Krüppel, saß nur im Rollstuhl, weil er noch nicht wieder gehen konnte.

»Wie ist das passiert?«, fragte Billy.

»Ich bin zwei Mal an ein und demselben Tag abgeschossen worden. Hat mir die Wade weggerissen. Schrapnellsplitter. Nach dem 165. habe ich aufgehört zu zählen. Und Sie?«

»Ich habe während der Tet-Offensive einen Sanitätshubschrauber geflogen. Bin abgeschossen worden.«

Zusammen beobachteten sie die Goldfische. Billy dachte an den ersten Fisch, den er je gefangen hatte. Sein Großvater hatte ihm gesagt, er solle ihn wieder zurückwerfen. Nimm nur, was du auch wirklich brauchst, Ignash, hatte er ihm erklärt. Aber es dauerte lange, bis Billy das begriffen hatte. Wenn du in dem einen Jahr zu viel aus dem Meer holst, werden die Leute im nächsten Jahr hungern. Darum ging es nämlich – darum geht immer alles. Gleichgewicht. In Augenblicken wie diesen spürte Billy seinen Großvater ganz nah bei sich. Ihn zu spüren gestattete er sich, nicht aber, das zu denken, dass dies real war. Wenn er das bewusst dachte, dann würde er am Ende noch genauso verrückt werden wie seine Schwester oder seine Cousine. Was seinen toten Vater anging, der ihm beim Fliegen beigestanden hatte – nun ja, das war bloß Einbildung gewesen. Pure Einbildung. Einen Moment lang war er wieder ein kleiner Junge, mit seinem kleinen Speer und dem kleinen Fisch, der am Ende dieses Speers baumelte. Er trug Seehundfell, um die Kälte abzuhalten, und den Bärenfellmantel, den seine Mutter ihm gemacht hatte, und er war stolz auf sich, wenn auch nur einen Moment lang. Gerade mal sechs Jahre alt, das Gesicht von Fell umrahmt, die Milchzähne waren ihm ausgefallen, und er tat so, als wäre er ein Mann. Damals konnten ihm nichts und niemand etwas anhaben. Eine Außenwelt, in der er sich zu behaupten hatte, gab es nicht.

»Saigon?«, fragte Bob schließlich und holte ihn wieder in die Gegenwart zurück. Er fischte jetzt nicht in kleinen Tümpeln zwischen den Felsen, sondern beobachtete Goldfische in Japan.

»Nein, nicht Saigon. Hue.«

»Ach, Hue? Ich auch.« Seine Geschichte sprudelte aus ihm heraus. Er war Fregattenkapitän bei einer Pioniereinheit gewesen. Sie waren insgesamt zu zehnt, auf dem Weg von Gia Le nach Camp Evans, und keinem war bewusst, dass es der erste Tag der Tet-Offensive war. Über den Außenbezirken von Hue wurde ihr Hubschrauber abgeschossen und landete in einem Reisfeld in der Nähe eines Pioniertruppenlagers der südvietnamesischen Armee ... Als der Offizier seine Geschichte beendet hatte, wusste Billy, dass es sich um dasselbe Pioniertruppenlager handelte, über dem er abgestürzt war. Der verwundete Offizier war zufällig einer von denen, die Billy evakuieren sollte.

Jetzt konnten sie über solche Zufälle lachen.

Bereitwillig erzählte Billy die Geschichte von seinem ersten Absturz. Und davon, wie ein australischer Sergeant ihn an Bord des Sanitätshubschraubers geworfen hatte, als wäre er ein ...

»Ein Sack Mehl«, fuhr Bob fort. »Vielleicht war es der Adrenalinstoß, aber dasselbe ist mir auch passiert.«

»Dem verdanke ich mein Leben«, sagten zwei Stimmen in Einklang.

Der Fregattenkapitän von der Navy und der Mischling, der Stabsfeldwebel bei der Army war, wappneten sich für den nächsten Zufall, der sich, wie sie beide wussten, gleich herausstellen würde.

»Der heißt wohl nicht zufällig T. J.?«, fragte Billy.

»Und ob der so heißt!«

»Lieutenant Commander!«, rief eine ungeduldige weibliche

Stimme. »Da sind Sie ja! Ich habe schon *überall* nach Ihnen gesucht.«

»Vielleicht sehen wir uns später mal?«

»Bestimmt, Sir«, antwortete Billy und wusste genau, dass er den Mann nicht mehr wiedersehen würde. Dann hörte er der Schwester zu, die ihn wie einen unartigen kleinen Jungen schalt, weil er fortgerannt war und niemand ihn hatte finden können ...

Er dachte an T. J. Und daran, wie das Handeln eines Mannes bei zwei verschiedenen Gelegenheiten zwei verschiedenen Männern das Leben gerettet hatte. Dafür musste es einen Grund geben.

Es musste einen guten Grund dafür geben, dass er noch am Leben war. Doch dieser Grund wollte Billy nicht einfallen, wie angestrengt er darüber auch nachdachte. Über die Aussicht, nach Hause zu kommen, sollte er sich freuen. Voller Vorfreude hätte er an seine Heimkehr denken sollen. Er hatte eine Frau, zu der er nach Hause gehen konnte. Und ein Baby. Wenigstens sollte er es inzwischen haben. Es war schon März. Aber bisher hatte ihm noch niemand gesagt, dass er Vater geworden sei. Ob die Armee die Tatsache übersehen hatte, dass er noch lebte? Vielleicht hatte noch niemand Trish erzählt, dass er nach Hause kommen würde. Vielleicht war sein Name in einem Berg Papierkram verloren gegangen. Ein Versehen. So etwas kam vor, das wusste er. Klar, es würde schön sein, Trish wiederzusehen und seinen Sohn oder seine Tochter im Arm zu halten, aber in letzter Zeit hatte er mehr denn je an seine Schwester und an sein Volk da oben an der Beringsee gedacht. Er hatte jetzt viel Zeit zum Nachdenken – etwas anderes konnte er ja kaum machen. Vor allem dachte er daran, wie man die Menschen wieder dahin zurückbekommen könnte, wohin sie gehörten – nach Kulowyl. Es war ein gutes Leben gewesen vor dem Zweiten Weltkrieg, vor der Evakuierung. Im Geiste ging er durch, was er ihnen sagen würde, wenn sie sich um die Feuergrube am Hauptversammlungsplatz drängten. Sie könnten darüber abstimmen. Er könnte nach Juneau fahren und sich erkundigen, ob die Möglichkeit einer erneuten Umsiedlung zurück an den Ort, der einmal ihr Zuhause gewesen war, bestand. Er könnte das auch sofort bei seiner Rückkehr in die Staaten erledigen. Er könnte Briefe schreiben. Telefongespräche führen. Und schließlich könnte sein Volk vielleicht in das vergangene Leben zurückkehren, in dem die Menschen noch eine Identität, eine Seele, ein Zuhause, einen Grund zum Leben gehabt hatten.

Die Umsiedlung hatte Eennali und seinen Großvater umgebracht. Ihr Grund zu leben war ausgelöscht worden. Nun ja, vielleicht konnte er ja etwas tun, um das Unrecht wieder gutzumachen, das durch eine Regierung, die sich im Recht fühlte, über sie hereingebrochen war.

Er dachte an das Geld, das er mit dem Film verdienen könnte. Mit viel Geld hatte man viel zu sagen. Menschen hörten einem zu, wenn es um viel ging – Geld und dieses Geld, das aus dem Nirgendwo heruntergefallen kam, musste aus einem bestimmten Grund gefallen sein.

Es gab zwei Möglichkeiten: entweder die Aleute blieben auf der Insel in der Beringsee oder sie kehrten nach Kulowyl zurück.

Aber für welche Möglichkeit sie sich auch entschieden, er musste bei ihnen bleiben.

Billy hatte versucht, ein weißer Amerikaner zu sein und war gescheitert.

Er hatte versucht, Aleute zu sein und war gescheitert.

Alles, was jetzt noch übrig blieb, war der Versuch, er selbst zu sein. Billy überlegte, ob er darin womöglich auch schon gescheitert war, aber dann dachte er an den Fregattenkapitän, der sich wahrscheinlich auch fragte: Wieso ich, Gott? Hunderte sterben jeden Tag. Weshalb hast du mich verschont?

Maria hatte ihren freien Tag, und Mutter war zum ersten Mal seit einer Woche in den Klub gegangen. Trish sonnte sich im Alleinsein. Mutters Aufmerksamkeitsspanne, was das Baby betraf, war recht kurz. In letzter Zeit hatte es immer wieder geheißen: *Sieh du nach ihm, Schatz, ich habe hier unten so viel zu tun ...*

Aber Trish hatte ja immer gewusst, dass diese Zeit kommen würde. Das neue Baby im Haus wurde allmählich Teil der Gewohnheit, und das tatsächlich zu dem Zeitpunkt, den Trish vorausgesehen hatte. An diesem Morgen war sie aufgewacht und hatte sich glücklich und zufrieden gefühlt, aber nicht gewusst, weshalb. Zwanzig Minuten lang hatte sie sogar vor dem Kinderbettchen gestanden und darauf gewartet, dass der Junge aufwachte, damit sie ihn wickeln und füttern konnte, bevor er hungrig und wütend wurde. Vorbereitet zu sein sparte Zeit und Energie, und das machte sie beide glücklich und zufrieden. Sogar so glücklich und zufrieden, dass der kleine Christopher ihr vor einer halben Stunde zugelächelt hatte. Auch wenn Experten das Lächeln so kleines Babys als Reflex abtaten – ihr Sohn hatte gelächelt, und wenn er lächelte, fand Trish, dass er Billy ähnlich sah. Zum ersten Mal überhaupt nahm sie ihren Sohn hoch und hielt ihn im Arm, und einen Augenblick lang glaubte sie sogar, Liebe für ihn zu empfinden. Fast hätte sie geweint, als er gelächelt hatte. Er hatte sie erkannt, und er hatte gelächelt.

Vielleicht zeigte dieses Lächeln, dass es wohl doch der Mühe wert gewesen war.

Aber mehr als essen und schlafen konnte Christopher nicht. An einem Ende ging es rein, dann schlief er, und dann kam es am anderen Ende wieder heraus, und wenn es herauskam, wachte er auf und protestierte, und in dem Moment, in dem er die Augen öffnete, erwartete er ein Fläschchen und saubere Windeln.

Es war wie ein Teufelskreis, der wohl nie, so fürchtete Trish, ein Ende haben würde, aber wenn sie sich um das Baby kümmerte, war sie wenigstens beschäftigt, und das mehr als je zuvor in ihrem Leben.

Und jetzt hatte er gelächelt.

Trish konnte es kaum glauben.

Um neun Uhr zwanzig stand sie in der Küche und machte ein Fläschchen heiß, weil sie wusste, dass Christopher genau um halb zehn aufwachen würde, als es plötzlich klingelte. Sie dachte, es sei der Mann vom Windelservice, der die saubere Wäsche brachte und die schmutzige abholte. Sie ging in den kleinen Raum neben der Waschküche. Auf dem Monitor der Gegensprechanlage sah sie, dass nicht der Mann vom Windelservice, sondern ein Offizier von der Army am Tor stand. Wieso können die mich denn nicht in Ruhe lassen, dachte sie. Wenn es um diese Medaille geht ...

»Ja, was kann ich für Sie tun?«

»Captain Chalmers. Ich würde gern Patricia Shaw sprechen.«

»Worum geht es denn?«

»Wir haben Neuigkeiten Ihren Mann betreffend.«

Trish öffnete das Tor und stand schon lange wartend an der Tür, noch bevor der Wagen am Ende der Auffahrt zum Stehen kam. Sie mochte gar nicht darüber nachdenken, was für Neuigkeiten das sein könnten. Immer ging die Fantasie mit einem durch, und oft war fürchterliche Enttäuschung die Folge.

Der Captain stieg aus und betrachtete die junge Frau mit wild zerzaustem Haar, die ein Hippie-Kleid trug, ein Küchenhandtuch über der Schulter hatte und in der einen Hand ein Babyfläschchen hielt. Was auch immer er denken mochte, Trish war es egal. »Patricia Shaw?«

»Mhm.«

»Darf ich hereinkommen?«

»Sicher.«

Sie führte ihn ins Haus, bat ihn, sich zu setzen, und bot ihm einen Kaffee an, aber er lehnte beides ab. Er hielt die Mütze in der Hand und sagte einfach: »Mrs. Shaw, Ihr Mann lebt.« Das dürre Gerüst einer Geschichte und eine Erklärung des Wieso und Warum strömten auf Trish ein, doch sie hörte kaum mehr als dieses *Ihr Mann lebt.*

Sie wusste nur noch, dass der Captain lächelnd wieder ging, und sie dachte, sie sollte zum Telefon gehen und ihren Vater anrufen, damit der ihrer Mutter Bescheid sagen konnte, doch da wachte Christopher auf.

Sally sah Rachel beim Packen zu. In der kurzen Zeit, seit sie bei ihr wohnte, hatte sich vieles angesammelt. Wenn Sally auch gewusst hatte, dass dieser Tag kommen würde, hatte sie doch gehofft, Rachel würde bleiben.

»Bist du auch sicher, dass du das Richtige tust?«

»Ich glaube schon.«

»Wenn du das nur glaubst, dann bist du nicht sicher, Rachel, du *kennst* diesen Mann doch überhaupt nicht. Alaska ist so weit weg, und wenn du dann dort erst herausfindest, dass er ... dass er ...«

»Steve ist in Ordnung. Er braucht einen Freund, genau wie ich.«

»Ich bin auch deine Freundin, Rachel.«

»Ich weiß. Aber so muss ich wenigstens nicht allein den ganzen Weg rauf nach Norden.«

»Aber du *kennst* ihn doch überhaupt nicht.«

»Lernt man denn überhaupt jemanden je richtig kennen, Sally?«

»Du weißt schon, was ich meine. Bitte, Rachel. Tu es für mich. Lass dir Zeit, und lern diesen Mann erst einmal kennen.«

»Das ist mein Fehler, wenn es denn überhaupt ein Fehler ist.

Ich suche mir einen Job in Anchorage. Entweder da oder in Juneau.«

»Ach, Rachel ...«

»Du findest schon jemanden, der meine Stelle bei *Jim's* übernimmt.«

»Wegen *Jim's* mache ich mir keine Sorgen. Ich sorge mich um *dich*.«

»Ich weiß, Sal. Und deswegen mag ich dich auch so. Aber das hier muss ich einfach machen. Glaub mir.«

»Wirst du deine Mutter anrufen?«

»Nein.«

»Wieso nicht?«

»Sie hat mich auch nie angerufen. Ihr ist das alles egal.«

»Und was ist mit deinem Vater?«

»Ich melde mich bei ihm per R-Gespräch aus Alaska. Es wird schon alles gut gehen. Ehrlich. Mach dir jetzt keine Sorgen mehr.« Rachel machte den Koffer zu, nahm ihn hoch und wuchtete ihn zur Tür.

Steve wartete auf der Veranda, und als er das Gepoltere hörte, drehte er sich um. Sofort war er zur Stelle und nahm Rachel den schweren Koffer ab. Er lächelte der älteren Frau zu – wenn er auch wusste, dass das nichts nützen würde, denn sie war mit der ganzen Sache nicht einverstanden, und er konnte nichts sagen oder tun, was es für einen von ihnen leichter gemacht hätte.

Fast eine Woche lang hatten sie sich jetzt jeden Tag gesehen. Beide hatten sie nicht an eine große Zukunft für sich geglaubt, bis sie diese eine Gemeinsamkeit entdeckt hatten und überzeugt waren, dass sie zusammen vielleicht doch eine Zukunft hatten. Liebe war es nicht, es war Freundschaft. Eine Entdeckungsreise.

Sally sah sie abfahren in einem alten VW-Bus, den Steve eigens für diesen Zweck gekauft hatte. Es war eine alte Klapperkiste, und sie bezweifelte, dass er die zweihundert Meilen überstehen würde, von zweitausend ganz zu schweigen.

Weg waren sie.

Und schon war das Haus leer.

Sally setzte sich mit einer Tasse Tee hin. Sie war wieder ganz allein.

Jim hatte Rachel eine beträchtliche Lohnerhöhung in Aussicht gestellt, wenn sie nur bleiben würde. Vielleicht könnte sie ja allein den neuen Bringdienst leiten, der ihm vorschwebte. Er bot sogar an, sie bei einer neuen eigenen Wohnung finanziell zu unterstützen, die sie in der Stadt, näher beim neuen Restaurant, mieten könnte. Kein noch so hoher Geldbetrag, keine noch so reizvollen Vergünstigungen konnten sie zum Bleiben bewegen.

Sie fuhr davon mit einem Fremden, der aus psychischen Gründen aus der Armee entlassen worden war. Entweder hatte sie immenses Vertrauen, oder sie war ein kompletter Idiot. Sally konnte nicht sagen, was es war. Impulsives Benehmen zog seine ureigenen Konsequenzen nach sich, so viel wusste sie immerhin.

Ach, soll die beiden doch der Teufel holen, dachte Sally und stellte sich innerlich darauf ein, dass ihr Leben wieder so werden würde, wie es vor Rachel Meschers' Ankunft gewesen war – verloren, einsam und verängstigt würde sie sein. Sie trank ihren Tee aus, nahm ihren Mantel und ging zur Arbeit. Als sie den Hügel hinauffuhr und auf die Schnellstraße abbog, klingelte in ihrer Küche das Telefon. Es sollte eine Nachricht übermittelt werden, die lange Zeit nicht gehört werden würde.

Zweiundzwanzigstes Kapitel

Also?«, fragte Meg ungeduldig. »Was hat sie gesagt?«

»Nichts.«

»Was soll das heißen, nichts? Sie muss doch etwas gesagt haben.«

»Sie ist nicht rangegangen, Meg. Und die Neuigkeit allein wird sie wohl nicht veranlassen, nach Hause zu kommen, das kannst du dir doch denken. Wieso rufst du nicht an? Vielleicht will sie ja nur deine Stimme hören, sonst nichts.«

»Mit mir redet sie doch nicht, Gordon.«

»Woher willst du das wissen, wenn du es nicht einmal versuchst?« Darauf kam keine Antwort. Was für eine Reaktion hatte er denn auch erwartet? »Tut mir Leid, Meg. Mehr kann ich nun wirklich nicht tun. Das ist dein Problem, nicht meins. Ich muss gehen, Schatz. Ich komme sonst zu spät zu meiner Besprechung. Ich sehe dich heute Abend, und dann können wir reden.« Er legte auf.

Meg konnte es nicht leiden, wenn er als Erster auflegte. Für sie sah das so aus, als sei er der Sieger in einer Art Machtkampf. Was noch schlimmer war, was sie noch weniger leiden konnte, war, wenn Gordon Recht hatte. Und jetzt hatte er tatsächlich Recht. Sie würde es nie erfahren, wenn sie es nicht versuchte.

Und dann können wir reden. Blödsinn. Den ganzen Tag würde er in irgendwelchen Besprechungen sitzen, und ganz bestimmt würde er ein oder zwei Klienten zum Abendessen ausführen müssen und diese Besprechungen fortsetzen, und dann würde etwa gegen sechs Uhr Karen anrufen und ausrichten, dass er vor Mitternacht nicht zu Hause sein würde und sie nicht auf ihn warten solle. *Wir reden später darüber* bedeutete: *Wir reden nie.*

Gordon hatte *Jim's* Telefonnummer in ihrem alphabetischen Register unter R wie Rachel notiert. Gott weiß, wieso er es dort notiert hatte – das ergab für Meg keinen Sinn.

Sie griff nach dem Telefon und wählte die Nummer, ohne zu zögern. Nach viermaligem Läuten hörte sie: »Jim's Restaurant. Debbie am Apparat.«

»Ist Rachel Meschers zu sprechen?«

»Rachel? Nein. Die arbeitet hier nicht mehr.«

»Haben Sie vielleicht eine Nummer, unter der ich sie erreichen kann?«

»Tut mir Leid. Soviel ich weiß, ist sie unterwegs nach Alaska mit so einem Typen, den sie gerade erst kennen gelernt hat. Wiederhören.«

Drei Sekunden lang horchte sie auf das Amtszeichen, bevor sie den Hörer auflegte. *Soviel ich weiß, ist sie unterwegs nach Alaska mit so einem Typen, den sie gerade erst kennen gelernt hat.* Megs Herz klopfte heftig und schnell. Hatte sie sich auch nicht verhört? Sie war unterwegs nach Alaska mit jemandem, den sie gerade erst kennen gelernt hatte? Natürlich hatte sie sich nicht verhört. Das klang doch wirklich sehr nach Rachel.

Die ganze Zeit hatte Gordon sie angelogen. Monatelang. Einfach angelogen. Wie konnte er das nur tun? Wie konnte er ihr in die Augen schauen und ihr versichern, dass mit Rachel alles in Ordnung sei, wenn er die ganze Zeit wusste, dass überhaupt nichts in Ordnung war? Dass sich überhaupt nichts geändert hatte? Dass sie immer noch dieselbe ... dieselbe Schlampe war wie vorher?

Meg wählte Gordons Privatanschluss im Büro. Karen meldete sich. Aber natürlich meldete sich die entzückende kleine Karen, die vollendet höfliche Karen. Sie ahnte Ärger am anderen Ende der Leitung und weigerte sich, Meg durchzustellen. Meg überlegte, ob die Kleine wohl je den Preis für die gluckenhafteste Sekretärin des Jahres gewinnen würde.

»Es ist wirklich schrecklich wichtig, Karen. Sehr wichtig.«

»Es tut mir Leid, Mrs. Meschers.« *Gordon ist in einer wichtigen Besprechung und darf unter keinen Umständen von irgendjemandem gestört werden.* Inzwischen klang das so gut eingeübt, dass sie den Satz wahrscheinlich schon im Schlaf murmelte.

Megs Ärger schwoll mit jeder Minute an. Heute machte nicht einmal das Aufknallen des Hörers Spaß. Sie stellte sich Karens liebliches, siegesgewisses Lächeln vor, als sie sich wieder ihrer Schreibarbeit zuwandte.

Was hatte Gordon diesmal gesagt? Wenn Meg anruft, bin ich auf keinen Fall zu sprechen?

Einen Moment lang zog Meg in Erwägung, Larry Perkins anzurufen und ihn um einen weiteren Gefallen zu bitten. Sicher könnte er die Staatspolizei in Alaska informieren und nach Rachel Ausschau halten lassen? Aber mit welcher Begründung? Schließlich hatte es ja keinen Todesfall in der Familie gegeben – eher eine Wiederauferstehung.

Alaska war so weit weg. Es kam Meg wie das Ende der Welt vor, nicht, dass sie dort schon einmal gewesen wäre. Sie kannte niemanden dort, außer vielleicht, wie hieß sie denn noch gleich? Diese Krankenschwester aus Anchorage? Die Frau, die John Robert gekannt hatte? Hieß sie Elizabeth? Nein, das passte nicht zu dem Gesicht, an das sich Meg dürftig erinnerte. Da war allerdings ein Akzent gewesen. Louisiana. Baton Rouge ... Betty Sue ... Der Nachname war im Nebel der Vergangenheit verloren gegangen. Gordon hatte sie angerufen, oder? Das wollte Meg jetzt auch. Vielleicht hatte ja auch Rachel von ihr gehört? Vielleicht wollte Rachel bei ihr vorbeischauen, wenn sie in Anchorage ankam? Vielleicht war sie ja auch schon da?

Meg fand die entsprechende Nummer unter B für Betty und nicht unter L für den Nachnamen Llewellyn. Gordons Ablagemethode konnte einen wirklich zur Verzweiflung bringen. Kam das daher, dass er sich wirklich nur an die Vornamen der Leute erinnerte und die oft allzu lässig, allzu unvollständig benutzte?

Meg nahm den Hörer auf, aber noch bevor sie die Nummer zu Ende gewählt hatte, legte sie ihn wieder auf. Was um Himmels willen sollte sie zu Betty Sue sagen? Sie hatten seit 1943 nicht mehr miteinander gesprochen.

Zuerst brauchte Meg eine Tasse Tee. Eine Tasse Tee und ein Sandwich, damit sie besser durchstand, was an höflicher Konversation mit einer völlig Fremden zu bewältigen war. Na ja, sie hatte Betty Sue einmal getroffen, aber das war jetzt auch schon gute zwanzig Jahre her. Und viel mehr als ein höfliches »Guten Tag, freut mich, Sie kennen zu lernen« hatten sie nicht miteinander gesprochen. Meg wusste noch, dass sie die junge Frau zur Tür gebracht und sich bei ihr dafür bedankt hatte, dass sie ihren lange verschollenen Bruder durch das halbe Land begleitet hatte. Meg versuchte, sich zu erinnern, was John ihr über die Krankenschwester aus Anchorage erzählt hatte, aber viel wollte ihr nicht einfallen. Meg wusste nur noch, dass die Augen der Krankenschwester geleuchtet hatten, wenn sie John ansah, und was dieses Leuchten zu bedeuten hatte, wusste Meg genau. Es hatte Betty Sue aber nichts genützt, denn keine Macht der Welt konnte John davon abhalten, zu denen zurückzukehren, die er seine »richtige« Familie nannte.

Meg hatte Gordon genötigt, bei ihr anzurufen, gleich als Rachel damals verschwunden war, als sie sicher zu wissen glaubte, dass sie mit ihrem Cousin auf und davon gegangen war. Und jetzt wollte sie wieder anrufen, weil sie zumindest hoffte, dass Rachel möglicherweise Kontakt mit Betty Sue aufnahm, wenn es stimmte, dass sie mit einem völlig Fremden unterwegs nach Alaska war.

Es klang lächerlich. Es klang nach den Fantastereien einer Wahnsinnigen.

Mit dem Rollstuhl fuhr sie in die Küche und setzte den Wasserkessel auf. Während sie wartete, ging sie im Geiste durch, was sie sagen und wie sie es sagen wollte. Aber solche Proben war Meg nicht gewöhnt. Was gesagt werden musste, das sagte sie einfach, fertig. Ihr ganzes Leben lang hatte sie nie nett zu jemandem sein müssen, und jetzt wusste sie einfach nicht genau, wie sie das Ganze mit einem gewissen Maß an Aufrichtigkeit über die Bühne bringen sollte.

Plötzlich bekam sie Gewissensbisse, weil ihr klar wurde, dass Betty Sue Llewellyn wahrscheinlich der einzige Mensch war, der weder von Billys Tod in Vietnam noch von seiner anschließenden wundersamen Wiederauferstehung wusste. Also was genau sollte sie sagen? Dass Billy auf dem Nachhauseweg war und sie ihn herzlich grüssen solle, wenn sie ihn sah? Nein, das klang einfach zu unglaubwürdig, weil es nicht stimmte.

Der Kessel pfiff, und Meg machte sich ihren Tee. Sie war so tief in Gedanken versunken, dass sie ihr Sandwich vergaß. So etwas passierte in letzter Zeit häufiger. Sie wurde allmählich wie ihre Mutter, hatte es aber noch nicht bemerkt. Sie nippte an ihrem Tee.

Sie war froh, dass Billy nicht getötet worden war, denn als sie von Alan Goldberg die Nachricht von seinem Tod erhalten hatte, hatte sie den Hörer aufgelegt, still dagesessen und geweint. Nicht um ihn, aber um seine Frau. Und kurze Zeit später war ein weiterer Anruf gekommen, in dem er ihr mitteilte, dass sie Großtante eines kleinen Jungen geworden war, des Enkels ihres toten Bruders.

Und jetzt hatte die Armee Billy lebend gefunden.

Gordon hatte erzählt, dass Rachel, als er bei ihr war, nur von Billy gesprochen hatte, von nichts anderem. Und von ihren Plänen, Verwandte im Reservat zu besuchen. Allein schon bei dem Gedanken liefen Meg Schauer des Entsetzens den Rücken herunter, aber sie hatte nichts gesagt. Gordon hatte ihr zunächst gar nicht erzählen wollen, dass Billy umgekommen sei. Aber sie wussten beide, dass er es früher oder später tun musste. Doch Rachel hatte sich ohnehin geweigert, es zu glauben, und seitdem hatten sie nicht mehr miteinander geredet, also wusste niemand, wie es ihr ging. Und jetzt war sie mit einem Fremden auf und davon gegangen. Wenn es stimmte, was Gordon erzählt hatte, war sie wieder in ihr früheres Verhaltensmuster zurückgefallen. Und diesmal war sie vielleicht wirklich in Gefahr. Diesmal war es ernst. Andauernd passierten jungen Frauen die entsetzlichsten Dinge.

Aber wie sollte sie das alles Betty Sue erklären, die nie Kinder gehabt hatte? Wer außer einer Mutter könnte diese Ängste je verstehen?

Meg führte selten vertrauliche Gespräche mit anderen Frauen. Eigentlich kam das fast nie vor. Die anderen Frauen in ihrem Bekanntenkreis – einfache Frauen – waren kaum in der Lage, ein halbwegs intelligentes Gespräch zu führen, und schon gar nicht in der Lage, sich mit ihr zu unterhalten, wie Damen sich unterhalten sollten, also versteckte sich Meg hinter einer kühl und distanziert wirkenden Fassade. Man ließ sie links liegen, es sei denn, ihr Einfluss oder ihre gesellschaftliche Stellung wurden gebraucht, dann konnte sie von Nutzen sein.

Jetzt war es zu spät für sie, sich noch zu ändern.

Doch jetzt brauchte sie einen Freund oder eine Freundin. Aber obwohl sie Hunderte von Leuten kannte, war sie im Lauf der Jahre ebenso vielen Leuten auf die Füßen getreten, und wenn sie sich jetzt umschaute, in der Hoffnung, dort draußen ein freundliches Gesicht zu finden, fand sie niemanden mehr, der ihren Blick erwiderte.

»Aber ich bin gar kein schlechter Mensch«, flüsterte sie.

Alan hatte sich entschlossen, seine Tochter zum Stützpunkt zu begleiten. Bei Heimkehrzeremonien wäre Kath nur von wenig Nutzen gewesen. Sie würde in Tränen aufgelöst und niemandem mehr eine Hilfe sein. Auch das Baby nahmen sie mit – Trish hatte darauf bestanden. Sein kleiner Sohn sollte der erste Mensch sein, den Billy zu Gesicht bekam. So musste es sein. Alan dachte, dass sie vielleicht Recht hatte. Er wusste noch, dass viele seiner Freunde, als sie aus dem Krieg nach Hause kamen, ganz versessen darauf waren, die Kinder zu sehen, die während ihrer Abwesenheit geboren wurden. Allein der Gedanke, nach Hause zu kommen, hielt sie alle davon ab, wahnsinnig zu werden, und in der Hinsicht war der Vietnamkrieg bestimmt nicht viel anders als der Zweite Weltkrieg oder der Koreakrieg.

Er hoffte, dass es Billy genauso ging. Dass auch er selbst sich auf die Heimkehr seines Schwiegersohns freute, wollte er nicht so gern zugeben. Er hatte bereits einen Regisseur gefunden, der an dem Film interessiert war, und gerade hatte die Suche nach einem Drehbuchautor begonnen. Wenn es nach Alan ging, würde Billy mit dem Autor und dem Regisseur eng zusammenarbeiten. Aber immer eins nach dem anderen. Bis jetzt war der Sohn der Hauptfigur noch nicht einmal aus dem Flugzeug gestiegen.

Alan und Trish waren eine Stunde vor der planmäßigen Ankunft des Flugzeugs am Stützpunkt angekommen. Trish wollte so früh wie möglich da sein, das hatte irgendwas mit dem Baby zu tun, Alan hatte nicht richtig zugehört. Dreißig Minuten blieben sie im Auto auf dem Parkplatz sitzen, und genau wie Trish es geahnt hatte, wachte der kleine Christopher auf und wollte gefüttert werden.

»Willst du das vielleicht machen, Dad?«

»Du liebe Güte, nein. Nein. Das ist Frauensache, Kind.«

Stattdessen sah er vom Fahrersitz aus zu. Der kleine Kerl

wuchs rasend schnell, und in letzter Zeit hatte er sich angewöhnt, alle anzulächeln, vor allem aber seinen Opa. Was für ein irres Gefühl, einen Enkel zu haben, der offenbar davon überzeugt war, Opas Gesicht gehöre auf ein Zirkusplakat.

Beide wussten sie, dass Billy erst einmal nicht nach Hause kommen würde. Er würde auf der Rehabilitationsstation eines Krankenhauses für Kriegsveteranen bleiben, aber keiner wusste, wie lange. Man hatte ihnen gesagt, er sei verwundet, aber vom Ausmaß seiner Verletzungen hatten sie beide keine Ahnung. Sie wussten nur, dass er zurückkommen würde und dass er am Leben war.

»Wie spät ist es, Dad?«

»Vier Minuten später als beim letzten Mal, als du gefragt hast.«

»Dad ...«

»Soll ich vielleicht schon mal den Kinderwagen aus dem Kofferraum holen?«

»Wenn du willst.« Trish musste lächeln, als ihr Vater ausstieg. Er konnte keinen Augenblick länger als unbedingt nötig still sitzen. Immer tat er so, als sei er ruppig und interessiere sich für nichts, dabei war er den ganzen Tag aufgeregt im Haus herumgelaufen. Und sie zum Stützpunkt zu fahren, damit sie Billy sehen könnte, wenn er aus dem Flugzeug stieg, war seine Idee gewesen. Trish hatte sich darauf eingestellt, das allein zu machen, aber als ihr Dad sich angeboten hatte, fand sie die Idee gut. Es war nett, sich auf etwas Schönes zu freuen, wenn man jemanden bei sich hatte, der die Vorfreude teilte. Außerdem war es schon so lange her, dass sie ihren Vater einmal ganz für sich gehabt hatte. Je mehr sie darüber nachdachte, umso klarer wurde ihr, dass sie ihren Vater im Grunde nie ganz für sich allein gehabt hatte. Und da saß sie nun, eine erwachsene Frau, selbst eine Mutter. Und Dad war tatsächlich ein richtiger Dad, zum ersten Mal. Er bemühte sich rührend um sie.

Er hatte gefragt, ob sie gut geschlafen habe, und sie hatte geantwortet: »Ja, klar«, aber das war gelogen. Ungefähr sechs Mal war sie jeweils zur vollen Stunde aufgewacht, und es waren furchtbare Träume gewesen, aus denen sie aufgeschreckt war. Sie hatte Billy gesehen, und ihm hatte ein Arm gefehlt. Dann wieder hatte ihm ein Bein gefehlt. Oder er war blind. Aber am schlimmsten war der letzte Traum gewesen; er saß im Rollstuhl sagte: *Tut mir Leid, aber ich liebe dich nicht mehr. Ich verlasse dich.* Es waren Fernsehkameras auf dem Rollfeld gewesen, und in Großaufnahme hatten sie Trishs Gesicht gezeigt, als Billy im Rollstuhl an ihr vorbeifuhr, direkt in die Arme einer anderen Frau. Aus dem Traum war sie schreiend hochgeschreckt.

Maria meinte, ihre Angst sei die Ursache für solche Träume. Schließlich habe sie ja auch während ihrer Schwangerschaft entsetzliche Träume gehabt, und die Experten in all den Büchern schrieben, das sei völlig normal.

Alan war eine ganze Weile mit dem neumodischen Kinderwagen beschäftigt und versuchte herauszufinden, wie man ihn auseinander klappen und aufstellen musste. Es wollte ihm nicht gelingen. Trish stieg aus dem Auto, gab ihrem Dad das Baby, und nach einem schnellen Umlegen eines Griffs und eines weiteren Hebels am hinteren Rad stand der Kinderwagen fertig vor ihnen.

Christopher wurde hineingelegt, und Alan wunderte sich darüber, was er in den vergangenen fünfundzwanzig Jahren offenbar alles versäumt hatte.

»Wie sehe ich aus, Dad? Alles in Ordnung mit mir?«

»Du siehst fantastisch aus, Schätzchen.«

»Das sagst du doch nur, weil du musst.«

»Ganz wunderbar siehst du aus, Schatz. Ganz wunderbar.«

Sie sah müde, ausgelaugt und nervös aus, aber sie wirkte glücklich. Und nur darauf kam es an.

»Komm, lass uns gehen. Ich kann jetzt einfach nicht mehr warten.«

Dem MP am zweiten Tor nannten sie ihre Namen, und er sah auf einer Liste nach, bestimmt auf der gleichen Liste, die schon beim Haupttor benutzt worden war. Dann beschrieb man ihnen den Weg, und Trish hoffte, ihr Vater hatte alles ganz genau verstanden. Als sie die letzte Schranke passierten, schaute Trish sich um. Da saßen jetzt auch andere Leute in ihren geparkten Autos, Angehörige, zu denen auch ein geliebter Mensch aus dem Krieg heimkehrte. Jetzt war sie nicht mehr so allein, wie sie ursprünglich gedacht hatte.

Es war ein langer Flug gewesen, und Billy hatte ihn durchgestanden, fast ohne ein Wort mit jemandem zu reden. Zuhause, dachte er. Jetzt habe ich es fast geschafft. Er schaute aus dem Fenster, als die Maschine den Kurvenflug einleitete, und dann lag unter ihnen der Stützpunkt, und auf dem Rollfeld stand eine kleine, bunt zusammengewürfelte Menschenmenge. Es hieß, das Flugzeug führe zwölf Särge im Frachtraum mit sich. Billy fragte sich, was wohl zuerst ausgeladen würde.

Wegen des starken Seitenwindes fiel die Landung etwas holprig aus; Schubumkehr, langsamer, langsamer jetzt, jeden Moment eine Wende ... Immer noch steuerte er die Maschine, obwohl er ganz genau wusste, dass er nie wieder hinter dem Steuerknüppel eines Flugzeugs sitzen würde. Und da sah er sie – Verwandte und Freunde, die warteten. Er überlegte, ob Trish da unten stehen würde, denn er konnte sie nirgendwo sehen. Einen Moment lang war er drauf und dran, seine Brieftasche herauszuholen und sich ihr Foto anzuschauen, doch nein, er wusste noch, wie sie aussah. Dann überlegte er, wie er beim Wiedersehen mit ihr wohl reagieren würde. Er hatte letzte Nacht geträumt, er würde ohne fremde Hilfe aus dem Flugzeug steigen. Die Männer um ihn herum wurden abgeholt und umarmt und mit Tränen bedacht, und alle hatten ihre fehlenden Teile des Familien-Puzzles gefunden, nur er nicht. Er stand ganz allein da, während alle anderen weggingen. Er konnte Trish nirgends sehen. Mit heftig und schnell pochendem Herzen war er aus diesem Traum aufgewacht, und dann hatte er begriffen, dass der Traum eine Lüge gewesen war, denn er konnte gar nicht laufen. Er konnte nicht einmal allein stehen.

Aber wenn Trish nicht auf ihn wartete, wusste er genau, was er tun würde.

Die Flugzeugmotoren kamen zum Stehen, und Billy war sich nicht sicher, ob er überhaupt aussteigen wollte.

Wer gehen konnte, wartete schon mit den anderen in einer Reihe auf das Öffnen der Tür. Billy war im Sitz festgeschnallt und musste warten, bis jemand kam, der ihm half.

Trish wusste nicht, wo sie hinschauen sollte. Die eine Hand hatte sie auf dem Kinderwagen, und mit der anderen hielt sie sich am Arm ihres Vaters fest. Sie war tatsächlich davon überzeugt, dass alles verschwinden würde, wenn sie losließ. Beide suchten sie das Knäuel uniformierter Männer ab, die die Gangway herunterkamen, und machten sich nicht die Mühe, sich die Männer in den Rollstühlen anzuschauen, die aus dem Flugzeugheck herausgebracht wurden. Bis jetzt hatten sie Billy noch nicht gesichtet. Um sie herum ein ganzer Menschenschwarm – kreischende und weinende Frauen, die Männern in die Arme fielen, während sich an uniformierte Beine kleine Kinder hängten, die ungeduldig waren und Aufmerksamkeit wollten, aber Daddy war noch viel zu beschäftigt damit, Mami zu küssen, um sie zu bemerken.

»Da ist er.«

Trish schaute in die falsche Richtung. Die Männer in den Rollstühlen, die von Soldaten geschoben wurden, hatte sie gesehen, aber tief im Innern wusste sie, dass Billy nicht darunter sein konnte. Sie behielt weiter die Gangway im Auge, wie sie das eine ganze Weile schon getan hatte, aber es war jetzt schon länger niemand mehr herausgekommen.

»Wo? Ich sehe ihn gar nicht.«

»Da, Trish. Da drüben.«

Trish folgte der ausgestreckten Hand ihres Vaters, weiter nach rechts, und dann sah sie Billy, der einen Soldaten wegschob und ohne fremde Hilfe über das Rollfeld kam. Der Rollstuhl war das Einzige, was sie sah.

»Na komm, Trish.«

Das konnte nicht sein. Das durfte doch einfach nicht sein.

Alan, der es eilig hatte, zu seinem Schwiegersohn zu kommen, befreite sich aus der Umklammerung seiner Tochter. Er hatte nicht viel Zeit, und es gab so viel zu bereden.

Trish stand reglos da. Festgefroren. Die Hand immer noch so verkrümmt, wie sie sich an den Arm ihres Vaters geklammert hatte. Jemand ging an ihr vorbei und rempelte sie aus Versehen an. Sie spürte es gar nicht. Christopher in seinem Kinderwagen hatte angefangen zu weinen. Sie hörte es nicht. Sie sah ihren Vater zu Billy hingehen. Sie sah den Rollstuhl zum Stehen kommen. Sie sah, wie ihr Vater sich hinhockte und Billy die Arme um den Hals legte, aber Billy erwiderte die Umarmung nicht. Er wartete eine Weile, und dann schüttelte er seinem Schwiegervater die Hand. Sie unterhielten sich, das konnte sie erkennen, und dann gestattete Billy ihrem Vater, den Rollstuhl in ihre Richtung zu schieben. Aber bewegen konnte sie sich immer noch nicht.

Ihn im Rollstuhl zu sehen hatte eine Art Lähmung bei ihr bewirkt.

Kräftig und gesund war er weggegangen.

Und so war er nun zurückgekommen.

Sie wünschte die Militärkapelle zum Teufel und hätte die Musiker liebend gern angeschrien, mit dem gottverdammten

Lärm aufzuhören! Aber das konnte sie nur denken. Sie konnte sich nur noch an ihren Albtraum erinnern. An seine Worte. Ich liebe dich nicht mehr. Ich verlasse dich. Sie drehte sich um, weil sie sich überzeugen wollte, dass keine einsame Frau hinter ihr stand, die darauf wartete, ihr die Schau zu stehlen, ihr den Mann zu stehlen. Die meisten Leute waren jetzt auf dem Weg ins Gebäude. Einige mitleidige Blicke waren ihr zugeworfen worden, und wenn sie bei klarem Bewusstsein gewesen wäre, hätte sie die bemerkt und sich darüber geärgert. Vielleicht dachten diese Menschen ja, sie wartete auf einen der Särge. Einen Augenblick überschattete Mitleid ihre Gesichter, bis sie sich wieder der eigenen Freude zuwandten. Das war jetzt das Wichtigste, ihre eigene, ganz persönliche Freude.

Als Billy über das Rollfeld angefahren kam, fiel ihr wieder ein, was er einmal gesagt hatte. Sie versuchte, sich zu erinnern, wann das gewesen war – vielleicht auf dem Rückweg von Las Vegas, aber das wusste sie nicht mehr genau.

Ich wäre lieber tot als ein Krüppel. Mein Vater ist ein nutzloser Krüppel gewesen.

Eine vertraute Stimme kam näher. »Da drüben sind sie. Es geht ihnen gut. Du hast einen Sohn, mein Junge. Er heißt Christopher.«

Und dann war Billy da, in einem Rollstuhl, ganz dicht bei ihr. Trish sah auf Billy hinunter, und er schaute zu ihr hinauf. Einen Moment lang dachte sie, sie würde platzen, und dann konnte sie sich wieder bewegen. Er lächelte, und in dem Lächeln lag ein nicht näher bestimmbares Versprechen.

Ehe sie wusste, wie ihr geschah, lag sie auch schon auf den Knien, hatte die Arme um Billys Hals geschlungen und weinte. Sie hatte sich geschworen, nicht zu weinen, aber sie konnte sich einfach nicht beherrschen.

Alan trat einen Schritt zurück und sah zu, als ihn ein Blick aus haselnussbraunen Augen traf. Hilf mir, flehte dieser Blick.

Er ging zum Kinderwagen, nahm das Baby heraus und legte es seinem Vater in die Arme. Einen Moment lang war alles ruhig. Eine Pause trat ein, als im Hintergrund die Särge aus dem Flugzeug geladen wurden und die Musik wechselte.

Billy hatte keine Ahnung, was im Hintergrund passierte, seine ganze Aufmerksamkeit war auf seinen Sohn gerichtet. Sein Kind.

Der Kleine starrte ihn mit weit aufgerissenen Augen an, war noch unentschlossen, ob er lächeln oder die Stirn runzeln sollte. Na, wer bist du denn?, schien er ohne Worte zu fragen.

Billy schaute auf das Kind und dann auf seine Frau, deren Augen vor lauter Tränen ganz gerötet und feucht waren, und er wollte sich bedanken, aber stattdessen hörte er sich sagen: »Er sieht genauso aus wie mein Großvater.«

Und dann hielt Billy das Kind in die Höhe, so hoch über seinem Kopf, dass Trish nach dem Baby greifen wollte, es aber verfehlte, weil Alan sie zurückhielt.

»Ich habe einen Sohn!«, rief Billy, als wäre er ein Wilder und hätte vorübergehend vergessen, wo er sich befand, denn er hatte auf Aleutisch geschrien. »Ich habe einen Sohn!«, schrie er wieder, diesmal auf Englisch, und als Antwort war ein Jubelschrei zu hören.

»Billy! Lass ihn runter! Du lässt ihn noch fallen!«

»So machen wir das bei uns zu Hause«, sagte Billy erklärend, nachdem Christopher hastig in den sicheren Kinderwagen zurückgelegt worden war und alle sein Protestgeschrei gehört hatten.

»Aber hier machen wir das nicht so«, sagte Trish. »Du hättest ihn fallen lassen können. Ihn verletzten können. Alles Mögliche.«

Während dieser Auseinandersetzung – kaum fünf Minuten zusammen, und schon stritten sie – dachte Alan an eine Stelle, die er in den Tagebuchaufzeichnungen von Billys Vater gelesen hatte. Wie der weiße Mann auf Kulowyl knietief im Schnee gestanden, sein neugeborenes Kind hochgehalten und der Welt verkündet hatte, dass er einen Sohn habe.

Du und dein Vater, ihr habt mehr gemeinsam, als dir bewusst ist, mein Junge, dachte Alan.

Dreiundzwanzigstes Kapitel

Im Zweiten Weltkrieg hatten sie die Landstraße nach Alaska ausgebaut. Sie war uneben, holprig und außerdem voller Schlaglöcher. Der ärgste Winter war vorbei, aber das Frühjahr war noch nicht so recht durchgebrochen. Schnell schossen schon die Bäche dahin, obwohl die Winterschneeschmelze noch nicht einmal eingesetzt hatte. Hätten sie noch eine Woche oder etwas länger gewartet, wären die Gebirgsbäche bereits reißende Ströme gewesen.

Das Einzige, was Rachel nicht genau geplant hatte, betraf das Wie ihrer Reise nach Alaska, und so hatte Steves Ankunft die Tür zum großen Abenteuer aufgestoßen. Sie hätte viel lieber bis zum Hochsommer gewartet, aber diese Zufallsbegegnung war ihre Gelegenheit – vielleicht die einzige, die sie je bekommen würde. Außerdem brauchte sie die Gesellschaft fast genauso dringend wie er, obwohl sich das weder in seinem Gesichtsausdruck noch in seiner Stimme je zeigte.

Fast vierzehn Tage waren vergangen seit dem Augenblick, als Steve Monroe bei *Jim's* hereinspaziert kam. Er war sehr verschlossen, und bis jetzt waren alle Versuche des Gedankenlesens kläglich gescheitert. Dennoch fühlte sich Rachel sicher bei ihm. Sicher und fast geborgen, weil sie inzwischen wusste, dass er nicht unbedingt auf Sex mit ihr aus war. Erst vergangene Nacht hatte sie in dem geräumigen alten VW-Bus die Hand nach ihm ausgestreckt, sein Gesicht berührt und gesagt, ihr sei kalt. Aber er war schon halb eingeschlafen, und seine einzige Reaktion war ein Brummeln; er brummelte etwas von einer weiteren Decke in der Kiste zu ihren Füßen. Eine Weile wusste sie nicht recht, was sie davon halten sollte. Wieso fühlte er sich denn nicht zu ihr hingezogen? Das war ihr noch nie passiert. Die nächste Stunde verbrachte sie damit, auf das zerschlissene Stückchen Teppich zu starren, das im hinteren Teil des VW-Busses an die Decke geklebt war, bevor sie schließlich einschlief.

Rachel konnte nicht begreifen, weshalb alle Menschen, die sie kannte, gegen diese Reise waren. Eigentlich war Steve doch ein richtig netter Kerl. Er war wesentlich netter als die meisten der Jungs in Seattle, die zu *Jim's* kamen, sich an sie heranmachten und sich mit ihr verabreden wollten. Man brauchte keinen Collegeabschluss, um zu verstehen, was die wirklich wollten. Vor gar nicht allzu langer Zeit hätte sie nachgegeben. Steve war anders. Steve hatte wirklich *gelebt.* Die meisten anderen Jungs oder Männer, die Rachel getroffen hatte, waren entweder zu alt, zu verheiratet, zu jung, zu unreif oder versuchten einfach nur, sich vor dem Ernst des Lebens zu drücken.

Steve hatte ein paar üble Angewohnheiten, die ihm entweder gar nicht bewusst waren, oder die er für so unwichtig hielt, dass er sich nicht die Mühe machte, sie zu verbergen. Und außerdem redete er nicht gerade viel. Einfach zuzuhören schien ihm zu genügen. Eine ganze Weile hatte Rachel den Eindruck, sie würde sich allmählich zu einer richtigen Quasselstrippe entwickeln, bis sie begriff, dass sie die Luft nicht mit dem Geräusch ihrer Stimme anzufüllen brauchte – sie (und Steve) fühlten sich auch wohl, wenn sie einfach nur schwiegen.

Meistens funktionierte das Radio in ihrem VW-Bus gut, nur im Gebirge nicht, und da verausgabten sie sich dann beim Singen. Meistens wurde ein Wettbewerb daraus, wer wohl am schlechtesten sang. Steve erzählte ihr dann, welche Songs oft im Militärsender in Vietnam gespielt wurden, und jeder Song schien an eine besondere Geschichte geknüpft zu sein. Das waren die Augenblicke, die Rachel am meisten genoss. Die Momente, wenn Steve redete, wenn er ihr erzählte, welche Menschen er kennen gelernt und was er alles so gemacht hatte. Manches musste wirklich schlimm gewesen sein, und ihr war klar, dass sie schon die bereinigte Fassung zu hören bekam. So sehr sie es auch versuchte, sie konnte sich einfach nicht vorstellen, wie es dort drüben gewesen sein mochte.

Die ersten beide Nächte unterwegs hatten sie im Bus geschlafen. Steve wollte nicht mehr als sechshundert Meilen am Tag fahren, und Rachel ließ er nur für zwei Stunden ans Steuer, während er sich etwas ausruhte. Schlafen wollte er nicht, wenn sie fuhr, und so nahm sie an, dass er wohl nicht allzu viel von ihren Fahrkünsten hielt. Anfangs schämte sie sich. Der VW-Bus war so ganz anders als ihr Thunderbird. Einen Wagen mit Gangschaltung hatte sie erst ein einziges Mal gefahren, und das war schon lange her. Langsam machte sie sich mit der Kupplung vertraut, und es holperte und ruckelte nicht mehr allzu arg. Aber diese Kupplung hatte wirklich einen richtigen Dickkopf. Steve sagte, sie könne nicht fahren, dass sei das einzige Problem.

Sie stritten sich. Es dauerte eine ganze Weile, ehe sie begriff, dass er sie nur aufzog.

Nach jeweils zwanzig Meilen, die sie von der Karte abstreichen konnten, machte sich ein neues merkwürdiges Geräusch oder ein neues Rattern bemerkbar. Rachel war klar, dass sich eines Morgens der Motor weigern würde anzuspringen und sie dann irgendwo am Ende der Welt festsitzen würden. Das konnte sie in den Knochen spüren.

Die beiden Schlafsäcke waren einigermaßen warm, und ihre Mahlzeiten nahmen sie am Lagerfeuer ein. Steve sagte, er sei es gewöhnt, ganz primitiv zu leben, und wollte sie auch nicht kochen lassen, weil er meinte, dass sie noch Gelegenheit genug zum Kochen hätte, wenn sie erst einmal in Alaska wären und

Arbeit bis zum Sommer gefunden hätten. Rachel hätte nicht so viele Konserven mitgenommen – sie hätte unterwegs in Raststätten oder Cafés gegessen. Manchmal hätte sie auch gern in einem schönen Motelbett geschlafen, und vielleicht hatte er den sehnsüchtigen Blick bemerkt, mit dem sie jedem Motel hinterherschaute, an dem sie vorbeifuhren. Viel Geld hatte er nicht, genau wie Rachel – und sie wollte ihr Geld für Vorräte aufheben, die sie mit auf die Insel nehmen wollte. Wann das sein würde, wussten sie nicht genau. Das hing davon ab, wann die Post- und Versorgungsflugzeuge die Verbindung mit der Insel wieder aufnehmen konnten.

Weshalb genau er auf die Insel wollte, mochte Steve nicht erzählen. Er redete immer nur von einem Versprechen, das er einlösen musste.

Über die einzige Gemeinsamkeit, die sie hatten – die Erinnerung an Billy Shaw, mit dem der eine befreundet und die andere verwandt und befreundet war –, redeten sie nie. Rachel hätte manchmal gern über Billy gesprochen, aber Steve spürte das immer vorher und wechselte schnell das Thema. Vielleicht tat es ihm einfach zu weh, an seinen alten Freund überhaupt nur zu denken.

Während Rachel die Landstraße vor ihnen betrachtete, die sich endlos in die Länge zog, musste sie an die Ehe denken: Eine schweigend zurückgelegte Reise. Ihre Eltern hatten sich auf langen Fahrten kaum etwas zu sagen; nicht dass sie oft unterwegs gewesen wären. Es war ein solcher Umstand, den Rollstuhl zusammenzuklappen und in den Kofferraum zu legen und ihn dann alle halbe Stunde wieder herauszuholen und auseinander zu klappen, wenn Mom beschloss, dass sie bis zur nächsten Toilette einfach nicht mehr warten konnte.

Ab und zu schaute sie Steve an, wenn er fuhr, und sie dachte, er würde es nicht merken. Je intensiver sie ihn musterte, umso überzeugter war sie, dass er gar nicht einmal so schlecht aussah.

Manche mochten ihn sogar für einigermaßen attraktiv halten. Er hatte schöne Augen voller Wärme und ein bezauberndes Lächeln, wenn er sich manchmal zum Lächeln durchringen konnte. Er ließ sich das Haar jetzt etwas länger wachsen und hatte sich schon eine ganze Weile nicht mehr rasiert. Ob er sich einen Bart wachsen lassen wollte? Rachel fragte ihn nicht, das Thema schien ihr zu persönlich zu sein. Vielleicht würde ihm ein Bart ganz gut stehen, denn dann würde die Aufmerksamkeit sofort auf seine Augen gelenkt.

Von allen Männern, die Rachel je kennen gelernt hatte, war Steve Monroe der einzige, der von ihr nichts anderes als ihre Gesellschaft wollte. Vielleicht, dachte sie, heirate ich ihn, wenn er mir einen Antrag macht.

Sally hatte ihr erzählt, dass sie sich immer vorgestellt hatte, mit John Robert alt zu werden, mit dem Fremden, der aus einem Sturm gekommen und in einem Sturm wieder verschwunden war. Sollte das eine Anspielung sein? War das ihre Art, über diese Dinge zu sprechen? Allerdings konnte sich Rachel Steve nicht als alten Mann vorstellen. Sie sah Steve immer nur so, wie er jetzt war.

Manchmal, wenn er von sich aus etwas erzählte, redete er vom Fliegen und davon, dass er in Alaska vielleicht einen Job als Hubschrauberpilot finden könnte. Er hatte gehört, dass die Erdölgesellschaften Leute einstellten. Sie mochte ihn nicht fragen, weshalb er unbedingt wieder fliegen wollte, obwohl ihn die Armee als Piloten gesperrt hatte.

Rachel hatte keine große Auswahl bei der Jobsuche: Buchhaltung oder Kochen klang ziemlich langweilig verglichen mit Hubschrauberpilot.

»Steve?«, fragte sie an jenem letzten Nachmittag, an dem sie laut Karte nur noch etwa zwei Stunden von Anchorage entfernt waren. Sie war gerade nach hinten geklettert, um eine Dose Bohnen zu holen, und hatte sich noch nicht wieder angeschnallt. Steve hatte Hunger, wollte aber gerade jetzt nicht anhalten. Als sie die Dose öffnete, stellte sie ihre Frage zu Ende. »Steve, wieso hast du nicht ... na, du weißt schon, letzte Nacht? Magst du mich nicht?«

Die Frage kam, wie immer, aus dem Nichts und verblüffte ihn. Er hätte inzwischen an ihre seltsamen Fragen und das merkwürdige Timing gewöhnt sein müssen. Er drehte sich kurz zu ihr um, die Augen vor Erstaunen weit aufgerissen, was Rachel allerdings nicht sah. Sie schaute geradeaus auf die Straße. Sie wusste, dass der alte VW-Bus die Angewohnheit hatte, nach links auszubrechen, wenn man mit seiner Aufmerksamkeit auch nur eine Sekunde nachließ. Das hätte auch Steve wissen sollen.

Er hatte schon den Mund zur Antwort geöffnet. Nein, es sei ja nicht so, dass er sie nicht mochte – er wollte einfach nur den richtigen Moment abwarten, und er wollte sie noch sehr viel besser kennen lernen, bevor er eine ernsthafte Bindung einging –, aber bevor er all das sagen konnte, hörte er Rachel schreien. Er wandte seine Aufmerksamkeit wieder der Straße zu. Ein riesiger Lastwagen kam den Hügel herunter, und der VW-Bus schlingerte auf dessen Fahrbahn. Steve korrigierte, so gut er konnte, aber es war zu spät. Eine Sekunde lang leuchtete die Erkenntnis auf, dass es keinen Ausweg mehr gab, denn er sah nur noch, wie der Sattelschlepper hart bremste, ins Schleudern kam und sich quer stellte. Einen Augenblick später nahm der Tanklaster bereits die gesamte Breite der Straße ein und kam unmittelbar auf sie zugerutscht. In diesem einen Moment der Erkenntnis wollte er nur noch »Tut mir Leid« sagen, aber dazu kam er nicht mehr.

Stille. Schlichte, graue, farblose Stille. Gras in ihrem Mund. Im ersten Moment wusste Rachel nicht, wo sie sich befand oder was passiert war. In dieser Unkenntnis lag Frieden. Dann fiel ihr der Sattelschlepper wieder ein, der über den Hügel herunter seitwärts auf sie zugekommen war. Ein Albtraum. Rachel versuchte, sich zu bewegen. Was auch immer sich an Schmerz bemerkbar machte, war eher unbedeutend. Sie lag mit dem Gesicht zur Erde am unteren Rand einer morastigen Böschung – und dicht bei ihren Augen lag eine Dose Bohnen in Tomatensauce von Heinz, der Deckel halb geöffnet, der Inhalt verschüttet.

Langsam richtete sich Rachel auf, kniete sich zunächst mühsam hin, und dann kam sie vorsichtig auf die Beine und schwankte im kalten Nordwind.

Den VW sah sie zweihundert Meter weiter den Hügel hinunter, unter dem Tanklaster eingeklemmt. Der Fahrer des Sattelschleppers lief weinend im Kreis herum. Rachels Füße bekamen Flügel.

Danach konnte sie sich nicht mehr an viel erinnern, weil der Mann sie davon abzuhalten versuchte, sich das Autowrack anzuschauen, zu sehen, was von Steve noch übrig war. Sie hörte jemanden schreien und wusste nicht, dass das Geräusch von ihr kam.

Die Schwester, die gegen Ende ihrer Doppelschicht in der Notaufnahme Dienst hatte, seufzte, als sie die Sirenen hörte. Auch dafür würde Betty Sue keine Überstunden bezahlt bekommen. Schon wieder ein Autounfall. Die junge Frau auf der Krankentrage war völlig hysterisch, obwohl die Rettungssanitäter ihr ein Beruhigungsmittel verabreicht hatten. Immer wieder rief sie nach einem Steve und schrie, es sei alles ihre Schuld. Bei oberflächlicher Untersuchung konnte Betty Sue keine schweren Verletzungen feststellen, und trotzdem beschloss sie, den einzigen Arzt kommen zu lassen, der auf innere Verletzungen spezialisiert war. Betty Sue kümmerte sich um die junge Frau und saß an ihrem Bett, bis der Arzt kam. Ihre Ablösung würde gleich kommen. Betty Sue sehnte sich nur noch nach ihrem Bett.

Die neue Patientin war durchaus ansprechbar – sie konnte ihren Namen nennen, ihr Alter und wusste, wer Präsident der Vereinigten Staaten war. Der Name allein sagte Betty Sue zunächst noch nichts, bis der junge Polizist eine Art Hippie-Tasche mit Schulterriemen hereinbrachte, die er, wie er sagte, in dem Autowrack gefunden hatte. Betty Sue warf einen prüfenden Blick in die Tasche und fand einen Führerschein. South Carolina. Rachel Meschers.

South Carolina, Meschers ...

»Alles in Ordnung mit Ihnen?«, fragte der junge Polizist, aber Betty Sue hörte die Frage gar nicht. Sie schaute auf die Überlebende des Unfalls und überlegte, nur ganz kurz, wie alt diese Nichte von John Robert jetzt wohl sein mochte. Ein wenig Kopfrechnen, und als dann die Antwort da war, fing Betty Sues Herz an zu klopfen. Sie versuchte, sich noch mehr von dem Tag in Erinnerung zu rufen, als sie John Robert nach Columbia begleitet hatte, und als sie die Einzelheiten wieder vor sich sah, versuchte sie, sich an das kleine Mädchen zu erinnern. Ein süßes, rothaariges Kind, damals sicher nicht älter als fünf, das die Treppe heruntergehüpft kam und eine kaputte Puppe hinter sich herzog.

»Was ist denn mit dir passiert?«, hatte die Kleine John Robert gefragt, der nur einen Arm hatte. Und dann verblasste die Erinnerung an jenen Tag, und die Gegenwart trat wieder in ihr Bewusstsein.

Betty Sue griff nach der Hand mit den Schürfwunden. »Rachel?«

Erschrockene Augen schauten zu ihr hoch, und wieder fragte die Patientin nach Steve.

»Rachel, sind Sie die Tochter von Meg und Gordon Meschers aus Columbia?«

Sie fing an zu weinen und nach ihrer Mutter zu rufen.

Billy wusste, dass irgendetwas nicht stimmte, aber wieder war es nicht greifbar. Er war jetzt allein, in einer anderen Station des Krankenhauses. Es war ein Riesenunterschied zu der Klinik in Japan. Diese hier war überfüllt und personalmäßig unterbesetzt. Er hielt den Aufenthalt hier für unnötig, aber wenn er auf seiner Entlassung bestand, konnte er seine Rente vergessen, und er musste jetzt an Trish denken. An Trish und an Christopher. Sie müssen höchstens einen Monat hier bleiben, hatte der behandelnde Arzt gesagt. Alan bot an, ihn in eine Privatklinik mit privater Reha-Einrichtung verlegen zu lassen, aber manche Dinge konnte man mit Geld nun einmal nicht kaufen.

Viel Zeit mit seiner Familie hatte Billy vor Verlegung in das Krankenhaus nicht gehabt. Gerade mal eine Stunde hatte er herausschlagen können. Alan hatte von dem Film erzählt. Trish hatte kaum etwas gesagt. Der Junge hatte neunzig Prozent von Billys Aufmerksamkeit in Anspruch genommen. Er schien ihn einfach nicht loslassen zu können. Als seine Mom ihn in den Kinderwagen zurücklegte, fing er an zu weinen. Es war ein untröstliches Weinen, das sich bald zu einem wütendem Weinen steigerte. Es wurden Versprechungen gemacht, Versprechungen, die tägliche Besuche verhießen, aber insgeheim wusste Billy, dass diese Versprechungen nur schwerlich eingehalten werden könnten. Von Beverly Hills bis zur Reha-Klinik waren es zwei Stunden mit dem Auto – eine Fahrt, die Billy von niemandem täglich erwartete. Und doch hatte er gesagt: »Das ist ja praktisch«, und nach einem Kuss und einem Händedruck waren seine Frau und sein Schwiegervater gegangen.

Er fühlte sich innerlich immer noch leer, wenn auch der Anblick seines Sohnes die Leere ein wenig gefüllt hatte, aber das reichte noch nicht.

In der Klinik konnte er sich einigermaßen frei bewegen – die

Schwestern waren nicht ständig hinter ihm her. Die meisten Jungs auf seiner Station waren von der Infanterie, nur wenige Offiziere darunter. Bis jetzt hatte er noch keine anderen Piloten getroffen, und es war auch kein Gesicht dabei, das er aus Hue oder Phu Bai kannte. Er versuchte sich zu sagen, dass ein Monat oder dreißig Tage keine allzu lange Zeit waren, und je schneller er laufen beziehungsweise allein zurechtkommen konnte, desto eher könnte er das Krankenhaus verlassen.

Nachmittags um fünf Uhr an seinem ersten Tag wurde er in einem Raum gebracht, in dem er offenbar wieder gehen lernen sollte. Der Raum war halb so groß wie eine durchschnittliche Turnhalle, und als er hineingerollt wurde, sah er sechs auf den Rollstuhl angewiesene Männer Basketball spielen. Bei ihrem Anblick beschloss Billy, dass er, wenn er je mit seinem Sohn Körbe werfen würde, das auf zwei Beinen, nicht auf vier Rädern tun wollte.

Während er wartete, bis er zwischen den beiden Stangen an die Reihe kam, dachte er an Steve Monroe. Bestimmt hatte er inzwischen schon gehört, was ihm passiert war. Weshalb hatte Steve ihn nicht angerufen? Ihm geschrieben? Ihn besucht? Irgendwie versucht, mit ihm in Verbindung zu treten?

Ein junger Bursche versuchte zu gehen, aber er knickte immer wieder ein, fing an zu weinen, und schließlich kamen ihm zwei Pfleger zu Hilfe und brachten ihn weg.

Der Nächste bin ich, dachte Billy. Er schaute zu den Basketballspielern hinüber und schnell wieder weg. Als der Physiotherapeut auf ihn zukam, rief sich Billy das Lächeln seines Sohnes ins Gedächtnis zurück. Ich mache das nicht für mich, dachte er. Ich mache das für ihn.

Er hatte etwas Gefühl im rechten Bein, wenn das Bein auch den Befehlen seines Gehirns nicht gehorchte, und das bedeutete, dass er den anderen Querschnittsgelähmten, die zur Therapie hergebracht wurden, schon etwas voraus hatte.

»Sind Sie so weit?«

»Na klar doch.«

Die beiden Stangen des Barrens reichten ihm bis zur Taille. Im Weitsprung wäre er vor einem Jahr noch über die ganze Länge des Barrens und noch ein Stück weiter gekommen, aber in diesem Augenblick, noch bevor er die beiden Stangen mit den Händen umfasst hatte, erschien ihm der Barren unendlich lang. Billy hievte sich hoch und stand da, die Stangen hielt er umklammert, für einen Augenblick schloss er die Augen und tat etwas, was er seit Jahren schon nicht mehr getan hatte – er rief die Geister seiner Ahnen herbei und bat sie um Hilfe bei der vor ihm liegenden Aufgabe.

»Wann immer Sie so weit sind. Lassen Sie sich nur ruhig Zeit, und hören Sie auf, wenn Sie glauben, es geht nicht mehr.«

Billy schaute zu dem Pfleger, der zu nah bei ihm stand, rechts von ihm. Auf seiner guten Seite. Er war nur da, um zu helfen, doch diese Hilfe wollte Billy nicht. Er war nicht behindert. Er war kein Krüppel – wie sein Vater –, und er würde es auch nie werden. Unter keinen Umständen.

Sein rechtes Bein kam schlurfend nach vorn, wie er das erwartet hatte, aber sein linkes Bein versagte ihm den Dienst. Er musste noch den letzten Rest an Konzentration und an Kraft aufbringen, nur um seine Hüfte vorzuschwingen und sich vorwärts zu ziehen. Es gelang ihm. Von einem normalen Schritt war es meilenweit entfernt, aber er hatte es geschafft.

»Gut gemacht, Kumpel. Jetzt versuchen wir es noch einmal, aber diesmal nehmen Sie nicht Ihre Arme zu Hilfe. Arbeiten Sie aus der Hüfte heraus, wenn es geht, ja?«

Ihm tat der junge Schwarze Leid, der das hier vor ihm versucht hatte, und ganz bestimmt tat Billy dem Mann Leid, der wartete, bis er an der Reihe war. Jeder hier ging wahrscheinlich davon aus, dass er derjenige sein würde, der es schließlich schaffte.

Selbstmitleid gepaart mit Wut würden ihm ganz sicher nicht dabei helfen, wieder zu laufen.

Ihm war egal, was die Spezialisten sagten. Spezialisten konnten sich irren. Und Röntgenaufnahmen konnten lügen. Das würde Billy schon beweisen.

Eine halbe Stunde später hatte Billy Shaw vier Schritte gemacht. Und wenn er fünf am Tag schaffte, so dachte er, wäre er in vierzehn Tagen wahrscheinlich draußen.

»Entschuldigung, Mr. Meschers?«

Gordon schaute auf und sah in Karens Augen.

»Haben Sie bitte einen Augenblick Zeit?«

»Kann das nicht warten?«

»Ich fürchte ...«

Gordon unterbrach die Besprechung, in der man eine außergerichtliche Einigung erzielen wollte, mit einer Entschuldigung und schloss die Tür des Sitzungsraumes hinter sich. Karen deutete auf den Besucherbereich beim Empfang. Dort saß Larry Perkins und musterte seine Fingernägel.

»Larry?«

»Lass uns irgendwohin gehen, wo wir ungestört sind, Gordon.«

Gordon führte ihn in sein Büro und bot ihm einen Platz an. Larry schüttelte den Kopf. »Es geht um Rachel. Sie hatte einen Autounfall. Sie lebt und liegt in Anchorage im Krankenhaus. Ihr Freund hat nicht so viel Glück gehabt.«

Gordon bemühte sich, diese Nachricht zu verdauen. »Freund? Was für ein Freund?«

»Tut mir Leid, Gordon. Wir sind jetzt schon so lange befreundet. Ich wollte nicht, dass du das von einem Fremden hörst. Wenn ich irgendwas für dich tun kann, du weißt ja, wo du mich findest.«

Kaum hatte Larry die Tür hinter sich geschlossen, musste

Gordon sich setzen. Karen klopfte an, und ohne eine Reaktion abzuwarten, kam sie mit fragendem Blick herein.

»Rob soll für mich weitermachen. Ich muss nach Anchorage.«

»Ist das nicht in Alaska?«

»Sofort, Karen. Sofort!«

Hastig trat Karen den Rückzug an, rief Rob, den neuen Partner, aus der Besprechung und traf Reisevorbereitungen mit demselben Reisebüro, das seinerzeit Berge versetzt hatte, um Gordon innerhalb von vierundzwanzig Stunden nach Seattle zu bringen.

»Meg?«

Unsicher das Gleichgewicht haltend, kam Meg – auf ihre Gehhilfe gestützt – aus der Bibliothek und sah den merkwürdigen Ausdruck auf dem Gesicht ihres Mannes. Er hatte eine wichtige Besprechung heute, in der es um einen höchst profitablen Vergleich ging – und darum, im Wettstreit mit der einzigen anderen rivalisierenden Anwaltskanzlei in der Stadt ein paar Punkte gutzumachen. Was um alles in der Welt machte er dann hier zu Hause? »Was ist los? Hast du irgendetwas vergessen?«

»Es geht um Rachel.«

Allein schon beim Klang des Namens schlug Meg das Herz bis zum Hals. »Was? Was ist denn mit Rachel?«

Wie sollte er ihr das sagen? Wie sollte er es formulieren? Er wusste, wie sie reagieren würde, aber es gab keine Möglichkeit, es anders auszudrücken:

»Es hat einen Unfall gegeben. Einen Autounfall. Ihr geht es gut. Wenigstens hat Larry das gesagt. Hat irgendwer angerufen?«

Meg schüttelte den Kopf. Wie hätte jemand anrufen sollen? Sie hatte ja fast den ganzen Nachmittag telefoniert.

»Wie schlimm ist es?«

»Das weiß ich nicht. Ich fahre jetzt hin.« Jetzt telefonierte er mit seiner Sekretärin und machte sich Notizen. Und als er den Hörer aufgelegt hatte, durfte er keine Zeit mehr verlieren.

»Wo fährst du hin, Gordon?«

»Nach Anchorage«, rief er, während er die Treppe hinaufrannte, dabei drei Stufen auf einmal nahm, und dann hastig anfing zu packen. Er hatte keine Ahnung, wie lange er fort sein würde oder mit welchem Wetter er zu rechnen hatte. Bis er seine Kleidung und seine persönlichen Sachen in den Koffer geworfen hatte, hatte Meg es nach oben geschafft und stand in der Tür. »Wo ist denn mein Mantel, verdammt noch mal?«

»Der ist in der Reinigung.«

Er fluchte leise.

»Ich komme mit.«

»Sei nicht albern, Meg. Du bist nicht in der Lage zu reisen.«

»Ich habe es doch schon allein bis nach Kalifornien geschafft.«

»Nein, Meg. Nein. Ich rufe dich an, sobald ich angekommen bin.«

»Gordon ...«

»Nein, Meg! Verdammt, willst du mir nicht wenigstens dieses eine Mal im Leben vertrauen? Lass mich das doch erledigen, ja?«

»Ich muss mitkommen!«

»Nein. Du hältst mich nur auf. Ich rufe dich an.«

Er zog die Riemen um den Koffer fest und hievte ihn vom Bett.

»Aber sie ist meine Tochter. Sie braucht mich doch vielleicht!«

»Und ausgerechnet jetzt fängst du an, dir darüber Gedanken zu machen?«

Meg lauschte seinen Schritten auf der Treppe. Einen Augenblick später schlug die Vordertür zu, und kurz darauf hörte sie seinen Wagen rückwärts aus der Auffahrt fahren, die Reifen quietschten, und er war fort.

Und ausgerechnet jetzt fängst du an, dir darüber Gedanken zu machen? So sah er das also?

Vierundzwanzigstes Kapitel

He, Bill.«

Billy schaute auf. »He, Steve.« Es überraschte ihn keineswegs, seinen alten Freund hier zu sehen, aber er wusste, dass es eigentlich eine Überraschung sein müsste.

»Ich habe es gehört.«

»Ach ja? Was hast du gehört?«

»Dass du in Hue nicht umgekommen bist.«

»Und wieso hast du mir dann nie geschrieben oder angerufen?«

»Tja, du kennst ja mich und mein Zeitgefühl. So etwas habe ich nie besonders gut auf die Reihe gekriegt.«

Einen Augenblick schwiegen beide. Gerade als Billy überlegte, weshalb Steve solch einen betrübten Eindruck machte, hörte er:

»Gehst du zurück?«

»Wohin?«, fragte Billy.

»Dahin, wo du hingehörst.«

»Ich bin da, wo ich hingehöre.«

Es war merkwürdig, Steve gerade hier zu treffen, denn soweit Billy wusste, war Steve nie nördlicher gekommen als bis nach South Dakota, und damals war er noch ein kleiner Junge gewesen, wenn all die Geschichten stimmten, die er gehört hatte.

Billy schaute auf seine Kleidung hinunter. Er trug einen langen Parka aus Seehundfell. Fellstiefel bis zu den Oberschenkeln. Er stand am Rand eines Eislochs mit dem Speer in der

Hand und wartete. Ein Sommertag, und der Himmel war leuchtend blau, keine einzige Wolke zu sehen. Es fühlte sich nicht kalt an. Es war merkwürdig. Er stand auf zwei Beinen, obwohl er wusste, dass das unmöglich war, und Steve stand neben ihm und trug ein T-Shirt mit Jimmy-Hendrix-Aufdruck und alte Jeans. Auch ihm war offensichtlich nicht kalt.

Dafür konnte es nur eine Erklärung geben. Billy lachte, denn jetzt wusste er, es konnte nur ein Traum sein.

»Ich habe schließlich doch noch deine Cousine kennen gelernt«, erzählte Steve.

»Wie geht es ihr?«, fragte Billy und starrte in das Loch hinunter.

»Das findest du wohl besser selbst heraus.«

»Warum?«

»Darum.«

Steve deutete in die Ferne, und Billys Blick folgte der ausgestreckten Hand. Die Landschaft veränderte sich. Er sah einen Wald, den eine Landstraße in zwei Hälften teilte. Irgendetwas daran kam ihm vertraut vor, bis er einen Tanklaster sah und einen völlig zu Schrott gefahrenen, zerquetschten VW-Bus. Er vermutete zumindest, dass es ein VW-Bus war. Er drehte sich um, weil er Steve fragen wollte, was um Himmels willen das alles zu bedeuten hatte, aber Steve war nicht da, und auch das Eisloch zu seinen Füßen sowie der Speer in seiner Hand waren verschwunden.

Als Billy wach wurde, lag er wieder im Krankenhausbett. Schnell öffnete er die Augen und seufzte. Vor sich sah er Trishs lächelndes Gesicht. »Du hast so süß und friedlich ausgesehen. Ich konnte dich einfach nicht wecken.« Sie beugte sich herunter, küsste ihn sacht und strich ihm ein oder zwei verirrte Haare aus den Augen. Es war keine Absicht, aber die Geste seiner Frau rief einen unwillkürlichen Reflex hervor: Er zuckte zurück. »Steve?«

»Steve? Was für ein Steve? Ach, ja, tut mir Leid. *Der* Steve.« Der Mann, der den klapprigen alten Dodge-Pick-up fuhr. Der Mann, der die ganze Nachbarschaft blamierte.

»Wo ist er?«

»Woher soll ich das wissen?«

»Ist er denn nicht hier gewesen?«

Trish zuckte mit den Schultern. »Soll ich mal nachfragen?« Sie stand auf, ging hinaus und machte sich auf die Suche nach jemandem, der wissen könnte, ob Billy Besuch von Steve Monroe gehabt hatte. Man sagte ihr, dass sie bis jetzt die Einzige gewesen sei, die Billy besucht habe, und nein, er bekomme auch nie irgendwelche Anrufe.

Als sie zurück an Billys Bett kam, versuchte Billy gerade, sich in den Rollstuhl zu heben. Er wollte keine Hilfe von ihr. »Ich schaffe das schon. Bleib weg. Ich komme schon raus hier.«

Trish trat zurück und bemühte sich, nicht zuzugucken. »Wo willst du denn hin?«

»Nach draußen.« Sie machte einen Schritt nach vorn, weil sie hoffte, sich irgendwie nützlich machen zu können.

»Ich habe gesagt, ich schaffe das schon!«

In dem Augenblick wusste sie noch nicht, dass sie dieses *Bleib weg, ich schaffe das schon ...* noch häufiger zu hören bekommen würde, und mit jedem weiteren Mal würde der Ton schneidender werden.

Vielleicht war er wegen dem, was ihm passiert war, so gern unter freiem Himmel, an der frischen Luft? Er hatte erzählt, dass man ihn in einem dunklen Zimmer versteckt gehalten hatte – tagelang, möglicherweise wochenlang. Er hatte jegliches Zeitgefühl verloren. Litt er jetzt vielleicht an Klaustrophobie?

Wieder wollte er keine Hilfe von ihr, als er hinunterfuhr in das, was auf dem schäbigen Krankenhausgelände als Garten diente. Trish ging neben ihm her, sie wusste nicht genau, was sie sagen oder tun sollte.

»Wieso hast du Christopher nicht mitgebracht?«

»Ich dachte, es wäre ganz schön, wenn wir zur Abwechslung mal unter uns sind.«

»Wer kümmert sich um ihn?«

»Mom.«

Darauf sagte Billy nichts. Er spürte Ärger in sich hochsteigen. Ärger darüber, dass man jetzt von ihm erwarten würde, bis ans Ende seines gottverdammten Lebens bei seinen Schwiegereltern zu wohnen und sich wie einen Krüppel behandeln zu lassen.

»Dad hat gesagt, ich soll dir das geben.«

Sie hielt ihm einen großen weißen Umschlag mit der Aufschrift *Vertraulich* hin. »Er hat gesagt, du sollst mal reinschauen, und dann wüsste er gern, was du davon hältst, aber du sollst es niemanden sonst sehen lassen. Er sagt, es ist entscheidend, dass ...«

Billy blieb stehen und schnappte sich das schwere Päckchen. »Geht es um den Film? Ist das alles, was ihn interessiert?« Mit einer wütenden Geste landete das Päckchen in seinem Schoß, und dann bewegte er den Rollstuhl vorwärts, den Pfad hinunter.

Die restlichen Instruktionen ihres Vaters gingen verloren. »Billy? Ist was nicht in Ordnung?«

»Nicht in Ordnung? Sag mir lieber, was überhaupt noch in Ordnung ist.«

»Die Ärzte sagen, du machst mit jedem Tag Fortschritte.«

»Die Scheiß-Ärzte, was wissen die denn schon?«

Tränen brannten Trish in den Augen. Er fluchte ständig. Bevor er fortging, war ihm kaum je ein böses Wort über die Lippen gekommen. Und wieso freute er sich denn nicht darüber, sie einmal für sich allein zu haben? Wieso erwartete er immer, dass sie Christopher den ganzen Weg mit hierher schleppte, und das zu einem nur einstündigen Besuch, wenn doch schon die Fahrt zwei Stunden dauerte? Hatte er denn keine Ahnung, wie schwer es war, sich um ein kleines Kind zu kümmern? Ohne jeden erkennbaren Anlass fing Christopher an zu quengeln, und die Fahrt erschöpfte ihn immer völlig. Sie natürlich auch. Begriff Billy denn nicht, wie anstrengend, wie endlos die Arbeit einer Mutter war? Sie schlief in letzter Zeit kaum noch. Sie konnte nicht einmal einkaufen gehen, es sei denn, sie ließ Christopher bei ihrer Mutter, denn das Baby überallhin mitzunehmen war ein Albtraum. Ohne ihre Mutter ging sie kaum noch zum Einkaufen raus ...

Er liebt mich nicht, dachte sie. Er liebt mich eben einfach nicht. Immer will er nur Chris sehen. Nur dann ist er glücklich. Das ist ungerecht. Er liebt das Baby mehr als mich.

»Ich werde Dad sagen, dass du nicht ...«

»Nein, nein. Ich sehe es mir an. Sag ihm, ich schaue rein und mache dann so schnell wie möglich Meldung.«

Meldung. Andauernd sagte er das. Trish konnte diese Militärsprache nicht ausstehen. Er war drauf und dran, sich in jemand anderen zu verwandeln. Jemanden, den sie nicht allzu sehr mochte.

»Hier sieht es doch ganz nett aus. Was meinst du, sollen wir uns setzen?« Trish war müde vom Gehen, so müde, dass sie glaubte, keinen einzigen Schritt mehr gehen zu können, ohne zusammenzubrechen. Unter einer prachtvollen alten Eiche war eine Bank, und sie wirkte so einladend, fast schien sie zu ihr zu sagen: Setz dich hierher. Setz dich hierher, und alles wird gut.

Sie setzte sich, aber Billy fuhr im Rollstuhl den Pfad weiter hinunter. Trish blieb sitzen und fragte sich, wie lange es dauern würde, bis er merkte, dass sie nicht mehr neben ihm ging.

Es dauerte lange, und als es ihm endlich auffiel, war Trish schon weinend auf dem Weg zurück zum Wagen.

Die restliche Strecke nach Anchorage legte Gordon in einem kleinen Flugzeug zurück. Mit dem Bus oder einem Mietwagen würde es zu lange dauern, und die Bahn kam nicht infrage. Fliegen war natürlich teurer, aber an die Kosten dachte Gordon nicht. Er hatte schon ziemlich lange nicht mehr in einer einmotorigen Maschine gesessen. Das letzte Mal zum Spaß geflogen war er im Sommer 1943 mit seinem Schwager nach Abbeville. Diesmal saß er nicht vorn in einem Doppeldecker, sondern in vorderster Reihe als Passagier einer Cessna, und er machte sich viel zu viel Sorgen, als dass er den Flug hätte genießen können. Nicht einmal die Landschaft, auf die der Pilot sie unterwegs immer wieder hinwies, mochte er eingehend betrachten. Es war ein unruhiger Flug, auch wenn der Pilot sagte, das Wetter sei ungewöhnlich gut, als sie an der Küste entlangflogen.

Wahrscheinlich war das die gleiche Route, die sein Schwager 1926 geflogen war.

Gordon konnte einfach nicht verstehen, weshalb Rachel dieses unstillbare Bedürfnis hatte, überhaupt nach Alaska zu fahren. Wenn sie es hätte erklären können, hätte er es vielleicht begriffen. Vielleicht, wenn er nur jemals zugehört hätte ... Und vielleicht, wenn er sie nur mehr beachtet hätte, als sie klein war ... Aber alles Grübeln und Analysieren änderte nichts an dem, was jetzt vor ihm lag. Er musste sich an die Tatsachen halten.

Um Einzelheiten über den Unfall zu erfahren, hatte er die Polizei in Anchorage angerufen. Eine Sekretärin hatte den Anruf entgegengenommen und versprochen, dass man ihn zurückrufen würde, sobald jemand zur Verfügung stehe. Diese Frau schien bestenfalls zu wissen, was für ein Tag gerade war. Angerufen hatte Gordon von einem Flughafen im Mittleren Westen, während er auf einen Anschlussflug wartete, also hatte er sich damit abfinden müssen, gar nichts in Erfahrung bringen zu können. Er hoffte nur inständig, dass sich seine Fantasie im

Zaum halten lassen würde. Als Nächstes versuchte er es im Krankenhaus, wo man ihm sagte, der Zustand seiner Tochter sei stabil. Er wollte mit Betty Sue Llewellyn sprechen, doch die war nicht im Dienst, und es sei nicht üblich, persönliche Daten wie Anschrift oder Telefonnummer von Krankenhausbeschäftigten an Fremde weiterzugeben. Der Zustand seiner Tochter war stabil, das war alles, was er in Erfahrung bringen konnte.

Stabil konnte alles heißen. In ihrem ganzen Leben war Rachel noch nicht stabil gewesen.

Weshalb, so fragte er sich immer wieder, wollte sie denn überhaupt in den Norden? Wozu? Er konnte es einfach nicht begreifen. Sicher, als sie noch klein war, kurz nachdem ihr Onkel so schnell wieder aus ihrem Leben verschwunden war, wie er aufgetaucht war, hatte sie diese fixe Idee mit den Eskimos. Inuit. Wie immer die heißen mochten. Sie lief herum und gab jedem, der ihr in den Weg kam, Eskimo-Küsse, Nase an Nase. Kinderkram. Sie war in der dritten Klasse, als sie diese Marotte aufgab, worüber die ganze Familie erleichtert war.

Die Begegnung mit ihrem Cousin, dem Halb-Aleuten, hatte das Feuer offenbar wieder angefacht. Aber was um Himmels willen hoffte sie da oben zu finden? Und wieso war sie überhaupt aus Columbia fortgegangen? Zu Hause hatte sie doch alles, was sie brauchte.

»Ich verstehe es einfach nicht«, flüsterte Gordon vor sich hin.

»Wie bitte?«, fragte der Pilot, der anscheinend hoffte, es würde ein kleines Gespräch in Gang kommen, das die Langeweile durchbrechen könnte.

»Hab nur mit mir selbst geredet.«

»Und, kriegen Sie auch eine Antwort, die Ihnen gefällt?«

Klugscheißer, dachte Gordon und schaute aus dem Fenster. Unter ihnen traf die leuchtend blaue See auf eine hügelige, bewaldete Küste, aber er sah nichts davon.

Wie befürchtet ließ sich seine Fantasie nicht zügeln. Immer wieder musste Gordon an den Autounfall denken. Wer würde die Kosten tragen? War Rachel versichert? Wer hatte am Steuer gesessen? Dann stellte er sich seine Tochter, angeschlossen an lebenserhaltende Maschinen, vor. Er stellte sich vor, dass sie so schwere Hirnschäden davongetragen hatte, dass sie bis ans Ende ihres Lebens im Pflegeheim leben müsste, und sogar diese Heim sah er bereits vor seinem inneren Auge. Doch all jene Fantasien verblassten zur Bedeutungslosigkeit, als er an die Beerdigung dachte.

Wer würde erscheinen? Seine Freunde, seine Kollegen? Megs Freunde und Kollegen? Meg hatte keine Freunde, aber sie kannte viele einflussreiche Leute. Die Jungs würden kommen. Die Jungs mit ihren Familien. Wie viele Freunde hatte Rachel? Spontan wollte Gordon niemand einfallen. Kein einziger kam ihm in den Sinn.

Heutzutage spielte man bei Beerdigungen oft das Lieblingslied des Toten. Gordon wusste nicht, welches Rachels Lieblingslied war. Elvis Presley fiel ihm ein, aber das nur, weil Meg sich früher andauernd über das Gedudel vom Plattenspieler aufgeregt hatte ...

Als die kleine Cessna endlich am Zielort landete, war Rachels Vater vor lauter Angst fast zu zittrig, um sich ein Taxi zum Krankenhaus zu nehmen.

Der Fahrer war über die Maßen freundlich – alle hier waren das. Normalerweise wäre auch Gordon gut aufgelegt gewesen, aber dafür ging ihm jetzt zu viel im Kopf herum. In seinem Kopf ging es zu wie auf einem überfüllten Rummelplatz im Sommer. Es wurde so schlimm, dass er überlegte, ob er nicht vielleicht jemanden aufsuchen sollte, wenn er erst wieder zu Hause wäre. Einen Psychiater vielleicht. Es waren Schuldgefühle. Das wusste er. Er konnte einfach nicht anders, immer wieder musste er denken, dass er an allem Schuld hatte. Er wusste, dass das lächerlich war, dass er nie im Leben einem seiner Kinder irgendetwas Schlechtes gewünscht hatte, aber es ging ihm einfach nicht mehr aus dem Sinn, was er vor ein paar Monaten einmal gedacht hatte. Dass er wahnsinnigerweise geglaubt hatte, es sei besser, wenn Rachel überhaupt nicht mehr nach Hause kommen würde. Das zu denken war natürlich idiotisch gewesen. Idiotisch und billig. Gordon hatte Lebenserfahrung genug, um zu wissen, dass einen der vermeintlich billige Ausweg am Ende immer teuer zu stehen kam. Und jetzt musste er eben dafür zahlen, den vollen Preis.

Die 2500 Acre, die der Familie Monroe seit der Jahrhundertwende noch geblieben waren, kamen endlich in Sichtweite. Diese Art, Neuigkeit zu überbringen, war Frank Miller verhasst. Er kannte die Monroes so gut wie jede andere Familie in diesem ländlichen Bezirk, wo hauptsächlich Viehzucht und Ackerbau betrieben wurden. Chad Monroe arbeitete hart und spielte ebenso häufig wie er auch übermäßig zur Flasche griff, seit sein einziger Sohn freiwillig zur Army gegangen war. Mary, seine Frau ... Tja, über sie war hier nur wenig bekannt. Sie war ruhig und in sich gekehrt, kam einmal im Monat zum Einkaufen in die Stadt, hatte aber nichts zu tun mit dem Elternausschuss der Schule – also würde auch Franks Frau ihm in dieser Sache nicht weiterhelfen können. Und jetzt musste er als Bezirkssheriff den beiden hier mitteilen, dass ihr einziger Sohn tot war. Das Einzige, was ihm an seiner Arbeit wirklich verhasst war.

Mary hatte den Wagen vorfahren gehört, denn er sah sie auf der Veranda stehen und ein Küchenhandtuch umklammern, als sei es eine lebensrettende Schwimmweste. Frank stellte den Motor ab und stieg aus dem schlammbespritzten Polizeiwagen. Er hatte sich vorher nicht zurechtgelegt, was er sagen wollte. Nach ihrem Gesichtsausdruck zu schließen wusste sie es bereits, dachte er.

So war das meist mit Müttern.

»Mary. Ist Chad da?«

Sie konnte ihm nicht in die Augen sehen. Eine Sekunde Blickkontakt hatte genügt. Sie nickte und trat beiseite. Der Sheriff nahm den Hut ab und ging in das alte Farmhaus, wo es nach Schinken, frischem, selbst gebackenem Brot und Kichererbsensuppe roch. Das Haus war düster. Alle Versuche, etwas Licht ins Innere zu bringen, waren gescheitert. Als er am Wohnzimmer vorbeiging, sah er die Fotografien von ihrem Sohn, dem Piloten, über dem Kamin. Es war einfach ungerecht. Da war der Junge nach Vietnam gegangen, heil wieder zurückgekommen, und dann erwischte es ihn bei einem Autounfall in Alaska. In Augenblicken wie diesen konnte Frank einfach keinen Sinn im Leben sehen. Er selbst hatte drei Söhne, alle drei zu jung für den Kriegsdienst. Immerhin etwas, wofür er dankbar sein konnte.

»Chad? Der Sheriff ist gekommen.«

Der Sheriff war absichtlich mittags, zur Essenszeit, gekommen. Das war die beste Zeit, einen Farmer zu besuchen.

»Kaffee? Tee?«

»Nein, danke. Ich ...« Die Worte blieben ihm im Hals stecken. Sein Mund war trocken. Jetzt wünschte er, er hätte sich vorher doch ein oder zwei Sätze zurechtgelegt, denn zwei Gesichter schauten ihn erwartungsvoll an. Sie wussten, dass die Polizei keinen Grund hatte, bei ihnen vorbeizukommen. Einmal hatten sie Chad wegen Trunkenheit am Steuer drangekriegt, aber das war schon lange her, also damit konnte es nichts zu tun haben. Inzwischen arbeitete er zu hart, um in Schwierigkeiten zu geraten.

»Mary, möchten Sie sich nicht hinsetzen?«

Sie zog einen Stuhl vor und setzte sich ihrem Mann gegenüber an den Tisch. Sie wartete auf das, womit sie die ganze Zeit schon gerechnet hatte.

Drei Tage nachdem Steve von der Armee entlassen worden

war, hatte er sie zu Hause besucht. Die ersten beiden Tage war alles gut gegangen, aber dann fing derselbe alte Mist wieder an. Er hatte mit seinem Vater gestritten, hatte seine Sachen gepackt und war wieder gegangen. Ohne sich zu verabschieden.

»Ich habe einen Anruf von einem Kollegen in Anchorage in Alaska bekommen. Es gibt keine Möglichkeit, es anders auszudrücken. Es tut mir Leid, aber Steve hatte einen Autounfall. Er hat es nicht geschafft.«

Mary starrte weiterhin auf die Tischdecke. Es war ein blauweiß gemusterter Baumwollstoff, und sie hatte zwei Tage damit zugebracht, ihn mit fünfreihigem weißem Kreuzstich auf den blauen Quadraten zu verzieren. Weder konnte sie den Kopf heben noch ihren Mann ansehen.

»Was soll das heißen, er hat es nicht geschafft? Was versuchen Sie uns zu sagen, Frank?«

»Steve ist tot, Chad.«

»Aber er war doch vor zwei Wochen erst hier.«

»Vor drei Wochen«, sagte Mary leise.

»Halt den Mund, Frau. Es ist doch scheißegal, wann er zuletzt hier war. Weggelaufen ist er wieder, hörst du. Mir ist das scheißegal, hörst du.«

Marys Hände fingen an zu zittern. Das meinte Chad nicht so. Aber weshalb sagte er dann so was?

»Tut mir Leid, dass Sie so darüber denken, aber da sind ein paar Dinge zu regeln, Chad. Sie sind der nächste Verwandte.«

»Dinge zu regeln, was soll das heißen? Davon will ich nichts wissen. Er ist von zu Hause weggelaufen, und jetzt erzählen Sie mir, dass ich ihn beerdigen muss? Na, dann hören Sie mir mal gut zu, mein Lieber. Die Regierung hat aus ihm einen Irren gemacht, dann soll sie auch für ihn zahlen!« Schwungvoll warf sich Chad ein Stück gebratenen Schinken auf eine dicke Scheibe Brot, und schon war er zur Hintertür raus, bevor Mary überhaupt den Mund aufmachen konnte.

Eine Weile herrschte Schweigen, bis der Sheriff fragte: »Kann ich mir einen Kaffee machen, Mary?«

»Klar«, sagte sie, als die innere Leere einer Welle von Übelkeit Platz machte, und sie fing an, auf ihrem Stuhl hin und her zu schaukeln, weil sie hoffte, das würde sie davon abhalten, sich zu übergeben. Ihr war heiß. Kurz dachte sie, ohnmächtig zu werden, aber wieso sollte Gott so nett sein, sie auf der Stelle in Ohnmacht fallen zu lassen? Ihr Junge, ihr Baby. Sie würde ihn nie wiedersehen. So war das nicht richtig. Kinder sollten ihre Eltern begraben, nicht umgekehrt ...

»Das hat er nicht so gemeint«, etwas anderes fiel ihr nicht ein.

»Ich weiß.«

»Das ist eben seine Art, wissen Sie? Jetzt ist er wahrscheinlich irgendwo da draußen und heult wie ein Baby. Das soll eben keiner sehen. Verstehen Sie?«

Frank lehnte sich gegen die Spüle und hoffte, Mary würde ihn nicken sehen.

»Ist es denn schnell gegangen?«, flüsterte Mary.

»Es ist schnell gegangen, Mary. Er hat bestimmt nichts gespürt.« Das war die einzige Lüge, die Frank immer bereitwillig erzählte. Die Wahrheit verursachte nur unnötigen Schmerz.

»Gut«, sagte sie. »Schnell. Das ist gut, oder?«

Schweigen.

Frank überlegte, wie er jetzt möglichst schnell hier herauskommen könnte. Frische Luft, das war es, was er unbedingt brauchte.

»Ich habe ein bisschen Geld zur Seite gelegt«, erzählte Mary mit zittriger Stimme. Sie sprach so leise, dass Frank sich anstrengen musste, um sie überhaupt zu verstehen.

»Tut mir Leid, Mary, was haben Sie gesagt?«

»Ich habe ein bisschen Geld«, sagte sie lauter, hob den Kopf und schaute ihn jetzt an. »Das Geld, das ich geerbt habe, als meine Mutter vor zehn Jahren gestorben ist. Ich habe es für Steven aufgehoben, aber er hat gesagt, dass er es nicht will. Dass es für mich gedacht war, nicht für ihn. Er hat gesagt, ich soll das Geld nehmen und auf Reisen gehen. Das habe ich mir immer schon gewünscht. Wir haben uns oft über die Orte unterhalten, an die ich eines Tages fahren würde. Aber das waren ja nur Tagträume von mir. Ich glaube, mir war schon immer klar, dass das nur Träume sein können. Es sind fünftausend Dollar, Frank. Eher mehr, weil es seit zehn Jahren auf der Bank liegt und nie angerührt wurde. Reicht das, um ihn wieder nach Hause zu holen?«

»Das wird ganz bestimmt reichen, Mary.«

»Dann rufe ich jetzt wohl am besten Abraham an.« Abraham James, den Bestattungsunternehmer. »Glauben Sie, ich kann ihn sehen?«

»Wen, Mary?«

»Steven. Wenn er heimkommt.«

»Na ja, ich ... ich glaube nicht, dass das eine so gute Idee ist.«

»Wieso nicht?«

»Weil ... na ja, ich will ganz ehrlich mit Ihnen sein. Es war ein ziemlich schlimmer Autounfall.«

»Sie können es mir ruhig sagen, Frank. Schlimmer, als ich mich jetzt schon fühle, kann es gar nicht kommen.«

Frank schloss die Augen und sagte: »Der Wagen ist unter einem Tanklaster eingeklemmt worden. Wir glauben, er hat das Mädchen, das bei ihm war, noch aus dem Auto gestoßen, bevor ...«

Bei den Worten brach die Frau endgültig zusammen. Der Sheriff vergaß seinen Kaffee, und bevor er sich versah, saß er bei ihr, hielt ihre Hände und erzählte ihr, sie könne alles, was zu regeln sei, getrost ihm überlassen. Und wenn die fünftausend Dollar nicht reichten, um alle Kosten zu decken, dann würde er höchstpersönlich dafür sorgen, dass sich die Gemeinde zusammensetzte und sich etwas einfallen ließ, denn dazu sei eine Gemeinde ja schließlich da. Die Leute halfen einander.

Immer wenn sie die Augen schloss, sah Rachel das Bild, wie der Tanklaster ihnen entgegenrutschte und die Landstraße vollständig blockierte. Was danach genau passierte, daran konnte sie sich nicht mehr erinnern, außer vielleicht daran, dass Steve »Tut mir Leid« gesagt hatte. Das Nächste, woran sie sich erinnern konnte, war, dass sie mit dem Gesicht im Gras lag – umgeben von einer unheimlichen Stille.

Sie konnte nicht aufhören zu zittern. Was auch immer die Ärzte ihr verabreichten, das Zittern und die schlimmen Träume verschwanden nicht. Immer wieder wachte sie nachts schreiend auf.

Bis jetzt hatte ihr niemand gesagt, wo Steve war. Einer der Polizisten war gekommen und hatte ihr erzählt, dass der Fahrer des Sattelschleppers sie nicht zu dem Autowrack lassen wollte. Rachel glaubte ihm kein Wort. Der Polizist versuchte ihr beizubringen, dass Steve tot sei, aber sie wusste, das konnte nicht wahr sein.

Eine der Oberschwestern – Rachel hatte den Eindruck, dass sie hier im Krankenhaus offenbar die Verantwortliche war – hatte am zweiten Tag lange bei ihr am Bett gesessen und ihr genau das erzählt, was auch schon die Polizisten gesagt hatten. Dass Steve tot sei. Rachel hatte geantwortet, das würde sie erst glauben, wenn sie seinen Leichnam gesehen hätte, aber das wollte man ihr nicht erlauben. Dann sagte die Schwester, sie würde ihre Eltern kennen. Sie erzählte, wie sie die beiden vor langer Zeit kennen gelernt hatte, als Rachel noch ein kleines Mädchen war. Erzählte, dass sie eine kaputte Puppe gehabt und die immer und überall mit sich herumgeschleppt hatte.

An all das konnte sich Rachel nicht erinnern, und sie schaute diese Frau an, als würde sie Lügenmärchen erzählen. Und als sie sagte, ihr Vater sei unterwegs hierher, wollte Rachel auch das nicht glauben.

Die Polizisten kamen und gingen viel zu oft. Sie alle wollten wissen, ob Steve in betrunkenem Zustand gefahren sei. Sie versuchten ihr nahe zu legen, dass er möglicherweise betrunken gewesen sei. Denn das wäre eine Erklärung gewesen. Obwohl sich Rachel nicht mehr allzu gut an den Unfall erinnern konnte und auch nicht wusste, was zu dem Unfall geführt hatte, wusste sie doch, dass sie Steve nie mehr Alkohol hatte trinken sehen als ab und zu einmal ein Bier. Der Fahrer des Lasters log wahrscheinlich. Er musste einfach lügen. Er sagte, er hätte versucht, dem VW-Bus auszuweichen, der direkt auf ihn zugekommen war. Seiner Meinung nach musste der Fahrer betrunken gewesen sein. Es sah so aus, als glaubte man ihm.

Die Oberschwester kam oft herein und setzte sich an ihr Bett, aber Rachel fühlte sich durch sie zu sehr an Sally erinnert. Als hätte Sally geahnt, was passieren würde, hatte sie Rachel nicht gehen lassen wollen. Und jetzt wusste Rachel auch, weshalb. Sie wollte mit keiner Menschenseele sprechen, und wenn es nach ihr ging, könnte ihr Vater in dem Moment, in dem er ankam, auch gleich wieder kehrtmachen und auf der Stelle nach Hause zurückfahren. Sie wollte niemanden sehen. Und ja, dieses abscheuliche Essen konnten sie auch gleich wieder mitnehmen.

»Rachel, wenn Sie nicht bald etwas essen, müssen wir Sie an den Tropf hängen.« Solch eine Drohung blieb ohne Wirkung auf sie. Glasige Augen schauten auf zu Betty Sue, die am Ende ihrer Weisheit angekommen war und den Raum verließ. Sie war auf dem Weg zur Schwesternstation, als sie den Besucher sah. »Kann ich Ihnen helfen?«

Der Mann drehte sich um. Er war sehr gut gekleidet. Ein Mann aus der Großstadt. »Ich möchte Rachel Meschers besuchen.«

Er sah überhaupt nicht so aus, wie Betty Sue ihn in Erinnerung hatte. Mittlerweile war Gordon eher korpulent, und das wenige Haar, das er noch hatte, war vollständig ergraut. Das war er also heute, der gewiefte, erfolgreiche Anwalt aus Columbia.

Offenbar erkannte er sie nicht, und Betty beschloss, es vorerst dabei zu belassen.

»Miss? Entschuldigung, wo ist meine Tochter?«

»Hier entlang.« Als Betty ihn zu dem Zimmer führte, überlegte sie, wo Meg sein mochte.

Rachels Zimmer lag ein ganzes Stück weit weg von den übrigen Krankenzimmern. Normalerweise wurde der Raum als Sterbezimmer genutzt. Aber es war ihnen nichts anderes übrig geblieben, als die junge Frau hier unterzubringen – sie hielt zu viele andere Patienten nachts mit ihrem Schreien wach. »Mr. Meschers?«

Gordon schaute sich um.

»Der junge Mann, der am Steuer gesessen hat, war sofort tot. Rachel weigert sich, das zu glauben. Und bis sie so weit ist ...«

»Danke, Schwester.«

Die Tür wurde vor Betty Sues Nase geschlossen.

Er wusste, dass es seine Tochter war – er erkannte den roten Haarschopf, den hatte sie von ihrer Mutter. Sie weinte still in sich hinein. Weint still vor sich hin, spricht laut vor sich hin. Manches änderte sich eben nicht. Gordon trat näher heran. »Rachel?«

Sie drehte sich langsam um. Über der Stirn hatte sie eine große genähte Platzwunde, und sie war übersät mit Blutergüssen, aber das war alles an Verletzungen, jedenfalls soweit er erkennen konnte.

»Dad?«

»Was hast du denn nur diesmal wieder angestellt?«, fragte er leise.

Fünfundzwanzigstes Kapitel

Das Postflugzeug war überfällig. Lily ließ die Augen über den Horizont wandern, während das Baby auf ihrem Arm schrie, als würde ihm das kleine Herz brechen. Sie tat ihr Bestes, um den Jungen zu beruhigen – drückte ihn fester an sich, wiegte ihn hin und her und hoffte, er würde bald müde vom Schreien und dann einschlafen.

Lily sah, wie sich über den Bergen neue Sturmwolken zusammenballten. Vielleicht war der Flug abgesagt worden? So etwas kam oft genug vor, besonders im Frühsommer.

Und trotzdem wartete sie weiter auf dem Landesteg. Vorletzte Nacht hatte sie geträumt, dass ihr Bruder zurückkehrte, und jeweils am Morgen danach war sie voller Vorfreude aufgewacht.

Seit Monaten hatte es schon keine Post mehr gegeben, und die Lebensmittelvorräte gingen zu Ende, aber so war das jetzt immer am Ende des Winters. Nichts war mehr so wie früher. Als sie noch klein war, hatten die Dorfbewohner immer reichlich Vorräte für die Wintermonate angelegt. Allerdings hatten sie damals in den Häusern auch Gruben ausgehoben, die sie als Toiletten benutzten. Manches vermisste sie wirklich nicht.

In Augenblicken wie diesen sehnte sich Lily auf die Insel Kulowyl zurück, weg von den Flugzeugen und den Schiffen und den Regierungsbeamten, aber sie konnte sich kaum noch erinnern, wo Kulowyl überhaupt lag, und es gab auch keine Ältesten mehr, die sich noch hätten erinnern können. Sie wusste nur noch, dass Kulowyl zur Inselkette der Aleuten gehörte.

Dass es da einen Strand unterhalb einer Klippe gab, wo die Kinder im Sommer gespielt hatten. Dass es dort zwei Dörfer gab – eines wurde im Sommer, das andere im Winter bewohnt. Sie wusste noch, wie sie als kleines Mädchen neben ihrem Vater hergegangen war, weit hinter den anderen, wenn sie zweimal im Jahr zur anderen Seite der Insel umgezogen waren. Sie erinnerte sich noch an den felsigen Landesteg, an dem die Kajaks angelegt hatten. An den See, aus dem die Frauen Trinkwasser holten, und den Bach, an dem ihr Großvater, der Schamane, oft gesessen und nachgedacht, Verbindung zu den längst verstorbenen Ältesten aufgenommen und Lachse gefangen hatte. Sie erinnerte sich auch an die Erdbeben und daran, dass manchmal die Häuser der Leute zusammengefallen waren. Und es waren ihr auch noch ein paar Rituale im Gedächtnis, mit denen ihr Großvater die Geister besänftigt hatte. Aber nur noch wenige. Es war alles schon so lange her, und keiner wollte mehr etwas von der alten Lebensweise wissen.

Entlang der ganzen Inselkette erstreckten sich heute militärische Einrichtungen. Wahrscheinlich gehörte dem Militär das Land ihrer Ahnen. Was in der Vergangenheit lag, sollte man da wohl besser ruhen lassen. Es hatte keinen Zweck, sich etwas zu wünschen, was doch nie eintreffen würde. Mehr waren ihre Träume eben nicht. Einfach nur Träume. So gesehen hatte es vermutlich auch keinen Zweck zu hoffen, dass ihr Bruder zurückkehren würde?

Sie drehte sich um, doch als sie schon weggehen wollte, hörte sie das schwache Geräusch des Flugzeugmotors. Sie drehte sich wieder zurück, und da war er, ein Fleck am stürmischen Himmel, der mit jedem Wimpernschlag größer wurde. Als die anderen Dorfbewohner das sich nähernde Flugzeug hörten, kamen auch sie heraus und schauten. Die Männer kamen, um die wertvolle Fracht auszuladen. Auch Lily wartete auf Medikamente und Lebensmittelkonserven für die Kinder, aber vor allem auf noch etwas: Wenn ihr Bruder schon nicht selbst an Bord war, dann würde wenigstens ein Brief von ihm dabei sein, das wusste sie.

Vier Tage wartete Billy, bis Trish wieder zu Besuch kam. Wie sehr er sich auch darüber geärgert haben mochte, dass man ihn vergaß, dass man ihn in einem Militärkrankenhaus verrotten ließ – aller Ärger schwand in dem Moment, als sie auf die Station kam. Man pfiff ihr bewundernd nach, und heute hatte sie das Baby mitgebracht.

Er hatte sich die Unterlagen von Alan angesehen, und soweit Billy das beurteilen konnte, war alles in Ordnung. Wie sollte er seinem Schwiegervater begreiflich machen, dass er nur sehr wenig über seinen eigenen Vater wusste? Billy war damals Jäger gewesen, ein aufrechter, stolzer Aleute. Sein Vater hatte mit Frauen und Kindern zusammengearbeitet. Billy hatte sich für ihn geschämt, und die Scham saß zu tief, als dass er sie völlig überwunden hätte. Als er aufwuchs, hatte er hart um eine eigene Identität kämpfen müssen, um sich einen Platz innerhalb der Hierarchie der Insel zu verdienen, um nicht nur bekannt zu sein als der Sohn des Weißen. Also wer immer die Geschichte geschrieben hatte, musste wohl anhand der Tagebuchaufzeichnungen seines Vaters gearbeitet haben. Und wenn das stimmte, dann hatte der Drehbuchautor wirklich gute Arbeit geleistet. Wie sehr es der Wahrheit entsprach, konnte Billy nicht beurteilen.

Billy spürte den trockenen flüchtigen Kuss auf seiner Wange. Trish nahm den Jungen aus dem Kinderwagen und setzte ihn seinem Daddy auf den Bauch. Billy wurde mit einem breiten Lächeln begrüßt. Er konnte kaum fassen, wie schnell Babys wuchsen.

»Tut mir Leid, Schatz. Beim letzten Mal, als du hier warst ...«

Sie zuckte mit den Schultern. »Mach dir darüber keine Gedanken.«

Sie war nach Hause gefahren und hatte wieder angefangen zu weinen. Ihr Vater hatte sich zurückgezogen – er blieb nie in der Nähe, wenn Frauen weinten. Und ihre Mutter war ihr auch keine Hilfe gewesen. Sie hatte Billys Partei ergriffen. Trish hatte versucht, sich vorzustellen, wie Billy sich fühlen musste, aber sie konnte nicht begreifen, weshalb er seine Wut an ihr ausließ. Das hatte sie nun wirklich nicht verdient.

Sie setzte sich. »Ich kann nicht lange bleiben. Um drei muss ich zu Hause sein.«

»Oh.«

Sie schaute sich in dem Zimmer um und seufzte. Dann fingen sie beide gleichzeitig an zu sprechen:

»Wie lange musst du denn noch ...«

»Sie denken, ich ...«

»Du zuerst«, sagte sie.

»Die Ärzte denken, dass ich nächsten Samstag hier raus kann. Ich kann schon ein paar Schritte weit allein gehen. Ich komme prima voran.«

»Das ist schön. Samstag. Schön.«

Mist, dachte sie. Am Samstag wollte sie ins Kino gehen – zu einer Premiere ihres Vaters.

»Ich habe gedacht, dass wir uns vielleicht bald eine eigene Wohnung mieten.«

Trish schaute ihn an und konnte den entsetzten Blick, die erste spontane Reaktion, nicht verbergen. Zu spät, er hatte es schon gesehen.

»Was ist los?«

»Ich halte das für keine gute Idee.«

»Was soll das heißen?«

»Ich weiß nicht, ob ich mich ganz allein um dich und den kleinen Chris kümmern kann.«

»Aber Trish, ich bin doch nicht behindert. Ich komme schon allein klar.«

»Na ja, aber – wo sollen wir denn eine Wohnung finden, die rollstuhlgerecht ist?«

»Das schaffen wir schon.«

»Ach, Billy ...«

»Du willst mich gar nicht in deiner Nähe haben.«

»Es ist ja nur, weil ...«

»Was! Ich muss das jetzt wissen!«

Der Kleine hatte sich erschreckt und reagierte entsprechend. Trish nahm ihn auf den Arm, und als sie ihn etwas beruhigt hatte, legte sie ihn wieder in den Kinderwagen. »Komm, wir gehen nach draußen.«

Sie hat einen anderen gefunden, dachte Billy. Sie hat sich einen Mann gesucht, der zwei gesunde Beine hat. Zwei gesunde Beine und eine dicke Brieftasche oder irgendeinen Schmarotzer, dem es nichts ausmacht, bei seinen Schwiegereltern zu wohnen.

Ohne fremde Hilfe hievte sich Billy in seinen Rollstuhl. Sie gingen wieder in den Garten hinunter, und diesmal setzte er sich auf die Bank unter der Eiche. Trish setzte sich auch, aber nicht allzu dicht neben ihn. Geistesabwesend bewegte sie den Kinderwagen vor und zurück, vor und zurück, damit Chris ruhig blieb.

»Dad hat erzählt, du hättest ihm gesagt, was du mit dem Geld machen willst.«

»Ach.« Billy hatte es ihr selbst erzählen wollen, wenn der geeignete Moment gekommen wäre.

»Es verletzt mich, Billy, dass du nicht für uns sorgen willst. Ich bin deine Frau. Wir haben einen Sohn zusammen. Und du willst all das Geld weggeben an Menschen, die ich nicht einmal kenne. Menschen, von denen du unbedingt wegkommen wolltest. Wie soll ich mich da wohl fühlen? Du kannst nicht mehr arbeiten, und von der Rente, die du von der Armee bekommst, können wir nicht leben. Das heißt, dass ich mir einen

Job suchen muss, und das habe ich ja schon einmal versucht, als du weg warst. Jetzt hätten wir genug Geld, um uns ein Haus zu bauen, wie Mom und Dad eines haben, und was fängst du damit an, Billy? Du gibst es einfach weg. Na, das zeigt ja wohl sehr deutlich, dass du mich nicht so sehr liebst, wie du behauptet hast.«

»Ich muss meinen Leuten helfen, Trish.«

»Und was ist mit uns? Bedeuten wir dir denn gar nichts? Passen wir nicht in deine Pläne? Was glaubst du wohl, wie ich mir dabei vorkomme? In meinem Alter noch bei den Eltern wohnen.«

»Das macht ihnen nichts aus.«

»Aber mir macht es was aus, sehr viel sogar.«

»Komm doch mit mir nach Hause, Trish. Überzeuge dich doch selbst davon, wie es da zugeht.«

»Das ist dein Zuhause, Billy. Nicht meines. Ich will mit dir nicht da rauffahren. Ich will das alles gar nicht wissen. Das geht mich nichts an. Du und Chris, ihr beide geht mich was an. Das heißt, wenigstens war das so. Jetzt bin ich mir da nicht mehr so sicher.« Aus der Tasche, in der sie die Windeln und die Fläschchen für Chris mitgebracht hatte, zog sie auch heute wieder einen Umschlag und gab ihn Billy.

»Du hast voreilig eine Entscheidung getroffen, die mich deiner Meinung nach nichts angeht. Tja, Billy, sie geht mich leider sehr wohl etwas an. Ich bin deine Frau, und das ist dein Sohn. Aber wir bedeuten dir eben nichts. Das war's dann also. Lebwohl.«

»Trish!«

Sie ging weg und schob den Kinderwagen vor sich her.

In den Umschlag brauchte er erst gar nicht hineinzuschauen, er wusste auch so, was sich darin befand.

Die Scheidungspapiere.

Lily legte das Baby in die Holzkiste, die sie mit einem alten Bärenfellmantel ausgelegt hatte. Sie wusste, dass der kleine Johnny jetzt erst einmal eine Weile schlafen würde. Sie war froh, dass die Vorräte angekommen waren, aber besonders freute sie sich über das Penizillin und das Milchpulver. Jetzt konnte sie den kleinen Johnny richtig füttern, wenn er hungrig war. Bald würde er groß und stark sein. Für ihre eigenen Kinder waren außerdem Orangen mitgeliefert worden. Orangen und Lebensmittelkonserven. Was würde das wohl für eine Überraschung werden, wenn die Kinder von der Schule kamen?

Es war auch viel Post mitgekommen, die sie durchsehen musste. Soweit sie sah, war jedoch kein Brief von Ignash dabei. Der letzte Brief, den sie vom Stapel nahm, kam vom Verteidigungsministerium. Sie öffnete den Brief. Er kam von einem Colonel Bright und war vom 3. Februar 1968 datiert.

Liebe Mrs. Shaw,

als der vorgesetzte Offizier Ihres Bruders in Phu Bai hatte ich die große Ehre, Billy Shaw kennen zu lernen ...

Lily las weiter und wollte nicht glauben, was da säuberlich getippt auf einem Bogen mit Briefkopf von der Armee stand. Dieser Mann, dieser Fremde, teilte ihr mit, dass ihr Bruder als Held gestorben war.

»Wo ist Mom?«, war Rachels einzige Reaktion auf die Frage ihres Vaters.

»Sie konnte nicht kommen, das solltest du eigentlich wissen.«

»Aber ich ... ich wollte ihr sagen ...«

»Ich werde es ihr ausrichten.«

»Ich will ihr sagen, dass ich sie liebe, Dad. Und dass sie Recht hatte.«

Gordon setzte sich schnell. Im ersten Moment fragte er sich, ob Rachel wohl eine Hirnverletzung bei dem Unfall erlitten haben mochte.

»Kann ich jetzt nach Hause kommen?«, fragte sie weinend.

»Ach, Schätzchen. Schätzchen, natürlich kannst du nach Hause kommen.«

»Es war gut so, Dad«, sagte sie an seiner Schulter, als er sie fest umarmte. »Es war gut, solange es gedauert hat. Jetzt bin ich diesen ganzen Weg hierher gekommen – und wozu? Ach, Dad, du hättest Steve ganz bestimmt gemocht, wenn du ihn nur kennen gelernt hättest.«

»Die Schwestern haben es mir erzählt.«

»Es war meine Schuld. Ich hätte ihm sagen müssen, dass er lieber anhalten sollte. Aber er wollte nicht, weil wir schon fast da waren ...«

»Ach, Kleines, die Welt ist voll von Menschen, die sich zu Tode grämen mit dem ewigen ›Ach, wenn doch nur‹ und ›Ach, hätte ich doch‹. Du kannst jetzt nichts mehr ändern an dem, was passiert ist, egal was du sagst oder tust.«

»Sie lügen mich doch nicht an, oder?«

»Nein.«

»Sie wollen mir nicht erlauben, ihn zu sehen.«

»Soweit ich weiß, wird er gerade zu seinen Eltern zurückgebracht.«

»Dad, kann ich da hinfahren?«

»Ach, Kleines. Ich will doch, dass du dich wieder erholst.«

»Jetzt wird alles anders werden, Dad. Das verspreche ich. Ich werde mir einen Job suchen.«

»Tu das nur, Kleines. Tu das nur.«

»Erst Billy und jetzt Steve. Alle, die ich je geliebt habe, scheinen fortzugehen und zu sterben.«

»Aber Kind, Billy ist nicht tot.«

Rachel zuckte zurück. »Was sagst du da?«

»Billy ist nicht tot. Er ist in einer Reha-Klinik in Kalifornien. Er wurde verwundet, aber es geht ihm ganz gut soweit.«

»Billy ist nicht tot?«

»Nein. Die von der Armee haben sich geirrt. Weißt du was, ich habe die Telefonnummer von dem Krankenhaus dabei, warte mal.« Gordon holte seine Brieftasche heraus und fing an, Karten und Papierschnipsel durchzusehen, bis er fand, was er suchte. Auf die Rückseite der Visitenkarte einer Werbeagentur hatte er eine Nummer gekritzelt. »Sollen wir vielleicht das Krankenhaus anrufen? Die werden dich bestimmt mit ihm reden lassen.«

»Du sprichst zuerst mit ihm.«

»Klar. Klar, wenn du willst.«

»Dad? Vielleicht sollten wir auch Mom anrufen.«

»Gute Idee.«

Meg hatte versucht, Reisevorbereitungen zu treffen, aber es nützte alles nichts. Sie würde problemlos ans andere Ende des Landes nach Seattle kommen und von dort nach Vancouver fliegen und in einem Motel in der Nähe des Flughafens unterkommen können, bis der nächste Flug sie zwei Tage später nach Juneau brachte. Immer vorausgesetzt natürlich, es gab keine Verzögerungen wegen des Wetters. Garantieren konnte niemand etwas. Aber wenn sie nach Juneau flog, würde das bedeuten, von dort mit einer kleinen Maschine nach Anchorage weiterfliegen zu müssen. Und wenn das nicht ging, würde sie mindestens vier weitere Tage in Vancouver auf einen Anschlussflug warten oder mit dem Zug fahren müssen.

Gerade hatte Meg den Hörer aufgelegt. Nach Kalifornien zu kommen hatte sie fast umgebracht, aber verglichen mit der Reiseroute nach Anchorage war der Weg nach Kalifornien geradezu ein Kinderspiel gewesen.

Jetzt konnte sie nichts anderes tun, als darauf zu warten, dass Gordon anrief, so wie er das versprochen hatte.

In dieser ersten Nacht hatte Meg nicht geschlafen, und während des ganzen folgenden Tages hatte sie sich nicht getraut, sich allzu weit vom Telefon zu entfernen. Als der Anruf dann kam, war es zwei Uhr morgens. Sie war immer noch wach. »Gordon! Das wird aber auch Zeit, ich bin schon ganz krank vor lauter Sorge. Wie geht es Rachel?«

»Mom? Mom, mir geht es gut.«

Es reichte schon, dass sie allein die Stimme hörte. Meg war völlig in Tränen aufgelöst. Seit fast vierzig Jahren hatte sie schon nicht mehr geweint.

»Bill? Da ist ein Anruf für dich.«

Billy saß im Aufenthaltsraum am Fenster und starrte in die schwarze Nacht hinaus. »Wer ist es denn?«

»He, Mann, ich bin doch nicht dein Privatsekretär. Es ist ein Ferngespräch.«

Billy bewegte den Rollstuhl aus dem Raum und dann den Korridor hinunter. Vielleicht war das Trish? Vielleicht hatte sie ihre Meinung geändert? Oder vielleicht war es Steve? Das war reines Wunschdenken, denn als er das Gespräch entgegennahm, hörte er die Stimme eines Fremden: »Billy Shaw?«

»Am Apparat. Mit wem spreche ich?«

»Gordon Meschers. Ich bin dein Onkel.«

»Oh ... Wie geht es dir?«

»Gut. Gut. Hier ist jemand, der dich gern sprechen möchte, Billy.«

Einen Moment lang Schweigen. Im Hintergrund fiel etwas mit lautem Geschepper und Getöse zu Boden. Dann hörte er Rachels Stimme. »Billy?«

»Rachel. Wie gut das tut, deine Stimme zu hören.«

»Ach, Billy.« Sie fing an zu weinen. Drei Worte hatte sie gesagt, und schon weinte sie. Das konnte er nun wirklich nicht gebrauchen. Und ehrlich gesagt, konnte er sich Rachel auch gar nicht in Tränen aufgelöst vorstellen.

Dann war ihr Vater wieder am Apparat. »Wenn ich zu dir kommen und es dir persönlich sagen könnte, Billy, dann würde ich das tun. Aber ich rufe aus Anchorage an. Rachel hat mir von deinem Freund Steve Monroe erzählt.«

»Ich warte die ganze Zeit schon darauf, dass er sich meldet.«

»Es tut mir Leid, dass diese Nachricht von uns kommen muss, aber Steve und Rachel hatten vor zwei Tagen einen Autounfall. Steve war sofort tot.«

Das Schweigen am anderen Ende der Leitung war beinahe zum Greifen dick.

»Das ist doch ein schlechter Scherz.«

»Es tut mir Leid, Billy. Es ist kein Scherz. Sie waren auf dem Weg nach Alaska, sie wollten rauf auf deine Insel.«

Wenn mir je etwas zustoßen sollte, Steve, dann gibt es etwas, was du für mich erledigen musst ...

»Wieso wusste er denn gar nicht, dass ich noch am Leben bin?«

»Das kann ich dir nicht sagen. Ich weiß nur, was Rachel mir erzählt hat.«

»Kann ich bitte wieder mit ihr sprechen?«

»Billy?«

»Bitte erzähl mir alles, Kleines.«

Jemand brachte Rachel einen Stuhl, und die Unterhaltung dauerte dann noch gut eine halbe Stunde. Gordon hörte alles mit an. Er hatte ein mulmiges Gefühl, als er hörte, wie seine Tochter ihrem Cousin anbot, bei ihnen zu Hause in Columbia zu wohnen.

»Schließlich sitzt Mom ja fast schon ihr ganzes Leben im Rollstuhl. Denk darüber nach, Billy. Du kannst doch sonst nirgendwohin, und ich auch nicht. Jetzt nicht mehr. Und wir sind eine Familie. Dad hat bestimmt nichts dagegen, oder, Dad?«

»Nein, Rachel. Ich habe nichts dagegen.«

Wenn ich das auch nicht mit derselben Überzeugung von deiner Mutter sagen kann, dachte er.

An ihrer Gabe hatte Lily nie gezweifelt, bis jetzt jedenfalls nicht. Die Kinder schliefen in ihrer Ecke vom Haus. Ihre Tochter sprach wieder im Schlaf. Auch sie hatte die Gabe, war aber noch zu klein, um das zu begreifen. Lily hatte immer gewusst, dass es auf sie übergegangen war und sie das Kind an das Krankenbett von Leuten mitnehmen könnte, wie ihr Großvater das mit ihr gemacht hatte. Ihre Unterweisung hatte früh begonnen. Aber inzwischen war sie im Zweifel, ob sie ihre Tochter überhaupt unterweisen sollte.

Der ungefähr sechs Monate alte Brief von der Armee ließ ihr keine Ruhe. So sehr geirrt hatten weder sie noch ihre Ahnen sich je zuvor. Ihr Bruder war seit einem halben Jahr tot. Doch in ihren Träumen bestanden die Ahnen nach wie vor darauf, dass ihr Bruder nach Hause kommen und diesmal für immer bleiben würde. Er würde sie alle in ein neues Leben führen. Er würde sie dorthin zurückführen, wohin sie gehörten.

Jetzt wusste sie, dass er seinen Sohn nie kennen lernen würde. Er war gestorben, ohne zu wissen, dass er ein Kind hatte.

Mit dem Finger löschte Lily das Kerzenlicht und legte sich in ihr schmales Bett. Der Sohn ihres Bruders wachte nicht auf. Lily musterte sein Gesicht, wie er so dalag und schlief. Sein Bauch war jetzt gefüllt, und er war zufrieden. Sie hatte gehofft, dass die Seele ihres Großvaters in diesem Neugeborenen zurückkehren würde, aber es hatte nicht sein sollen. Seit dem Winter hatte sie die Gegenwart ihres Großvaters nicht mehr gespürt.

Du hast überlebt, so wie ich überlebt habe, dachte sie, als sie das Gesicht des Babys berührte. Weshalb? Du wirst ein erwachsener Mann sein, wenn das nächste Jahrhundert kommt.

Wo wird Unangan dann sein, wenn wir, das Volk, führerlos sind?

In jener fahlen Nacht träumte Lily nicht.

Eine Woche später reiste Rachel mit ihrem Vater nach Hause. Nichts hatte sich verändert. Von jedem Flughafen aus hatte er das Büro angerufen, um auf dem Laufenden zu bleiben. Beinahe konnte Rachel nachempfinden, was er fühlte. Als sie noch bei *Jim's* arbeitete, war es ihr ganz ähnlich gegangen. Sie wollte jederzeit über alles unterrichtet sein. Jim hatte gesagt, sie sei ein großer Segen für das Geschäft. Er hatte gesagt, sie habe wirklich das Zeug für eine leitende Position. Er war sogar überzeugt davon, sie könne ganz allein ein Flüchtlingslager leiten. Und höchstpersönlich hatte er sie gebeten, nicht zu gehen.

Wenn sie auf ihn gehört hätte, dann wäre Steve jetzt noch am Leben.

Vielleicht, sagte wie ein Echo eine Stimme in ihrem Kopf. Die Stimme klang ziemlich genau wie die von Steve.

Während des vergangenen Jahres hatte sie viel Zeit zum Nachdenken gehabt. Es war so viel geschehen, dass sie glaubte, nicht mehr dieselbe zu sein, die Columbia verlassen hatte, ohne jemandem zu sagen, wohin sie ging.

Sie wusste, dass ihre Mutter deswegen wütend war. Sie wusste jetzt, wie unverantwortlich sie gehandelt hatte. Aber diesmal wusste sie auch, dass sie sich den Angriffen stellen konnte. Es war ihr endlich klar geworden, dass ihr bisheriges Leben ein einziges großes Lügenmärchen gewesen war. Dass sie es früher genossen hatte, Leute vor den Kopf zu stoßen, und endlich hatte sie herausgefunden, wieso. Endlich hatte sie begriffen, wer die alte Rachel gewesen war.

Die alte Rachel hatte sich so sehr gehasst, dass sie auch alle anderen dazu bringen wollte, sie zu hassen.

Erst die Begegnung mit Billy und Sally und dann diesen Job

zu bekommen hatten ihr bewiesen, dass sie ein wertvoller Mensch war.

Rachel Meschers mochte sich jetzt.

Sie erinnerte sich daran, wie sie auf dem Rückflug von Seattle ihren Dad gefragt hatte: »Dad, wie kannst du mich eigentlich immer noch lieben, nach allem, was ich angestellt habe?«

Er hatte nur gelächelt und ihre Hand genommen und geantwortet: »Das ist eben einfach so, Pickles.« Pickles. So hatte er sie immer genannt, als sie noch in der Grundschule war.

»Dad?«

»Ja?«

»Ich möchte ein Café kaufen und es selbst leiten. Was hältst du davon?«

»Das ist eine Menge Arbeit, Kind.«

»Ich habe *Jim's* geleitet.«

»Wir reden später darüber.«

»Wir können genauso gut gleich jetzt darüber reden. Was glaubst du, wie viel das kosten wird? Ich weiß, dass es ziemlich teuer sein wird, ein ganzes Lokal zu kaufen und zu renovieren, aber ich sehe es schon vor mir, Dad. Wirklich. Ich glaube aber nicht, dass es in Columbia sein wird. Abbeville vielleicht. Wie ein Diner soll es allerdings nicht werden. Und Tischdecken und Vorhänge aus Baumwollstoff will ich auch nicht haben. Ich will ein Café, das wie ein Saloon aus dem Wilden Westen aussieht. Aber das hängt natürlich von den Kosten ab. Am Ende läuft es wahrscheinlich doch auf ein kleines Bistro hinaus. Weißt du, Dad, im Fast Food liegt wirklich die Zukunft.«

»Willst du das wirklich?«

»Das weißt du doch.«

»Wenn wir wieder zu Hause sind, dann reden wir mal mit Leo.«

Leo Watson, der Immobilienmakler.

»Und dann ist da auch noch Annie.« Annie Davis, Sekretärin

bei der Abbeville-Wohungsbaugesellschaft. »Die ist mir noch einen Gefallen schuldig.«

»Hältst du das für eine gute Idee?«

»Ja, allerdings.«

»Glaubst du, die Bank wird mir eine so große Summe leihen, wie ich sie brauche?«

»Vor vielen Jahren haben deine Mutter und ich Treuhandfonds angelegt. Wir haben Steve und Josh das Jura-Studium finanziert und ihnen geholfen, ihre eigene Kanzlei zu eröffnen. Zehntausend Dollar sind noch in deinem Fonds. Das wird genug sein, um dir auf die Beine zu helfen.«

Und dann hörte Gordon Worte, die in seinen Ohren wie reinste Zaubermusik klangen.

»Aber Dad, ich habe gefragt, ob die Bank mir eine so große Summe leihen würde, wie ich sie brauche?«

»Vielleicht. Aber was ist mit den Treuhandfonds?«

»Meine Cousine Lily braucht das Geld nötiger.«

Wäre das möglich gewesen, dann wäre Gordon Meschers in dem Augenblick auf die Knie gefallen und hätte Gott für ein Wunder gedankt.

So schnell, wie sie sich nur bewegen konnte, war Rachel aus dem Auto gestiegen, sehr schnell ging es allerdings nicht, denn die Blutergüsse und Prellungen von dem Unfall machten ihr immer noch zu schaffen. Meg wartete mit ausgebreiteten Armen auf der Veranda. Nie vorher hatte Gordon gesehen, wie sich die beiden wichtigsten Frauen in seinem Leben umarmten. Hätte es auch nur ganz vage die Möglichkeit gegeben, sich von dem Ganzen fern zu halten, hätte er eine lahme Ausrede vorgebracht und wäre ins Büro gefahren. Aber nachdem er das mitangesehen hatte, dachte er nur, endlich sind wir wieder eine richtige Familie.

Rachel hatte Billy zwar angeboten, bei ihnen zu Hause zu wohnen, aber Gordon brauchte sich keine Sorgen darüber zu machen, wie Meg auf das Angebot wohl reagieren würde, denn Billy hatte abgelehnt. Er hatte schon andere Pläne, er wollte in einem Heim für Kriegsveteranen bleiben, bis man ihn in Kalifornien nicht mehr brauchen würde. Offenbar wusste er inzwischen ganz genau, wohin er zu gehen und was er zu tun hatte.

An diesem Spätsommertag sammelten die Kinder Beeren und Treibholz, und die Frauen besserten Fischernetze aus, als sich die Nachricht in Windeseile im Dorf verbreitete. Ein Flugzeug kam! Ein Flugzeug kam!

Aber wir erwarten doch erst in vierzehn Tagen wieder ein Flugzeug, dachte Lily. Sie war gerade dabei, die schwarze Salbe ihres Großvaters zuzubereiten. Obwohl es Salben gab, die vom Festland kamen, wirkte keine, die sie ausprobiert hatte, so schnell und so schmerzstillend wie das alte Rezept der Ahnen. Eine der Krankenschwestern, die die Regierung von Juneau hergeschickt hatte, um sich vom Gesundheitszustand der Kinder zu überzeugen, hatte das Rezept haben wollen. Lily hatte es ihr gegeben.

Den Rest der Salbe verwahrte sie in einem dunklen Glaskrug und hoffte, dass er bis zur nächsten Saison reichen würde, wenn die reifen Kräuter wieder gesammelt werden könnten, und dann wischte sie sich sorgfältig die Hände ab und hob Johnny aus seinem Bett. Er ließ sich nicht gern wegziehen von seinem interessanten Spielzeug – ein paar Muscheln und bearbeitete Specksteinstücke, die auf ein Stück Gummi aufgezogen und an den Rändern der Wiege befestigt worden waren.

Lily setzte das Baby in den Tragekorb und machte sich auf den Weg zum Landesteg.

Sie wusste, dass Gary, der Pilot, über Nacht im Dorf bleiben würde, weil es schon so spät war. Je öfter sie den Mann sah, der in Barrow lebte, desto mehr mochte sie ihn. Aber es war nicht das Flugzeug, das üblicherweise die Vorräte und die Post brachte. Es war ein kleineres Flugzeug. Es legte an, und ein paar Jungs stritten sich darum, wer es festmachen durfte.

Der Pilot war nicht Gary. Es war ein Fremder. Er nahm einen Rollstuhl heraus und klappte ihn auf, und dann kletterte er in das Flugzeug zurück und half dem Passagier heraus.

Zunächst erkannte Lily den Fremden nicht. Er hatte langes Haar und einen Bart und trug eine kleine, rechteckige dunkle Brille und einen dicken Mantel. Er bahnte sich seinen Weg über die holperigen Bretter auf sie zu, dann blieb er stehen, nahm die Brille ab und sagte: »Hi, Schwesterchen. Es ist höchste Zeit, dass wir beide uns mal unterhalten.«